Carmen Rossow
Malia und Theo

Carmen Rossow

Malia und Theo

Eine magische Weihnachtsgeschichte

Roman

Für meine Blume

*Ohne dich und deine wunderbaren Freunde
wäre dieses Buch niemals entstanden*

Danksagung

Ein riesengroßes Dankeschön geht an meinen ehemaligen Deutschlehrer Herr Rautenberg.
Ihre Worte bei meiner Abschlussfeier, dass man noch viel von mir hören wird, habe ich nie vergessen. Sie haben mich immer begleitet und mir geholfen, an meinen Träumen festzuhalten und nicht aufzugeben.

Mein Dank gilt auch meiner kleinen Schwester.
Danke, dass du mich unterstützt und mir geholfen hast, wo du nur konntest. Ich liebe dich.

Erstes Kapitel
Der Weihnachtsbesuch

Der Schnee knirschte unter ihren Füßen, als Malia langsam den Berg hinabstieg. Um sie herum war es tiefste Nacht. Alles war dunkel. Auf ihrem Weg hinab ins Tal gab es keine Straßenlaternen, die ihr den Weg hätten erhellen können. Aber Malia reichten der Mond und die Sterne, die ihr in dieser Nacht den Weg leuchteten. In dieser Nacht strahlten sie wieder besonders hell. Deshalb hatte Malia auch keine Mühe, durch den frisch gefallenen Schnee zu spazieren. Außerdem hatte sie noch die Lichter, die vom Tal zu ihr hinauf strahlten.

Denn dort gab es ein kleines Dorf. Es schien beinahe verborgen vom Rest der Welt zu sein. Nur wenige kleine Straßen führten dorthin. Der nächste Ort war Kilometer entfernt und verbarg sich hinter den Bergen. Man konnte diesen Ort weder vom Dorf noch von Malias aktuellem Platz aus erkennen. Die nächste Stadt war noch viel weiter entfernt.

Malia spazierte auf einem der kleinen Wanderwege entlang, der sie zwischen Feldern und Wiesen entlang zum Dorf führte. Der Weg dorthin war nicht weit und trotz des Schnees nicht beschwerlich. Malia wusste aus Erzählungen, dass hier in den warmen Monaten des Jahres Mais, Hafer und anderes Getreide angebaut wurden.

Auf den grünen Wiesen waren dann überall Schafe und Kühe zu sehen, die das saftige Gras futterten oder die Sonne genossen. Doch im Winter war alles kahl und leer. Bis der Schnee alles mit seinem magischen Weiß bedeckte und eine angenehme Ruhe mit sich gebracht. Die Natur erholte sich, damit sie im kommenden Frühling wieder in all ihrer Pracht erstrahlen konnte.

Schon nach kurzer Zeit erreichte sie das Dorf. Nur wenige Schritte vorher hielt sie kurz inne. Für einen kurzen Moment schloss sie die Augen und zog die kühle Luft durch die Nase ein. Malia liebte diese Zeit des Jahres. Wenn der erste Schnee vom Himmel fiel, konnte sie sich nicht zurückhalten und musste hinausgehen und tanzen. Das war ihre Art den ersten Schnee des Jahres willkommen zu heißen. Sie liebte es, wenn langsam alles mit einer dicken Schneeschicht bedeckt wurde. Alles schien auf einmal so viel ruhiger und entspannter zu werden. Es wirkte auf einmal alles magischer, als es vorher erschien. Deshalb liebte sie auch die kleinen Spaziergänge im Schnee. Sie ließen sie entspannen und gaben ihr neue Kraft.

Malia lächelte. Noch einmal atmete sie tief ein und ging dann voller Vorfreude weiter. Sie war nun fast an ihrem Ziel angekommen. Nur noch einige hundert Meter trennten sie davon. Wie jedes Jahr hüpfte ihr kleines Herz vor Freude schneller. Denn ihr Weg führte sie jedes Jahr an diesem Tag in dieses kleine Dorf.

An diesem einem besonderen Tag.

Dem Tag der Weihnacht.

Hier im Dorf war es deutlich heller, als draußen zwischen den Wiesen und Feldern. Aber auch hier war niemand auf den Straßen unterwegs. Einige der Dorfbewohner waren Zuhause bei ihren Lieben und verbrachten ihre gemeinsame Zeit unter dem Tannenbaum. Sie packten gemeinsam die Weihnachtsgeschenke aus oder saßen noch beim gemeinsamen Abendessen. Andere waren in der Kirche. Die Messe musste jeden Augenblick losgehen.

Die Menschen, die hier lebten, hatten allesamt nicht viel. Doch sie hatten sich und waren glücklich. Ganz besonders zu dieser Zeit des Jahres waren sie glücklich und dankbar. Eine ganz besondere Aura erfüllte die Luft. Es schien, als wäre alles in diesem Dorf mit Liebe und Herzlichkeit erfüllt. Als würde dieses Dorf jedem Bewohner und Besucher eine Umarmung schenken, wenn man es betrat.

Malia hielt abermals kurz inne und genoss diesen besonderen Moment, als sie die Grenze des Dorfes überquert hatte. Sie freute sich wieder hier zu sein und genoss das wunderbare

Gefühl, das ihr dieser Moment und dieses Dorf gab. Für sie war es tatsächlich wie die herzliche Umarmung eines alten Freundes, den man lange Zeit nicht gesehen hatte, der einen aber immer wieder herzlich willkommen hieß.

Malia atmete tief durch und ging dann weiter die Hauptstraße entlang. Wie jedes Jahr folgte sie ihrem Weg und sog dabei jede Kleinigkeit des Dorfes in sich ein. Wie es gewachsen war und sich verändert hatte. Hier hatte sich die Farbe eines Hauses geändert oder es war ein Springbrunnen im Vorgarten gebaut worden, den es im Vorjahr dort noch nicht gegeben hatte. Manchmal fragte sie sich, wie es hier wohl im Frühling oder im Sommer aussehen würde. Doch zu diesen Jahreszeiten war es ihr unmöglich hierher zu Besuch zu kommen.

Malia bewunderte die vielen Häuser. Sie alle waren auf ihre besondere Art geschmückt worden. Bei einigen Häusern waren nur die Fenster bunt dekoriert und beleuchtet. Einige hatten künstliche Rentiere und mit Luft gefüllte Schneemänner vor ihrer Tür stehen. Bei anderen waren auch Figuren im Vorgarten oder Lichter an den Dachrinnen der Häuser zu sehen. Malia sah sogar einige wenige Häuser, die vollständig vom Dach bis zum Vorgarten mit bunten Lichtern versehen worden waren. Nur der Weg durch den Vorgarten zur Haustür und die Garageneinfahrt schienen bei diesen Häusern nicht mit Lichtern und Figuren geschmückt worden zu sein.

Fast in jedem der Häuser war aus einem der Fenster ein strahlender Tannenbaum zu erkennen. Selbst, wenn sonst alle Lichter im Haus erloschen waren, weil die Hausbewohner in der Kirche waren, leuchtete der Tannenbaum in den unterschiedlichsten Farben. Er würde die Familie willkommen heißen, wenn sie in dieser besonderen Nacht nach Hause kommen würden.

Aus manchen Häusern drang der Duft von Plätzchen oder Weihnachtsbraten bis zu ihr hinaus auf die Straße. Doch Malia war nicht hungrig und folgte ihrem Weg weiter in das kleine Dorf hinein. Sie sah die strahlenden Gesichter von glücklichen

Menschen durch die Fenster. Ab und an konnte sie das Lachen eines Kindes hören. Bis sie ein ganz bestimmtes Haus erreichte.

Es war sehr klein. Doch der Weg zum Haus war säuberlich vom Schnee befreit und im Fenster leuchteten künstliche Kerzen und man konnte den bunt geschmückten Weihnachtsbaum sehen. Wie in jedem Jahr erstrahlte er in allen Farben des Regenbogens und es hingen nicht nur Weihnachtskugeln an diesem Baum, sondern auch viele wunderschöne Figuren. Es waren Weihnachtsmänner und Elfen, Lokomotiven und Lebkuchenmänner. Es waren einfach alle Weihnachtsmotive vorhanden, die man sich vorstellen konnte.

Malia nähert sich langsam diesem Fenster. Wie immer sah sie sich verstohlen um, obwohl sie eigentlich wusste, dass sie keine Spuren mehr im Schnee hinterließ und kein menschliches Wesen sie sehen konnte. Doch diese Eigenart konnte sie in all den Jahren, in denen sie nun eine Weihnachtselfe war, einfach nicht ablegen.

Wie jedes Jahr stellte sie sich vor das kleine Fenster und blickte in das winzige Wohnzimmer, das dahinter lag. Der Weihnachtsbaum nahm den größten Teil des Raumes ein. Hinter dem Weihnachtsbaum, vor Malias Blicken verborgen, gab es eine große Schrankwand. Ansonsten gab es in diesem Raum nur noch einen kleinen Tisch und passende Stühle dazu.

Unter dem Weihnachtsbaum lagen kleine Geschenke. Sie waren noch verpackt und ungeöffnet. Die Familie, die hier lebte, war noch bei der Weihnachtsandacht und würde erst später nach Hause kommen. Wie in jedem Jahr öffneten sie erst dann ihre Geschenke.

Direkt neben den Geschenken saß ein kleiner, brauner Teddybär. Er war schon etwas älter und sein Fell etwas zottelig. Außerdem hatte er eine kleine Wunde am Arm, die vor langer Zeit einmal hatte genäht werden müssen. Doch sein Herz war voller Liebe und Wärme und er schenkte Malia sein bezauberndes Lächeln, als er sie hinter dem Fenster entdeckte.

Langsam erhob er sich und bewegte sich in Malias Richtung. Er war zu klein, um allein oben an das Fenster zu gelangen, deshalb ließ Malia ihn mit Hilfe ihrer Weihnachtselfen-Magie schweben. So konnten sie sich, getrennt von der Fensterscheibe, direkt gegenüberstehen.

Malia legte ihre kleine Hand gegen die Fensterscheibe und der Teddybär machte das gleiche mit seinem Pfötchen. Beide lächelten und wie durch Zauberhand stand die Weihnachtselfe Malia plötzlich direkt neben dem kleinen Teddybären im Wohnzimmer.

„Wie geht es dir?", fragte sie ihn nach einer langen Umarmung. „Bist du immer noch glücklich?" Für einen Moment sah sie den Teddybären besorgt an, doch als dieser über das ganze Gesicht zu strahlen begann, lösten sich ihre Sorgen in Luft auf.

„Ich könnte nicht glücklicher sein. Annie ist jetzt zwar schon achtzig Jahre alt, aber sie liebt mich noch immer so wie seit dem Tag unserer ersten Begegnung. Auch ihre Kinder und Enkelkinder sind herzensgut zu mir. Die kleine Elise hat gerade angefangen, das Lesen zu lernen und versucht mir Geschichten vorzulesen. Wenn sie dann etwas nicht lesen kann, denkt sie sich einfach selbst ein Ende für die Geschichte aus."

Beide lachten, setzten sich neben den wunderschönen Tannenbaum und erzählten sich, was in dem vergangenen Jahr alles passiert war.

„Du hättest kein besseres Zuhause für mich finden können. Ich danke dir so sehr", sagte der Teddy nach einer Weile und rührte die Weihnachtselfe zu Tränen.

„Das macht mich sehr glücklich", sagte sie und wischte sich eine kleine Träne aus dem Augenwinkel. „Aber du selbst hast angefangen zu leuchten und dich für diese Familie entschieden." Malia grinste den kleinen Teddybären verschwörerisch an.

Wie aus weiter Ferne ertönten die Glocken. Die Familie würde bald wieder nach Hause kommen und diesen Ort mit Leben, Liebe und Freude erfüllen.

Die Zeit des Abschieds war gekommen und in Begleitung vom kleinen Teddybären ging Malia zurück zum Fenster. Sie nahm ihn in den Arm und drückte ihn ganz fest an sich.

„Ich wünsche dir ein weiteres, wundervolles Jahr"; flüsterte Malia dem kleinen Teddybären ins Ohr. „Wir sehen uns bald wieder."

„Es wird sich bis dahin nichts verändert haben", versprach der kleine Teddybär. „Aber ich freue mich schon darauf, dich dann wiederzusehen."

Mit diesen Worten zauberte sich Malia zurück in den Schnee, an ihren alten Platz vor dem Wohnzimmerfenster und der kleine Teddybär stand wieder oben auf dem Fensterbrett.

In diesem Moment kam die Familie am Ende der Straße um die Ecke gebogen. Sie waren zu Fuß unterwegs. Annie war langsam und wählte jeden Schritt mit Bedacht, da sie Angst hatte, auf dem Schnee auszurutschen. Ihre Schwiegertochter hatte sich bei ihr eingehackt, um ihr besseren Halt zu geben. Auf der anderen Seite neben Annie war ihr Sohn.

Die beiden Kinder liefen bereits zur Haustür und warteten. Ungeduldig trampelten sie im Schnee hin und her. Sie konnten es mittlerweile kaum noch erwarten, ihre Geschenke auszupacken. Es dauerte den Kindern einfach zu lange, bis die anderen nachkamen. Endlich öffnete der Vater ihnen die Tür. Sie alle lachten und waren glücklich.

„Frohe Weihnachten", sagten Malia und der kleine Teddybär gleichzeitig und mit Hilfe ihrer Weihnachtselfen-Magie setzte Malia den Teddybären wieder an seinen Platz unter dem Weihnachtsbaum, damit er die Geschenke bewachen und die bunten Lichter besser bestaunen konnte.

Gerade rechtzeitig. Denn schon stürmte Elise, noch in Stiefeln und Jacke, ins Zimmer. Sie drückte den Teddy an sich und flüsterte: „Wir sind wieder zurück, Theo-Bär. Wir müssen nur noch auf Tante Karla und Onkel Fred warten. Dann können wir die Geschenke vom Weihnachtsmann auspacken. Deines ist das kleine rote, hat Oma Annie gesagt."

Dann setzte sie ihn wieder ab und musste, nachdem ihr Vater sie ermahnt hatte, zurück in den Flur, und die Winterkleidung ausziehen.

Theo warf noch einen Blick zu Malia und lächelte sie an. Ja, er hatte seinen Platz gefunden. Sein Zuhause. Nirgendwo auf der Welt könnte er glücklicher sein. Ohne dies auszusprechen, verstand Malia. Obwohl sie es tief in ihrem Herzen vom ersten Tag an immer gewusst hatte, dass dies das beste Zuhause für Theo sein würde.

Zum Abschied winkte Malia ihm noch einmal zu, wohl wissend, dass sie auch in der kommenden Weihnacht nach ihm sehen würde. Nicht, weil sie dachte, dass sich seine Meinung würde ändern können und er sich hier nicht mehr zuhause fühlen würde. Sondern weil der kleine Teddybär ihr Freund war und sie ihn liebte und ihn einfach gern besuchte. Auch, wenn dies nur einmal im Jahr möglich war.

Die zwei Freunde sahen sich tief an und mit einem Augenzwinkern blieben an der Stelle, an der Malia gestanden hatte, nur noch tanzende Schneeflocken zurück. Und ein weiteres Geschenk, das vorher nicht unter dem wunderschönen Tannenbaum gestanden hatte, befand sich nun neben Theo.

Nachdem Malia sich vom Fenster aus von Theo verabschiedet hatte, kehrte sie mit Hilfe ihrer Weihnachtselfen-Magie nach Hause zurück. Sie wohnte am Nordpol in einer kleinen Hütte, von der aus sie manchmal die Nordlichter beobachten konnte. Diese Nacht war eben solch eine Nacht.

Mit einer Tasse heißen Kakao setzte sie sich in den großen Ohrensessel, der neben dem Fenster stand und betrachtete das Schauspiel: Die tanzenden Farben am Himmel.

Jedes Mal, wenn Malia die Nordlichter tanzen sah, berührte das ihr Herz. Sie musste dann daran denken, wie sie diesen

Zauber das allererste Mal zusammen mit Theo gesehen hatte. Keiner von beiden hatte bis dahin schon einmal die Nordlichter gesehen. Außer auf Bildern oder im Fernsehen vielleicht. Aber das war nicht dasselbe. Aber sie hatten Glück und so kam es, dass sie nach einem langen, aufregenden Tag hier in dieser Hütte, in genau diesem Zimmer gestanden hatten. Malia vor dem Fenster und Theo auf dem Fensterbrett, und gemeinsam hatten sie dieses Wunder bestaunten dürfen.
Der kleine Theo.
Malia war so glücklich, dass der kleine Teddybär ein schönes Zuhause hatte und endlich glücklich war. Ihr Blick fiel auf die Nordlichter. Während sie über den noch heißen Kakao pustete, um ihn etwas abzukühlen, schweiften ihre Gedanken ab.
Weit weg.
Zurück in die Vergangenheit.
Zu dem Tag, an dem sie Theo begegnet war.
Der Tag, der ihrer beiden Leben für immer verändern sollte.

Zweites Kapitel
Wie alles begann

Es war der Tag der Weihnacht. Draußen war es bitterkalt und laut Wetterbericht sollte in der Nacht noch ein Sturm aufziehen. Wie so oft hatte Malia sich wegen einer Kleinigkeit mit ihrer Stiefmutter gestritten. Es waren immer Kleinigkeiten. Denn Malia war ihrer Stiefmutter ein Dorn im Auge und ihre Stiefmutter nutzte jeden noch so kleinen Moment, um Malia das Leben schwer zu machen. Das machte sie natürlich aber auch nur, wenn Malias Vater nicht zu Hause war. Leider war er sehr oft nicht zu Hause.

Seit dem Tod seiner Frau, Malias Mutter, hatte er sein Leben der Krebsforschung gewidmet und engagierte sich für diverse Freiwilligen-Projekte rund um die Welt. Eigentlich hatte er gar keine Zeit mehr für eine Familie. Malia sah ihn immer seltener und deshalb kümmerte sich hauptsächlich ein Kindermädchen um sie.

Irgendwann begegnete er dann Malias jetziger Stiefmutter. Tief in seinem Herzen war er einsam und daran konnte all die Arbeit und Ablenkung, die er sich geschaffen hatte, nichts ändern. Außerdem dachte er, dass es auch gut für Malia wäre. Es würde dann eine neue Frau in seinem Leben geben. Eine Frau, die sich um Malia kümmert konnte, wie eine Mutter es tun würde. Er war dem Kindermädchen sehr dankbar, dass es sich Tag und Nacht um Malia kümmerte. Doch so sehr wie er seine Frau vermisste, so sehr musste auch Malia ihre Mutter vermissen. Es war nur richtig, dass sie eine neue Bezugsperson erhielt, die sich liebevoll um sie kümmern konnte. So dachte er zumindest.

Sie, die Stiefmutter, war fasziniert von seinem Geld und kam gut und gerne damit aus, dass er selten nach Hause kam. So konnte sie über ihre Zeit und sein Geld verfügen. Wenn da nicht noch Malia gewesen wäre. Die Stiefmutter wollte keine Zeit mit einem Kind verbringen und störte sich einfach an ihr.

Dabei ließ sie die meisten Dinge durch das Kindermädchen erledigen.

Die Stiefmutter holte sie nie von der Schule ab oder brachte sie zu Freunden. Selbst an den Elternabenden nahm das Kindermädchen stellvertretend für sie teil. Eigentlich sah sie Malia nur zu den Mahlzeiten. Doch selbst in dieser Zeit, an der sie gemeinsam am Essentisch saßen, spürte man die Kälte, mit der die Stiefmutter dem kleinen Mädchen begegnete. So wurde auch das gemeinsame Essen zu einer Qual, so dass es langsam zur Gewohnheit wurde, dass Malia zu dieser Zeit auf ihrem Zimmer blieb. Sie aß dann später mit dem Kindermädchen etwas zusammen. Die Stiefmutter sprach sie niemals darauf an. Sie fragte Malia nie, warum sie nicht mehr zum Essen kam und ob sie überhaupt etwas zu Abend essen würde. Es war der Stiefmutter schlichtweg egal, was Malia tat oder auch nicht. Desto weniger sie das Mädchen sah, desto besser ging es der Stiefmutter. Sie lebte, als würde es das kleine Mädchen nicht geben.

In der Weihnacht hatte das Kindermädchen allerdings frei und war bei seiner eigenen Familie. Ganz im Gegensatz zu Malias Vater. In diesem Jahr hatte er nicht nach Hause kommen können und Malia und ihre Stiefmutter waren zu Weihnachten allein zu Hause. Ihr Vater wollte sich kurz über einen Videoanruf melden, wenn die beiden unten beim Weihnachtsessen saßen. Daher hatte Malia auch keine Ausrede gehabt, warum sie nicht zum Essen hätte kommen können. Außerdem wollte sie natürlich auch ihren Vater sehen, wenn sie ihn an diesem Tag schon nicht in die Arme schließen konnte.

Die Stiefmutter hatte natürlich nicht selbst gekocht, sondern das Essen aus einem Restaurant liefern lassen. Trotzdem war alles perfekt auf den weißen Tellern angerichtet und duftete herrlich. Alles, was das Herz begehrte, schien von der Stiefmutter bestellt worden zu sein. Nur eine Sache, die Malias Herz begehrte, hatte man nicht bestellen können. Ihren Vater.

Er hätte bereits vor einer Viertelstunde anrufen sollen. Malia, die ihren Vater sehr gut kannte, wusste, dass er nicht mehr anrufen würde. Wieder war etwas wichtiger als seine Familie. Als Malia. Deshalb saß sie mit hängendem Kopf am Esstisch und aß lieblos und traurig die vielen Köstlichkeiten, die sie eigentlich sonst hätten zum Strahlen bringen sollen.
Die Stiefmutter empfand das als Undankbarkeit und war gekränkt. Da musste sie dieses Kind schon am Weihnachtsabend ertragen. Dabei hätte sie mit Freunden in einem schicken Restaurant sein können. Aber stattdessen musste sie hier sein und dieses Mädchen war nicht einmal ansatzweise dankbar. Sie schalt Malia und schimpfte und schon nach kurzer Zeit stritten die beiden fürchterlich.
Als Malia den Raum verlassen wolle, stieß sie versehentlich mit der Schulter gegen einen kleinen, halbhohen Schrank. Dieser wackelte hin und her und dabei stürzte eine Kristallvase zu Boden und zersprang in tausend Scherben. Das machte die Stiefmutter so wütend, dass sie Malia ohrfeigte und an den Haaren zur Haustür zog.
„Für deinen Ungehorsam kannst du die Nacht heute hier draußen verbringen!"
Mit diesen Worten knallte sie Malia die Tür sprichwörtlich vor der Nase zu.

Da stand Malia nun. Ohne Jacke und ohne Schuhe. Sie begann an die Haustür zu klopfen. Erst zaghaft. Dann immer wilder und verzweifelter. „Ich habe doch nichts zum Anziehen! Du kannst mich doch nicht hier draußen lassen!" flehte das kleine Mädchen.
Nach einiger Zeit öffnete sich die Haustür, doch als Malia ins wohlig warme Innere schlüpfen wollte, wurde sie von der Stiefmutter zurückgestoßen und landete dabei auf dem kalten Boden.
Mit einem eisigen Blick sah die Stiefmutter auf Malia herab. Dann warf sie ihr Jacke und Stiefel zu. Ohne ein Wort drehte

sie sich um, ging ins Innere des Hauses zurück und verschloss die Tür.

Schockiert blieb Malia noch eine Weile vor der Tür auf dem Boden sitzen. Wo sollte sie jetzt hin? Sie wusste nicht, wo das Kindermädchen wohnte. Ihr Vater war auf einem Projekt in Afrika. Wahrscheinlich fiel ihm erst in ein paar Tagen ein, dass er vergessen hatte sich am Weihnachtsabend zu melden. Doch dann war es schon zu spät. Ob Freunde sie heute aufnehmen würden?

Es war Weihnachten.

Ein Familienfest.

Hatten da nicht alle genug zu tun, als sich auch noch um Malia zu kümmern?

Hätte sie bloß nicht die Vase umgeworfen. Malia machte sich Vorwürfe und fragte sich, ob sie tatsächlich so ein böses Mädchen war. Lag es wirklich an ihr, dass die Stiefmutter sie nicht leiden konnte? War sie selbst schuld, dass sie nun hier draußen in der Kälte saß?

Als es anfing zu regnen, stand Malia langsam auf und zog sich die Jacke und die Stiefel an. Ihre Finger waren mittlerweile schon so kalt, dass es sie einiges an Mühe kostete. Immer wieder rieb sie die Hände aneinander, um sie etwas aufzuwärmen. Sonst waren ihre Finger zu steif, um den Reißverschluss der Jacke zu schließen oder die Schnürsenkel der Stiefel richtig binden zu können.

Nach einer gefühlten Ewigkeit hatte sie es geschafft.

Malia warf noch einen letzten Blick zur Tür. Ein Teil von ihr hoffte, dass die Stiefmutter es sich vielleicht anders überlegt hatte und die Tür wieder öffnen würde. Doch es tat sich nichts. Mit einem Gefühl unendlicher Leere im Herzen drehte Malia sich um und ging hinaus in die Nacht. Auf die leeren und dunklen Straßen. Ohne Ziel wanderte Malia durch die Stadt. Sie machte sich Vorwürfe und suchte die Schuld bei sich und war dabei so in Gedanken, dass sie weder merkte, wohin sie eigentlich ging, noch, dass der Regen und auch der Wind immer stärker wurden.

Irgendwann stand sie vor dem Fluss, der ihre Stadt in zwei Hälften teilte. Sonst lag er ruhig und fast friedlich dar und plätscherte langsam vor sich hin. Doch durch den Sturm hatte sich das Wasser verändert und an Geschwindigkeit zugenommen.

Nun endlich merkte auch Malia, wie sich das Wetter entwickelt hatte. Der Wind zerrte bereits unermüdlich an ihrer Jacke und wirbelte durch ihre langen Haare. Hier konnte sie nicht stehen bleiben. Sie sah sich verzweifelt um und beschloss, bei einem der Brückenpfeiler Schutz zu suchen.

Tatsächlich war es hier geschützter und der Wind konnte sie nicht mehr so stark angreifen. Aber es war noch immer bitterkalt. Langsam sank Malia zu Boden und in dem Moment, als sie auf der kalten Erde angekommen war, fing sie bitterlich an zu weinen. Sie fühlte sich so traurig und allein wie noch nie in ihrem Leben. Heiße Tränen kullerten über ihre Wangen und sie schniefte und weinte und schluchzte. Manchmal zitterte sogar ihr ganzer, kleiner Körper.

Lange Zeit saß sie nur da und ließ ihren Tränen freien Lauf. Doch dann, ganz unerwartet und plötzlich, erregte dort im Wasser vor ihr etwas ihre Aufmerksamkeit.

Ab und an tauchte dort, am Mittelpfeiler, der aus dem Wasser ragte, etwas auf. Es wurde immer wieder unter Wasser und auch gegen den Brückenpfeiler gedrückt. Aber irgendwie verhinderte der Brückenpfeiler, dass das Wasser dieses kleine Etwas mit sich reißen konnte.

Plötzlich war es wieder verschwunden und Malia stand auf, um etwas näher ans Wasser zu gehen, damit sie, sobald es wieder an der Oberfläche war, besser erkennen konnte, was dort gegen das Wasser ankämpfte.

Sie traute ihren Augen kaum und musste scharf Luft holen.

Es war ein kleiner Teddybär!

Ein kleiner, einsamer Teddybär.

Der allein gegen die Gewalt des Wetters und des Wassers ankämpfte.

Allein.

Wie Malia.

Malia überlegte nicht lange. Trotz der eiskalten Finger, die sie kaum noch spüren konnte, war sie blitzschnell aus der Jacke und den Stiefeln geschlüpft. Ohne weiter darüber nachzudenken, ging sie in das Wasser. Ein Schrei entfuhr ihren Lippen, als das bitterkalte Wasser sie willkommen hieß. Schon nach dem ersten Schritt stand sie knietief im Wasser.

Einen winzigen Augenblick überlegte sie, ob sie umkehren und das Wasser verlassen sollte. Doch dann sah sie wieder den kleinen Teddy und Malia biss die Zähne zusammen und ging weiter.

Überall war Wasser. Es fiel von oben in Strömen auf sie herab. Es umgab sie, zerrte – wie der Wind auch – an ihr und wollte sie zu Fall bringen. Doch Malia kämpfte und gab nicht auf.

Sie erreichte ihr Ziel.

Gerade als das Wasser den kleinen Teddy wieder herunterziehen wollte, griff Malia nach ihm und zog ihn an ihr Herz. Mit dem Rücken an den Brückenpfeiler gelehnt und mit dem Teddy in den Armen, stand sie da im tosenden Wasser. Sie rang nach Atem. Der Weg hierher war anstrengender gewesen, als sie erwartet hatte. Aber sie wusste, dass sie hier nicht bleiben konnte. Malia schloss kurz die Augen, atmete tief durch und kämpfte sich dann zurück in Richtung Ufer.

Mit einer Hand hielt sie den kleinen Teddy fest im Arm. Mit der anderen versuchte sie, das Gleichgewicht zu halten und nicht ins Wasser zu stürzen. Der Rückweg schien ewig zu dauern, doch Malia gab nicht auf und erreichte das rettende Ufer.

Kaum hatte sie ihr Ziel erreicht, gaben ihre Beine nach und Malia sackte zu Boden.

Ihre Zähne klapperten.

Ihr Körper war so kalt.

Malia hätte nie gedacht, dass man so frieren könnte.

Doch dann fiel ihr Blick auf den kleinen Teddybären und es erfüllte sie eine herzliche Wärme. „Wir haben es geschafft, Teddy", flüsterte sie und drückte ihn noch ein wenig fester an sich, während sie ihn auf die Stirn küsste.

„Wir haben es geschafft!"

Auf einmal war Malia unglaublich müde. So müde, dass sie sich nicht weiterbewegen konnte. Diese Müdigkeit umgab sie, so schwer und so plötzlich, so warm und so verlockend. Malia konnte sich nicht dagegen wehren. Während sie den kleinen Teddybären weiter fest in ihren Armen hielt, fielen ihr langsam die Augen zu.

Drittes Kapitel
Santa

Malia blinzelte. Es war wohlig warm und sie hatte den Duft von Schokolade und Plätzchen in der Nase. Langsam öffnete sie ihre Augen und sah sich um. Wo war sie nur?

Sie lag in einem schönen Bett. Kissen und Decke waren mit einem weihnachtlichen Bettbezug versehen, auf dem rote Rentiere abgebildet waren. Ihr gegenüber befand sich ein kleiner Kamin, in dem ein Feuer brannte und seine Wärme im ganzen Raum verteilte. Daneben stand ein schöner, großer Sessel. Direkt daneben befand sich ein kleiner Weihnachtsbaum mit bunten Kugeln und Figuren und hellen Lichtern. Moment!

Malias Blick wanderte zurück zum Sessel und sie konnte ihren Augen kaum trauen. Da saß der kleine Teddybär, den sie aus dem kalten Wasser geholt hatte. Oder hatte sie das alles nur geträumt? Träumte sie vielleicht immer noch? Denn der kleine Teddy hüpfte von ganz allein auf dem Sessel auf und ab und rief freudestrahlend: „Sie ist wach! Sie ist endlich wach!"

Kaum hatte der kleine Teddybär das ausgerufen, öffnete sich die Zimmertür und eine junge Frau mit langen dunklen Haaren kam herein. Sie sah von Malia zum Teddybären und dann wieder zu Malia. Dann schenkte dem Mädchen ein wunderschönes, herzliches Lächeln. „Wie schön, dass du wach bist", sagte sie an Malia gewandt. „Möchtest du etwas warmen Kakao?"

Erst jetzt fiel Malia die Tasse auf, die die junge Frau in der Hand hielt. Auch die Tasse hatte ein weihnachtliches Motiv und passte perfekt zum rotgrünen Kleid, dass die junge Frau trug.

„Ja, sehr gern", antwortete Malia mit noch etwas kratziger Stimme. Sie hatte sofort Vertrauen zu der jungen Frau gefasst. „Aber wo bin ich? Ich war doch gerade noch unten am Fluss."

Verwundert fuhr Malia sich durch die Haare. Sie hatte sich

mittlerweile aufgesetzt und nahm die Tasse Kakao entgegen. Die junge Frau lächelte wieder und holte den Teddy vom Sessel und gemeinsam setzten sie sich zu Malia aufs Bett.

„Du bist hier am Nordpol. Durch deinen kleinen Teddy konnte Santa euch finden. Er hat euch beide dann hierher gebraucht."

„Santa?" Malia zog die Augenbrauen hoch und sah beide verwundert an. In diesem Moment klopfte es laut an der Zimmertür.

„Hohoho, habe ich gerade meinen Namen gehört?"

Langsam wurde die Zimmertür geöffnet und dann stand er da: Der Weihnachtsmann! Er musste es einfach sein. Wer sonst trug einen langen roten Mantel und hatte einen dicken, weißen Vollbart?

Er betrat den Raum und setzte sich auf die freie Seite des Bettes. Kurz knarrte es laut auf, als wollte es sich über das große Gewicht beschweren. Doch danach blieb es still.

„Wie geht es dir, Malia?" fragte er besorgt. Vielleicht war es sogar eine Spur Traurigkeit, die sich in seine tiefe Stimme geschlichen hatte.

„Mh", fing das Mädchen an. „Ich glaube, es geht mir gut, Herr Weihnachtsmann. Ich bin gerade erst aufgewacht und weiß gar nicht mehr so genau, was passiert ist und wie ich hierhergekommen bin." Malia zögerte kurz, doch dann nahm sie all ihren Mut zusammen und fragte: „Woher kennst du eigentlich meinen Namen?"

„Ich bin der Weihnachtsmann", antwortete er strahlend und sein fröhliches, tiefes Lachen erfüllte den Raum. „Aber hier am Nordpol nennen mich alle nur Santa. Ich kenne alle Kinder dieser Welt und auch ihre Namen." Santa machte eine kurze Pause und fragte Malia dann: „Weißt du denn gar nichts mehr? Woran erinnerst du dich denn noch?"

Malia schloss kurz die Augen und überlegte.

Der Streit mit ihrer Stiefmutter.

Wie sie allein durch die Straßen gegangen war.

Der Fluss.

Und Teddy.

Aber Einzelheiten wusste sie nicht mehr.

Alles war so verschwommen.

„Ich weiß nicht. Ich erinnere mich an das kalte Wasser und an den Teddybären." Ihr Blick fiel auf den Teddy und dieser verbeugte sich und sagte: „Mein Name ist Theo." Mit großen Augen sah sie den Teddybären an und blickte dann zu Santa und der jungen Frau und wieder zurück.

„Ja, hier ist alles ein wenig anders", kicherte die junge Frau. „Aber, wenn wir gerade dabei sind, uns vorzustellen: Mein Name ist Annie." Sie reichte Malia wie zur Begrüßung die Hand und schenkte dem Mädchen ein herzliches und aufmunterndes Lächeln.

„Malia, ich weiß, du hast viel durchgemacht", sagte Santa mit leiser, trauriger Stimme. „Aber möchtest du vielleicht wissen, was passiert ist und was du vergessen hast? Oder sollte ich sagen, woran du dich nicht erinnern kannst, weil es einfach unmöglich ist?"

Malia schluckte.

Ein wenig schnürte es ihr die Kehle zu und eine dunkle Vorahnung kam in ihr auf. Sie war zwar jung. Aber durch den Tod ihrer Mutter war sie früh erwachsen geworden. Sie wusste viel, hatte viel erlebt. Etwas, was Anderen in ihrem Alter womöglich noch nicht passiert war.

Zögerlich nickte sie.

Daraufhin streckte Santa seine linke Hand, aus und sagte: „Hab keine Angst, Malia. Ich kann dir zeigen, was passiert ist. Nimm meine Hand."

Malia griff ohne zu zögern danach.

Wie durch Zauberhand war Malia wieder zurück am Ufer des Flusses. Gerade hatte sie sich und den kleinen Teddybären aus dem kalten Wasser gerettet. Sie erinnerte sich an die Kälte und die plötzliche Müdigkeit. Doch diesmal spürte Malia sie nicht. Denn sie war nicht mehr in ihrem Körper. Sie schwebte direkt darüber, sah auf sich herab. Sie blickte auf ihren kleinen, kalten Körper. Den kleinen Teddybären hielt sie noch immer ganz fest in ihren Armen.

Nur noch winzige Wölkchen kamen aus ihrem Mund und lösten sich in der kalten Luft auf. Malia wusste plötzlich, dass das Mädchen dort unten am Ufer vor Kälte sterben würde. Dass sie selbst dort sterben würde.

Das spürte wohl auch der kleine Teddybär. Plötzlich fing er ganz laut an zu rufen und zu schreien: „Santa! Hilf uns! Oh bitte, Santa, rette das Mädchen!"

Anfangs war seine Stimme noch etwas leise und kratzig. Doch desto mehr der Teddy rief, desto kräftiger und stärker wurde seine Stimme. "Santa! Wir brauchen dich!" Auf einmal fing der kleine Teddybär an zu leuchten. Kurz war der Teddy darüber verwundert. Denn er hatte noch nie zuvor angefangen zu leuchten. Aber der Teddy hörte trotzdem nicht auf, nach dem Weihnachtsmann zu rufen. Seine Hilferufe musste er doch hören und durch das Leuchten würde er sie bestimmt besser finden können. Der Teddy glaubte ganz fest an Santa und dass dieser ihn finden und das kleine Mädchen retten würde. Also hörte er nicht auf, zu rufen und zu leuchten.

(Ihr müsst wissen, es ist nicht nur für Feen wichtig, dass man an sie glaubt. Auch der Weihnachtsmann kann nur leben und helfen, wenn man ganz, ganz fest an ihn glaubt. Genau das tat der kleine Teddybär. Er glaube von ganzen Herzen an den Weihnachtsmann.)

Als erstes hörte der Teddy die kleinen Glöckchen, die am Schlitten des Weihnachtsmannes befestigt waren. Kurz darauf konnte er schon den großen Schlitten und die acht Rentiere, die davor gespannt waren, sehen. Eilig setzte Santa zur Landung an. Mit einem großen Satz sprang er vom Schlitten und war in Windeseile bei dem Mädchen und dem leuchtenden Teddybären. Langsam ließ das Leuchten nach.

Santa beugte sich über Malia. Doch es kam kein Atem, kein kleines Wölkchen mehr aus ihrem Mund.

Malia riss die Augen auf und schnappte nach Luft, als ihr Blick in die Vergangenheit endete. Tränen liefen ihr über das Gesicht. Auch, wenn ein Teil von ihr sich noch weigerte, das Gesehene zu akzeptieren, wusste sie dennoch, was mit ihr geschehen war. Schockiert und ungläubig sah sie Santa an.

„Ich kann nicht ungeschehen machen, was passiert ist. Aber ich bedaure sehr, dass ich zu spät bei euch war", sagte Santa. „Aber es gibt eine Möglichkeit, wie du weiterleben kannst."

Er machte eine kurze Pause und ließ Malia Raum, um seine Worte auf sich wirken zu lassen. Dann fuhr er fort: „Ich kann dich zu einer Weihnachtselfe machen. Du trittst dann für hundert Jahre in meinen Dienst. Du hilfst mir und all den anderen Weihnachtselfen über das Jahr, alle Geschenke für die Kinder dieser Welt zu basteln und herzustellen, damit ich sie in der Weihnacht verteilen kann. In diesen hundert Jahren bist du eine richtige Weihnachtselfe. Kein Mensch wird dich sehen oder hören können. Aber du kannst zum Beispiel mit Tieren sprechen."

„Und mit Teddybären!" fiel Theo dem Weihnachtsmann begeistert ins Wort und alle lachten.

„Sobald dein Dienst beendet ist", fuhr Santa fort, „kannst du frei entscheiden, ob du für immer eine Weihnachtselfe bleiben möchtest oder ob du wieder ein menschliches Leben führen möchtest."

Malia sah Santa mit großen Augen an. Sie hatte zwar verstanden, was Santa gesagt hatte, aber begreifen konnte sie es dennoch nicht.

Sie – Malia – eine Weihnachtselfe?

Der Kampf im Wasser musste ihr mehr zugesetzt haben, als sie erwartet hatte. Bestimmt lag sie noch immer ohnmächtig am Ufer des Flusses und träumte.

Santa strich ihr väterlich über den Kopf.

„Das ist alles sehr viel für dich. Das verstehe ich. Lass dir Zeit. Annie kann dir, wenn du wieder bei Kräften bist, unsere Werkstätten, unser Dorf und die Gegend hier zeigen. Mit den Schlittenhunden könnt ihr vielleicht auch das Plüschie-Dorf besuchen. Wenn du das möchtest."
Mit diesen Worten verabschiedete sich Santa und Malia blieb mit Theo und Annie zurück.
„Es tut mir leid, was dir passiert ist", sagte Theo. „Bestimmt wäre alles anders gekommen, wenn du mich nicht aus dem Wasser geholt hättest." Noch bevor Malia darauf antworten konnte, meldete sich ihr Magen lautstark. Alle drei begannen zu lachen.
„Ja, auch Weihnachtselfen müssen etwas essen", sagte Annie liebevoll.
„Aber ich habe mich doch noch gar nicht entschieden", sagte Malia leise. Annie lächelte nur weise und strich Malia über die Wange.
„Ich hole dir etwas zu essen. Magst du Kartoffelsalat? Santa war bei Trudi im Plüschie-Dorf und Trudi ist eine begnadete Köchin. Santa liebt Kartoffelsalat und den von Trudi ganz besonders. Seine Frau ist zwar auch eine unglaublich gute Köchin. Aber sie mag keinen Kartoffelsalat. Deshalb gibt es im Hause Santa zwar immer viele Köstlichkeiten, aber nie Kartoffelsalat. Als Santa gestern bei Trudi war, hat er eine große Schüssel davon mitgebracht. Einen Teil davon hat er für dich vorbeigebracht, nachdem er dich hierher zum Nordpol gebracht hat."
Malia nickte. Sie mochte Kartoffelsalat, aber sie konnte sich nicht erinnern, wann sie zuletzt welchen gegessen hatte. Die Stiefmutter hatte Kartoffelsalat nicht gemocht. Er war ihr einfach nicht exklusiv genug gewesen. Für die Stiefmutter musste es immer nur das Teuerste und Beste sein. Doch Malia wollte jetzt nicht an die Stiefmutter denken und versuchte, die Erinnerungen zu verdrängen.

„Heute bleibst du noch im Bett", sagte Annie. „Ruh dich ordentlich aus und morgen zeige ich dir dann den Nordpol." Mit diesen Worten verließ Annie das Zimmer, um etwas von dem Kartoffelsalat zu holen.

Malia und Theo sahen sich schweigend, aber lächelnd an. Ganz plötzlich überkam Malia ein Gefühl so voller Liebe und Wärme, Zärtlichkeit und Geborgenheit. Das Gefühl, zu Hause zu sein.

Der Kartoffelsalat hatte vorzüglich geschmeckt und kaum, dass Malia aufgegessen hatte, fielen ihr auch schon die Augen zu. Als sie Stunden später wieder erwachte, fühlte sie sich frisch und ausgeschlafen.

Es war früh am Morgen. Der Teddy Theo schlief noch neben ihr im Bett. Durch das Fenster konnte sie bunte und mit Lichtern geschmückte Häuschen sehen und überall glänzte es weiß auf den Dächern und Straßen. Draußen lag überall eine kleine Schicht Schnee. Diese Schicht bedeckte auch den großen Weihnachtsbaum, der am Ende der langen Straße zu sehen war. Seine Lichter waren zu dieser frühen Stunde aus und man konnte seine Silhouette nur durch die Schneeschicht erkennen. Malia hatte ihr Zeitgefühl verloren. War noch Weihnachten oder waren die Weihnachtsfeiertage bereits vorbei? Sie konnte es nicht mit Sicherheit sagen. Sie wusste ja nicht einmal, wie lange sie geschlafen hatte.

Unten in den Straßen waren bereits die ersten Bewegungen zu erkennen. Malia konnte nun auch Geräusche aus dem unteren Teil des Hauses hören. Irgendjemand war schon wach und klapperte mit Töpfen und Pfannen.

Langsam stieg Malia aus dem Bett und schlich zur Tür. Sie wollte den schlafenden Theo nicht wecken. Verstohlen blickte sie aus der Zimmertür und sah auf einen kleinen Flur hinaus. Links von ihr führte dieser zu einer Treppe, die ins Erdgeschoss führte. Noch im knielangen Nachthemd ging Malia in

Richtung Treppe. Immerhin kamen die Geräusche auch aus dieser Richtung.

Es war auch hier im Flur so herrlich warm, dass sie gar keine andere Kleidung als ihr Nachthemd benötigte. Aber sie wusste auch gar nicht, wo ihre alte Kleidung geblieben war. Bewusst hatte sie die Sachen jedenfalls nicht im Zimmer liegen sehen. Sie wollte aber auch nicht zurück in ihr Zimmer gehen, um nach ihrer alten Kleidung zu suchen, da sie den Teddy Theo nicht wecken wollte.

Während Malia den kleinen Flur entlang ging, konnte sie sich die Bilder, die die Wände schmückten, ansehen. Auf allen war Annie zu sehen. Mal stand sie neben Santa vor einer Bäckerei. Mal streichelte sie einem Rentier die Nase oder stand mit anderen Weihnachtselfen vor dem riesigen Weihnachtsbaum. Auf vielen Bildern war der große Weihnachtsbaum zu sehen. Er erstrahlte immer in hellen Lichtern. Mal war er rot, mal blau. Es schien, als wäre er jedes Mal anders geschmückt und dekoriert worden. Auf keinem der Bilder sah der riesige Weihnachtsbaum gleich aus. Aber auf allen Bildern hatte Annie ein strahlendes Lächeln im Gesicht. Sie sah einfach immer glücklich aus. Genau wie in diesem Moment, als sie Weihnachtslieder summend die Treppe hinauf kaum und Malia erblickte.

„Du bist ja schon wach", sagte sie. „Ich wollte dich gerade wecken kommen und dich fragen, ob du Lust auf Frühstück hast. Ich wollte Pancakes machen, weil Theo die so gerne mag. Aber, wenn du keine magst, dann mache ich dir gern etwas Anderes. Rühreier mit Speck vielleicht? Oder lieber ohne Speck?" Annie sah Malia fragend an.

„Pancakes sind super", antwortete Malia strahlend und Annie lächelte wieder über das ganze Gesicht.

Annie weckte nur noch Theo und schon wenige Minuten später saßen alle gemeinsam am Küchentisch. Es war, als würden sie sich schon ewig kennen. Sie waren so unglaublich vertraut miteinander.

Malia stellte Fragen zu den Bildern, die sie oben im Flur hatte sehen können und Annie erzählte kleine Geschichten, wie die Bilder entstanden waren. Annie erzählte auch schon ein wenig vom Weihnachtsdorf, das sie Theo und Malia nach dem Frühstück zeigen wollte.

„Wir müssen nachher gut auf dich aufpassen, wenn wir im Weihnachtsdorf unterwegs sind"; sagte Annie an Theo gewandt. „Weihnachten ist zwar vorbei, aber einer der Weihnachtselfen könnte dich vielleicht für ein zukünftiges Geschenk halten und dich in den großen Geschenke-Sack stecken. Die einzige Möglichkeit, dich dann aus dem Sack zu bekommen, ist, wenn Santa in der Weihnacht seine Geschenke verteilt und dann wärst du ein Geschenk für eines der Kinder."
Malia hielt sich die Hand vor den Mund und kurz war es still im Raum.

„Ich werde auf Theo aufpassen", sagte Malia dann im ernsten Ton. „Immer. Auch wenn ich eine Weihnachtselfe werden sollte."

„Malia", sagte Annie traurig. „Als Weihnachtselfe wirst du einige Aufgaben und Verpflichtungen haben. Da wirst du nicht immer auf ihn aufpassen können. Leider kann es hier in der Vorweihnachtszeit sehr hektisch werden."

„Aber was soll denn dann aus Theo werden? Er kann doch nicht einfach so verschenkt werden. Ohne Theo möchte ich nicht hierbleiben"

„Sag so etwas nicht, Malia", brachte sich nun auch Theo mit in das Gespräch ein. Bisher hatte er den beiden nur still zugehört.

„Wenn du keine Weihnachtselfe wirst, werden wir auch nicht zusammen sein können." Traurig sahen sie sich an. Fast hatte Malia vergessen, was geschehen war und dass es die alte Malia eigentlich gar nicht mehr gab.

Malia presste die Lippen zusammen und holte danach tief Luft. „Aber was wird dann aus dir, Theo?" fragte sie besorgt.

Der kleine Teddybär zuckte ratlos mit den Schultern.

„Vielleicht hat ja Santa eine Idee?" schlug Annie vor und Malia und Theo sahen sie hoffnungsvoll an.

„Worauf warten wir dann noch?" fragte Annie motiviert und stand vom Küchentisch auf. Rasch wurde der Abwasch erledigt und das saubere Geschirr in die Schränke geräumt.

Annie stand schon in der Haustür und wollte diese gerade öffnen, als Malia sich verlegen räusperte. „Ich habe noch mein Nachthemd an", sagte sie leise.

„Oh nein! Oh nein!" sagte Annie. „Wo bin ich nur wieder mit meinen Gedanken!"

Annie schnipste mit den Fingern und schon hatte Malia ein wunderschönes knielanges, rotes Kleid an. Das Kleid hatte einen schönen, schwingenden Rock und lange Ärmel. Es war angenehm dick und dazu trug Malia eine weiße Strumpfhose und hübsche, braune Stiefel.

„Werde ich nicht auch noch eine Jacke oder einen Mantel brauchen?" fragte Malia verwundert.

„Weihnachtselfen frieren nicht", sagte Annie entschuldigend. Ein weiteres Fingerschnippen folgte und Malia hatte eine wunderschöne Jacke an, die perfekt zu ihren Stiefeln passte und auch Theo hatte einen bunten Weihnachtspullover mit einem passenden Schal an. Zufrieden nickte Annie und öffnete die Haustür.

Eine Wolke aus Lebkuchenduft kam ihnen sofort entgegen und sprachlos blickten Malia und Theo auf die schnee-bedeckte, von kleinen Häusern umrahmte Straße. Überall brannten Lichter in den Fenstern, auch wenn es mittlerweile nicht mehr dunkel war und die Sonne den Himmel erleuchtete und den Schnee zum Glitzern brachte. Kleine und große Figuren erstrahlten in ihrem Licht. Weihnachts- und Schnee-männer. Kleine und große Räuchermännchen. Viele unter-schiedliche Schwippbögen. Sie alle blickten von den Fenster-brettern der kleinen Häuschen hinaus auf die Straße.

Selbst die weißen Straßenlaternen wirkten wie riesengroße Weihnachtskugeln. Es schien, als würden sie noch leuchten.

Doch in Wahrheit waren die Straßenlaternen nicht mehr eingeschaltet. Es spiegelte sich das Sonnenlicht darin und tauchte alles ein wenig mehr in ein angenehmes, warmes und zugleich magisches Licht.

Malias und Theos Blick fiel gleichzeitig auf das Ende der Straße. Denn dort stand er: Der riesengroße Weihnachtsbaum, den Malia bereits vom Fenster aus und auf den Bildern oben im Flur gesehen hatte. Er leuchtete in allen Farben, die man sich vorstellen konnte. Seine Lichter waren nun angeschaltet. Vor ihrem Platz vor Annies Haustür konnten sie keine einzelnen Kugeln oder Figuren, die an ihm hingen, erkennen. Doch der Weihnachtsbaum erstrahlte in einer unglaublichen Farbvielfalt. Es schien, als wären alle Farben, die es auf der Welt gab, hier versammelt. Hell und verlockend wollten sie in all ihrer Pracht bestaunt werden und die neuen Bewohner des Weihnachtsdorfes aus dem Haus locken. So folgten sie diesem Ruf und traten hinaus auf die Straße und hinein in den Zauber des Weihnachtsdorfes.

Viertes Kapitel
Im Weihnachtsdorf

Die Eindrücke waren schier überwältigend. Überall gab es etwas zu sehen und zu bestaunen. Die vielen kleinen Häuschen, die Weihnachtselfen, die ihren alltäglichen Dingen nachgingen oder ihre freie Zeit zwischen Weihnachten und Neujahr genossen. Denn, so hatten Malia und Theo von Annie erfahren, wenn die Weihnacht vorbei war und alle Geschenke verteilt waren, kehrte für einige Tage Ruhe im Weihnachtsdorf ein. Nur wenige Weihnachtselfen arbeiteten in dieser Zeit. Bis es dann im neuen Jahr wieder losging, das kommende Weihnachtsfest vorzubereiten.

Doch so störten sie auch niemanden, wenn sie sich die Werkstätten ansahen oder durch eine kleine Fabrik gingen.

In der Puppen-Fabrik machten gerade einige Weihnachtselfen den Jahresputz und der Weihnachtself Klaus machte extra eine Pause, um den dreien die Fabrik zu zeigen und ihnen zu erklären, wie hier die Puppen entstanden.

In der Bäckerei bekamen sie noch warme Milchbrötchen und in der Schokoladenfabrik, wie soll es auch anders sein, natürlich Schokolade. In allen Sorten und Variationen.

So verging die Zeit. Der Gedanke, Santa aufzusuchen, war erst einmal aus ihren Köpfen verschwunden. Aber dieser Ort war auch einfach magisch und zog jeden in seinen Bann.

Für eine Weile hatten sie vollkommen vergessen, warum sie nach dem Frühstück eigentlich aufgebrochen waren. Doch dann griff zum zweiten Mal an diesem Tag ein Weihnachtself nach Theo, weil er ihn für ein Spielzeug hielt. Malia konnte ihn zum Glück noch schnell genug erklären, dass Theo ihr Freund war und nicht in den magischen Weihnachtssack von Santa gehörte.

„Aber warum halten einige Weihnachtselfen Theo immer noch für ein Geschenk?" fragte Malia Annie. „Weihnachten ist doch vorbei und alle Geschenke verteilt."

„Manchmal", antwortete Annie, „kommt es vor, dass uns ein Wunsch zu spät erreicht. Das kommt selten vor. Alle tausend Jahre vielleicht. Aber um darauf vorbereitet zu sein, haben wir immer noch ein paar Extra-Geschenke. Diese bewahren wir im Lager auf, das sich direkt hinter dem großen Weihnachtsbaum befindet. Manchmal kommen die Geschenke auch direkt in den großen, magischen Geschenkesack. Da passen Unmengen Geschenke hinein. Aber nicht alle unsere Geschenke können vorbereitet und im Geschenkesack aufbewahrt werden. Das ist immer ganz unterschiedlich und hängt auch vom Wunsch ab. Manchmal muss ein Weihnachtself auch einen Sonderauftrag erfüllen und Santa unterstützen. Dazu kommt, dass manche Weihnachtselfen immer noch so im Stress sind, dass sie noch gar nicht bemerkt haben, dass Weihnachten vorbei ist und Theo somit eigentlich kein fehlendes Geschenk sein kann."

„Ist die Arbeit für den Weihnachtsmann denn wirklich so anstrengend?" fragte Malia und Annie antwortete: „Wie die Menschen auch, so sind auch die Weihnachtselfen unterschiedlich und jeder von uns hat seine Stärken und seine Schwächen. Santa versucht dies immer zu berücksichtigen. Aber es klappt nicht immer gleich gut."

„Sind denn eigentlich alle Weihnachtselfen hier früher einmal Menschen gewesen?" brachte sich nun auch Theo ein.

„Nein", sagte Annie. „Viele Weihnachtselfen wurden bereits als Weihnachtselfe geboren. Aber für sie alle macht es keinen Unterschied, ob man durch Santas Magie zur Weihnachtselfe wurde oder als eine geboren worden ist." Annie lächelte wieder ihr zauberhaftes Lächeln. Dann deutete sie mit der Hand auf das Haus, vor dem die Drei mittlerweile standen und sagte: „So, wir sind da. Hier ist Santas Büro."

Kaum hatte Annie ausgesprochen, öffnete sich die Tür und eine kleine ältere Weihnachtselfe kam heraus. Während sie sich umdrehte, um die Tür abzuschließen, sagte sie kurz angebunden: „Heute sind keine Sprechzeiten. Santa ist im Plüschie-Dorf."

Die Weihnachtselfe hatte den Schlüssel kaum umgedreht und wieder aus dem Schloss geholt. Da drehte sie sich um, ging an den Dreien vorbei und war auch schon um die nächste Ecke verschwunden. Sprachlos sahen sie ihr nach.

Plötzlich musste Malia laut niesen und es sah aus, als würden kleine Schneeflocken aus ihrer Nase tanzen. Annie runzelte die Stirn, sagte aber nichts dazu. Stattdessen schlug sie vor, nach diesem langen, aufregenden Tag nach Hause zu gehen und morgen gleich als allererstes nach dem Frühstück zu Santa zu gehen. Theo und Malia waren einverstanden, aber Annie musste ihnen hoch und heilig versprechen, dann auch wirklich direkt mit ihnen zu Santa zu gehen. Das Weihnachtsdorf war so schön und aufregend. Doch Morgen wollten sie sich von diesem Zauber nicht ablenken lassen. Erst als Annie ihr Versprechen gegeben hatte, folgten ihr Malia und Theo nach Hause.

Auf dem Weg dorthin konnten sie bereits erste kleine, bunte Veränderungen am Himmel sehen. Wissend lächelte Annie und sagte nur: „Wartet ab, bis wir zu Hause sind. Von eurem Zimmer aus könnt ihr es besonders gut sehen."

Von der Neugierde gepackt, wurden sie immer schneller und als Malia das Haus, in dem Annie wohnte, erkannte, hob sie Theo hoch und lief mit ihm im Arm darauf zu. Die Haustür war zum Glück nicht verschlossen. Das war hier im Weihnachtsdorf auch nicht nötig. So konnte Malia in Windeseile die Treppe hinauflaufen. Sie nahm sich nicht einmal die Zeit, die Zimmertür ordentlich zu schließen, sondern eilte mit Theo im Arm zum Fenster.

Dann standen sie da: Malia vor dem Fenster und Theo auf dem Fensterbrett, damit er gut sehen konnte, ohne dass Malia ihn die ganze Zeit halten musste. Obwohl Theo natürlich gar nicht schwer war. Zusammen betrachteten sie das magische Farbenspiel, das über den kleinen Häusern und über dem großen Weihnachtsbaum hinweg am Himmel zu bestaunen war.
Die Nordlichter.

Eine Zeit lang waren sie beide ganz still. Schweigend bewunderten sie dieses Schauspiel, das ihre Herzen höherschlagen ließ und sich dort als ewige Erinnerung einbrannte. Irgendwann fragte Malia leise: „Theo, wenn du einen Wunsch frei hättest, was würdest du dir wünschen?"
Der Teddybär sah Malia kurz verwundert an und blickte dann wieder zum Fenster hinaus. Er überlegte.
Annie, die gerade ins Zimmer treten wollte, machte einen kleinen Schritt zurück. Sie wollte diesen Moment nicht durch ihre Anwesenheit zerstören. Annie wollte auch nicht lauschen, aber irgendetwas hielt sie davon ab. Sie konnte sich nicht rühren und so blieb sie still im Flur, mit dem Rücken an die Wand gelehnt, stehen.
„Wenn ich einen Wunsch frei hätte", sagte Theo nachdenklich, ohne seinen Blick von den Nordlichtern zu nehmen.
„Weißt du, Malia. Ich hatte bisher nicht viel Glück. Ich habe bei keiner netten Familie gelebt. Der Junge mochte mich nicht." Unbewusst fasste sich Theo an den Arm. Dort, wo die kleine Narbe war. Eine alte Wunde, die einst vor Jahren hatte genäht werden müssen.
„Du hast ja selbst gesehen, was er mit mir gemacht hat, als er seinen Willen nicht bekommen hat und seine Eltern ihm nicht geben wollten, was er von ihnen verlangte", fuhr Theo fort. „Er hat mich einfach in das kalte Wasser geworfen und da haben sie mich auch zurückgelassen. Doch dann kamst du und wir haben seitdem Rentiere und Weihnachtselfen getroffen und kennengelernt. Und natürlich auch den Weihnachtsmann! Wer hätte gedacht, dass es sogar ein Dorf gibt, in dem nur Plüschtiere leben." Die kleinen Augen des Teddybären leuchteten vor Begeisterung.
„Und obwohl ich dich über alles mag, Malia, und dich nicht verlassen möchte, sehnt sich mein kleines Teddyherz nach einer Familie. Einer richtigen Menschenfamilie. Vielleicht mit lieben Kindern. Und einem Hund. Ein Heim, in dem ich alt werden und vielleicht über Generationen bleiben kann."

Theo sah Malia entschuldigend an. Doch Malia verstand, was er fühlte und sagte: „Ich verstehe dich."

Malia legte ihre Hand auf die kleine Teddy-Schulter und überlegte was sie tun könnte, um Teddy-Theo zu helfen. Sie wäre gern seine Familie. Aber dafür musste sie erst einmal eine Weihnachtselfe werden. Für hundert Jahre. Ob Theo so lange warten konnte? Sie wusste es nicht. Sie wusste ja nicht einmal, ob sie wirklich eine Weihnachtselfe werden wollte und wie viel Zeit ihr blieb, bis sie sich wirklich entschieden haben musste. Für den Moment traute sie sich auch nicht, Theo zu fragen. Vielleicht morgen. Beim Frühstück. Da hätte sie bestimmt den Mut dazu.

Annie lehnte noch immer mit dem Rücken an der Wand im Flur und versuchte, ihre Tränen zu unterdrücken. Sie hatte wirklich nicht lauschen wollen, aber ihre Füße hatten sie einfach nicht forttragen wollen. So hatte Malias Frage und auch Theos Antwort sie so überrascht und sprachlos gemacht, dass ihr die Tränen gekommen waren. Ihre Gefühle hatten sie einfach übermannt.

Morgen musste sie unbedingt zu Santa gehen. Es musste eine Lösung geben, um sowohl Theo als auch Malia glücklich zu machen. Beide hatten so viel Leid in ihrem kurzen Leben erfahren müssen, hatten sie daher nicht ein kleines Anrecht darauf, endlich glücklich zu sein? Für immer?

„Malia! Malia, wach auf!"

Annie schüttelte Malia leicht an den Schultern. Malia murmelte etwas Unverständliches und wollte sich wieder umdrehen und weiterschlafen, da es noch sehr früh am Morgen war.

„Du musst sofort aufwachen! Santa möchte dich sofort sehen!"

Plötzlich war Malia hellwach. Auch Theo hob erstaunt seinen Kopf und rieb sich verschlafen die kleinen Teddybär-Augen.

„Was ist passiert?" murmelte Malia und fuhr sich mit den Fingern durch das verzottelte Haar.

„Ich weiß es nicht. Aber du sollst sofort zu ihm kommen. Es ist dringend. Und du sollst allein kommen."

„Allein?" Malia machte große Augen und schüttelte den Kopf.

„Ja, zumindest in sein Büro. Bis dahin begleite ich dich natürlich."

Verwirrt und überrascht nickte Malia und hüpfte aus dem Bett. Dann ging alles ganz schnell. Malia putzte sich die Zähne – denn dafür gab es keine Weihnachtselfen-Magie, die das hätte übernehmen können. Annie kümmerte sich um ein Kleid mit hübschen roten Halbschuhen. Gemeinsam eilten sie durch die noch leeren Straßen des Weihnachtsdorfes und schon wenige Minuten später saß Malia in Santas Büro.

„Malia!" sagte Santa. „Wie schön, dich zu sehen. Wie geht es dir?" Trotz der frühen Stunde war Santa wie immer gut gelaunt und wirkte ausgeschlafen. Was man von Malia nicht unbedingt behaupten konnte. Aber die Aufregung hielt sie wach.

„Ich bin ein wenig verwirrt", gestand das Mädchen. „Die Sonne ist noch nicht mal aufgegangen. Draußen ist noch alles dunkel. Alle schlafen noch. Selbst der wunderschöne Weihnachtsbaum leuchtet noch nicht. Aber trotzdem sollte ich so schnell wie möglich herkommen."

Der Weihnachtsmann nickte und strich sich über den langen weißen Bart. „Da hast du Recht, Malia. Die Lage ist sehr ernst und ich brauche die Hilfe einer Weihnachtselfe, die ein unglaublich großes, liebevolles Herz hat." Santa beugte sich über den großen Schreibtisch zu Malia vor: „Ich brauche dich!"

„Aber ich bin doch noch keine Weihnachtselfe", antwortete Malia prompt und brachte Santa damit zum Lachen. So liebevoll und herzlich.

„Aber liebe Malia, dein Herz hat sich doch schon längst entschieden. Auch, wenn dein Kopf das vielleicht noch nicht getan hat. Merkst du nicht die kleinen Veränderungen an dir? Du niest Schneeflocken und frierst nicht mehr."

Malia sah Santa mit großen Augen an. Dann blickte sie an sich herunter. Ihr Kleid hatte zwar ein weihnachtliches Motiv, aber es war kurzärmelig und sie trug zwar wieder eine Strumpfhose, aber keine dicken Stiefel, sondern Halbschuhe, die aussahen, als gehörten sie einer Puppe. Und trotzdem war ihr wohlig warm. Santa hatte recht. Sie fror tatsächlich nicht und wenn sie tief in sich hinein hörte, wünschte sie sich von ganzen Herzen, dass sie hier im Weihnachtsdorf bleiben konnte. Denn hier fühlte sie sich bereits nach so kurzer Zeit, als wäre das ihr Zuhause. Der Ort, an den sie gehörte.

Santa nickte zufrieden, als würde er ihre Gedanken lesen können. „Siehst du", lächelte er zufrieden. „Und die Wahl, die dein Herz für dich getroffen hat, kann man auch nicht mehr rückgängig machen. Also, herzlich Willkommen, kleine Weihnachtselfe. Ich hoffe, du wirst deine Entscheidung nie bereuen. Aber nun zu unserem Problem und damit auch zu deinem ersten Auftrag als Weihnachtselfe."

Mit offenem Mund sah Malia den Weihnachtsmann an. Ihren ersten, großen Auftrag? Malias kleines Herz klopfte plötzlich ganz wild vor Aufregung.

„Normalerweise", fuhr Santa fort, „bekomme ich immer alle Wünsche über das ganze Jahr hinweg mitgeteilt. Ins Plüschie-Dorf fahre ich sogar höchst persönlich. Doch diesmal gab es einen Wunsch, der mich erst in der letzten Nacht erreicht hat. Ich muss gestehen, dass ich nicht lange überlegen musste, wer diesen Wunsch am besten stellvertretend für mich würde erfüllen können. Malia, ich habe mich dazu entschlossen, dass du diejenige sein wirst, die dafür sorgt, dass dieser Wunsch in Erfüllung geht."

Malia saß noch immer mit offenem Mund da. Gerade hatte sie erfahren, dass sie bereits dabei war, sich in eine Weihnachtselfe zu verwandeln und nun sollte sie allein bereits dafür zuständig zu sein, dass sich ein Wunsch erfüllte? Malia schluckte: „Was für ein Wunsch? Und wie stelle ich das an?"

Ganz ernst und geheimnisvoll sah Santa sie an.

„Es gibt einen Plüschie, der sich nichts sehnlicher wünscht, als eine Familie und ein liebevolles Heim. Ich gebe dir mein Junior-Rentier Pam und ein ganzes Jahr Zeit, um gemeinsam mit diesem Plüschtier eine Familie für ihn zu finden."
„Aber woran erkenne ich, dass ich die richtige Familie gefunden habe?" fragte Malia, die bei ihrem ersten Wunsch, den sie zu erfüllen hatte, nichts falsch machen wollte.
„Wenn es die richtige Familie ist, dann wird er anfangen zu leuchten und zu strahlen. Ich verspreche dir, du wirst es erkennen."
„Und wer ist der Plüschie?" fragte Malia leise, die bereits von einer hoffnungsvollen Vorahnung gepackt worden war.
„Es ist Theo, Malia. Der Plüschie, dessen Wunsch du erfüllen wirst, ist Theo."

Fünftes Kapitel
Auf der Suche nach einem Zuhause

Theo konnte seinen Ohren kaum glauben, als Malia ihm von ihrem Auftrag erzählte. Sprachlos sah er sie an. Er konnte einfach nicht in Worte fassen, was er in diesem Moment fühlte. Aber das war auch gar nicht nötig. Malia und Annie freuten sich mit ihm. Außerdem war es ein unglaubliches Geschenk, dass Malia und Theo zusammen diese Reise antreten durften. Schnell wurden die nötigsten Sachen gepackt.

Annie übergab ihnen eine Weltkarte und ein Adressbüchlein, in dem fein säuberlich notiert war, wo auf der Welt Weihnachtselfen lebten. Dort würden Malia, Theo und Pam immer Hilfe und Unterstützung finden und natürlich auch einen Schlafplatz und etwas zu essen bekommen.

„Dieses Adressbüchlein ist magisch", erklärte Annie.

„Wann immer ein Weihnachtself entsandt wird, um draußen in der Welt zu helfen oder einen Wunsch in Stellvertretung für Santa zu erfüllen, wirst du seinen genauen Aufenthaltsort in diesem Büchlein finden. Jede Weihnachtselfe im Außendienst besitzt so ein Buch. Du selbst wirst in deinem Adressbüchlein deinen eigenen Aufenthaltsort nicht finden. Aber sei gewiss, im Adressbüchlein der anderen Weihnachtselfen wird er zu finden sein."

Malia nickte zum Zeichen, dass sie verstanden hatte.

„Ich habe noch ein zweites Adressbuch für dich", fuhr Annie fort und holte ein Fingernagel großes Etwas aus ihrer Hosentasche.

„Mit Hilfe deiner Weihnachtselfen-Magie kannst du es in ein normal großes Buch verwandeln", lachte Annie, als sie Malias Blick auf das Miniaturbuch sah. „In dieser Größe ist es nur einfach besser zu transportieren. Ansonsten wäre es riesig und hätte unzählige Seiten. Denn in diesem Adressbuch findest du alle Aufenthaltsorte von ehemaligen Weihnachtselfen. Also Weihnachtselfen, die sich nach ihrem Dienst bei Santa wieder

für ein menschliches Leben entschieden haben. Wer weiß, wofür du es irgendwann einmal brauchen wirst."
So nahm auch Malia dieses Buch an sich und die Zeit des Aufbruchs und des Abschiedes war gekommen.

Und so reisten Pam, Malia und Theo durch die Welt und erforschten die Kontinente, um eine Familie für Theo zu finden. Sie trafen Weihnachtselfen, die sich im Außendienst befanden, und erhielten Ratschläge, wie sie vorgehen und weitersuchen konnten, um Theos Wunsch zu erfüllen. Einige von ihnen halfen Malia ein wenig, die Anwendung mit ihrer Weihnachtselfen-Magie zu lernen.
Sie knüpften Kontakte, reisten an abgelegene Orte und besuchten die unterschiedlichsten Familien. Sie lernten, dass die meisten Menschen sie tatsächlich nicht sehen konnten, aber dass es einige sensible oder auch spirituelle Menschen gab, für die das nicht galt und die sie problemlos wahrnehmen konnten. So kam es, dass sie in Amerika mit einem Ureinwohner die Friedenspfeife rauchten und in Afrika mit einem Stammesältesten den Regentanz vollführten. Auf ihrer Reise erlebten sie aber auch andere schöne Momente. Zum Beispiel konnten sie, als sie auf Pams Rücken sitzend über den Ozean flogen, Delfine beim Schwimmen beobachten.
Gemeinsam erlebten sie dieses große, tolle Abenteuer und begegneten so vielen Menschen und Familien. Doch niemand von ihnen brachte Theo zum Leuchten. Er blieb einfach immer Theo und sah so aus, wie er nun mal aussah. Wie ein kleiner, süßer Teddybär. Malia fürchtete sogar schon, den Moment verpasst zu haben, an dem Theo leuchten sollte. Aber Santa hatte ihr ja versprochen, dass sie es erkennen würde. Aber das Jahr, das Malia Zeit hatte, um Theos Wunsch zu erfüllen, war nun fast vorbei. Es ging bereits wieder mit großen Schritten auf Weihnachten zu. Fast überall war es schon hübsch geschmückt und dekoriert.

Die Familie, die sie sich gerade ansahen, war gerade dabei, ihren Weihnachtsbaum aufzustellen. Sie rückten ihn hin und her, um den perfekten Platz im Wohnzimmer für ihn zu finden. Das Mädchen, es war gerade acht Jahre alt geworden, hatte sich bereits eine Weihnachtskugel aus einem der Kartons geholt. Es wartete bereits sehnsüchtig auf den Moment, an dem es die Kugel an den Weihnachtsbaum hängen durfte.

„Du leuchtest nicht", sagte Malia traurig und drehte sich enttäuscht vom Fenster weg. Langsam mit hängendem Kopf ging sie zur Straße zurück, um sich gleich das nächste Haus und die nächste Familie anzusehen. Im Ort zuvor hatten sie einen Weihnachtself getroffen, der ihnen vorgeschlagen hatte, in dieser Kleinstadt zu suchen, da hier viele, kleine Familien lebten. Tatsächlich gab es hier Reihen von Häusern, in denen Eltern mit ihren Kindern lebten. Nur die wenigstens Familien hatten hier nur ein Kind. Sie alle waren mit zwei oder drei Kindern gesegnet. Manche hatten sogar noch mehr Kinder. Aber keine der Familien schien die richtige für Theo zu sein.

Dann passierte es: Malia stolperte über einen Stein und fiel der Nase lang hin. Dabei fiel ihr etwas aus der Hosentasche.

Während Pam versuchte, Malia beim Aufstehen zu helfen, schaute Theo nach, was Malia verloren hatte. Gerade wollte er danach greifen, als es vor seinen kleinen Pfötchen davon hüpfte. Als er es erneut probierte, passierte das gleiche und auch beim nächsten Versuch hüpfte es einen Schritt weit davon und blieb dann wieder liegen.

Malia klopfte sich den Schnee von den Knien und betrachtete zusammen mit Pam das Schauspiel.

„Was ist das?" fragte Malia verwundert und sah das Rentier an. Pam zuckte mit den Schultern und näherte sich langsam dem kleinen Etwas. Erst geschah nichts. Doch dann hüpfte das kleine Ding auch vor Pam weg. Pam blieb stehen und reckte den Hals, um besser sehen zu können, ohne einen weiteren Schritt zu machen. Denn sonst wäre das kleine Etwas sicherlich wieder einen Schritt von ihr weg gehüpft. Bevor das kleine

Etwas einen weiteren Hüpfer machte, konnte Pam allerdings einen Blick darauf erhaschen und meinte: „Ich glaube, das ist das Adressbuch, das Annie uns zuletzt gegeben hat. Dieses kleine, winzige Ding. Erinnerst du dich?" Pam reckte ihren Hals und hoffte, vielleicht einen weiteren Blick darauf erhaschen zu können. Doch dann kam ihr eine Idee und sie fragte an Malia gewandt: „Kannst du es größer machen?"
Malia, die sich erst langsam an ihre Weihnachtselfen-Magie gewöhnte, schloss die Augen und konzentrierte sich. Es dauerte einige Minuten und Versuche lang, bis es klappte. Doch dann lag ein riesiges Buch mit tausenden Seiten bereits aufgeschlagen vor ihnen auf der Straße.
Neugierig traten die drei näher heran. Diesmal blieb das Adressbuch liegen und hüpfte nicht wieder von ihnen weg. Zusammen standen sie nun direkt vor dem Adressbuch und schauten hinein. Erst fiel ihnen nichts Besonderes auf. Immerhin waren es Adressen von ehemaligen Weihnachtselfen und außer Pam kannte weder Malia noch Theo jemanden von ihnen. Dachten sie zumindest. Bis ihr Blick auf die letzte Adresse auf der rechten Buchseite fiel und wie aus einem Munde riefen alle drei gleichzeitig: „Annie!"

Die drei hatten nicht lange gezögert und waren umgehend zur Adresse, die unter Annies Namen gestanden hatte, aufgebrochen. Auf dem Weg dorthin hatten sie gegrübelt und überlegt, wie es kommen konnte, dass Annies Name in diesem Adressbuch stand. Gemeinsam waren sie zu dem Schluss gekommen, dass es nur eine mögliche Lösung für dieses Rätsel gab: Annies Zeit als Weihnachtselfe war vorbei und sie hatte sich entscheiden müssen, ob sie eine Weihnachtselfe bleiben oder noch einmal ein Leben als Mensch führen wollte.
Es hatte nicht lange gedauert, die gewünschte Adresse ausfindig zu machen und dorthin zu fliegen. Gemeinsam standen sie nun vor dem Haus, in dem sich Annie laut dem Adressbuch aufhalten sollte, und betrachteten es vom Gehweg

aus. Niemand wollte den ersten Schritt machen. Deshalb standen sie erst einmal nur da und betrachteten den Ort, an den das Adressbüchlein sie geführt hatte.

Es war ein kleines Haus mit einem hübschen Vorgarten, von dem man allerdings nicht viel erkennen konnte, da es die letzten Stunden geschneit hatte. Dennoch war ein Weg zum Haus frei geschoben worden und direkt neben der Haustür stand ein Schneemann mit Karotten-Nase und einem roten Schal. In einem der Zimmer im Haus brannte Licht.

„Warum sie wohl nichts gesagt hat, als wir damals zu unserer Reise aufgebrochen sind", meinte Theo.

„Vielleicht hat sie damals in dem Moment einfach nicht daran gedacht", überlegte Pam.

„Oder sie wollte uns nicht traurig machen", warf Malia ein.

„Ich weiß nicht, ob ich so einfach hätte abreisen können, wenn ich gewusst hätte, dass sie bei unserer Rückkehr nicht mehr da sein wird."

Pam und Theo nickten. Dann hätte sich ihre Abreise sicherlich verzögert, weil sie alle noch ein paar Tage mit Annie hätten verbringen wollen.

„Ob Annie den Schneemann gebaut hat?" kicherte Malia und sah dann beunruhigt zu Theo. „Was ist los, Theo? Du wirkst so unruhig. Stimmt etwas nicht?"

„Ich weiß nicht", sagte der Teddybär. „Mir juckt das Fell so. Alles kribbelt. Hoffentlich habe ich keine Flöhe." Mit seinen Pfötchen rieb er sich nachdenklich über die Arme.

„Lasst uns klingeln. Vielleicht musst du einfach nur ins Warme", schlug Pam mutig vor, ohne daran zu denken, dass Annie, die nun keine Weihnachtselfe mehr war, sie gar nicht würde sehen können. Denn egal wie sensible oder spirituell eine ehemalige Weihnachtselfe in ihrem neuen menschlichen Leben war, dieser Zauber blieb ihr für immer verborgen.

Langsam machten sie sich zum Haus auf. Mit jedem Schritt kribbelte es mehr unter dem Fell des kleinen Teddybären. Es war fast nicht mehr zum Aushalten. Theo wollte sich gerade hinter den Ohren kratzen, als er bemerkte, dass seine Pfötchen leuchteten. Nun sahen es auch Malia und Pam. Sie blieben stehen und sahen sich verwundert an.

„Mach mal noch einen Schritt nach vorn", sagte Pam zu Theo, der mittlerweile ebenfalls stehen geblieben war. Ihre Rentier-Stirn lag dabei nachdenklich in tiefen Falten.

Theo tat wie vorgeschlagen und leuchtete gleich etwas heller. Mutig tat er einen weiteren Schritt und das Leuchten erfasste nun den ganzen Teddybärkörper. Erschrocken blieb er wieder stehen.

Malia wusste auf einmal ganz genau, was das zu bedeuten hatte. Ganz plötzlich verstand sie und dankte Santa im Stillen. Sie ging zu Theo, drückte ihn ganz fest und flüsterte ihm ins Ohr: „Ich habe dich lieb!" Dann sagte sie laut, so dass auch Pam es hören konnte: „Geh noch einen Schritt!"

Theos Licht strahlte nun so hell, dass Pam und Malia wegschauen mussten. Plötzlich öffnete sich die Haustür und Annie stand dort. Sie hielt sich die Hand vor die Augen, um sich vor dem hellen Licht zu schützen. „Was ist hier los?" fragte sie verwundert und in diesem Moment nahm das Licht das Theo umgab, langsam ab. Nun erkannte sie vor sich den kleinen Teddybären Theo. Annie schlug sich die Hand vor den Mund und lachte und weinte zugleich.

Theo war hier. Bei ihr.

Sie wusste sofort, was das bedeutete und fühlt sich geehrt und überaus glücklich.

Annie ging zu dem kleinen Teddybären, hob ihn hoch und drückte Theo an ihr Herz. Für Annie als Mensch mochte er nur ein lebloser Teddybär sein, aber durch ihre Erinnerungen an ihre Zeit als Weihnachtselfe war er doch so viel mehr.

Bevor sie zurück ins Haus ging, sah Annie sich noch einmal um. Es wirkte, als würde sie etwas suchen. Oder viel mehr jemanden. Doch Menschen konnten keine Weihnachtselfen sehen und wie ihr wisst, gilt das auch für ehemalige Weihnachtselfen.

„Er wird es hier immer guthaben. Das verspreche ich dir. Komm in deiner freien Zeit vorbei. Du bist hier immer herzlich willkommen", sprach Annie der Straße zugewandt ins Leere und ging dann mit Theo im Arm zurück ins Haus. In ihr gemeinsames Zuhause.

Eine Weile standen die beiden, Malia und Pam, noch vor dem kleinen Fenster, das ihnen Einblick in Annies Wohnzimmer gab. Hier gab es nicht viel zu sehen, außer eine kleine Schrankwand und einen großen Ohrensessel, der neben einem wunderschönen, in allen Regenbogenfarben geschmückten Weihnachtsbaum stand. Der Weihnachtsbaum war natürlich nicht so groß wie der im Weihnachtsdorf, aber er ähnelte diesem dennoch sehr durch seine Farbenpracht.
Es gab auch einen kleinen Kachelofen, von dem aus sich eine wunderbare Wärme verteilte. Annie und Theo hatten es sich gemeinsam auf dem Ohrensessel gemütlich gemacht und Annie hatte sich trotz der Wärme, die der Kachelofen ausstrahlte, eine Decke über die Beine gelegt. Obwohl sie wusste, dass Theo ihr jetzt nicht mehr antworten konnte, sagte sie: „Ich muss mich erst wieder daran gewöhnen, dass ich ein Mensch bin und friere. Das ist wirklich komisch. Aber ich war ja nun auch eine sehr lange Zeit eine Weihnachtselfe."
Annie drückte den kleinen Theo an sich.
„Ich kann es noch gar nicht fassen, dass ihr mich gefunden habt und dass du für mich geleuchtet hast. Weihnachtsmagie ist wirklich etwas Unglaubliches." Gedankenverloren saß sie einen Moment still da. Ihr Blick ging hinaus aus dem Fenster und für einen Augenblick hatte Malia das Gefühl, dass Annie sie sehen konnte. Annie lächelte. Dann griff sie nach einem Buch, das auf einem Beistelltischchen neben dem Ohrensessel lag.
„Magst du Märchen, Theo? Ich hatte als Weihnachtselfe so wenig Zeit, um Bücher zu lesen. Was hältst du davon, wenn ich dir ein wenig vorlese?"

Kaum hatte Annie die Worte ausgesprochen, schlug sie die erste Geschichte des Buches auf und begann laut vorzulesen. Eine Weile hörten Malia und Pam ihr beim Lesen zu.

Es war ein wunderschöner Anblick, wie Annie und Theo dort zusammensaßen und ganz tief in der Märchenwelt versunken waren. Malia hätte ihnen ewig dabei zusehen können. Doch sie wusste auch, nun da ihre erste und wichtigste Aufgabe als Weihnachtselfe erfüllt war, dass andere und neue Aufgaben auf sie warten würden.

Theo und Annie würde sie aber nicht vergessen können und so beschloss sie, dass sie jedes Jahr, nach getaner Arbeit, in der Weihnacht hierher zurückkommen würde, um nach Theo und Annie zusehen. So konnte sie sichergehen, dass es beiden gut ging und dass Theo auch wirklich die Familie bekommen hatte, die er sich gewünscht hatte. Aber da er nun bei Annie war, hatte Malia eigentlich keine Sorge, dass er bei Annie nicht glücklich werden würden.

Als kleines Abschiedsgeschenk zauberte Malia Eisblumen an die Fensterscheibe und als sie sich zum Gehen umdrehte, hörte sie Annie leise flüstern: „Auf Wiedersehen, Malia. Komm uns bald wieder besuchen."

Sechstes Kapitel
Der Abschiedsbrief

Malia und Pam machten sich auf den Weg zurück ins Weihnachtsdorf. Von dem Erlebten waren beide noch ganz aufgeregt. Sie konnten es gar nicht richtig glauben, dass sie es tatsächlich noch vor Ablauf der Zeit geschafft hatten, ein Zuhause für Theo zu finden. Ein Zuhause, das auch noch bei Annie war. Der herzallerliebsten Weihnachtselfe. Jedenfalls hatte Pam sie so genannt, als Annie noch eine Weihnachtselfe gewesen war.

„Ich kann es noch gar nicht richtig glauben. Jetzt kommen wir ohne Theo zurück und Annie wird nicht da sein, um uns in Empfang zu nehmen. Ich muss gestehen, dass ich ein wenig Angst habe", sagte Malia, während sie auf Pams Rücken saß und beide über die weite Steppe der Mongolei flogen. Alles war dunkel und nur die Sterne leuchteten hoch am Himmel. Der Mond hielt sich heute Nacht verborgen. Eine angenehme Stille hatte sich über das Land gelegt. Alles schlief und ruhte sich für den kommenden Tag aus.

„Wovor hast du denn Angst?" fragte Pam. „Du hast doch deinen Auftrag erfüllt und kommst nach Hause."

„Aber habe ich denn ein Zuhause?" fragte Malia ängstlich. „Ich habe doch bei Annie gewohnt und Annie ist jetzt nicht mehr da. Ansonsten hatte ich nur Theo und Theo lebt jetzt bei Annie."

Pam schnaubte beleidigt und Malia strich dem kleinen Rentier entschuldigend über das dicke Fell. „Es tut mir leid. Ich habe natürlich dich als gute Freundin. Dafür bin ich auch sehr dankbar." Malia kuschelte sich an Pam und sagte dann: „Aber ich frage mich trotzdem, wie es jetzt weitergeht. Wo ich wohnen werde und welche Aufgaben mich jetzt erwarten."

„Santa hat bestimmt schon einen Plan", meinte Pam zuversichtlich. „Santa hat doch immer einen Plan. Vielleicht kannst du ja Annies alten Job übernehmen, wenn er mittlerweile nicht anders vergeben worden ist."

„Oh", sagte Malia. „Ich weiß gar nicht, was Annie im Weihnachtsdorf gemacht hat. Wir waren zwar einen ganzen Tag im Weihnachtsdorf unterwegs und haben uns viel angesehen, aber bis zu Annies Arbeitsplatz haben wir es an diesem Tag nicht geschafft. Sie hat auch sonst nie davon erzählt."

Pam kicherte: „Das ist typisch für Annie. Sie ist so eine wunderbare Weihnachtself." Pam hielt kurz inne und ergänzte etwas traurig: „Gewesen. Es wird komisch sein, dass sie nicht mehr bei uns im Dorf lebt." Pam schluckte kurz und fuhr dann fort: „Sie war immer freundlich und herzensgut und hat sich immer um alle gekümmert. Aber sich damit irgendwie in den Vordergrund zu stellen oder darüber zu sprechen, hat ihr noch nie zugesagt. Obwohl niemand besser diesen Job hätte machen können."

„Was hat Annie denn gemacht?" fragte Malia, die nun wirklich neugierig war. Pam ließ sich nicht lang bitten und fing an zu erzählen: „Ich war noch ganz klein, als Annie in das Weihnachtsdorf gekommen ist. Von heute auf morgen war sie da und hat mit ihrer Art alle begeistert. Wir alle haben sie vom ersten Moment ins Herz geschlossen. Ich erinnere mich, dass sie anfangs in der Weihnachtsbäckerei gearbeitet hat."

Pam schloss kurz die Augen und dachte an die vielen Köstlichkeiten, die hier das ganze Jahr über gezaubert wurden. Plätzchen und Lebkuchen, kleine Kuchen und Torten, Bonbons und Lutscher. Es gab nichts, was in der Weihnachtsbäckerei nicht hergestellt werden konnte und Annie war eine Meisterin in diesem Bereich gewesen und hatte ihr immer etwas Süßes zugesteckt.

„Aber die Bäckerei kann doch eigentlich auch nur kurz vor Weihnachten geöffnet haben. Wenn man die Sachen so früh backt, sind sie doch sonst bis Weihnachten schlecht", holte Malia die kleine Pam aus ihren Gedanken.

„Nein", lachte Pam. „Durch die Weihnachtselfen-Magie sind die Leckereien beinahe ewig haltbar. Aber wer kann ihnen schon widerstehen und möchte die Sachen nicht einfach sofort vernaschen." Beide lachten und einen Moment flogen sie schweigsam durch die Nacht und bewunderten den Sternenhimmel über ihren Köpfen. Dann fuhr Pam mit ihrer Geschichte fort:

„Ich erinnere mich, dass es schon immer eine kleine Arztpraxis im Weihnachtsdorf gegeben hat. Denn es gab immer wieder verletzte Plüschtiere, die zu uns kamen. Das geschah dann durch die Wünsche der Kinder, bei denen sie lebten. Wenn ein Kind sich nämlich von ganzen Herzen wünschte, dass es seinem verletzten Plüschtier wieder gut geht, dann kam das Plüschtier zu uns ins Weihnachtsdorf. Doch irgendwann fanden auch andere Plüschtiere ihren Weg zu uns. Arme kleine Wesen, die ähnlich wie Theo kein schönes Zuhause hatten und auf der Suche nach etwas Neuem waren. Sie suchten einen Ort, an dem sie sicher und glücklich leben konnten."

„Hat Santa dann für jedes dieser Plüschtiere ein neues Zuhause gefunden?" fragte Malia und strich sich eine Haarsträhne aus dem Gesicht.

„Ja, irgendwie schon", antwortete Pam mit einem breiten Lächeln im Gesicht. „Santa hat natürlich versucht, dass alle Plüschtiere ein neues Zuhause finden. Doch einige von ihnen wollten nicht mehr zurück und in Menschenfamilien leben. Santa hatte dafür natürlich vollstes Verständnis und so kam es, dass nicht weit vom Weihnachtsdorf entfernt ein neues Dorf entstand."

„Das Plüschie-Dorf!"

„Ja, genau: Das Plüschie-Dorf. Dort entstand eine neue Gemeinschaft nur aus Plüschtieren. Alle die dort leben, leben friedlich zusammen und unterstützen das Weihnachtsdorf, wenn es um die Herstellung der Weihnachtsgeschenke geht. Sie alle sind dort so glücklich, dass sie sich kein anderes Leben mehr vorstellen können. Vielleicht hätte auch Theo das gefallen, wenn er sich nicht von tiefsten Herzen eine Menschenfamilie gewünscht hätte, bei der er leben kann."

„Ja, vielleicht. Aber jetzt weiß ich immer noch nicht, was all das mit Annie zu tun hat", sagte Malia ungeduldig.

„Du bist so ungeduldig", lachte Pam und rollte mit den Augen. „Irgendwann gab es einen dringenden Notfall in der Plüschie-Arzt-Praxis. Ein Plüschhund hatte seinen Weg zum Nordpol gefunden und es ging ihm wirklich nicht gut. Als die Weihnachtselfen von ihm erfahren haben, sind sie natürlich sofort aufgebrochen, um ihn in das Weihnachtsdorf zu holen. Er hatte eine lange Reise hinter sich, hatte kaum gegessen und getrunken. Ich erinnere mich, dass ein Ohr kaputt war und an der Schulter hatte er einen großen Riss. Niemand durfte in seine Nähe, weil er so schreckliche Angst hatte. Es hatte die Weihnachtselfen große Mühe gekostet, ihn zu überzeugen, dass er bei ihnen sicher war und sie ihn in das Weihnachtsdorf bringen wollten. Einen Arzt wollte er gar nicht erst in seine Nähe lassen. Der Plüschhund hatte einfach kein Vertrauen. Es war schrecklich, den armen Plüschhund so zu sehen. Doch dann kam Annie." Pam strahlte über das ganze Gesicht, als sie sich an diesen Moment erinnerte.

„Als Annie gehört hatte, dass ein verletzter Plüschhund am Nordpol angekommen ist und bald im Weihnachtsdorf eintreffen würde, hat sie sofort Hundeleckerlis in der Weihnachtsbäckerei gebacken. Mit diesen Leckereien kam sie nun ins Krankenzimmer. Ich lag damals direkt im Zimmer daneben, weil ich mir beim Toben mit meinen Freunden den Huf verletzt hatte. Ich konnte ihre warme Stimme hören, wie sie beruhigend auf den Plüschhund einsprach. Sie erkundigte sich nach seinem Namen und gab ihm etwas von den Leckerlis zu essen und Milch zu trinken. Irgendwie hat sie es dann geschafft, dass der Plüschhund Vertrauen zu ihr fasste. Annie war allerdings für lange Zeit auch die Einzige, die in seine Nähe durfte. Dabei war der Plüschhund verletzt. Aber ganz gleich wie sehr Annie sich bemühte, der Plüschhund wollte keinen Arzt in seine Nähe lassen."

„Oh nein. Aber wie konnte ihm denn dann geholfen werden? Er musste doch untersucht und behandelt werden."

„Da hast du Recht. Deshalb hat Annie alles nach Anweisung des Arztes machen müssen und sie war dabei sehr geschickt. Schnell ging es dem Plüschhund besser und schon nach einigen Wochen konnte er ins Plüschie-Dorf ziehen. Dort wohnt er heute noch."

„Oh", sagte Malia. „Das ist sehr schön. Annie ist wirklich die Beste." Das kleine Mädchen lächelte vor sich hin, als sie sich vorstellte, wie ihre Freundin sich um den kleinen Plüschhund gekümmert hatte.

„Oh ja, das ist sie", stimmte Pam ihr zu und fuhr fort: „So kam es dann, dass der Arzt Annie bat, ihn zukünftig zu unterstützen. Nicht nur, als Krankenschwester, sondern auch für die komplizierten Fälle, wenn verletzte Plüschies oder auch Menschen das Weihnachtsdorf erreichen. Sie ist so einfühlsam und hat so viel Verständnis, dass man sich einfach bei ihr wohl und geborgen fühlt. Auch, wenn man seine Ängste vielleicht nicht vollständig vergessen kann, weiß man aber doch, dass Annie immer für einen da ist und helfen wird, wo sie nur kann. Es ist wirklich schade, dass sie keine Weihnachtselfe mehr ist. Aber wer weiß, wie sie nun mit ihrer guten Seele die Welt verändert."

„Deswegen waren wir bei Annie zu Hause, als ich aufgewacht bin? Weil sie sich auch um die Menschen kümmert, die zum Nordpol kommen?" fragte Malia.

„Ich denke schon", meinte Pam nachdenklich. „Obwohl Annie sonst nie Patienten mit nach Hause genommen hat. Theo und du, ihr müsst also beide etwas ganz Besonderes sein."

Malia lehnte sich gegen Pams Hals und kuschelte sich in ihre Mähne. Annie war wirklich eine wunderbare Weihnachtselfe gewesen und Pam hatte recht, man schloss sie einfach sofort ins Herz. Man spürte einfach, dass nichts Schlimmes passieren konnte, wenn Annie da war. Wie würde es nun im Weihnachtsdorf werden, wenn Annie nicht mehr da war? Nicht, dass ihr dort etwas passieren könnte. Es gab ja auch immer noch Santa, der auf sie aufpassen würde. Aber ohne Annie und Theo würde das Leben dort sicherlich anders werden.

Doch sie hatte ja nicht nur Santa. Zum Glück hatte sie auch noch Pam. Durch ihre Abenteuerreise waren sie gute Freundinnen geworden und sie wusste, dass sie auf Pam zählen konnte. Zusammen mit Theo waren sie bereits durch dick und dünn gegangen und hatten so viel gemeinsam erlebt. Niemand würde sie je trennen können. Ihre Seelen gehörten für immer zusammen. Und solange Pam an ihrer Seite war, würde ihr nichts passieren können. Ganz bestimmt nicht.

Als Malia sich wieder aufsetzte, konnte sie unter sich die Lichter des Weihnachtsdorfes erkennen. Auch der große Weihnachtsbaum war bereits in all seiner Pracht zu sehen. Seine Lichter leuchteten und hießen sie willkommen.

„Willkommen zu Hause!" rief Pam in diesem Augenblick und setzte zur Landung an.

„Herzlich Willkommen zurück, liebe Malia!" Santa umarmte das Mädchen und deutete ihr dann an, Platz zu nehmen. Kaum, dass Pam und Malia das Weihnachtsdorf erreicht hatten, war Malia ins Büro des Weihnachtsmannes gebeten worden. Die etwas ältere Weihnachtselfe, die Theo, Annie und Malia damals gesagt hatte, dass Santa keine Sprechzeiten hatte, da er im Plüschie-Dorf war, hatte Malia den Weg gezeigt. Pam war widerwillig nach Hause zu ihren Eltern gegangen.

Nun saß sie da und sah Santa gespannt an. Dieser Moment erinnerte Malia ein wenig an den Morgen, als sie ihm hier das erste Mal gegenübergesessen hatte. Der Morgen, an dem er ihr ihren allerersten Auftrag als Weihnachtselfe erteilt hatte.

„Es freut mich sehr, dass du wieder zurück bist und noch viel mehr freut es mich, dass du ein wunderbares Zuhause für Theo gefunden hast." Santa lächelte sie an.

„Ich hatte schon fast aufgegeben und dachte, ich würde es nicht schaffen", begann Malia zu berichten. Es überraschte sie nicht, dass Santa bereits wusste, dass sie erfolgreich gewesen war. Aufgeregt für Malia fort: „Doch dann änderte sich auf einmal alles. Ich bin gestolpert und mir ist dieses winzige Adressbuch aus der Tasche gefallen. Ich hatte es doch tatsächlich vergessen und gar nicht mehr daran gedacht."

„Ja, ich erinnere mich. Annie hatte euch zum Abschied ein Adressbuch gegeben, in dem die Adressen der ehemaligen Weihnachtselfen notiert sind. Manchmal, wenn ein Plüschie, das hier am Nordpol lebt, sich nach einer Familie sehnt, findet es bei einem der ehemaligen Weihnachtselfen ein Zuhause. Daran habe ich bei Theo gar nicht gedacht. Aber Annie ist immer so umsichtig. Sie muss das irgendwie geahnt haben." Wie damals strich Santa sich über den langen, weißen Bart. Dann sah er Malia an und sagte lächelnd: „Annie hat dir einen Brief hinterlassen."

Während er die Worte aussprach, schob er Malia einen kleinen Briefumschlag herüber. Mit großen Augen sah das Mädchen den Weihnachtsmann an.

„Einen Brief? Für mich?" Sie war ganz überrascht. Mit allem hatte Malia in diesem Moment gerechnet, aber nicht, dass Annie ihr einen Abschiedsbrief hinterlassen hatte, bevor sie das Weihnachtsdorf verlassen musste. Malia griff vorsichtig nach dem Umschlag und drehte ihn zwischen ihren Fingern hin und her.

„Ich lasse dich einen Augenblick allein, wenn du möchtest", sagte Santa und ging aus seinem Büro hinaus, ohne auf eine Antwort von Malia zu warten.

Malia blickte auf den Umschlag und dann hinaus aus dem Fenster. Von hier aus konnte man auf den unteren Teil des Weihnachtsbaumes sehen, da das Büro von Santa direkt neben dem riesengroßen Weihnachtsbaum lag. Sie konnte einige der blauen Lichter und Figuren betrachten, mit denen er in diesem Jahr geschmückt worden war und an einigen Tannenzweigen hingen goldene Sterne.

Als wenn er sie ermuntern wollte, fing auf einmal einer der Sterne an zu leuchten und heller zu strahlen als alle anderen. Das erinnerte Malia an den kleinen Teddy Theo und das gab ihr Mut. Mit leicht zitternden Fingern öffnete sie den Briefumschlag.

„Liebe Malia,

Es tut mir so leid, dass ich mich nicht mehr persönlich von Pam und dir verabschieden kann. Als ihr zu eurer Reise aufgebrochen seid, habe ich keinen Moment daran gedacht, dass ich vielleicht nicht mehr da sein würde, wenn ihr zurückkommt.

Ich war so gern eine Weihnachtselfe, dass ich die Tage, Monate und Jahre gar nicht gezählt habe. Doch plötzlich war der Moment da und ich musste mich entscheiden.

So schön die Zeit auch war, so wollte ich dem Leben als Mensch eine zweite Chance geben. Ich war nämlich nicht nur gerne eine Weihnachtselfe, sondern ich hatte auch ein schönes Leben als Mensch.

Sicherlich fragst du dich jetzt, wie es denn dann dazu kommen konnte, dass ich eine Weihnachtselfe geworden bin. Das ist eigentlich ganz einfach. Ich war allein mit dem Auto unterwegs. Es war Weihnachten. Dann hatte ich einen Unfall.

Ich bin mit einem Lkw zusammengestoßen. Viel mehr weiß ich gar nicht mehr davon.

Aber in dem Moment, als der Lkw-Fahrer die Kontrolle über sein Fahrzeug verlor und mit meinem Auto zusammenprallte, flog Santa über uns hinweg. Er erzählte mir später, dass ich in diesem Moment nur einen einzigen Wunsch hatte. Nämlich, dass der Weihnachtsmann hoffentlich heute Abend für viele strahlende Kinderaugen sorgen würde, wenn er die vielen, lieben Kinder im Krankenhaus besuchen kommt, zu dem ich fahren wollte.

Dieser Gedanke und Wunsch dröhnten so laut in seinen Ohren, dass er mich nicht ignorieren konnte. Deshalb kam er zum Unfallort und nahm mich mit auf seinem Schlitten. Gemeinsam waren wir in dieser Nacht im Krankenhaus und haben den Kindern ihre Geschenke gebracht. Als diese Aufgabe erledigt war, nahm er mich mit zum Nordpol und brachte mich ins Weihnachtsdorf. Dort wurde ich dann eine Weihnachtselfe. Eine überaus glückliche Weihnachtselfe. Die Zeit ging viel zu schnell vorbei.

Als Santa mich dann vor einigen Tagen fragte, wie ich mich entscheiden möchte, war ich erst verwundert. Denn ich hatte nicht das Gefühl, dass ich schon so lange im Weihnachtsdorf lebe. Trotzdem musste ich nicht lange überlegen. Ich wollte gern zurück. Nicht in mein altes Leben. Das habe ich vor langer Zeit hinter mir lassen müssen. Aber vielleicht kann ich mein neues Leben besser und ein wenig anders weiterleben. Ich möchte gern eine Familie gründen und sehen wie meine Kinder und Enkelkinder heranwachsen. Wer weiß, welche aufregenden Dinge und Abenteuer mich hier als Mensch noch erwarten. Ich bin sehr gespannt.

Das kannst du auch sein. Dich erwartet eine wundervolle, aufregende Zeit als Weihnachtselfe.

Hab keine Angst, liebe Malia. Du bist nicht allein, auch wenn ich jetzt nicht mehr bei dir sein kann. Ich habe bereits mit Santa gesprochen und du wirst in mein altes Häuschen ziehen und dort leben können. Richte dir alles so ein, wie es dir gefällt. Du sollst dich dort richtig wohl fühlen. Genieße deine

Zeit im Weihnachtsdorf und die vielen Dinge, die du in den kommenden Jahren erleben wirst.

Vergiss niemals: Du bist so wunderbar. Ich denke, dass du im Weihnachtsdorf viele neue Freunde finden wirst und dass du hier viel bewirken kannst. Denn ich glaube an dich und ich bezweifle nicht, dass du das perfekte Zuhause für Theo gefunden hast. Gemeinsam habt ihr ganz bestimmt das allerbeste Zuhause für ihn gefunden, das man sich vorstellen kann. So wie du diesen ersten Auftrag gemeistert hast, wirst du noch viele andere Aufträge für Santa meistern. Hab einfach vertrauen, Malia, und sei einfach immer du selbst. So kannst du nichts verkehrt machen. Und wenn dich doch mal Zweifel plagen, denk immer daran, dass du wunderbare Freunde hast, die immer für dich da sind und deine Sorgen mit dir teilen.

Ich weiß, dass das Leben im Weihnachtsdorf anstrengend ist und du wenig Zeit haben wirst, aber vielleicht kannst du Theo ab und an besuchen. Santa wird sicherlich nichts dagegen haben und die liebe Pam wird dich bestimmt gern zu eurem gemeinsamen Freund begleiten.

Es wäre so schön, wenn ihr mich auch besuchen kommen würdet. Ihr fehlt mir jetzt schon so sehr. Aber da ich keine Weihnachtselfe mehr bin, werde ich euch nicht sehen oder hören können. Das ist so schade.

Aber glaub mir, ich werde euch alle nie vergessen. Für immer trage ich euch in meinem Herzen. Und ganz besonders in der Weihnacht werde ich an euch denken. Für immer.

Ich habe dich lieb, Malia.

Deine Annie"

Siebtes Kapitel
Schoko

Malia drückte den Brief an sich. Das waren einfach wunderschöne Worte von Annie und sie machten ihr Mut. Sie hatte also doch ein Zuhause. Niemals hätte sie damit gerechnet, dass sie weiterhin in Annies Haus würde leben dürfen. Nun hatte sie also ein Haus. Ein Haus für sich allein. Das würde schon etwas seltsam werden, denn Malia hatte noch nie allein gelebt. Immer war jemand da gewesen. Auch wenn es nur ihre Stiefmutter gewesen war, die sich irgendwo im Haus in einem der anderen Zimmer aufgehalten hatte. Aber sie war nie allein gewesen.

In diesem Moment öffnete sich die Bürotür und Santa kam wieder hinein. „Wie geht es dir, Malia?" fragte er und sah das kleine Mädchen fragend an.

„Das ist alles wirklich sehr aufregend", brachte das kleine Mädchen hervor. „Aber ich werde es schaffen. Annie glaubt an mich."

„Wir alle glauben an dich, Malia. Hab Vertrauen." Das hatte auch Annie in ihrem Brief geschrieben Malia musste einfach nur Vertrauen haben. Manchmal fiel ihr das schwer. Doch ein Teil von ihr wusste, sie musste an sich glauben und Vertrauen in ihre eigenen Taten haben. Sie würde alles schaffen, wenn sie nur fest daran glaubte.

Santa setzte sich auf seinen großen Stuhl hinter dem Schreibtisch und setzte sich eine Brille auf die Nase. „Ich bin halt auch nicht mehr der Jüngste und muss ein bisschen nachhelfen", sagte er grinsend und zwinkerte Malia zu, bevor er anfing die Ordner und Bücher, die auf dem Schreibtisch lagen, hin und her zu räumen. „Irgendwo hier hatte ich mir doch aufgeschrieben, was wir jetzt mit dir machen. Du brauchst ja eine neue Aufgabe. Das ist ja zum Mäuse melken." Santa kratzte sich nachdenklich am Kopf. „Ich werde wohl alt. Wo habe ich das nur hingelegt."

Malia lachte: „Aber du kannst es mir doch auch so sagen. Ohne dass du es von einem Zettel abliest."

Abermals kratzte Santa sich am Kopf. „Das könnte ich, wenn ich mich noch an meine Idee erinnern könnte. Sie kam mir ganz plötzlich in den Sinn und ich wusste, wenn ich es mir nicht notiere, dann würde ich es wieder vergessen. Du siehst ja was passiert ist. Ich habe die Idee vergessen und den Zettel so gut weggelegt, dass ich ihn nicht mehr finde. Ich werde wohl wirklich langsam alt, Malia. Aber verrate es niemanden." Santa legte verschwörerisch den Finger auf die Lippen und Malia tat es ihm nach. Beide grinsten sich an. „Versprochen!" sagte sie laut, während sie immer noch ein breites Grinsen im Gesicht hatte.

Santa nickte und überlegte einen Augenblick: „So schnell wird es mir wohl nicht mehr einfallen. Es ist schon spät und du bist bestimmt auch von der langen Reise erschöpft. Pam ist bereits zu Hause bei ihrer Familie. Du solltest auch versuchen ein bisschen zu schlafen. Annie hat dir bestimmt geschrieben, dass du nun die neue Bewohnerin ihres Hauses bist."

„Ja, ich freue mich auch sehr darüber. Auch wenn es schöner wäre, wenn ich dort mit Theo und Annie zusammenleben könnte. Ich habe ja noch nie allein gelebt." Malia gähnte. Das Reisen mit Pam war immer sehr schön und vor allem sehr schnell. Doch es war auch sehr anstrengend. In einem Moment war es noch taghell und im nächsten Augenblick war man an einem Ort, in dem es tiefste Nacht war.

Gerade waren sie noch über die verschlafene Mongolei geflogen. Die Sonne war hier schon fast bereit gewesen, das Land mit ihren hellen Sonnenstrahlen zu wecken. Die zwei Freundinnen waren natürlich weitergeflogen und hatten keinen Zwischenstopp eingelegt. Als sie wenige Minuten später das Weihnachtsdorf erreicht hatten, war es hier aber bereits Abend. Die Lichter des Weihnachtsbaumes würden bald abgeschaltet werden und die Weihnachtselfen erholten sich von ihrem arbeitsreichen Tag.

„Dann machen wir das erst einmal ganz anders"; sagte Santa mit einem Blick auf das müde Mädchen. „Meine Frau hat sowieso schon mit mir geschimpft, weil ich dich so spät selbst willkommen heißen wollte und ich dich nicht gleich habe ins Bett gehen lassen. Du kommst erst einmal mit zu uns. Darüber wird sich meine Frau bestimmt sehr freuen. Außerdem ist meine Frau eine unglaubliche schlaue Person und sie wird bestimmt ein paar Ideen haben, wie du dich in deinem neuen Heim wohlfühlen kannst. Bis dahin wird sie sicherlich darauf bestehen, dass du bei uns bleibst." Santa kicherte. „Und bevor du etwas sagst: Du machst uns keine Umstände. Wir haben ein Gästezimmer, dass Frau Santa jeden Tag ordentlich säubert und bereitstellt. Einfach für den Fall, dass wir spontan Besuch bekommen. Ich verspreche dir, dass sie sich unglaublich freuen wird, dich als Gast bei uns aufnehmen zu können. Also komm, meine Liebe. Vielleicht bekommen wir noch eine Kleinigkeit zu essen und danach ein paar Stunden Schlaf, bevor der neue Tag erwacht."

Santa nahm Malia an die Hand und gemeinsam verließen sie das Büro. Draußen blieb Malia noch einen kurzen Moment stehen und blickte hinauf zu dem riesengroßen Weihnachtsbaum. Sie stand direkt davor und kam sich ganz winzig vor. Von ihrem Platz aus konnte man nur schwer erkennen, dass die Spitze des Baumes mit einer wunderschönen goldenen Glasspitze versehen war. An dieser Glasspitze waren seitlich kleine Glöckchen angebracht. Malia hatte es nur sehen können, als sie mit Pam wieder im Weihnachtsdorf angekommen und an dem großen Weihnachtsbaum vorbeigeflogen war.

„Unser Weihnachtsbaum ist wie jedes Jahr eine Pacht, nicht wahr?" sagte Santa. „Annie hat jedes Jahr dabei geholfen, ihn zu schmücken. Dabei hatte sie immer die besten Ideen und niemals sah der Baum gleich aus." Malia sah zu Santa. Ihre Augen leuchteten. Es war wirklich unglaublich, was Annie hier alles im Weihnachtsdorf gemacht hatte. Malia konnte sich gut vorstellen, ebenfalls beim Schmücken des Weihnachtsbaumes zu helfen. Vielleicht war sie nicht so kreativ wie Annie, was das Dekorieren betraf, aber sie wollte es auf jeden Fall versuchen.

Als Santa und Malia sich auf den Weg zum Haus des Weihnachtsmannes machten, fing es an zu schneien. Dicke Schneeflocken fielen sanft vom Himmel und bedeckten das Weihnachtsdorf. „Ich liebe es, spazieren zu gehen, wenn es schneit", sagte Santa. „Doch wir haben unser Ziel bereits erreicht. Hier sind wir. Herzlich willkommen bei Familie Weihnachtsmann." Kaum hatte Santa die Tür zu seinem Haus geöffnet, kam ihnen auch schon eine blonde Frau entgegen. Sie war ein wenig rundlich und hatte ihre langen Haare nach hinten zu einem Dutt gebunden. Wie alle hier im Weihnachtsdorf war auch ihre Kleidung weihnachtlich. Auf ihrem roten Kleid waren weiße Schneeflocken abgebildet. Die Frau lächelte und nahm Malia in den Arm. „Oh wie schön! Wir haben Besuch", sagte sie und stellte sich vor: „Ich bin Nikola. Die Frau des Weihnachtsmannes."

Dann drehte sie sich zu Santa, gab ihm einen Kuss auf die Wange und sagte: „Schön, dass du Malia mitgebracht hast. Du hättest das arme Mädchen auch unmöglich allein in das dunkle Haus schicken können."

Noch bevor sie ausgesprochen hatte, hatte sie ihre Hand auf Malias Schulter gelegt und schob sie sanft in Richtung Küche. Erst jetzt bemerkte Malia den leckeren Duft nach Essen. Es roch nach Klößen mit Rotkohl und auf dem Tisch stand eine große Auflaufform mit Tiramisu. „Ich weiß, dass es spät ist, aber ich dachte mir, dass du nach der langen Reise bestimmt Hunger hast."

In genau diesem Moment meldete sich Malias Magen. Sofort musste sie daran denken, wie ihr Magen sich damals bemerkbar gemacht hatte, als sie in ihrer ersten Nacht bei Annie war. Annie fehlte ihr, aber Malia fühlte sich bei Nikola und Santa gut aufgehoben.

Nikola schob Malia zum Küchentisch und deutete ihr, dass sie sich hinsetzen sollte. Ehe Malia sich versah, hatte sie eine große Portion Klöße mit Rotkohl vor sich stehen.

„Lass es dir schmecken. Ich hoffe, es stört dich nicht, dass es kein Fleisch gibt. Santa muss sich gesünder ernähren und deshalb gibt es nur noch vegetarisches Essen bei uns", erkläre Nikola. Malia, die den Mund bereits mit dieser Köstlichkeit voll hatte, nickte nur. Schon lange hatte sie nichts gegessen, was so lecker war. Sie war schon auf das Tiramisu gespannt.

„Danke schön. Das Essen ist wirklich unglaublich lecker", sagte sie, während sie sich etwas Rotkohl auf die Gabel schob. „Das freut mich", sagte Nikola strahlend und blickte zu Santa, als wollte sie ihm sagen: „Siehst du. Auch vegetarisches Essen kann sehr lecker sein." Santa grinste nur und sah Nikola liebevoll an.

„Möchtest du noch etwas von den Klößen und dem Rotkohl, Malia?" fragte Nikola dann. Als Malia mit dem Kopf schüttelte, holte Nikola einen weiteren Teller aus dem Schrank und begann etwas von dem Tiramisu aufzufüllen. „So?" fragte sie an Malia gewandt, um zu erfahren, ob die Portion Tiramisu groß genug war. Als diese nickte, füllte Nikola sicherheitshalber noch ein wenig mehr von dem Tiramisu auf den Teller.

„Du hast das Weihnachtsdorf ja kaum kennengelernt, als du schon aufbrechen musstest und warst nun fast ein ganzes Jahr weg. Es ist bestimmt merkwürdig für dich, jetzt wieder hier zu sein", fuhr Nikola plaudernd fort, während sie Malia den Teller mit dem Tiramisu und einen kleinen Löffel reichte. „Aber das bekommen wir alles hin. Du kannst gern ein paar Tage bei uns bleiben oder auch gern länger. Wir haben ausreichend Platz."

„Aber darüber machen wir uns morgen Gedanken", warf Santa ein und gähnte. Malia, die Santa noch nie müde gesehen hatte, sah ihn erstaunt an. Sie hatte den Weihnachtsmann immer für ein Wunder gehalten und nicht erwartet, dass auch Santa müde werden könnte. Immerhin war er damals, als er ihr am frühen Morgen von ihrem ersten Auftrag erzählt hatte, auch unglaublich fit gewesen.

„Ja, ich weiß", sagte Nikola schmunzelnd. „In ein paar Stunden geht es wieder los. Die Weihnachtsvorbereitungen machen niemals Pause. Außer zwischen Weihnachten und Neujahr und auch in dieser Zeit ist genug zu tun." Sie gab Santa einen Kuss auf den Kopf und fuhr dann fort: „Dann zeige ich Malia mal ihr Zimmer und dann schauen wir morgen früh weiter. Sobald du wach bist, kannst du gern zu mir in die Küche kommen. Ich bin eigentlich immer in der Küche zu finden", plauderte Nikola.

Dann strich sie Malia über den Kopf und langsam spürte auch das kleine Mädchen die Müdigkeit. Ein Jahr auf Reisen gewesen zu sein, war eine spannende Sache. Aber sie war auch immer angespannt gewesen, weil sie unbedingt eine Familie für Theo finden wollte. Langsam fiel all das von ihr ab.

Malia gähnte, woraufhin Nikola sie in ihr Zimmer führte. Das Zimmer war ein kleiner wahr gewordener Traum und passte eigentlich so gar nicht in die Weihnachtswelt. Die Wände waren weiß gestrichen und in der Mitte stand ein großes, rosa Himmelbett mit dazu passenden rosa Nachtschränkchen. Es gab noch eine hübsche rosafarbene Kommode und ein Spiegel. Außerdem gab es in dem Zimmer noch eine weitere Tür.

„Durch die Tür kommst du in das Gästebadezimmer, das nur dir allein zur Verfügung steht. Ich habe dir dort auch bereits alles was man braucht hingestellt. Du hast eine Zahnbürste und Zahnpasta und natürlich auch Duschgel und Haar-shampoo. Falls du noch etwas Anderes zum Anziehen brauchst, findest du es in der Kommode. Wenn etwas fehlt oder du sonst noch etwas brauchst, zögere nicht, zu fragen. Ich bin immer da und helfe dir gern."

Nikola sah mit sanftem Blick zu Malia herab, die nur stumm nickte. Das Zimmer war wirklich wunderschön. Wie oft hatte sie damals von solch einem Zimmer geträumt. Eigentlich fehlte nur noch ein kleines Kuscheltier auf dem Bett und all ihre Träume wären Wirklichkeit geworden.

„Gute Nacht, Malia", sagte Nikola und wollte gerade die Tür zu Malias Zimmer schließen, als ein kleiner Hundewelpe sich durch den Türspalt quetschte. Er lief einmal um Malia herum und sprang dann ohne zu zögern auf das Himmelbett. Dort machte er es sich auf einer Seite des Bettes gemütlich und sah mit seinen treuen Hundeaugen zu Malia herüber.

„Schoko, komm sofort vom Bett herunter", schimpfte Nikola, doch der kleine braune Hund blickte sie nur aus seinen großen Augen an. Nikola legte die Hände auf die Hüften und sah den kleinen Hund strafend an. Doch dieser legte seinen Kopf auf seinen Pfötchen und bewegte sich nicht.

„Kann er bitte hierbleiben?" fragte Malia und sah Nikola erwartungsvoll an. Nikola sah Malia an. Sie überlegte einen kurzen Moment. Doch dann konnte sie dem kleinen Mädchen ihren Wunsch nicht abschlagen. Nikola nickte und sah Malia lächelnd an. Sie strich ihr noch einmal über den Kopf und gab ihr einen Kuss auf das Haar. „Aber natürlich, meine Kleine", sagte sie sanft und ging dann aus dem Zimmer.

Malia setzte sich kurz auf das Bett zu Schoko und strich ihm über das braune Fell. Sie lächelte und legte ihren Kopf auf eines der weichen Kopfkissen. Dabei fiel ihr auf, dass er rund um das linke Auge kleine, weiße Flecken hatte, die wie Schnee- flocken aussahen. Schoko kroch dichter zu Malia und kuschelte sich an das kleine Mädchen und ehe sie beide sich versahen, fielen ihnen die Augen zu.

Die Frau des Weihnachtsmannes war tatsächlich eine begnadete Köchin und Bäckerin. Bereits als Malia am nächsten Morgen erwachte, duftete es herrlich nach frisch gebackenen Brötchen und Kuchen. Als sie dann einige Zeit später frisch geduscht am Küchentisch saß, konnte sie ihren Augen kaum glauben.

Nikola hatte nicht nur Brötchen und kleine Muffins gebacken. Es gab auch selbstgemachte Marmelade in verschiedenen Sorten, Rühreier, vegetarischen Speck, Smoothies und Haferflocken. Sogar einen kleinen Auflauf und ein Bauernfrühstück mit Kartoffeln hatte Nikola gezaubert. Alles natürlich vegetarisch.

„Was möchtest du essen?" frage Nikola gut gelaunt und zeigte auf die große Auswahl, die sie dekorativ auf die Kücheninsel gestellt hatte. Die Auswahl war so riesig, dass Malia sich kaum entscheiden konnte. „Ich könnte dir aber auch Milchreis oder ein paar Pfannkuchen machen. Oder möchtest du lieber ein paar Bagels?"

Santa, der Malia gegenübersaß lachte: „Nimm es ihr nicht übel. Sie freut sich so sehr, dass sie jemanden anderes als mich verwöhnen kann." Er warf seiner Frau einen liebevollen Blick zu und schob sich eine Gabel voll Rühreier mit Schnittlauch in den Mund.

Malia überlegte kurz und entschied sich dann für Milchbrötchen mit Kirschmarmelade und einen Schokomuffin. Dazu gab es einen Smoothie aus gelben Früchten, der herrlich cremig schmeckte.

Natürlich war auch für Schoko gesorgt. Da Hunde aber keine Schokolade essen dürfen (auch nicht, wenn sie schokoladenbraun sind und Schoko heißen), bekam der kleine Welpe etwas zartes Geflügelfleisch mit gekochten Erbsen und Möhren von Nikola.

„Damit du auch etwas Gesundes hast", sagte Nikola zu Schoko, als sie ihm die Schüssel hinstellte. Dabei strich sie dem kleinen Welpen zärtlich über den Kopf. Nachdem sie alle versorgt hatte, nahm sich auch Nikola etwas von dem reichlichen Buffet und setzte sich zu Malia und Santa an den Tisch. Sie fragte Malia nach ihrer Reise und was sie alles erlebt hatten und das Mädchen erzählte bereitwillig von ihren Abenteuern und den vielen Begegnungen, die sie gemeinsam mit Pam und

Theo erlebt hatte und wie sie dann mit Hilfe des Buches Annie gefunden hatten.

„Ich war wirklich kurz davor, aufzugeben. Ich habe wirklich nicht mehr daran geglaubt, dass ich es schaffen würde, für Theo eine Familie zu finden und dann passierte es." Malias Augen leuchteten als sie das Ende ihrer Geschichte erzählte. Sie war wirklich glücklich, dass Theo nun in wirklich guten Händen war und jemanden hatte, der ihn liebte und wirklich immer für ihn sorgen würde. Aber er fehlte ihr auch.

„Es ist bestimmt schwer, jetzt ohne deinen Freund Theo hier zu sein. Aber wie ich sehe, hast du schon einen neuen Freund gefunden", sagte Santa und deutete auf Schoko, der sich auf Malias Füße gelegt hatte. Malia lächelte und beugte sich zu Schoko herunter und kraulte ihn hinter den Ohren.

„Santa?", fragte sie. „Hast du nicht gesagt, dass ich als Weihnachtselfe eigentlich auch mit Tieren sprechen kann? So wie ich auch mit Pam sprechen konnte? Bisher habe ich aber nichts von Schoko gehört."

„Das stimmt", sagte Santa. „Schoko ist vor einigen Wochen zu uns gekommen. Ich fand ihn mitten im Schnee. Ich weiß nicht, ob er sich nur verlaufen hat oder am Nordpol war, weil er uns gesucht hat. Seitdem er bei uns ist, hat er nicht gesprochen. Aber er scheint gern hier im Weihnachtsdorf zu sein und jetzt scheint er auch gern bei dir zu sein."

Santa nahm einen großen Schluck von seiner heißen Schokolade mit Marshmallows und fuhr dann fort: „Nun da du eine Weihnachtselfe bist, brauchen wir natürlich auch eine Aufgabe für dich. Da du noch so jung bist, möchte ich dich aber ungern in eine der Werkstätten unterbringen. Nikola und ich haben gestern noch lange überlegt und keine passende Arbeit gefunden. Wir hatten zwar ein paar Ideen, aber irgendwie schien alles nicht richtig zu passen. Meine einzig gute Idee ist mit dem Zettel verschwunden, auf dem ich sie notiert hatte. Doch wenn ich euch beide so sehe, habe ich eine neue Idee."

Nikola kicherte, sagte aber nichts über Santas Vergesslichkeit. Stattdessen nahm sie sich ein weiteres Milchbrötchen und zupfte sich ein Stück davon ab. Gespannt sah sie ihren Mann an, während sie sich das Stück Milchbrötchen in den Mund schob.

Auch Malia sah Santa gespannt an. Nun würde sie also erfahren, wie ihre nächste Zeit hier im Weihnachtsdorf aussehen würde. Sie konnte es kaum erwarten, Santas Idee zu hören.

„Was hältst du davon, wenn du erst einmal mit den anderen Kindern der Weihnachtselfen zur Schule gehst? Du lernst dann alle wichtigen Sachen. Lesen." Santa stockte kurz und kratzte sich am Kopf: „Na gut, lesen kannst du ja schon ganz gut", überlegte Santa. „Aber auch Rechnen, Schreiben und natürlich auch die Gebräuche hier im Weihnachtsdorf und unsere Geschichte. Das sind wichtige Grundlagen für die Arbeit im Weihnachtsdorf. Nebenbei könntest du dich um Schoko kümmern. Vielleicht kann er dich ja sogar in die Schule begleiten, wenn die Lehrer nichts dagegen haben. Ich glaube, das findet Schoko auch ganz toll."

Schoko war aufgestanden und hatte sich direkt neben Malias Stuhl gestellt und wedelte mit dem Schwanz. Als Santa meinte, dass Schoko bestimmt gern mit Malia in die Schule gehen würde, bellte er und drehte sich im Kreis.

„Dann ist das wohl beschlossene Sache!" lachte Santa und nahm einen weiteren Schluck aus seiner Tasse.

„Das sehe ich auch so", stimmte Nikola lachend mit ein. „Und wenn du möchtest, kannst du jederzeit zu mir in das Archiv kommen. Es ist direkt neben der Bibliothek. Vielleicht brauchst du ja eines der Bücher von dort für deinen Unterricht. Aber du kannst mir auch gerne im Archiv bei der Arbeit helfen. Du hast ja nun bereits schon etwas Erfahrung mit unseren Adressbüchern sammeln können", überlegte Nikola laut. „Aber nur, wenn das mit der Schule nicht zu viel wird. Allerdings haben

die Kinder hier nur vier Stunden am Tag Unterricht. Dabei macht es keinen Unterschied, in welche Klasse sie gehen."
Malia nickte begeistert. Das war wirklich eine gute Idee. In der Schule würde sie neue Weihnachtselfen kennenlernen und sie hatte Schoko als Freund dabei und war nicht ganz allein. Da sie Nikola mochte, würde es ihr auch Freude bereiten, mehr Zeit mit ihr zu verbringen. Warum also nicht im Archiv. Außerdem bedeutete das, dass Malia eine neue Aufgabe hatte. Keine Sonderaufgabe, wie der Auftrag für Theo eine Familie zu finden, aber eine feste Aufgabe, die sie zu einem Teil des Weihnachtsdorfes machte.

Achtes Kapitel
Eine große Überraschung

So verging die Zeit. Malia und Schoko blieben noch einige Wochen bei Nikola und Santa, bis die beiden zusammen in Annies altes Haus zogen. Nikola, die immer alles selbst gebacken und gekocht hatte, zeigte Malia, wie sie sich mit Hilfe ihrer Weihnachtselfen-Magie helfen konnte, sich etwas zu Essen zu machen. Aber Malia lernte auch, wie sie selbst Kleinigkeiten kochen und backen konnte. Doch eigentlich war das gar nicht nötig. Denn jeden Morgen, bevor Malia und Schoko zur Schule gingen, stand auf magische Weise ein großes Körbchen mit Köstlichkeiten vor ihrer Tür, die von niemand anderem sein konnten als von Nikola.

In dem Körbchen war ausreichend Essen für den Tag und manchmal sogar ein kompletter Kuchen, den Malia allein nie schaffen würde. Denn es gab ja am nächsten Tag bereits ein neues Körbchen. Dann nahm Malia den Kuchen mit in die Schule und teilte ihn mit all ihren Mitschülern und Lehrern.

Alle mochten Malia und Schoko und hatten sie nach kurzer Zeit in ihr Herz geschlossen. Es war ein bisschen, als hätte sich Annies Herzlichkeit und Liebe auf Malia und Schoko übertragen, nachdem sie endlich in Annies Haus gezogen waren.

Das Haus hatten die beiden genauso gelassen, wie Annie es ihnen überlassen hatten. Einige Weihnachtselfen hatten ihnen ihre Hilfe angeboten, falls etwas im Haus sein sollte, was erneuert oder verändert werden müsste. Doch Malia hatte dankend abgelehnt. Sie mochte das Haus, wie es war. Selbst im Flur hatte sie die alten Bilder von Annie, die sie damals so bewundert hatte, als Erinnerung hängen lassen. Nur ein einziges Bild hatte sie ergänzt. Darauf waren sie drei – Annie, Theo und Malia – zu sehen, wie sie vor dem großen Weihnachtsbaum standen. Das Bild war gemacht worden, als Annie sie durch das Weihnachtsdorf geführt hatte, um ihnen alles zu zeigen und vorzustellen.

Malia dachte noch oft an Annie und Theo, doch sie hatte in Schoko einen guten Freund gefunden und auch Pam war eine gute und enge Freundin. Die Zeit im Weihnachtsdorf verging so schnell, dass Malia manchmal gar nicht merkte, wie das Jahr verging. Aber nie vergaß sie ihr Versprechen und deshalb besuchte sie Theo jedes Jahr in der Weihnacht. Dann erzählte sie ihm, was sie im Weihnachtsdorf erlebt und gelernt hatte.

„Ich bin jetzt mit der Schule fertig", berichtet sie stolz. „Nikola hat gesagt, dass ich ihr weiterhin im Archiv und auch in der Bibliothek helfen kann. Es ist wirklich eine schöne Aufgabe. Mittlerweile weiß ich nicht nur, wo welches Adressbuch aufbewahrt wird, sondern auch, welche Weihnachtselfe im Außendienst welches Adressbuch bei sich hat. Nikola sagt, das ist etwas, was nicht jede Weihnachtselfe kann."
„Das ist super!" antwortete Theo und rutschte ein wenig vom Tannenbaum weg, da ihn eine der Nadeln des Baumes in den Rücken pickte. Er wirkte die ganze Zeit schon etwas nervös. Doch bisher hatte er nicht recht mit der Sprache rausrücke wollen. Dann platze es allerdings aus ihm heraus: „Wir haben hier auch Neuigkeiten!", Die kleine Stimme des Teddybären überschlug sich fast vor Aufregung. „Annie bekommt ein Baby!"
Mit großen Augen sahen sie sich an. Malia war sprachlos, freute sich aber wie verrückt. Das war wirklich eine unglaublich schöne Nachricht. Annie hatte Theo oft erzählt, wie sehr sie sich Kinder wünschte und nun sollte ihr Wunsch endlich in Erfüllung gehen. Die beiden Freunde freuten sich so sehr für Annie.
„Kannst du es glauben, es soll nächstes Jahr zu Ostern kommen", kicherte Theo.
„Ja, das ist wirklich witzig", antwortete Malia und hielt sich vor Lachen den Bauch. „Eine ehemalige Weihnachtselfe bekommt zu Ostern ein Kind. Aber ich freue mich so für Annie."

„Absolut. Das ist wirklich toll. Sie hat es sich so sehr gewünscht", sagte Theo und drehte sich einmal um sich selbst. Als er stehen blieb, sah er Malia ernst an und wechselte das Thema: „Was ist eigentlich mit Schoko? Kannst du mittlerweile mit ihm sprechen?"

„Nein", sagte Malia etwas traurig. „Schoko bleibt weiterhin stumm. Aber keine der Weihnachtselfen kann das. Klaus aus der Puppenwerkstatt hat mich auch schon gefragt, ob es an ihm liegt, dass er nicht mit Schoko sprechen kann. Naja, sprechen schon. Man bekommt nur einfach keine Antwort von ihm."

Theo dachte nach: „Vielleicht ist er ja auch einfach stumm. So etwas gibt es ja auch bei Menschen, die nicht sprechen können. Vielleicht geht es Schoko auch so." Nachdenklich schaute Malia Theo an. Sie legte ihre Stirn in Falten und dachte kurz über seine Antwort nach. „Vielleicht hast du Recht", meinte sie nach einer Weile.

„Bestimmt. Aber eigentlich ist es nicht wichtig, ob Schoko sprechen kann oder nicht. Einzig und allein zählt, dass ihr euch gernhabt und das so sehr, dass ihr euch auch ohne Wort versteht." Malia strahlte und stimmte Theo zu. In diesem Moment läuteten wieder die Glocken. Die Abendmesse war vorbei und Annie und ihr Mann Peter würden bald nach Hause kommen.

Malia und Theo verabschiedeten sich und wie jedes Jahr hinterließ Malia ein kleines Geschenk für Annie unterm Weihnachtsbaum. In diesem Jahr war es ein kleiner brauner Hund aus Glas, den Annie sich an den Weihnachtsbaum hängen konnte.

In den letzten Jahren hatte Annie bereits eine ordentliche Sammlung an Glasfiguren für ihren Weihnachtsbaum zusammengestellt und der Weihnachtsbaum in ihrem Wohnzimmer leuchtete jedes Jahr in bunten Farben und stand dem riesengroßen Weihnachtsbaum des Weihnachtsdorfes in nichts nach. Obwohl er natürlich deutlich kleiner war, als der Weihnachtsbaum im Weihnachtsdorf.

Malia stand noch einen Augenblick draußen und wartete bis Annie und Peter nach Hause kamen. Beide sahen unglaublich glücklich aus und Malia freute sich mit ihnen. Wenn sie im nächsten Jahr wiederkam, würde es hier noch ein weiteres kleines Wunder geben. Ein kleines Baby.

Sie musste unbedingt zurück und Schoko und Pam davon erzählen. Die beiden würden bestimmt auch begeistert sein. Malia schloss ihre Augen, um sich zurück ins Weihnachtsdorf zu zaubern. Nur ein Augenzwingern später stand sie vor dem riesengroßen Weihnachtsbaum.

Sie konnte es immer noch nicht glauben, dass sie dieses Talent hatte. In der Schule hatte sie gelernt, dass nur wenige Weihnachtselfen diese Magie besaßen. Denn normalerweise reisten Weihnachtselfen immer mit den fliegenden Rentieren durch die Welt. Doch einige wenige Weihnachtselfen konnten sich mit einem Augenzwingern in der Welt hin und her bewegen. So wie Malia es konnte. Selbst Santa brauchte zum Reisen seinen magischen Schlitten und seine fliegenden Rentiere, da er sonst die vielen Geschenke für die Kinder nicht hätte mitnehmen können. Aber auch ohne Geschenke war Santa immer auf die Hilfe der Rentiere angewiesen. Doch das störte Santa natürlich nicht. Er liebte jede seiner Weihnachtselfen gleich stark und er freute sich mit jeder einzelnen Weihnachtselfe über ihre besonderen Talente und Fähigkeiten.

Dieses Talent war Malia aber nicht einfach zugeflogen. Als sie davon in der Schule gehört hatte und in einem Teil der Bibliothek ein altes Buch darüber gefunden hatte, hatte sie lange Zeit geübt. Wochen und Monate lang hatte es nicht geklappt. Immer, wenn sie einen Moment Zeit gehabt hatte, hatte sie die Augen geschlossen und sich auf einen Ort in ihrer direkten Nähe konzentriert. Wenn sie sich in der Pause zwischen den Unterrichtsstunden unbeobachtet fühlte, hatte sie die Augen geschlossen und sich vorgestellt, dass sie nicht an ihrem Tisch sitzen, sondern vor dem Fenster stehen würde. Wenn sie ihm Archiv arbeitete, hatte sie die Augen geschlossen und sich vorgestellt, dass sie im Gang nebenan wäre.

Malia hatte alles so gemacht, wie es in dem Buch gestanden hatte. Sie hatte die Augen geschlossen, tief eingeatmet und ihre innere Mitte gesucht. Wenn sie diese gefunden hatte, hatte sie sich den Ort vorgestellt, an den sie reisen wollte. Doch immer, wenn sie danach ihre Augen geöffnete hatte, war sie noch am alten Platz gewesen und nichts hatte sich geändert. Aber Malia wollte nicht aufgeben. Annie hatte ihr gesagt, dass sie Vertrauen haben musste und dass sie an sich glauben musste. Deshalb übte Malia weiter. Ihre Mühen wurden belohnt, als es eines Tages endlich klappte. Es war nicht ganz, wie sie es sich vorgestellt hatte. Aber es hatte geklappt.

Malia saß an ihrem Schreibtisch im Archiv und ging gerade die Liste durch, aus der hervorging, welche Weihnachtselfen gerade im Außendienst waren. An diesem Tag konnte sie sich allerdings nicht recht konzentrieren. Ihre Gedanken schweiften ab und sie dachte an den großen Weihnachtsbaum, der in der Mitte des Weihnachtsdorfes stand. Sie hatte ihn auf dem Weg ins Archiv kurz bewundern können. In diesem Jahr leuchtete er in goldgelbem Licht und war mit kleinen roten-gelben Weihnachtskugel geschmückt. Ihre Augen waren an diesem Tag ein wenig trocken und deshalb schloss sie diese kurz und rieb vorsichtig über ihre Augenlider. Als Malia sich wieder ihrer Arbeit widmen wollte und die Augen öffnete, stand sie plötzlich vor dem Weihnachtsbaum und konnte ihren Augen kaum glauben. Sie hatte es tatsächlich geschafft. Vor Freude schlug sie einen Purzelbaum. Doch erst einmal erzählte sie nur Pam und Schoko davon. Es war ihr Geheimnis.

Von diesem Tag an fiel ihr das Üben immer leichter und schon bald konnte sie auch größere Entfernungen meistern. Langsam probierte sie auch, Schoko mit auf ihre kleinen Reisen zu nehmen. Erst als ihr dies über eine Entfernung von einigen

Metern gelang, traute sich Malia Santa, Nikola und den anderen Bewohnern des Weihnachtsdorfes davon zu erzählen. Alle im Weihnachtsdorf waren begeistert und freuten sich mit Malia. Es hatte schon viele Jahre niemanden mehr gegeben, der dieses Talent hatte. Zuletzt war es vor gut zweihundert Jahren gewesen, dass eine Weihnachtselfe mit Hilfe dieser Art von Weihnachtselfen-Magie durch die Welt reisen konnte. Sie arbeitete hauptsächlich im Außendienst. Man hatte ihr Sonderaufgaben zuteilwerden lassen oder sie reiste an entlegene Ecken der Welt, von denen aus die Wünsche der Kinder nur schwer zu Santa gelangen konnten. Die Weihnachtselfe war eine kleine Weltenbummlerin und kaum war sie im Weihnachtsdorf gesehen worden, war sie auch schon wieder fort zu ihrem nächsten Auftrag. Aber auch diese Weihnachtselfe soll herzensgut gewesen sein.

„Ihr Name war Maya", erzählte Santa eines Abends. Weihnachten war bereits einige Zeit vorbei und die Vorbereitungen für das kommende Weihnachten liefen bereits wieder auf Hochtouren. Malia und Schoko waren nach einem langen Arbeitstag zum Abendessen ins Haus des Weihnachtsmannes eingeladen worden. Nikola hatte sich wieder mit ihren Köstlichkeiten übertroffen. Es gab eine herrliche Lasagne und zum Nachtisch hatte sie weiße und braune Schokoladenmousse gemacht. Nikola erlaubte Santa nun ab und an wieder, dass er normales Fleisch essen durfte und Lasagne mochten sie alle sehr gern. Für Schoko hatte Nikola zum Nachtisch extra ein paar Hundeplätzchen mit Leberwurstgeschmack gebacken.
„Maya war immer unterwegs und hat alles getan, damit die Wünsche der Kinder in Erfüllung gehen können. Sie reiste durch den Dschungel in die verstecktesten Dörfer und Plätze, die sonst wahrscheinlich niemand anderes entdeckt hätte. Alles nur, damit jedem Kind ein Wunsch erfüllt werden konnte." Santa lächelte und strich sich wie so oft über den weißen Bart.

„Wir haben hinten im Wohnzimmerschrank bestimmt noch irgendwo ein Fotoalbum, in dem Bilder von Maya sein müssten, falls du sie dir einmal ansehen möchtest", schlug Nikola vor und stand, ohne auf eine Antwort zu warten, vom Küchentisch auf. Santa wollte etwas sagen, doch er wusste, dass seine Frau sich davon nicht abbringen lassen würde. Aber seine Frau war auch bereits aus der Küche verschwunden, um im Wohnzimmer nach dem Fotoalbum zu suchen. Selbst wenn er etwas hätte sagen wollen, hätte er gar nicht die Chance dazu bekommen. Also schwieg er und schob sich stattdessen lieber ein weiteres Stück Lasagne in den Mund.

„Warum ist Maya denn nicht mehr hier?" fragte Malia den Weihnachtmann, während sie nach ihrer Tasse mit heißer Schokolade griff. Sie nahm einen kleinen Schluck und fuhr dann fort: „Ich hatte in einem der Bücher gelesen, dass sie eine echte Weihnachtselfe war. Also keine, die von dir durch Magie zu einer Weihnachtselfe gemacht worden ist."

„Das stimmt", sagte Santa. „Aber auf einer ihrer Reisen hat Maya sich verliebt." Er hielt kurz inne und versuchte sich an die Zeit zu erinnern. „Maya hatte einen Auftrag. Ich glaube, es war in Wales. Aber so wirklich kann ich mich nicht erinnern." Nachdenklich strich Santa sich über den langen Bart. Sein Blick fiel oben an die Decke und eine Weile betrachtete er die Küchenlampe, die von dort ihr helles Licht in der Küche verteilte.

„Es war kurz vor Weihnachten und einige Kinder waren aus einem Waisenhaus verschwunden. Es gab keine Spur von den Kindern. Sie waren wie vom Erdboden verschlugt. Aber merkwürdigerweise hatte uns der Wunsch eines dieser verschwundenen Kinder erreicht. Dieses Kind hatte sich nichts sehnlicher gewünscht, als jeden Tag genug Essen für sich und seine Freunde im Waisenhaus zu haben. Dieser Wunsch hat uns sehr gerührt und gleichzeitig fanden wir ihn sehr seltsam. Denn sollten nicht eigentlich alle Kinder, die in einem Waisenhaus untergebracht sind, gut versorgt sein? Da haben wir uns entschlossen, Maya dorthin zu schicken." In Erinnerungen versunken lächelte Santa.

„Maya hat nicht lange gezögert. Kaum hatten wir darüber gesprochen, hat sie geblinzelt und war verschwunden. Tage lang haben wir damals nichts von ihr gehört. Dann stand sie eines nachts vor unserer Tür und hat nach dem Schlitten und den fliegenden Rentieren gefragt. Ich wusste gar nicht, was ich sagen soll und habe einfach nur genickt. Während Maya den Schlitten vorbereitete, habe ich mir schnell etwas angezogen. Ich wollte sie selbstverständlich begleiten. In Windeseile flogen wir durch die Welt. Als wir Wales erreichten, wurde es bereits hell und ich erinnere mich noch an die wunderschöne Küstenlandschaft, über die wir geflogen sind. Auf der einen Seite gab es diese unendlich langen, grünen Wiesen, auf denen unglaublich viele Schafe weideten und auf der anderen Seite war das Meer. Alles war in das helle rot der aufgehenden Sonne getaucht."

Während Santa erzählte, war Nikola zurückgekommen. Mit einem Fotoalbum in der Hand stand sie im Türrahmen. Sie war ganz still und ließ ihn weitererzählen. „Ich weiß noch, wie unglaublich fasziniert ich von dieser Landschaft war. Meist sehe ich die Welt ja nur in der Weihnacht, wenn ich die Geschenke verteile. Dann ist alles Dunkel und nur das Licht des Mondes und der Sterne erhellt den Weg. Daher habe ich diesen Anblick sehr genossen."

Santa machte eine kleine Pause und genoss ein weiteres kleines Stückchen seiner Lasagne. Als er aufgekaut hatte, fuhr er fort: „Maya führte mich zu einer kleinen alten Burg, die in mitten dieser unendlichen Wiesen und Wälder verborgen war. Direkt in der Nähe gab es kleine Berge und sogar einen kleinen Wasserfall. Daran kann ich mich noch sehr gut erinnern. In dieser Burg hatten sich die Kinder versteckt. Es waren genau sieben an der Zahl. Seit Tagen verbargen sie sich hier, tranken Wasser aus dem alten Brunnen, den es dort im Hof gegeben hat. Sie hatten noch etwas Brot aus dem Waisenhaus mitnehmen können und aßen ansonsten die vielen kleinen Beeren, die im Wald zu finden waren. Vielmehr hatten sie nicht um zu leben. Nicht einmal ordentliche Decken oder Kissen zum Schlafen waren vorhanden. Es gab noch einige alte Sachen in der verlassenen Burg, die sie nutzen konnten. Es gab noch ein wenig Geschirr dort und einige alte, löchrige Decken, die die Kinder am Wasserfall gewaschen hatten, um sie nutzen zu können. Sie hatten es auch irgendwie geschafft, die gesammelten Äste zu entzünden.

Als wir eintrafen, saßen sie alle dicht an dicht um ihr kleines Lagerfeuer herum, um sich zu wärmen. Wir haben sie alle mitgenommen und mit dem Schlitten ins Weihnachtsdorf gebracht. Hier haben wir ihnen erst etwas zu essen gegeben", Santa blickte zu Nikola hoch. „Als hättest du gewusst, dass die Kinder kommen und Hunger haben. Dabei ging alles so schnell, dass ich dir ja nicht mehr gesagt habe, als dass Maya meinen Schlitten und die Rentiere braucht."

Nikola nickte. „Ich habe es einfach gespürt", antwortete sie leise. Auch sie konnte sich noch zu gut an die kleine Gruppe von Kindern erinnern, die zitternd vor ihrer Tür standen. Es hatte ihr das Herz gebrochen, sie so sehen zu müssen. Doch sie war zum Glück ihrer Intuition gefolgt und hatte direkt nachdem Santa mit Maya aufgebrochen war, angefangen zu kochen und zu backen. Deshalb war nicht nur ausreichend Essen für die Kinder da, sondern es war auch herrlich warm in der Küche gewesen. Niemals würde Nikola die Gesichter der Kinder vergessen, als sie am Tisch in der Küche saßen und sich freudestrahlend über das Essen hermachten.

Santa nickte. Er kannte seine Frau gut und wusste, woran sie in diesem Moment dachte. „Während wir die Kinder geholt haben, hat Nikola gekocht und gebacken und die Kinderaugen leuchteten, als sie diese Köstlichkeiten gesehen haben", fuhr Santa fort. „Sie trauten sich anfangs erst gar nicht, etwas davon anzurühren. Nikola musste sie überzeugen, dass alles auf dem

Tisch nur für sie ist. Erst als sie alle am Tisch Platz genommen hatten und Nikola jedem das auf den Teller lud, was er sich zu essen wünschte, löste sich ihre Anspannung. Erst dann verstanden sie, dass all die Köstlichkeiten wirklich für sie gedacht waren." Er selbst hatte sich damals mit Maya ins Wohnzimmer zurückgezogen, damit die Kinder es sich, ohne dass sie sich beobachtet fühlten, gut gehen lassen konnten. Er wusste, dass sie bei seiner Frau in guten Händen waren.

„Sie haben viel Schlimmes erlebt", erinnerte sich nun auch Nikola. „Es war wirklich nicht einfach, sie zu überzeugen, dass das Essen nur für sie gedacht war. Sonst bekamen sie kaum etwas zu essen. Das gute Essen war immer nur für die Leitung des Waisenhauses bestimmt. Keines der Kinder konnte mir sagen, wann es das letzte Mal ein Stück Kuchen gegessen hatte. Kannst du dir das vorstellen, Malia?" Traurig sah Nikola die kleine Weihnachtselfe an. Schockiert schüttelte Malia ihren Kopf. Sie war selbst nie glücklich gewesen, weil sie sich mit ihrer Stiefmutter nicht gut verstanden hatte. Aber sie hatte nie Hunger leiden müssen. Es hatte immer das beste Essen gegeben. Auch wenn Malia es lieber mit dem Kindermädchen eingenommen hatte als mit der Stiefmutter.

„Später erzählten sie uns, dass sie gemeinsam aus dem Waisenhaus geflohen waren. Sie wussten zwar nicht, wohin sie gehen sollten, aber sie waren sich sicher, dass jeder Ort besser war als das Waisenhaus. Dort hatte sich niemand um sie gekümmert. Jeden Tag gab es nur dünne Suppe und ein kleines Stück Brot oder Haferbrei. Keiner von ihnen war im Waisenhaus glücklich gewesen oder konnte sich erinnern, wann er das letzte Mal gelacht hatte. Ihre Zeit in der alten Burg war nicht schön gewesen, aber sie alle waren sich einig, dass sie trotzdem nicht zurück ins Waisenhaus wollten."

Malia fehlten die Worte. Wie schrecklich musste das Leben im Waisenhaus gewesen sein, dass die Kinder lieber in dieser kalten Burg gelebt hatten, als zurück ins Waisenhaus zu gehen.

Sie konnte sich kaum vorstellen, was diese Kinder alles erlebt haben mussten.

„Wir haben uns um die Kinder gekümmert und sie wieder aufgepäppelt", erzählte Nikola dann strahlend. „In dieser Zeit war Maya unterwegs und hat neue Familien für die Kinder gesucht. Was soll ich sagen, sie hat für alle ein neues Zuhause gefunden. Sogar für die beiden Geschwister. Sie konnten zusammenbleiben und in ein gemeinsames neues Zuhause ziehen. Wie waren ihre Namen gewesen?" Diesmal war es Nikola, die an die Decke der Küche blickte und überlegte. Sie stand immer noch im Türrahmen und hielt das Fotoalbum unter dem Arm.

„Arian und Nia", sagte Santa noch immer in seine Gedanken versunken.

„Ja genau! So waren ihre Namen. Die beiden waren auch herzallerliebst. Arian hatte sich sehr für das Kochen interessiert. Während seine Schwester immer mehr über das Backen erfahren wollte. In der Zeit, in der die Kinder hier waren, war ich nie allein in der Küche. Immer waren die beiden bei mir und stellten Fragen, wie man ein bestimmtes Gericht oder einen speziellen Kuchen backte." Nikolas Augen leuchteten als sie von den beiden Kindern erzählte.

„Und während Maya für alle eine Familie suchte, traf sie auf einen Menschen, der im Sturm ihr Herz eroberte. Nachdem sie alle Kinder untergebracht hatte, bat sie uns, in der Menschenwelt leben zu dürfen. Denn ihr Herz schlug für diesen einen Mann und sie wollte keinen Moment mehr ohne ihn verbringen", fuhr Santa fort.

„Oh, wie romantisch", sagte Malia. „Maya hat also ihre große Liebe gefunden, während sie den Kindern ein neues Zuhause gesucht hat. So ähnlich wie ich damals bei Theo. Nur ich habe mich nicht verliebt. Ich habe in Pam eine tolle Freundin gewonnen."

„Das stimmt", antwortete Nikola lachend und verließ ihren Platz am Türrahmen und kam zu Malia. Sie öffnete das Fotoalbum und legte es auf einen freien Platz neben den vielen Tellern und Schüsseln. Nikola blätterte noch etwas hin und her, doch dann fand sie die gesuchte Seite.

„Das ist Maya", sagte Nikola und zeigte mit dem Finger auf eine junge Frau. Sie stand direkt neben einem isländischen Pony und hatte ihren Kopf an den Hals des Tieres gelegt. Maya hatte direkt in die Kamera geblickt und nun schien es, als würde sie Malia direkt ansehen und sie anlächeln.

Malia hielt die Luft an und wusste nicht, was sie sagen sollte. Vor Schreck fiel ihr die Gabel aus der Hand und landete klirrend neben ihr auf dem Boden. Von dem Foto blickte ihr das Gesicht ihrer Mutter entgegen.

Neuntes Kapitel
Der Stammbaum

„Aber wie kann das sein?" stotterte Malia und blickte hilfesuchend von Santa zu Nikola und zurück auf das Foto von
Maya. Zurück auf das Bild, das ihrer Mutter so ähnlich sah. So
ähnlich, dass sie einen winzigen Augenblick tatsächlich geglaubt hatte, dass ihre Mutter ihr von diesem Bild entgegen-
blickte.

Der Schreck stand ihr buchstäblich ins Gesicht geschrieben.
Sämtliche Farbe war Malia aus dem Gesicht gewichen. Sie war
ganz blass und ihre kleinen Hände zitterten. Besorgt legte
Nikola ihren Arm um Malia und betrachtete ebenfalls das Bild.
„Maya sieht genauso aus wie meine Mutter. Ich bin mir
absolut sicher", beteuerte Malia. Niemals hätte sie ihre Mutter
vergessen können. Ihre wunderschöne, liebevolle Mutter. Es
war zwar einige Zeit vergangen und Malia war noch klein gewesen, als ihre Mutter starb, doch sie konnte sich noch an so
viele wunderbare Momente mit ihr erinnern. Momente, die sie
in ihrem Herzen trug und die sie nie vergessen wollte. Denn
dies war alles, was ihr geblieben war. Diese kleinen Momente,
in denen sie zusammen mit ihrer Mutter glücklich gewesen
war. Momente, in denen auch ihr Vater bei ihnen war.
Gemeinsam hatten sie gelacht und Spaß gehabt.

Malia erinnerte sich an gemeinsame Tage im Park. An
manchen Tagen hatten sie dort gepicknickt und an anderen
hatten sie einfach nur den Spielplatz dort besucht oder die
Enten unten am Teich mit Brot gefüttert. Malia erinnerte sich
an besondere Momente, wie Besuche im Zoo oder beim Zirkus.
Vor allem erinnerte sie sich an das helle Lachen ihrer Mutter
und das Strahlen ihrer blauen Augen.

Abermals blickte sie von Santa zu Nikola und wieder zurück
zu Santa. Doch beide waren so überrascht, dass sie kein Wort
herausbringen konnten.

Ratlos blickten sich Santa und Nikola an, während Malia erneut das Bild betrachtete. Vorsichtig strich das Mädchen über das vor ihr liegende Foto. Eine kleine Träne hatte sich in ihre Augen gestohlen. Niemals würde sie vergessen, wie ihre Mutter gewesen war. Niemals. Und ob man ihr glaubte oder nicht, diese Weihnachtselfe sah ihrer Mutter zum Verwechseln ähnlich. Die gleichen Haare. Das gleiche Lächeln. Wie war das möglich?

Es war eine Zeit lang still. Diesen Schreck musste nicht nur Malia verarbeiten. Santa und Nikola hatten nicht damit gerechnet, dass Maya und Malias Mutter sich so ähnlich sehen würden. Doch dann nach einer Weile beendete Santa die Stille und sagte nachdenklich: „Vielleicht bist du eine direkte Nachfahrin von Maya?" Während er die Worte aussprach, strich er sich wieder über den langen Bart. „Das könnte auch erklären, warum du das Talent hast, dich mit einem Zwinkern an einen Ort zu zaubern."

Santa runzelte die Stirn und sah seine Frau fragend an. Nikola nickte zustimmend. „Wenn dem so ist", sagte sie, „könnten wir hierzu Hinweise im Archiv finden." Wie als Zustimmung begann Schoko zu bellen und sich im Kreis zu drehen. Lächelnd blickte Nikola zu dem kleinen Hund und nickte: „Schoko scheint meiner Meinung zu sein. An Schlafen ist jetzt sowieso nicht mehr zu denken. Also sollten wir schnell etwas aufräumen und uns dann auf den Weg ins Archiv machen. Ich habe noch keine Ahnung, wo wir mit der Suche anfangen können. Aber mit etwas Glück habe ich bis dahin schon eine Idee."

Während Nikola sprach, hatte sie die ersten Teller genommen und in Richtung Spüle getragen. Sie wollte keine Zeit verlieren. Es war wichtig, dieses Rätsel zu lösen. Vielleicht war Malia wirklich eine Verwandte von Maya. Das würde natürlich ihr Talent erklären. Aber nicht nur das war für Nikola wichtig. Nikola spürte, dass es wichtig war, dass Malia erfuhr, wer sie war. Von wem sie abstammte. Vielleicht hatte sie irgendwo auf der Welt noch weitere Verwandte, die sie bisher nicht kannte. Verwandte, die sie vielleicht gern kennenlernen wollte. Sofern das möglich war. Denn Menschen konnten Weihnachtselfen in den meisten Fällen nicht sehen. Doch Nikola bezweifelte nicht, dass es einen Weg geben würde, auch das zu regeln. Für den Moment waren es einfach zu viele Vielleicht und sie wusste, dass sie sich auf etwas Wichtigeres konzentrieren musste: Wo im Archiv konnte sie anfangen zu suchen?

Während sie die Schokoladenmousse in den Kühlschrank stellte, murmelte sie bereits vor sich hin. In Gedanken war sie bereits im Archiv und durchstöberte die Gänge. Wo könnten die passenden Bücher und Unterlagen liegen? Welche der alten Archivarinnen hätte es wo abgelegt?

Um sie in ihren Gedanken nicht zu unterbrechen, verständigten Santa und Malia sich über Zeichen, die sie mit ihren Händen machten. Schnell war das Geschirr im Geschirrspüler verstaut und der Tisch abgewischt. Nikola lächelte zufrieden.

„Ich werde euch leider nicht begleiten können", sagte Santa und verabschiedete sich an der Haustür von Nikola, Malia und Schoko. Santa hatte noch etwas Wichtiges in der Puppenwerkstatt zu erledigen. Deshalb machten die drei sich ohne ihn auf den Weg ins Archiv. Auf dem Weg dorthin war Nikola ganz still. Sie überlegte immer noch, wo sie anfangen sollten zu suchen. Sie hatten zwar einen Computer. Doch bisher hatte sich niemand ausreichend damit beschäftigt und angefangen, in einem Computersystem festzuhalten, wo welche Unterlagen im Archiv zu finden waren.

Doch es gab ein kompliziertes System aus Daten und Namen und Orten, nachdem die Unterlagen abgelegt worden waren. Die erste Archivarin, die dort gearbeitet hatte, war sehr eigen gewesen und wollte dadurch verhindern, dass jemand anders als sie selbst durch die Gänge gehen und nach Unterlagen suchen konnte. Sie hatte ihre Aufgabe auch sehr gut erledigt. Doch irgendwann war es auch für sie Zeit gewesen in Rente zu gehen und jemand neues hatte das Archiv übernommen und das Ablagesystem ein wenig verändert. So ging es dann immer weiter. Jede Archivarin und jeder Archivar hatte versucht, sich ein wenig selbst zu verwirklichen und das Ablagesystem ein wenig verändert. Das hatte es nur leider nicht einfacher gemacht, da es nie komplett einheitlich geworden ist. Das war nun eine Aufgabe, der sich Nikola angenommen hatten. Doch bis sie soweit war und alles in ein einheitliches Ablagesystem verwandelt hatte, würde es noch Jahrzehnte, vielleicht auch Jahrhunderte dauern.

Im Archiv angekommen, schien Nikola endlich eine Idee zu haben und ging direkt in das Abteil A883. Malia und Schoko tauschten schweigend einen Blick aus und folgten ihr. Sie hatten natürlich bemerkt, dass Nikola bereits, seitdem sie beschlossen hatte, noch heute Abend ins Archiv zu gehen, überlegt hatte, wo sie mit ihrer Suche nach Informationen am besten anfangen sollte. Daher folgten sie ihr ohne zu zögern und ohne Fragen zu stellen.

Der Weg zum Abteil A883 dauerte eine Weile und führte sie vorbei an alten Regalen mit Märchenbüchern und vergessenen Sagen und Legenden. Sie gingen an einigen Türen und Torbögen vorbei, über denen kleine Schilder angebracht waren, auf denen die Bezeichnung des entsprechenden Abteils notiert war.

Malia hatte bereits einige Zeit im Archiv verbracht. Doch niemals war ihr bewusst gewesen, wie unglaublich riesig der Ort war. Bisher hatte sie nur einen kleinen Teil davon gekannt. Es war unglaublich, dass Nikola ohne Probleme zu wissen schien, durch welche Gänge und Türen sie gehen mussten, um das Abteil A883 zu erreichen. Doch nach einer Viertelstunde hatten sie es geschafft und standen vor einer alten Holztür über der ein kleines Schild mit der Aufschrift „Abteil A883" hing.

Mit großen Augen betrachtete Malia die Tür. Dahinter könnte sich etwas über ihre Familie befinden. Denn irgendwo hinter dieser Tür gab es vielleicht ein Buch oder eine Akte, die ihr etwas mehr über ihre Familie und ihre Ahnen erzählen konnte. Nikola sah zu Malia und fragte: „Bereit?"

Langsam atmete das Mädchen aus. Vor lauter Spannung hatte sie gar nicht gemerkt, dass sie die Luft angehalten hatte. Zweimal atmete sie tief ein und aus. Dann nickte sie. Nikola öffnete die Tür und gemeinsam traten die Drei hindurch. Vor ihnen tat sich ein riesengroßer Raum mit einem hohen Deckengewölbe auf.

Die Decke war hier mehr als doppelt so hoch wie in den anderen Räumen und Abteilen, die sie in den letzten Minuten durchquert hatten. Sie war verziert mit vielen kleinen Balken und Bögen, die sich zu einem Kunstwerk zusammengetan hatten. Es wirkte als wären große Sterne an der Decke des Gewölbes. In der Mitte dieser Sterne befanden sich kristallene Leuchter, die sich auf magische Weise zu entzünden schienen, nachdem sie den Raum betreten hatten. Langsam wurde alles erhellt und man konnte die vielen, unzähligen Regale besser erkennen, die sich hier befanden. Sie reichten bis hoch zum Gewölbe, hatten aber ausreichend Abstand zu den Leuchtern, damit diese alles in ein sanftes Licht tauchen konnten. Denn es schien hier keine Fenster zu geben. Ohne die Leuchten würden die Drei im Dunkeln stehen.

Eine kleine Treppe führte sie hinunter zu einem kleinen Arbeitsbereich, der aus drei Tischen und dazu passenden Stühlen bestand. Direkt dahinter begannen die Regale, in denen unzählige Geheimnisse verborgen lagen. Von ihrem Platz oberhalb der Treppe aus konnten die Drei die ganze Schönheit des Raumes betrachten. Er war so groß, dass man trotz der Leuchter kaum erkennen konnte, wann das Ende des Raumes erreicht war.

„Das sind so viele Regale. Wie sollen wir hier etwas über Maya finden", flüsterte Malia leise. Nikola legte ihr die Hand auf die Schulter und sah sie an, während sie aufmunternd sagte: „Indem wir die Hoffnung nicht aufgeben!"

Mit diesen Worten ging Nikola die Treppe hinunter. Schoko folgte ihr umgehend und nach kurzem Zögern und einem letzten Blick über den Raum schritt auch Malia die Treppe hinunter.

Nikola betrachtete gerade eines der Bücher, die aufgeschlagen auf einem der Tische lagen. Sie runzelte die Stirn, sagte aber nichts. Ohne das Buch zu schließen, legte sie es zurück an seinen alten Platz.

„Hier war schon sehr lange niemand. Vielleicht sollten wir uns diesem Abteil in der nahen Zukunft widmen und etwas aufräumen", sagte sie mehr zu sich selbst als zu Malia und Schoko. Dann fiel ihr Blick auf die Regalreihen vor ihr. Nikola atmete tief ein und ging dann los. Über die Schulter gewandt sagte sie zu Malia: „Wir müssen zum Bereich M!"

Malia hatte keine Ahnung, wie sie diesen Bereich finden sollte. Da sie Angst hatte, sich in den vielen Reihen an Regalen zu verlaufen, blieb sie bei Nikola und folgte ihr. Gemeinsam bogen sie von einer Regelreihe in die nächste ab. Mal gingen sie nach links. Im nächsten Moment nach rechts. Malia hatte schon lange die Orientierung verloren und wusste nicht mehr, wie sie zurück zum Ausgang gelangen sollte. Hoffentlich wusste Nikola es noch. Ansonsten mussten sie versuchen, ihren Fußspuren zu folgen. Eine dicke Schicht Staub bedeckte den Boden. Anfangs hatte Malia das nicht so schön gefunden. Sie hatte sogar etwas niesen müssen. Doch nun war sie froh über die Staubschicht, da dies vielleicht ihre einzige Möglichkeit war, den Weg zurück zu finden.

Malia selbst hätte vielleicht noch ihre Gabe nutzen können, um hier herauszukommen. Aber sie war auf keinen Fall stark genug, um mit Hilfe ihrer Magie auch Nikola mitzunehmen. Selbst, wenn sie Santa hätte holen können. Sie hätte den Weg bis zum Abteil A883 nicht allein finden können.

Doch Nikola hatte den Weg zum Abteil A883 finden können und daher hielt Malia an dem Gedanken fest, dass Nikola auch den Rückweg aus diesen vielen Gängen finden würde.

Nachdem sie einige Minuten durch die Reihen von Regalen gewandert waren, konnten sie Schoko bellen hören und folgten seiner Stimme. Sie waren neugierig, was der kleine Hund wohl gefunden hatte.

„Gut gemacht!", lobte Nikola ihn, als sie den kleinen Hund erreicht hatten. Er stand neben einer langen Regalreihe an deren Kopf ein großen M gemalt war. Während Nikola den Gang hinunter sah, kraulte sie Schoko kurz hinter den Ohren. Das war dann also Bereich M. Wie zur Bestätigung nickte Nikola und betrat die erste Reihe des Bereiches. Sie ging an einigen Regalen vorbei. Ab und an blieb sie stehen, holte ein Buch heraus und strich mit der Hand über den eingestaubten Einband. Schweigend betrachtete sie diesen dann und sah sich an, was darauf geschrieben stand. Dann schüttelte sie mit dem Kopf und stellte es wieder zurück. Das passierte unzählige Male und in verschiedenen Gängen. Doch Nikola beharrte darauf, dass sie im richtigen Abteil und im richtigen Bereich waren.

„Es muss hier irgendwo sein", murmelte sie vor sich her und holte wieder ein Buch aus dem Regal, das links neben ihr stand. Sie waren nun im hintersten Teil des Bereiches M und auch des ganzen Abteils A883 angekommen und hier lag überall eine noch dickere Schicht Staub über den Büchern und Akten und Regalen und Schränke, als im Rest des Abteils A883. Doch als Nikola den Staub vom Buch pustete und zur Sicherheit noch einmal mit der Hand über den Buchdeckel strich, nickte sie zufrieden.

„Das ist es!" sagte sie freudestrahlend und setzte sich trotz des Staubes auf den Boden. Malia tat es ihr gleich. Sie setzte sich direkt neben Nikola und nahm Schoko auf ihren Schoss.
Nikolas Blick schweifte über den Boden und die vielen Regale, die links und rechts neben ihnen standen. „Hier unten ist es wirklich sehr staubig", sagte Nikola mehr zu sich selbst als zu den anderen. „Wir müssen uns unbedingt mehr um die vielen Abteile hier kümmern und vielleicht endlich mal etwas Staub

wischen. Aber es gibt so unglaubliche viele Abteile hier. Das ist wohl alles kaum zu schaffen." Ratlos zuckte sie mit den Schultern.

Dann viel ihr Blick auf das Buch, das sie in ihren Händen hielt. Sie sah Malia an und lächelte. „Das müsste es sein", sagte sie und öffnete das Buch. Nach einem flüchtigen Blick auf das Inhaltsverzeichnis fing sie an zu blättern. Natürlich war auch dieses Buch magisch und während Nikola durch die einzelnen Seiten ging, schienen diese kein Ende zu nehmen. Auf Seite 5869 hielt sie inne.

Auf der Seite war ein Bild von Maya mit einem Mann zu sehen. Sie strahlten gemeinsam in die Kamera und sahen unglaublich glücklich aus.

„Das sind sie", sagte Nikola. „Ich kann mich kaum erinnern. Aber die beiden waren so unglaublich verliebt. Wie hätten wir ihren Wunsch, für immer bei ihm leben zu wollen, ablehnen können." Nikola fuhr mit dem Finger über die einzelnen Zeilen und las, was dort geschrieben stand. Die Schrift war alt und in einer Art geschrieben, dass Malia sie nicht entziffern konnte.

„Ja, so war das", sagte Nikola fast zu sich selbst und sah dann Malia an: „Desto länger sie zusammen in der Welt lebten, desto mehr verlor Maya ihre Weihnachtselfen-Magie und sie wurde ein ganz normaler Mensch. Aber sie war glücklich, deshalb machte es ihr nichts aus. Maya hatte sechs Kinder und sie alle lebten in Wales. Hier schau. Da ist ein Bild."

Mit dem Finger deutete Nikola am Ende der Seite auf ein Foto. Hier waren Maya und ihr Mann zusammen mit allen sechs Kindern zu sehen. Es waren drei Mädchen und drei Jungen gewesen. Ganz vorn im Bild war ein kleiner Hund ins Bild gelaufen. Doch es schien sie alle nicht zu stören. Sie lachten und eines der Mädchen wollte anscheinend gerade nach dem Hund greifen, als das Foto gemacht worden war.

„Was steht daneben geschrieben?" fragte Malia und deutete mit dem Finger auf die handschriftliche Notiz, die neben dem Bild geschrieben stand.

„Oh, auf einer der nachfolgenden Seiten gibt es einen Stammbaum von Mayas Familie. Das ist ja sehr interessant"; sagte Nikola, nachdem sie die handschriftliche Notiz gelesen hatte.

„Ich wusste nicht, dass auch die Stammbäume von ehemaligen Weihnachtselfen in den Büchern enthalten sind. Ich wusste, dass es von einigen ehemaligen Weihnachtselfen Fotos und Bilder gibt. Aber nicht, dass man sich auch die Mühe gemacht hat, ihren Stammbaum aufzuschreiben. Das ist tatsächlich sehr interessant und für uns heute sehr von Vorteil."

Verwundert und gleichzeitig von Neugier erfasst, blätterte Nikola durch das Buch. Die folgenden Seiten enthielten noch einige Landschaftsbilder von Wales. Es waren große, grüne Wiesen zu sehen und Wasserfälle. Auf einigen von ihnen gab es auch Burgen zu bewundern. Vereinzelt gab es aber auch Bilder von Maya und ihrer Familie. Irgendwann waren keine Bilder mehr von Maya zu entdecken. Auf den Bildern waren zwar noch Gesichter zu sehen, die man auf vorangegangen Bildern hatte sehen können, aber Maya fehlte.

Nikola blätterte die Seite um. Auf der linken Seite war wieder ein Foto zu sehen. Darauf war eine Seebrücke zu sehen, die weit über das Wasser reichte. Die Sonne leuchtete über das helle Wasser und einige Möwen flogen darüber hinweg.

Auf der anderen Seite des Buches war der Stammbaum abgebildet. Anfangs sah er aus, wie ein ganz normaler großer Baum. Er hatte einen kräftigen Stamm und eine breite Krone mit vielen leuchtend grünen Blättern. Doch als Malia den Baum mit ihren Fingern berührte, erschienen dort Namen.

Die ersten Namen kannte Malia nicht. Doch sie strich weiter mit dem Finger über den Baum. In der Mitte konnte sie auf einem der Blätter Mayas Namen entdecken. Direkt daneben stand der Name Ruben auf einem anderen Blatt. Das musste ihr Mann gewesen sein, denn auf den Blättern darunter standen sechs weitere.

„Das sind die Namen ihrer Kinder", erklärte Nikola. „Hier siehst du die Namen ihrer Partner und auf den Blättern darunter stehen die Namen ihrer Kinder." Malia strich weiter über die einzelnen Blätter, bis sie den Namen fand, den sie gesucht hatte.

Da stand er: Amelie. Der Name ihrer Mutter und direkt auf dem Blatt darunter stand er. Ihr eigener Name. Malia.

Er leuchtete golden auf, als Malia darüberstrich. Beinahe als würde ihr Name erkennen, dass sie es war, die vor dem Buch saß und versuchte etwas mehr über sich und ihre Familie herauszufinden.

Nikola schob das Buch etwas weiter zu Malia herüber und stand auf.

„Vielleicht gibt es ja noch weitere Bücher über deine Familie. Vielleicht hört es aber auch mit dem Stammbaum auf, weil es ja keine Weihnachtselfen mehr in deiner Familie gab. Außer dir natürlich."

Nikola betrachtete die Bücher, die links und rechts neben dem Buch standen, das Malia nun vor sich liegen hatte. Eines davon holte sie heraus. Es war so voller Staub, dass sie das Buch erst einmal ausschüttelte. Viele kleine Staubkörnchen wirbelten plötzlich auf und brachten Nikola zum Husten. Malia, die sich gerade noch das Bild mit der Seebrücke angesehen hatte, schaute zu Nikola hoch. Der Staub machte natürlich nicht vor ihr halt und kroch in Malias kleine Nase. Es kribbelte und juckte und schon fing sie an zu Niesen. Doch es war so staubig, dass es nicht bei diesem einmaligen Niesen blieb.

Sie zog Schoko an sich, als das Kribbeln erneut begann und sie ein weiteres Niesen nicht mehr zurückhalten konnte. Mit fest zusammen gekniffenen Augen nieste Malia erneut. Einmal. Zweimal. Dreimal...

Zehntes Kapitel
Eine unerwartete Reise

Als Malia die Augen wieder öffnete, schloss sie diese auch schnell wieder. Um sie herum war es plötzlich hell und die Sonne strahlte. Das Licht brannte in ihren Augen. Im Archiv war es zwar nicht dunkel gewesen, aber die Leuchter im Abteil A883 konnten es nicht mit der strahlenden Sonne aufnehmen. Malia blinzelte und rieb sich die Augen. Sie konnte Möwen über sich schreien hören und Salz auf ihrer Zunge schmecken. Nichts erinnerte mehr an die Stille aus den dunklen und staubigen Gängen des Archivs.

Malia holte tief Luft und öffnete langsam ihre Augen. Ihr erster Blick fiel auf das Meer. Es lag direkt vor ihr. Das Wasser war strahlend blau. Durch den leichten Wind waren nur kleine Wellen auf dem Wasser zu sehen. Über ihr flogen einige Möwen hinweg und kreisten am blauen, fast wolkenlosen Himmel. Malia selbst saß auf dem steinigen Sand des Ufers. Sie blickte zu Schoko, den sie immer noch in ihren Armen hielt. „Wo sind wir nur?" fragte Malia. Verwundert sah sie ihren kleinen Freund an. Schoko wedelte freudig mit dem Schwanz und stupste Malia mit seiner kleinen Nase an. Sie öffnete daraufhin lachend ihre Arme und ließ Schoko über den steinigen Strand laufen. Ohne zu zögern rannte der Hund auf das Wasser zu und sprang hinein. Wie eine kleine Meerjungfrau spielte er mit den Wellen und schwamm durch das kalte Nass.

Malia erhob sich langsam von dem steinigen Sand, der hier den Strand bedeckte. Sie überlegte kurz, ob sie vielleicht ihre Schuhe ausziehen sollte, um barfuß am Strand zu spazieren. Aber sie entschied sich dagegen. Durch die kleinen Steinchen, die sich überall im Sand befanden, würde das vielleicht nicht so angenehm sein.

Für einen Moment stand Malia nur da. Sie hatte ihre Augen geschlossen und hielt ihr Gesicht in die warme Sonne, die vom

Himmel auf sie herunter strahlte. Am Nordpol gab es natürlich auch sonnige Tage und da Weihnachtselfen nicht froren, machte es keinen Unterschied für sie, ob es warm oder kalt war. Aber Malia war geradezu verzaubert von diesem Ort, an dem sie sich nun befand. Sie atmete noch einmal tief die frische Meeresluft ein, bevor sie lächelnd ihre Augen öffnete und sich umsah.

Direkt neben ihr, nur wenige hundert Meter entfernt, befand sich eine große Seebrücke, die weit über dem Wasser hinaus ins Meer reichte. Malia konnte es kaum glauben: Das war die Seebrücke, die sie zuletzt auf dem Foto gesehen hatte. Die Seebrücke, die auf der Seite neben dem Stammbaum abgebildet war.

Ungläubig schüttelte sie den Kopf. Schon lange war es ihr nicht mehr passiert, dass sie sich versehentlich durch ihre Weihnachtselfen-Magie an einem Ort gezaubert hatte. Doch nun war sie hier. Hatte sich ein Teil von ihr vielleicht doch gewünscht, hierher zu kommen? Sie wusste es nicht. Aber wenn sie schon einmal hier war, wollte sie den Moment auch nutzen und sich ein wenig umsehen. Immerhin war das ein Ort, an dem Maya gewesen und auch gelebt hatte. Und wie sie nun wusste, war Maya eine Vorfahrin von ihr und auch eine Weihnachtselfe.

Mit kleinen Schritten ging Malia in Richtung Seebrücke. Sie wollte sich die Seebrücke gern von Nahem ansehen. Schoko verließ das Wasser und folgte seiner Freundin unaufgefordert. Ab und an sprang er zur Seite und hüpfte einer Welle entgegen, so dass seine kleinen Pfötchen wieder im flachen Wasser waren.

Malia betrachtete auf ihrem Weg zur Seebrücke die Umgebung. Während sich rechts von ihr nur Wasser befand, war auf der linken Seite eine Art Mauer und etwas über ihr eine kleine Promenade, auf der einige Menschen entlang spazierten. Vom Strand aus führte eine kleine Treppe dort hinauf. Malia sah zu Schoko, als würde sie sich seine Bestätigung einholen wollen, dass sie nun die Treppe nehmen würden. Der kleine Hund bellte zwei Mal und eilte dann darauf zu. Gemeinsam erklommen sie die Stufen der Treppe und gelangten auf die Promenade.

Von hier aus konnten sie eine kleine, aktuell wenig befahrene Straße und kleine bunte Häuser entdecken, die sich auf der anderen Straßenseite befanden. Die Häuser hatten sie vom Strand aus nur ansatzweise sehen können und nun leuchteten sie ihnen in blau und rot entgegen. Manche von ihren strahlten sogar in pinker oder gelber Farbe mit dem sonnigen Tag um die Wette. Unten in den Häusern befanden sich kleine Läden, die Souvenirs verkaufen oder leckeres Essen oder Wein.

Langsam spazierten sie die Promenade entlang. Bis sie das Gebäude erreichten, das hinaus auf die Seebrücke führte. „Penarth Pier", las Malia die Worte, die hier in einem großen Schriftzug über der Tür geschrieben standen, vor. Noch nie hatte sie von diesem Ort gehört, geschweige denn, war sie an diesem Ort gewesen. Doch er gefiel ihr. Mit dem unendlichen Wasser und den bunten Häusern.

„Wollen wir?" fragte sie an Schoko gewandt und gemeinsam gingen die beiden durch die große Tür. Nach nur wenigen Schritten standen sie auf der breiten Brücke, die so unendlich lang erschien. Malia vermutete, dass es deshalb in der Mitte der Brücke alle paar Schritte eine Bank gab, auf die man sich setzen und ausruhen oder einfach nur den traumhaften Ausblick genießen konnte. Doch Malia und Schoko brauchten keine Pause. Gemeinsam gingen sie zusammen bis zum Ende der Seebrücke und setzten sich erst dort auf eine der Bänke und sahen hinaus aufs Meer.

„Wunderschön", flüsterte Malia, während der sanfte Wind durch ihr Haar fuhr. Schoko hatte seinen Kopf auf eines ihrer Beine gelegt und genoss die warmen Sonnenstrahlen auf seinem Fell. Der Frühling kam mit großen Schritten und es war wieder viel zu tun im Weihnachtsdorf. Doch hier in Penarth war nichts von alldem zu spüren. Die Sonne wärmte das Herz und hellte die Stimmung auf. Auch wenn es eigentlich noch recht kühl hier war. Doch Weihnachtselfe froren nicht und so konnte Malia den Spaziergang über die Brücke und den Moment auf der Bank in vollen Zügen genießen.

Langsam ging die Sonne unter und tauchte alles in ein traumhaft schönes rosa. Tief atmete sie die salzige Luft ein. Noch nie hatte sie so etwas Wunderbares gerochen und trotzdem fühlte es sich sehr vertraut an.

„Weißt du, wo der Penarth Pier liegt?" fragte sie in die Ruhe, die sie umgab, und sah zu Schoko hinunter. Doch anstatt einer Antwort bekam sie nur einen ratlosen Blick von dem kleinen Hündchen. Malia zuckte lächelnd mit den Schultern. Eigentlich war es gar nicht so wichtig. Maya hatte in Wales gelebt. Wahrscheinlich waren sie also irgendwo in Wales. Aber sicher war sie sich nicht. Während Malia darüber nachdachte, hörte sie eine vertraute Stimme: „Penarth liegt in Wales. In der Nähe von Cardiff."

Schoko sprang auf und fing begeistert an zu bellen und Malia drehte sich erschrocken um. Als sie sah, wer sich dort hinter ihr auf der Seebrücke befand, konnte sie ihren Augen kaum trauen. War das wirklich möglich? Vor Überraschung schlug sie die Hände vor den Mund. Sie war sprachlos und wusste im ersten Moment nicht, was sie sagen sollte.

Da stand Pam in all ihrer Pracht und auf ihrem Rücken saß Theo! Der kleine Teddy Theo. Mit Freudentränen in den Augen lief Malia auf die beiden zu. Erst fiel sie Pam um den Hals und dann umarmte sie ihren Freund Theo.

„Wie kommt ihr zwei denn hierher?" fragte sie fassungslos, während sie Theo wieder an sich drückte.

„Santa war gerade bei uns, als Nikola ganz erschrocken angelaufen kam", berichtete Pam. „Sie war ganz aufgeregt und anfangs konnten wir sie gar nicht verstehen. Nachdem Santa sie etwas beruhigt hatte, erzählte sie dann, dass du verschwunden bist. Santa hat ein paar Fragen gestellt und dann wusste er auch schon, wo du gelandet bist."

Pam holte kurz Luft und sah zu Theo. Dann fuhr das Rentier-Mädchen fort: „Santa meinte, dass es ein großes Abenteuer und auch etwas sehr Wichtiges ist, wenn man auf der Suche nach seiner Familie und seinem Stammbaum ist. Deshalb solltest du das nicht nur allein mit Schoko machen, sondern Freunde an deiner Seite haben, die dir ebenso wichtig sind." Lächelnd sah Pam der Reihe nach ihre Freunde an. Malia, Schoko und Theo.

„Dann ging alles ganz schnell. Zusammen mit meinen Eltern sind wir zu Annie geflogen. Ich dachte immer, dass Weihnachtselfen gar keine magischen Wesen mehr sehen können, wenn sie wieder zu einem Menschen geworden sind. Aber ich hätte es besser wissen müssen. Natürlich konnte Annie Santa sehen. Du kannst dir vorstellen, dass ihre Freude riesengroß war. Sie wusste aber auch, dass irgendetwas passiert sein musste, wenn Santa mitten im Jahr vor ihrer Tür steht. Natürlich hat Santa ihr alles erzählt und daraufhin durften Theo und ich nach Wales reisen."

„Aber ich bin doch gerade erst ein paar Minuten hier. So schnell könnt ihr das alles doch nicht organisiert haben", sagte Malia verwirrt und schüttelte den Kopf.

„Du Scherzkeks", sagte Theo lachend. „Du bist seit drei Stunden vom Nordpol weg. Du bist wohl hier auf der Bank eingeschlafen." Theo legte den Kopf schief und sah seine Freundin fragend an. Dann fuhr der kleine Teddybär fort: „Santa hat gesagt, dass wir zusammen ein paar Tage hier in Wales bleiben können. Deine Arbeit im Archiv kann warten, wenn es dir hilft, dich selbst und vielleicht auch deine Weihnachtselfen-Magie und deine Talente besser kennenzulernen. Er hat uns auch eines der Adressbücher gegeben, damit wir bei einer der Weihnachtselfen, die hier im Außendienst sind, Unterschlupf finden können. Santa hat sie sogar schon vorgewarnt, dass wir kommen." Theo lachte und kniff Malia in die Wange.

„Ich kann es immer noch nicht glauben, dass wir alle hier sind. Es ist toll bei Annie zu wohnen, aber so ein richtiges Abenteuer mit euch hat mir schon gefehlt." Die Freunde kicherten und Schoko lief vor Freude bellend um sie herum.

„Dann auf in ein neues Abenteuer!" rief Pam und beugte sich zu Schoko herunter und stupste den Hund mit ihrer Schnauze an. „Lasst uns schauen, wo wir die Weihnachtselfe finden, bei der wir die Nacht bleiben können. Vielleicht bekommen wir dort auch etwas Leckeres zu essen. Ich habe langsam Hunger." Wieder lachten sie und mit einem Blick in das kleine Adressbuch, dass Santa ihnen mitgegeben hatte, machten sie sich auf den Weg.

Langsam schlenderten sie durch die kleinen Straßen von Penarth. Wann immer sie abbiegen oder eine andere Richtung einschlagen mussten, leuchtete das kleine Adressbüchlein hell auf. Dadurch wurden Pam, Malia und Theo daran erinnert, wie Theo damals zu strahlen angefangen hatte. Wie sein Leuchten den Vorgarten von Annie erhellt hatte und wie Theo an diesem Tag sein neues Zuhause gefunden.

Sie waren gerade an einer kleinen Kirche vorbeigegangen, als Pam meinte: „Hier ist es wirklich wunderbar. Kein Wunder, dass es dich hierher verschlagen hat."

Malia sah ihre Freundin an und antwortete: „Eigentlich wollte ich gar nicht hierher. Ich weiß nicht einmal genau, wie das passiert ist. Sicherlich, als ich das Reisen mit der Weihnachtselfen-Magie noch nicht gut konnte, ist mir so etwas öfter passiert. Aber ich habe mittlerweile schon sehr viel Übung und es ist lange her, dass ich unfreiwillig an einem anderen Ort gelandet bin."

„Aber es muss ja einen Grund haben!" sagte Theo optimistisch. „Vielleicht sehnt dein Herz sich einfach so sehr danach etwas über deine Familie zu erfahren. Auch wenn es weit in der Vergangenheit zurückliegt. Ganz gleich was es ist, zusammen schaffen wir es." Die Freunde nickten und gingen langsam weiter.

Die Straßenlaternen waren mittlerweile angesprungen und der Mond war oben am Himmel zu sehen. Es war sehr still und kein Auto fuhr über die Straßen. Ab und an bellte ein Hund und Schoko schickte ihm einen kleinen Gruß zurück, in dem er ebenfalls kurz bellte. Ansonsten war niemand um diese Zeit auf den Straßen zu sehen. Die Menschen waren anscheinend schon alle zu Hause. In ihren kleinen hübschen Häusern.

Vor einem dieser schönen Häuser blieben sie stehen. Das Adressbuch hatte aufgehört zu leuchten und somit hatten sie ihr Ziel erreicht.

Einen kurzen Moment blickten sie auf das braune, mit Efeu bewachsene Haus. In einigen Fenstern brannte Licht und vorne im Erker saß eine Frau und las in einem Buch. Als sie die kleine Gruppe bemerkte, winkte sie ihnen zu und stand auf. Kurz darauf öffnete sich die Haustür.

„Da seid ihr ja!" rief sie ihnen entgegen und kam über die kleinen Stufen, die zum Vorgarten führten, auf sie zu. Herzlich umarmte sie jeden aus der kleinen Gruppe und streichelte Schoko einen kurzen Moment hinter den Ohren.

„Kommt doch rein", sagte sie und deutete mit der Hand in Richtung Haustür. „Das Abendessen ist jeden Augenblick fertig."

Wie zur Bestätigung knurrte Pams Magen und Malia war froh, dass es ihr diesmal nicht passiert war. Doch kaum hatten sie den Flur betreten und ihnen der Duft von frischer Hühnersuppe aus der Küche entgegenwehte, begann auch ihr Magen wieder lautstark zu knurren. Malia lief rot an, aber sie wusste auch, dass das ein gutes Zeichen war. Immerhin hatte ihr Magen so laut geknurrt, als sie Annie kennenlernte und bei Nikola war es nicht anders gewesen. Ansonsten hatte sich ihr Magen immer ruhig verhalten und nicht in solch einer Lautstärke geknurrt.

Die kleine Gruppe ließ sich von der Frau in das große Esszimmer führen. Erst jetzt konnte Malia die Frau genau ansehen. Diese Frau war natürlich eine Weihnachtselfe. Malia hatte zwar schon bemerkt, dass die Weihnachtselfe sehr lange Haare hatte, aber erst jetzt im Licht der Lampen konnte sie erkennen, dass ihr Zopf nicht nur bis über ihre Hüften reichte, sondern dass sie auch leuchtend rot waren. Liebevoll sah die Weihnachtselfe sie aus ihren grünen Augen an und deutete ihnen, sich zu setzen.

„Wir haben schon auf euch gewartet. Eigentlich warten wir seit dem Moment, als die Nachricht bei uns eintraf, dass ihr in Penarth seid", sagte sie und setzte sich zu den anderen an den Tisch.

Malia fasste sich ein Herz und antwortete: „Eigentlich weiß ich gar nicht so genau, wie oder besser warum ich hier bin. Vor ein paar Stunden saß ich noch im Archiv und habe einfach nur versucht etwas über meine Familie zu erfahren. Und ganz plötzlich saß ich zusammen mit Schoko am Strand."

Fragend sah Malia die andere Weihnachtselfe an. Diese nickte nur und meinte dann: „Ja, ich habe in den Büchern davon gelesen. Ich habe mir diese Gabe auch immer gewünscht, doch leider habe ich sie nicht erhalten. Aber umso schöner ist es, dass du sie hast und die Gabe, mit einem Zwinkern zu Reisen, nicht aus der Welt verschwunden ist."

„Oh ja, das ist eine wundervolle Gabe. Aber leider ist sie sehr, sehr selten. Malia ist eine Verwandte von Maya, der letzten Weihnachtselfe, die dieses Talent hatte. Da liegt es fast nahe, dass diese Gabe vererbt wird. Oder was denkst du?" fragte Pam neugierig.

Die Weihnachtselfe lachte: „Da hast du recht. Aber vielleicht sollte ich mich euch erst einmal vorstellen. Wie unhöflich von mir." Die Weihnachtselfe schüttelte ihren Kopf und strich über ihren langen Zopf. Dann fuhr sie fort: „Aber ich habe mich so über euren Besuch gefreut, dass ich das vollkommen vergessen habe und anscheinend hat Santa euch auch nicht verraten, wer ich bin."

Die Frau lächelte geheimnisvoll und wandte sich an Malia. Sie nahm ihre Hände in ihre und sah sie liebevoll an. In diesem

Moment wusste Malia es. Sie hatte das Gesicht dieser Weihnachtselfe vor nicht allzu langer Zeit gesehen.

Eigentlich war es erst ein paar Stunden her. Das Gesicht der Frau war auf einem der Bilder abgebildet worden, die in dem Buch zu finden waren, in dem auch ihr Familien-Stammbaum enthalten war. Es war auf einem der Bilder gewesen, auf denen Maya schon nicht mehr zu sehen war.

„Ich heiße Katharina und auch ich bin eine Nachfahrin von Maya. Allerdings wurde ich als Weihnachtselfe geboren. Das ist lange Zeit her. Meine Großmutter war eine Cousine von Maya. Das bedeutet natürlich, dass wir beiden verwandt sind, liebe Malia."

Malia konnte es kaum glauben. Sie hatte eine weitere Verwandte, die sie bisher nicht kannte und diese war sogar eine Weihnachtselfe. Das war unbeschreiblich schön. Seit sie eine Weihnachtselfe geworden war, hatte sie zwar ein wirklich schönes Leben geführt und eine komplett neue Familie aus Weihnachtselfen, Rentieren und Plüschtieren sowie aus Santa und Nikola gewonnen. Aber jetzt, wo sie wusste, dass sie noch eine Verwandte unter ihnen hatte, fühlte Malia sich noch ein wenig mehr zu Hause in ihrer neuen Welt. Eine unglaublich schöne Wärme erfüllte ihr Herz und sie konnte nicht anders und umarmte Katharina.

Die beiden hielten sich ganz fest, als sich die Tür öffnete und eine weitere Weihnachtselfe eintrat.

„Hallo zusammen", sagte der Weihnachtself, der eine Küchenschürze umgebunden hatte und mit einem zufriedenen Ausdruck eine große Schüssel mit Hühnersuppe auf den Tisch stellte.

„Keine Sorge", sagte er; „Davon gibt es noch mehr in der Küche. Ich hole noch eine Kelle und etwas Brot und dann können wir mit dem Essen beginnen. Katharina, kannst du bitte die Schüsseln aus dem Schrank holen?" Er zeigte mit der linken Hand auf einen Schrank, der direkt neben dem Tisch stand, an dem die Freunde Platz genommen hatten. Kaum hatte der Weihnachtself ausgesprochen, war er auch schon wieder in Richtung Küche verschwunden.

„Hier leben noch andere Weihnachtselfen?" fragte Pam verwirrt. Bisher kannte sie es nur, dass Weihnachtselfen allein im Außendienst lebten.

„Ja", antwortete Katharina, während sie die Schüsseln aus dem Schrank holte. „Es ist eigentlich nicht üblich, dass mehrere Weihnachtselfen zusammen in der gleichen Stadt arbeiten. Aber als wir feststellen, dass wir hier in der Gegend zu fünft sind, haben wir uns entschlossen, zusammen zu wohnen. Heute sind aber nur wir zwei da. Adeon und ich."

Überrascht sah Pam zu Katharina: „Aber warum sind hier denn so viele Weihnachtselfen? Das ist doch so ein schöner Ort. Hier kann doch gar nicht so viel Hilfe von euch gebraucht werden."

„Hilfe wird überall gebraucht", antwortete Adeon an Katharinas Stelle, als er mit den restlichen Sachen zurückkam. „Hier in Wales gibt es auch viele magische Orte, die wichtig für uns Weihnachtselfen sind."

„Außerdem ist das Waisenhaus, das einst zu einem Auftrag von Maya wurde, gar nicht so weit von hier entfernt", teilte Katharina mit. „Du hast sicherlich von der Geschichte gehört?" fragte sie an Malia gewandt und die kleine Weihnachtselfe nickte.

„Wir arbeiten dort", berichtete Katharina. „Damit so eine Geschichte wie damals nicht wieder passieren kann. So wird auch weiterhin der Weihnachtswunsch der Kinder erfüllt. Auch wenn die neuen Waisenkinder keine direkten Freunde von ihnen sind. Wir sorgen dafür, dass sie trotz allem, was ihnen widerfahren ist, ein schönes Zuhause und immer ausreichend zu Essen und ein warmes Heim haben. Bis zu dem Tag, an dem sie das Waisenhaus verlassen können, weil sie in eine neue, liebevolle Familie kommen."

„Wir kümmern uns aber auch weiterhin um sie und prüfen regelmäßig, ob es ihnen gut geht. Aus der Geschichte von damals haben wir viel gelernt. Wir möchten ein großes Netzwerk aufbauen und dafür Sorge tragen, dass es in jedem Waisenhaus auf dieser Welt mindestens eine Weihnachtselfe gibt, die darauf achtet, dass es allen gut geht. Sollte dies nicht der Fall sein, kümmern wir Weihnachtselfen uns darum, dass sich etwas verändert. Aber bis dahin ist noch ein langer Weg", berichtete Adeon, während er allen etwas von der Hühnersuppe in die Schüsseln füllte und anschließend das Brot verteilte.

„Deshalb sind wir hier auch so viele. Wir haben hier magische Orte, die von Weihnachtselfen erkundet und für das Archiv am Nordpol fotografiert und auch auf Papier beschrieben werden. Die anderen von uns, so wie Adeon, Nia und ich, kümmern sich um das Waisenhaus."

„Gibt es noch andere Gruppen wie euch, die sich um Waisenhäuser kümmern oder seid ihr die ersten?" fragte Theo neugierig.

„Es gib noch einige andere Orte, in denen es Gruppen wie uns gibt, die sich um Waisenhäuser kümmern. In New York zum Beispiel gibt es sogar 4 Gruppen. Die Stadt ist natürlich auch unglaublich groß. Aber es sind immer noch einfach viel zu wenige."

So verging der Abend und Adeon berichtete von ihrer Arbeit und lud sie ein, dass sie am nächsten Tag gern mit ins Waisenhaus kommen könnten.

„Aber", fragte Malia nachdenklich, „Menschen können uns Weihnachtselfen doch gar nicht sehen. Außer in ganz bestimmten und ganz seltenen Fällen. Wie könnt ihr euch dann um die Kinder kümmern?"

„Kinder haben noch immer ein reines Herz und sehen uns daher eher als Erwachsene. Desto älter man wird und desto mehr man erlebt und arbeitet und gestresst ist, desto mehr verblassen auch die Erinnerungen an die Kindheit. Und auch an uns Weihnachtselfen und an Santa. Viele Erwachsene können sich nicht mal mehr daran erinnern, dass es Magie in dieser

Welt gibt. Aber Kinder können das durch ihre offene und neugierige Art und weil sie die Welt gerade erst entdecken und kennenlernen."

„Wir achten auf die Kinder, fuhr Adeon fort. „Sobald wir etwas Merkwürdiges feststellen, berichten wir Santa davon und mit Hilfe der Weihnachtselfen-Magie versuchen wir alles in die richtigen Bahnen zu bringen. Das ist wirklich eine schwierige Aufgabe. Insbesondere weil viele uns nicht sehen oder wahrnehmen können. Doch das hat Maya damals auch nicht abgehalten, sich um die Kinder zu kümmern und sie hat für alle ein neues wunderbares zu Hause gefunden."

„Und die Liebe ihres Lebens", ergänzte Katharina lächelnd und griff nach Adeons Hand. Die beiden sahen sich glücklich an.

„Oh, ihr beide seid ein Paar", platzte es aus Pam heraus. Das Rentier-Mädchen lief rot an und sah beschämt zur Seite.

Alle lachten und genossen den entspannten Abend. Lange Zeit verbrachten sie dort am Esstisch, bis ihnen auffiel, wie spät es mittlerweile geworden war.

Katharina brachte sie hoch in ein großes Gästezimmer. Vor dem Fenster stand ein riesengroßes Bett, dass groß genug für alle vier war. „Ich hoffe, es stört euch nicht, wenn ihr euch ein Bett teilen müsst. Aber ich dachte, da ihr alle so gut befreundet seid, möchtet ihr bestimmt auch nicht in getrennten Zimmern schlafen.

„Das ist großartig", sagte Theo und sprang von Pams Rücken hinab auf das Bett.

„Das freut mich. Dann wünsche ich euch eine gute Nacht. Bis morgen früh", sagte Katharina und verließ das Zimmer.

Schoko war der erste, der zu Theo aufs Bett sprang und Malia und Pam taten es ihm gleich. Zusammen lagen sie auf dem großen Bett, das tatsächlich Platz für alle vier bot, und starrten glücklich und zufrieden an die Decke.

„Ich hätte nie gedacht, dass wir alle zusammen mal wieder auf eine Reise gehen würden", sagte Malia leise.

„Ich auch nicht", sagten Pam und Theo wie aus einem Munde und lachten.

Schoko hob den Kopf und sah sie verwundert an.

„Warum nicht? Wahre Freunde kann nichts trennen", bellte Schoko leise und die anderen drei sahen ihn mit großen Augen an.

„Schoko! Du kannst ja sprechen!" Malia blickte mit offenem Mund zu dem kleinen Hund, der, als wäre nichts Besonderes passiert, den Kopf bereits wieder auf den Pfötchen liegen hatte und die Augen schließen wollte.

„Hier gibt es viele magische Wesen und Orte", antwortete Schoko schlaftrunken.

Pam gähnte und auch Malia bemerkte nun, wie die Müdigkeit langsam über sie kam. Es war wieder ein aufregender Tag gewesen. Hätte sie ihre Freunde nicht bei sich gehabt, hätte sie wohl vor Aufregung und Glück keinen Schlaf gefunden. Doch sie fühlte sich mit ihnen zusammen so wohl und geborgen, dass sie nicht gegen die Müdigkeit ankämpfte. Sie kuschelte sich an Pam und drückte Theo an sich. Eine Hand legte sie auf Schokos Rücken, der dicht neben ihr lag. Dann fielen ihr die Augen zu und Malia fiel in einen tiefen Schlaf.

Elftes Kapitel
Mayas Geheimnis

Die Freunde hatten allesamt sehr gut geschlafen. Nach einem ausgiebigen Frühstück, das Adeon ihnen bereits vorbereitet hatte, bevor er ins Waisenhaus gegangen war, machten sie sich ebenfalls auf den Weg in ihr neues Abenteuer. Sie alle wussten nicht, was der Tag ihnen bringen würde. Doch es stand fest, dass er genauso spannend und aufregend werden würde wie alle Tage, die sie gemeinsam verbrachten.

Ihr erster Weg führte sie zum Waisenhaus. Es war sehr gut zu Fuß zu erreichen und so standen sie bereits nach kurzer Zeit vor einem großen Tor, das auf das Grundstück des Waisenhauses führte. Umrandet war das Grundstück von einer hohen Mauer, über die selbst ein großer Mann nicht hätte schauen können. So hoch war sie. Doch das Tor stand weit auf und lud sie ein, hineinzugehen.

Leider lud es nicht nur die kleine Gruppe ein. Nachdem das vierte Auto an ihnen vorbeigefahren war, fiel es Katharina wie Schuppen von den Augen. Sie hatte vergessen, dass heute der Tag der offenen Tür war. Adeon hatte Tage lang von nichts Anderem gesprochen. Anfangs hatte Katharina ihm bei den Vorbereitungen geholfen. Doch dann war sie für eine andere Mission unterwegs gewesen und hatte Trolle besucht. Sie war erst am Abend zurückgekommen, an dem Malia und ihre Freunde in Penarth eintrafen. Bei all der Aufregung, Besuch aus dem Weihnachtsdorf zu bekommen, hatte sie diesen besonderen Tag ganz vergessen.

„Oh, Adeon, es tut mir so leid", sagte sie und umarmte ihren Freund. „Warum hast du gestern Abend nichts gesagt?"
Adeon lächelte und drückte seine Freundin fest an sich. „Es war einfach schön, mal wieder über etwas anders zu sprechen. Mach dir keine Sorgen. Alles wird wunderbar. Versucht ruhig, euch ein wenig umzusehen. Auch wenn es heute tatsächlich

sehr voll ist. Ich habe auch nicht mit so vielen Menschen gerechnet."

„Adeon!" ertönte es aus einem der oberen Stockwerke. „Ich brauche deine Hilfe!"

Sein Blick fiel nach oben zur Treppe. Doch es war nicht zu erkennen, wer dort nach seiner Hilfe rief. Er sah Katharina an, drückte ihr einen Kuss auf die Wange und sagte: „Kümmere du dich um Malia. Wir sehen uns heute Abend."

Mit einem Kopfnicken verabschiedete er sich vom Rest der Gruppe und ging dann die Treppe hinauf ins obere Stockwerk.

„Dann wollen wir mal", sagte Katharina motiviert und startete eine kleine Führung durch das Haus. Sie zeigte ihnen die Küche und den großen Aufenthaltsraum. Sie führte sie in den Speisesaal und auch durch einige der Schlafräume.

„Früher gab es hier nur zwei große Schlafsäle. Beide befanden sich oben auf dem Dachboden. Dort war es im Winter immer eisig kalt und im Sommer extrem warm. Doch nachdem Maya die schlimmen Umstände in diesem Waisenhaus entdeckt hatte, wurde dies geändert. Die vielen Zimmer, die es in diesem Haus gibt, wurden etwas ausgebaut. Jetzt können hier zwei bis drei Kinder in einem Zimmer schlafen. Auch die Heizungen wurden neu gemacht und so muss im Winter keines der Kinder mehr frieren."

Katharina erzählte ihnen alles, was sie wusste. Doch durch die vielen Besucher, die zusammen mit ihnen durch die Räume liefen und alles betrachten wollten, war dies nicht so einfach. Die normalen Erwachsenen konnten sie zwar nicht sehen, aber sie mussten dennoch aufpassen. Es hätte durchaus sein können, dass doch jemand unter ihnen war, der sie wahrnehmen konnte. Außerdem war es manchmal nicht so einfach, den Erwachsenen auszuweichen. Sie konnten die kleine Gruppe zwar nicht sehen, aber die Weihnachtselfen konnten durchaus spüren, wenn ihnen einer der Erwachsenen zum Beispiel auf den Fuß trat.

„Aua", schimpfte Malia zum dritten Mal, als eine Dame auf ihren Fuß trat. Die Frau bemerkte von all dem nichts und bewunderte das Bild, das neben Malia an der Wand hing. Dann fiel ihr Blick auf Schoko. Er war der Einzige aus der kleinen Gruppe, den die normalen Erwachsenen sehen konnte. Sie rümpfte die Nase und drehte sich angewidert um. Es schien ihr nicht zugefallen, dass es hier im Haus Tiere gab. Aber sie sagte nichts, sondern ging stillschweigend davon.

Schoko selbst hatte auch nicht weitergesprochen. Deshalb dachte Malia, dass sie wohl am Abend zuvor davon geträumt haben musste. Wahrscheinlich hatte sie schon längst geschlafen und in ihren Träumen das Gespräch mit ihren Freunden weitergeführt. Ansonsten hätte Schoko sicherlich schon etwas gesagt. Sie hatten alle bereits beim Frühstück ganz aufgeregt geplaudert und auch als sie vor dem Waisenhaus gestanden und gesehen hatten, wie viele Besucher heute ihren Weg hierher gefunden hatten. Es war eine regelrechte Diskussion entbrannt, was sie nun machen sollten und wie man sich am besten entscheiden sollte. Doch Schoko war stumm geblieben.

Malia blickte der Frau noch einen Augenblick nach, während sie sich über den Fuß strich. Mitfühlend sah Katharina sie an. Denn auch Katharina war nicht davon verschont geblieben. Auch auf ihren Füssen war herumgetrampelt worden. Eine alte Dame hatte sogar ihr Wasserglas fallen lassen. Auch wenn es sonst niemand hatte sehen können, hatte Katharina den größten Teil des Wassers auf ihrem Pullover und den Schuhen abbekommen. Denn sie hatte noch versucht, das Glas aufzufangen. Leider war es ihr nicht geglückt. Das Glas hatte zwar ihre Hände berührt, war dann aber gegen Katharinas Oberkörper gefallen und hatte dort seinen Inhalt verteilt. Anschließend war es klirrend zu Boden gefallen. Mit Hilfe einer der langen Gardinen hatte Katharina sich mühsam die Feuchtigkeit etwas abtupfen können. Dabei hatte sie verstohlen nach links und rechts gesehen. Denn niemand durfte sehen, wie sich die Gardine bewegte. Die Wasserflecke waren aber noch deutlich zu sehen und ihr Pullover noch ein wenig feucht.

„Wollt ihr noch mehr sehen oder soll ich euch einfach mal etwas von der wunderschönen Landschaft in Wales zeigen?" fragte Katharina, nachdem ein durchaus gut gekleideter Mann gegen Pam gestoßen war. Ein Stück seiner Sahnetorte landete dabei auf ihrem Fell.

„Ja, das wäre wunderbar", antwortete das Rentier-Mädchen mit zusammengebissenen Zähnen. Sahnetorte im Fell zu haben, fand sie gar nicht lustig. Es war etwas Anderes, ständig angestoßen und geschubst zu werden, weil es hier so voll war. Aber bei klebriger Sahnetorte im Fell hörte der Spaß auch bei Pam auf.

Katharina überlegte einen Augenblick und schlug dann vor: „Der Tag ist ja noch jung. Wir könnten zur Burg wandern. Dem Ort, an dem Maya die Waisenkinder gefunden hat." Der Vorschlag fand große Zustimmung und in Windeseile bahnten sie sich einen Weg aus dem Waisenhaus hinaus und machten sich auf den Weg.

Gemeinsam liefen sie über hügligen Felder und Wiesen. Sie folgten nicht den normalen Wegen. Stattdessen führte Katharina sie quer durch die wunderschöne Natur von Wales. Überall weideten hier Schafe, die sich beinahe frei über die unendliche grüne Landschaft bewegen konnten. Ab und an gab es Zäune oder kleine, niedrige Steinmauern, damit sie nicht auf die engen Straßen laufen konnten, die hier für die Autofahrer angelegt worden waren. Malia konnte sich bildlich vorstellen, wie hier vor vielen Jahren keine Autos, sondern Pferdekutschen entlanggefahren waren. Für sie passten die Kutschen viel besser in diese Landschaft als die neumodischen Fahrzeuge.

Sie wanderten durch kleine Wäldchen und vorbei an kleinen, versteckten Häusern, die dort irgendwo im Nirgendwo standen. Weit ab vom Rest der Welt. Gemeinsam bestaunten sie Flüsse und Wasserfälle, die hier überall zu finden waren. Kaum hatten sie im Wald einen Berg bestiegen, konnten sie unten im Tal einen Fluss oder einen Wasserfall auf der anderen Seite eines Berges erkennen. Die Wunder dieser Landschaft waren so vielfältig. Sie hätten ewig hierbleiben können und jeder Tag hätte ihnen etwas Neues gezeigt, was sie zuvor nicht entdeckt und gesehen hatten.

„Wir sind gleich da", sagte Katharina nach einer ganzen Weile und die anderen sahen sie verwundert an. Sie waren mitten in einem kleinen Wäldchen. Gerade waren sie über eine kleine Brücke gegangen und der Fluss schlängelte sich links von ihnen durch die wunderschöne Natur. Überall war es grün. Die Vögel sangen ihre Lieder. Aber von einer Burg war weit und breit nichts zu sehen.

„Es ist eigentlich keine richtige Burg mehr", sagte Katharina entschuldigend. „Sie stand schon lange Zeit leer und niemand hat sich mehr um dieses Gemäuer gekümmert. Vielleicht war genau das der Grund, warum die Waisenkinder sich damals hatten so lange hier verstecken können, bis Maya sich auf den Weg gemacht hatte, um sie zu suchen." Katharina schob sich eine kleine Haarsträhne aus dem Gesicht und fuhr dann fort: „Vor ihr war es niemandem gelungen, die Kinder zu finden. Denn kein Erwachsener hatte hier gesucht. Und ich glaube, Maya hatte sie auch nur finden können, weil der Wunsch der Kinder so groß war und sie der Magie des Wunsches gefolgt ist", erzählte Katharina, während sie mit der Hand einige Zweige eines dicken Busches zur Seite schob.

Direkt dahinter waren die alten Ruinen eines Gemäuers zu erkennen. Hätten sie nicht gewusst, dass es sich um eine kleine Burg gehandelt hatte, hätten sie es nicht erkannt. Nur wenige Teile der Außenwände waren noch vorhanden. Wo einst die Innenräume gewesen waren, wuchsen nun Büsche und Bäume. Efeu hatte sich überall verteilt.

„Ich weiß, es ist nicht mehr als das zu erkennen, was es einmal war", sagte Katharina etwas traurig. „Die Menschen haben diesen Ort vergessen und ihn sich selbst überlassen."

„Trotzdem hat er etwas Magisches an sich." Pam konnte die Augen kaum von den Ruinen lassen. Schoko schien wesentlich mutiger zu sein. Während die anderen noch dastanden und die alten Mauern betrachteten, sprang der Hund hinter dem Busch hervor und lief auf die Mauern zu. Schon bald verschwand er hinter den vielen grünen Blättern und den Überresten des alten Gemäuers. Langsam folgten die anderen ihm. Der Boden war hier uneben und unter den vielen Pflanzen verbargen sich Steine und kleine Reste der Innenmauern. Ab und an lagen größere Teile auf dem Boden, die mittlerweile von Mutternatur mit Moos und Efeu bewachsen worden waren.

Die Sonne strahlte vom blauen Himmel hinab und Malia lehnte sich einen Moment gegen einen großen Stein, um etwas zu trinken. Zum Glück hatten sie, bevor sie zu ihrer Wanderung aufgebrochen waren, noch einen Zwischenstopp bei Katharina zu Hause gemacht und ein wenig Proviant mitgenommen. In den Rucksäcken, die Katharina und Malia trugen, gab es leckeren Kuchen und Wasser. Auch Pam trug einen kleinen Beutel um den Hals, in dem noch etwas Limonade enthalten war. Das Rentier-Mädchen hatte es sich nicht nehmen lassen, auch etwas von dem Proviant tragen zu dürfen. Immerhin war sie schon groß und stark und konnte durchaus mit den Weihnachtselfen mithalten.

Die Sonne schien Malia wie am Vortag ins Gesicht, so dass sie kurz die Augen schließen musste. Es war herrlich hier zu sein. Sie konnte sich zwar noch immer nicht erklären, warum das Schicksal sie hierhergeführt hatte, aber es fühlte sich wie eine kleine Auszeit an. Wie ein kurzer Urlaub, der die Freunde wieder zusammengebracht hatte. Das erfüllte Malias Herz mit Freude.

Während sie einen weiteren Schluck aus ihrer Flasche nahm, stellte sie sich vor, wie es hier wohl früher ausgesehen haben könnte. In ihrer Fantasie entstanden hohe Wände und Decken. Von der großen Halle aus führte eine gigantische Treppe hinauf in die oberen Etagen. Wandteppiche hingen überall an den Wänden und einige der Fensterscheiben waren farbig gestaltet und zeigten Ritter und Hofdamen. Gedankenverloren lächelte Malia vor sich hin, während Pam und Theo sich über den Kuchen hermachten und Katharina ein Stück Schokolade naschte.

„Ihr seid ziemlich langsam", unterbrach Schoko das kleine Picknick und als Malia ihre Augen öffnete, hockte der Hund direkt vor ihr. „Dann hast du gestern doch gesprochen!" brachte sie freudestrahlend hervor. Malia beugte sich zu ihm herunter und drückte ihn an sich.

„Ja, das habe ich. Immer. Hier in Wales scheinst du mich wenigstens zu verstehen. Wenn ich am Nordpol versucht habe, mit jemandem zu sprechen, hat es nie geklappt. Ich war anfangs sehr verzweifelt deswegen. Doch dann kamst du und hast mich auch ohne Worte verstanden", berichtete Schoko und wedelte mit dem Schwanz.

„Hier ist die Magie ganz anders als am Nordpol und vielleicht funktioniert es deshalb, dass ihr euch diesmal auch richtig unterhalten könnt", überlegte Katharina. Sie kramte in ihren Rucksack umher und holte ein paar Leckerlis für Schoko heraus. Freudestrahlend machte der kleine Hund sich darüber her.

„Ach", sagte Schoko, während er auf einem Leckerli mit Leberwurstgeschmack herumkaute. „Eigentlich ist das gar nicht mehr so wichtig. Wir verstehen uns auch ohne Worte und ich mag mein Leben mit Malia so wie es ist. Aber das spielt jetzt gerade keine Rolle. Ich habe etwas gefunden." Schoko schluckte das letzte Leckerli herunter und sah in die Runde. Erwartungsvoll sahen ihn alle an.

„Folgt mir", forderte er sie auf. Mit diesen Worten drehte Schoko sich um und sprang wieder in das Dickicht, das sich hier überall ausgebreitet hatte. Überrascht sahen sich die anderen an. Dann packten sie schnell den Kuchen zurück in den Rucksack und folgten der Spur, die Schoko auf dem Boden hinterlassen hatte. Von etwas weiter weg konnten sie ihn bellen hören: „Hier bin ich. Folgt meiner Stimme. Ihr seid gleich da."

Tatsächlich mussten sie nur noch an einer großen Mauer vorbeilaufen und die vielen, kleinen Äste eines dicken Busches zur Seite schieben, bis sie Schoko neben einem Strauch mit Rosen entdeckten. Die Rosen blühten in einem hellen magischen Lila. Einzelne Äste waren bereits die Mauer der Ruine hinaufgeklettert. Es erinnerte ein wenig an das Märchen Dornröschen, in dem die Rosen alles bedeckten und schützten, nachdem die Prinzessin in ihren hundertjährigen Schlaf gefallen war.

„Hier!" Schoko deutete mit der Pfote auf eine Stelle am Stamm des Busches. „Dort liegt etwas. Ich kann nicht sagen, was es ist. Aber der Geruch, der daran haftet, erinnert mich entfernt an euch." Dabei sah Schoko zu Malia und Katharina. Dann fuhr der kleine Hund fort: „Ich denke, es ist etwas, was Maya gehört hat. Aber ich komme nicht ran."

Man konnte sehen, dass Schoko bereits mit seinen Pfötchen versucht hatte, am Stamm des Rosenbusches zu graben. Moos und Erde waren aufgewühlt und verteilten sich wild neben dem Stamm des Busches. Doch durch die Stacheln, die sich kurz über dem Boden befanden, war es ihm nicht gelungen, tief genug zu graben, ohne sich dabei weh zu tun.

Nachdenklich nickte Katharina und ging zu Schoko. „Ich war schon so oft an diesem Ort. Aber den Rosenbusch habe ich hier noch nie gesehen", sagte sie stirnrunzelnd und kniete sich neben Schoko auf den Boden. Katharina betrachtete die Stelle, auf die er mit seiner Pfote gezeigt hatte und an der der Boden bereits durch Schoko etwas gelockert war.

Tatsächlich!

Dort war etwas unter dem Moos. Durch die Vorarbeit, die Schoko bereits geleistet hatte, konnte man etwas erkennen.

Nur ganz leicht. Aber dort leuchtete etwas zwischen Moos und Erde hervor.

Katharina überlegte nicht lange. Ihre Neugierde war geweckt. Vorsichtig entfernte sie mit den Händen das Moos. Dann grub sie ein wenig in der Erde. Penibel achtete sie darauf, immer ausreichend Abstand zu den Rosenstacheln zu haben. Für heute hatte sie genug von kleinen Verletzungen. Die kleinen Schubser und Stöße, die sie aufgrund der vielen Besucher im Waisenhaus erlitten hatte, reichten ihr für einen Tag. Da wollte sie nicht auch noch einen Stachel aus ihrer Haut ziehen müssen.

Nach einer Weile holte sie ein kleines Büchlein hervor. Es war noch voller Erde und kleinen Moosresten. Doch Katharina klopfe die Erde vorsichtig ab und entfernte den restlichen Schmutz mit dem Ärmel ihres Pullovers.

Gespannt blicke sie das kleine Büchlein an und drehte es in ihren Händen hin und her. Dann hielt Katharina es hoch, damit alle es betrachten konnten. Die anderen traten näher heran und bestaunten Schokos Entdeckung.

„Es erinnert mich an unsere Adressbüchlein. Doch es sieht irgendwie anders aus, als die Adressbücher, die ich bisher im Archiv gesehen habe", sagte Malia, die durch ihre Arbeit im Archiv bereits einige Erfahrung mit den unterschiedlichen Adressbüchern gesammelt hatte. Nickend stimmt Katharina ihr zu. Dann reichte sie Malia das Adressbuch.

„Du solltest es aufmachen. Vielleicht bist du deshalb hierhergeschickt worden." Mit ernstem Blick sah sie das Mädchen an und ermunterte es durch ein Kopfnicken, das Buch entgegen zu nehmen. Zögernd griff Malia nach dem Adressbuch. Sie drehte es in ihren Händen hin und her. Sowie wie es Katharina nur wenigen Augenblicke vor ihr getan hatte. Das Büchlein hatte einen lila Einband, der mit vielen kleinen Ornamenten versehen war. Aber ein Titel oder eine Beschreibung gab es nirgendwo zu sehen.

Was konnte das für ein Büchlein sein? Vielleicht enthielt es gar keine Adressen. Was, wenn es ein Tagebuch war? Oder einfach komplett leer war? Sie würde es nicht erfahren, wenn sie es nicht öffnete. Also fasste Malia sich ein Herz. Sie atmete tief durch und öffnete dann das Adressbuch.

Wie es für ein Adressbuch vom Nordpol typisch war, standen auf jeder Seite in winziger Schrift Adressen geschrieben. Mit Hilfe der Weihnachtselfen-Magie konnte man die Schrift vergrößern und lesbar machen. Das tat Malia auch umgehend.

„Das sind aber keine Adressen von Weihnachtselfen", sagte Pam, die Malia über die Schulter sah.

„Lass mich auch mal sehen", bat Theo, der noch immer auf Pams Rücken hockte und das Adressbuch von seinem Platz aus nicht richtig sehen konnte. Er kletterte an ihrem Hals entlang, bis er einen besseren Blick erhaschen konnte. Doch selbst das schien nicht richtig zu klappen.

Damit alle einen Blick hineinwerfen konnten, hockte Malia sich hin und legte das Adressbuch vor sich auf den Boden. So konnten alle sich herumsetzen und das Buch betrachten. Theo kletterte von Pam herunter und war als erstes neben dem Adressbüchlein. Nun war auch seine Neugierde geweckte und er wollte unbedingt wissen, um was für ein Adressbüchlein es sich handelte. Selbst Schoko schob seine kleine Schnauze an Theo vorbei, um einen Blick auf das Adressbuch zu erhaschen. Gemeinsam blätterten sie durch die Seiten des Büchleins und betrachteten die Adressen, die auf den vielen Seiten zu finden waren.

„Okay", fasste Theo nach einer Weile zusammen, „Das sind keine Adressen von Weihnachtselfen, die sich im Außendienst befinden. Denn sonst hätten wir Katharina in diesem Buch finden müssen. Aber es sind auch keine Adressen von ehemaligen Weihnachtselfen, da wir Annies Namen nicht in dem Buch gefunden haben. Richtig? Was könnten das also noch für Adressen sein?" Er blickte nach und nach in die Runde und sah jeden seiner Freunde an. Doch sie alle sahen nur ratlos zurück. Niemand hatte eine Idee, woher diese geheimnisvollen Adressen kamen und was sich hinter ihnen verbergen könnte.

„Wir könnten Santa fragen. Oder Nikola. Niemand kennt sich mit den Adressbüchern besser aus als sie", schlug Malia etwas ratlos vor. Bisher hatte Santa immer gewusst, was zu tun war. Er war immer für seine Schützlinge da und suchte, oft gemeinsam mit seiner Frau, nach Lösungen. Außerdem war Nikola die aktuelle Archivarin, bis eine neue Weihnachtselfe gefunden war, die diese Aufgabe mit Liebe ausführen würde. Sie kannte jedes Adressbüchlein, das jemals im Archiv gewesen war. Sicherlich würde auch sie eine Idee haben oder das Adressbüchlein sogar kennen. Durch die Weihnachtselfen-Magie konnte Malia sich schnell ins Weihnachtsdorf zaubern und die beiden fragen.

„Wir könnten Santa oder Nikola fragen", nahm Pam Malias Vorschlag auf. Doch dann fuhr das Rentier-Mädchen mutig fort: „Wir könnten aber auch einfach ein oder zwei Adressen heraussuchen und dort hingehen. Dann sehen wir doch, was passiert und wer dort wohnt." Einen kurzen Augenblick überlegten die anderen, ob dieser Vorschlag wirklich gut war. Doch sie alle waren bereits vom Abenteuer-Fieber gepackt und stimmten nach kurzem Überlegen Pam zu. Immerhin waren sie alle groß und alt genug und konnten auch ohne Santas Hilfe dieses Rätsel lösen. Was sollte denn auch passieren, wenn sie sich einfach bei einigen der Adressen umsahen?

Es dauerte nicht lange, bis sie sich für zwei Adressen entschieden hatten. Beide Adressen waren nicht allzu weit von Katharinas Zuhause entfernt. Eine der Adressen befand sich sogar in Penarth. Die andere war etwas davon entfernt. Aber zusammen mit der fliegenden Pam und Malias Weihnachtselfen-Magie würden sie diese Adresse ebenfalls schnell erreichen.

Sie wollten gleich aufbrechen und die erste Adresse aufsuchen. Sie waren alle gespannt und aufgeregt. Doch nach einem kurzen Blick auf die Uhr entschlossen sie sich, die Besuche auf den nächsten Tag zu verschieben. Der Nachmittag war vorbei und der Tag neigte sich dem Abend entgegen. Die Sonne würde bald untergehen und es war schon bald Zeit für das Abendessen.

Vielleicht war Adeon bereits von seinem aufregenden Tag aus dem Waisenhaus zurück und fragte sich, wo sie alle waren. Durch den ganzen Trubel im Waisenhaus hatten sie sich nicht mehr von ihm verabschieden können und so wusste er nicht, dass sie irgendwann zum Wandern aufgebrochen waren.

Langsam machten sie sich auf den Heimweg. Bevor sie die Burgruine verließen, warf Malia noch einen letzten Blick zurück. Sie wusste, dass sie wiederkommen würde. Dieser Ort hielt noch mehr Geheimnisse bereit, die er heute noch nicht verraten hatte.

Eine Weile gingen sie den gleichen Weg zurück, den sie gekommen waren. Aufgeregt plapperten sie durcheinander und überlegten, was es wohl mit diesem Büchlein auf sich hatte. Desto länger sie wanderten, desto ruhiger wurden sie. Allmählich fiel die Aufregung von ihnen ab und Hunger und Müdigkeit hatten sich breitgemacht.

Als der Himmel sich über ihnen langsam rosa färbte und es noch ein ziemlich langer Weg nach Hause war, beschlossen sie, dass Pam zusammen mit Theo und Katharina nach Hause fliegen sollte. Malia würde ihre eigene Weihnachtselfen-Magie verwenden, um zusammen mit Schoko dorthin zukommen.

Malia war ein wenig aufgeregt. Seitdem sie sich versehentlich nach Penarth gezaubert hatte, hatte sie ihre Weihnachtselfen-Magie nicht mehr ausprobiert. Sie hatte ein wenig Angst, dass es vielleicht nicht mehr so funktionieren würde wie bisher. Umso erleichtert war sie, als sie von einem Augenblick zum nächsten mit Schoko im Arm vor Katharinas und Adeons Zuhause stand.

Adeon war bereits zu Hause. Und natürlich war er ihnen nicht böse. Er war voll und ganz damit beschäftigt gewesen, sich um seine Schützlinge zu kümmern und sich potentielle Eltern und auch Investoren für das Waisenhaus anzusehen. Es gab so viel zu tun und das Haus musste instandgehalten werden. Da waren Spenden immer willkommen. Gerne hätte er mit dem ein oder anderen Menschen gesprochen. Doch das war ihm als Weihnachtself nicht möglich gewesen. So wie es schien, war der Tag der offenen Tür dennoch ein voller Erfolg gewesen. Es hatte für alle Kuchen und Kakao gegeben und nach und nach hatten sich alle Gäste verabschiedet.

Adeon hatte noch etwas die Aufräumarbeiten angeleitet und sobald kein Erwachsener in der Nähe war, selbst mit angefasst. Danach war er mit einigen Kindern noch auf den Spielplatz, der sich direkt hinter dem Waisenhaus befand, gegangen. Während einige schaukelten und andere einfach nur dasaßen, hatte er angefangen, ihnen aus einem alten Märchenbuch vorzulesen. Erst als es Zeit für das Abendessen der Kinder war, hatte er sich von ihnen verabschiedet.

Während die Kinder zurück ins Waisenhaus gingen, hatte Adeon sich auf den Weg zu seinem Zuhause gemacht. In Gedanken war er immer noch bei den vielen Ereignissen des Tages gewesen. Daher hatte er anfangs gar nicht bemerkt, dass die anderen noch nicht zu Hause waren.

Als er nach einer Weile feststellte, dass außer ihm noch niemand da war, hatte er mit seinem liebsten Hobby begonnen und angefangen für alle zu kochen. Deshalb wehte ihnen abermals ein köstlicher Duft entgegen, der ihnen das Wasser im Munde zusammenlaufen ließ, als sie das Haus betraten.

Beim Abendessen erzählten sie Adeon von ihrem Fund. Doch auch der Weihnachtself hatte keine Idee, was es mit diesen Adressen auf sich haben könnte. Es blieb ihnen also nur, bis zum morgigen Tag zu warten. Vielleicht würden die beiden Adressen, für die sie sich entschieden hatten, etwas Licht ins Dunkle bringen.

Zwölftes Kapitel
Jowna

Die Nacht war für alle sehr unruhig gewesen. Niemand von ihnen hatte richtig schlafen können. Mit ihren Gedanken waren sie alle bei dem kleinen Adressbuch, das sie in der alten Ruine gefunden hatten. Jeder von ihnen grübelte und überlegte, was dieses Adressbuch für eine Bedeutung haben könnte. Doch irgendwann fielen ihnen allen nach und nach die Augen zu. Die wenigen Stunden Schlaf, die ihnen dann noch vergönnt waren, reichten allerdings nicht aus, um am nächsten Morgen frisch und ausgeschlafen am Küchentisch zu sitzen.

Es war eine kleine, ruhige Runde. Verschlafen saßen sie dort, kauten ihren Toast mit Marmelade, rührten in ihrem Haferbrei oder starrten gedankenverloren in ihre Tassen mit heißer Schokolade oder mit Tee. Niemand sagte etwas, außer er brauchte etwas, was zu weit weg auf dem Tisch stand. Dann fragte er höflich, ob es ihm jemand reichen konnte. Dieser Morgen war somit ganz anders als die gemeinsamen Essen, die sie hier bisher verbracht hatten. Aber wer konnten es ihnen nach so einem aufregenden Tag und einer langen, schlaflosen Nacht verübeln.

Adeon fuhr sich durchs Haar und gähnte laut. Auch er hatte lange über das Buch nachgedacht und war zu keiner Lösung gekommen. Die Adressen schienen auf den ersten Blick in keinem Zusammenhang zu stehen.

„Wir sollten langsam aufbrechen", schlug er vor und nahm einen Schluck aus seiner Tasse. Malia sah ihn irritiert an und er erklärte: „Ich werde euch begleiten. Die Kinder kommen auch einen Tag ohne mich aus. Außerdem ist es mal wieder etwas Anderes. Etwas Abwechslung. Ein kleines Abenteuer. Manchmal braucht man so etwas, um aus dem Alltag herauszukommen und mit neuen Ideen und neuer Motivation wieder zurückzukehren."

Katharina lachte und nickte zugleich: „Ich weiß, was du meinst. Die Arbeit im Waisenhaus ist absolut toll und erfüllend. Doch es ist auch schwierig, wenn nur die Kinder dich sehen können."

„Genau", stimmte Adeon ihr zu.

„Es werden auch immer weniger Kinder, die uns Weihnachtselfen sehen können. Jedenfalls habe ich manchmal das Gefühl. Desto mehr sie bereits in ihrem kurzen Leben erlebt haben, desto schwerer ist es für sie, uns wahrzunehmen." Traurig schaute Adeon in seine Tasse.

Die Arbeit machte ihm wirklich Freude. Doch die Tatsache, dass nur die Kinder ihn sehen konnten, erschwerte sie ungemein. Es war schwierig, die Erwachsenen so zu lenken, dass immer das Beste für die Kinder dabei herauskam. Manchmal hatte er kleine Notizzettel hinterlassen oder eine Zeitung so auf den Schreibtisch der Leitung des Waisenhauses gelegt, dass sie den entsprechenden Artikel nicht übersehen konnte. So etwas machte Adeon zum Beispiel, wenn es um mögliche neue Investoren ging oder wenn Ehepaare über ihren unerfüllten Kinderwunsch berichteten. In solchen Fällen hatte er natürlich zusammen mit Katharina bereits die Menschen beobachtet und herausgefunden, ob diese wirklich geeignet waren. Niemals würde er Investoren empfehlen, denen es nur ums Ansehen ging oder Eltern, die nicht herzensgut waren und eines seiner geliebten Waisenkinder wirklich verdienten. Denn sie alle waren ihm ans Herz gewachsen.

„Dann schauen wir mal, was uns heute erwartet", sagte Theo optimistisch und begann sein Geschirr zusammen zu räumen. Malia steckte sich den letzten Bissen ihres Marmeladenbrotes in den Mund und nickte. Pam schlürfte den Rest ihres Tees aus. Und dann wurde in Windeseile der Tisch abgedeckt und abgewischt, damit sie zusammen aufbrechen konnten.

Die erste Adresse, für die sie sich entschieden hatten, war nicht weit weg von ihnen. Es handelte sich um eine Adresse aus Penarth - dem Ort, in dem Adeon und Katharina lebten.

Die Sonne war bereits hoch am Himmel zu sehen. Sie strahlte in all ihrer Pracht und es war angenehm warm. Die meisten Menschen waren bereits arbeiten und die Kinder waren im Kindergarten oder in der Schule. Deshalb entschlossen sie sich den kurzen Weg zu Fuß zu gehen. Denn eigentlich sollte es zeitlich passen, dass niemand sie sehen und sich wundern könnte, warum eine Frau, ein Mann, ein Mädchen mit einem Teddybären im Arm, sowie ein Rentier und ein kleiner Hund hier zusammen unterwegs waren. Denn sie waren schon eine seltsame Truppe, die Aufsehen erregen würde. Ein kleines Kind würde es wahrscheinlich ganz stolz und lachend seinen Eltern zeigen. Doch diese würden es als Fantasie abtun, da sie selbst die kleine Truppe nicht sehen konnten. Außer sie gehörten zu den wenigen besonderen Erwachsenen, die diese Fähigkeit hatten. Aber würden sie dann wirklich glauben, was sie sehen?

Aber wie sie bereits erwartete hatten, liefen ihnen nur wenige Menschen über den Weg. Ein Mann eilte zum Bus. Er schien spät dran zu sein, da er es sehr eilig hatte. Seine Aktentasche hatte er sich unter die Arme geklemmt und in der einen Hand balancierte er einen Kaffeebecher. Er versuchte, während er schnellen Schrittes zum Bahnhof eilte, nichts vom Kaffee zu verschütten. Der Mann schimpfte kurz über Schoko, der ihm über den Weg lief. Die anderen konnte er nicht sehen.

So war das auch bei der jungen Frau, die ihnen mit vollen Einkaufstaschen entgegenkam. Sie war beim Supermarkt ge-wesen und brachte nun ihre Einkäufe nach Hause. Als sie Schoko sah, fragte sie ihn, was er hier so allein auf der Straße machte. Sie ermahnte ihn, dass er vorsichtig sein und schnell nach Hause gehen sollte. Dann ging sie weiter, ohne die anderen auch nur ansatzweise gesehen oder bemerkt zu haben.

So erreichten sie nach einiger Zeit entspannt ihr Ziel.

Sie standen vor einem großen Grundstück, das von einem hohen Zaun umgeben war. Das große Eingangstor stand weit offen und man konnte einen breiten Weg erkennen, der direkt zum Haus führte. Links und rechts war ein hübscher, riesengroßer Garten, der mehr an eine Parkanlage erinnerte. Kleine Wege führten von einem Beet zum nächsten. Überall wuchsen Blumen und Büsche. Die ersten Knospen begannen zu sprießen. Vereinzelt könnte man kleine Gruppen von Bäumen entdecken. Gelegentlich gab es Bänke, die zum Verweilen einluden.

Das Haus war braun und eine kleine Treppe führte hinauf zur Eingangstür. Die Außenwände waren mit Efeu bewachsen. Doch die Fenster waren alle frei und nicht zugewachsen, so dass die Sonne mit ihren Strahlen in das Innere des Hauses leuchten konnte. Einige der Fenster waren sogar geöffnet, um die frische Luft hereinzulassen.

Nebeneinander standen sie im Eingangstor und niemand von ihnen traute sich einen Schritt weiter zu gehen. Das Haus sah einfach beeindruckend aus und schien ganz anders zu sein, als die anderen Häuser hier, an denen sie bisher vorbeigegangen waren.

Malia warf einen Blick ins Adressbuch und ging einen Schritt zurück, um einen Blick auf die Hausnummer zu werfen. Sie warf noch einen weiteren Blick in das Adressbuch, nickte zur Bestätigung und sagte: „Das muss es sein. Außer es gibt hier noch eine Straße, die so heißt." Fragend sah sie Adeon und Katharina an.

„Dieses Haus ist mir vorher noch nie aufgefallen", sagte Adeon und Katharina nickte sprachlos. Sie betrachte die vielen Pflanzen, die hier wuchsen und sich zu einem großen Kunstwerk entwickelt hatten. Dann drehte sie sich zu Malia und antwortete ihr: „Es gibt nur eine Straße hier, die diesen Namen trägt. Da du die Hausnummer bereits geprüft hast, sollten wir hier also richtig sein." Katharina drehte sich wieder um und betrachtete den Garten und das Haus.

Eine Weile standen sie da und wussten nicht, was sie nun tun sollten. Klingeln war keine Option. Wer immer ihnen die Tür dann öffnete, würde nur Schoko sehen können. Den Rest der Truppe würde diese Person nicht sehen und sich wahrscheinlich nur wundern, wie es Schoko gelungen war zu klingeln. Oder das Ganze als einen Klingelstreich abtun. Da das Anwesen so unglaublich beeindruckend war, trauten sie sich allerdings auch nicht, es einfach zu betreten und sich dort etwas umzusehen. Ratlos standen sie also da und fragten sich, was sie sich eigentlich dabei gedacht hatten, einfach hierherzukommen. Sie konnten ja im Grunde genommen doch nichts tun.

Doch dann öffnete sich die Tür und eine ältere Dame trat heraus. Sie ging langsam die ersten Stufen der Treppe hinunter. Dabei hielt sie sich vorsichtig am Geländer fest. Nach einigen Schritten blieb sie stehen, da der Weg wohl zu mühsam für sie war und winkte der kleinen Truppe zu. „Nun kommt schon her!" rief sie ihnen entgegen. Pam und Theo drehten sich wundert um. Hinter ihnen war allerdings niemand zu sehen.

Die Frau hielt sich weiter am Geländer fest und ging vorsichtig noch eine Stufe hinunter. Dann winkte sie wieder. „Jetzt kommt schon rein! Ja, ich meine euch!" rief sie ihnen zu und verwundert sah die kleine Gruppe sich um. Außer ihnen war tatsächlich niemand zu sehen. Verwirrt sahen sie sich an und gingen dann langsam auf das Haus zu.

Die Frau atmete erleichtert auf, als sie sah, dass die kleine Gruppe auf sie zukam. „Das hat aber gedauert", schimpfte sie. Doch während sie das tat, strahlte sie auch über das ganze Gesicht. „Ich habe noch nie Bewohner vom Nordpol gesehen. Aber als ich euch vom Fenster aus gesehen habe, war ich mir sicher, dass es keinen anderen Ort als den Nordpol geben kann, von dem ihr alle hergekommen seid." Langsam drehte sie sich auf der Treppe um. „Kommt herein. Die Leute fragen sich sonst noch, ob ich nun endgültig verrückt geworden bin, weil ich hier draußen Selbstgespräche führe.“

Die ältere Dame kicherte und während sie sich weiter am Geländer der Treppe festhielt, stieg sie die Stufen hinauf. Als Adeon sah, wie anstrengend das für die Frau war, kam er ihr zur Hilfe und legte seinen Arm als Stütze um sie. Die ältere Frau hob ihren Kopf und sah ihn dankbar an, sagte aber kein Wort.

Nachdem sie die wenigen Stufen gemeistert hatten, führte sie die kleine Gruppe ins Innere des Hauses. Hier wartete ein großer Eingangsbereich auf sie, von dem aus eine breite Treppe ins Obergeschoss führte. Links und rechts davon waren Türen zu sehen, die in andere Räume führten. „Folgt mir“, sagte die Frau und führte sie in ein großes, helles Zimmer.

Adeon begleitete sie zu einem Sessel und sorgte dafür, dass die Frau sich problemlos setzen konnte. Erst dann sah er sich wie die anderen im Raum um. Überall standen hier Bücherregale. Die Wände des Raumes waren davon vollgestellt. Es gab nur eine Seite des Raumes, auf der es keine Bücherregale gab. Dafür gab es aber auf dieser Seite bodentiefe Fenster, die trotz der hellen Gardinen einen wunderschönen Blick auf den Garten preisgaben.

Ansonsten gab es ein großes Sofa und einige Sessel, die zum Verweilen in diesem Raum einluden. Einen Fernseher oder einen Tisch gab es hier allerdings nicht.

Als hätte sie Adeons Gedanken gelesen, sagte die Frau: "Durch diese Tür kommt man ins Arbeitszimmer. Dort gibt es einen großen Schreibtisch, an dem man arbeiten kann. Ansonsten dient dieser Raum nur der Entspannung und zum Lesen." Sie deutete mit der Hand auf eine kleine Tür, die sich zwischen zwei Bücherregalen befand. Adeon nickte und ging an den Bücherregalen entlang. Sein Blick fiel auf die vielen unterschiedlichen Einbände. Schon lange war er nicht mehr in einem Raum mit so vielen Büchern gewesen.

Mit einer Handbewegung lud die ältere Frau die anderen ein, sich zu setzen, während Adeon weiter die Bücher betrachtete.

Malia räusperte sich vorsichtig und fragte dann neugierig: „Sie können uns also wirklich sehen?"

Mit einem warmen Lächeln auf den Lippen sah die ältere Frau sie an und nickte: „Oh ja, das kann ich. Wenn ich mittlerweile nicht komplett verrückt geworden bin." Die alte Frau kicherte und fuhr dann fort: „Aber meine Großmutter sagte immer, dass wir alle mit dieser Gabe geboren worden sind und die meisten Menschen sie im Laufe ihres Lebens verlieren. Doch einige wenige von uns behalten diese Gabe für immer. Wir können ein Leben lang die Weihnachtselfen und ihre Helferlein sehen." Sie blickte zu Pam hinüber und ihr Lächeln wurde breiter.

„Nie hätte ich damit gerechnet, einmal ein Rentier vom Nordpol zusehen." Ihre Stimme klang warm und herzerwärmend. Sie schüttelte ungläubig den Kopf und streckte dann eine Hand nach Pam aus. Pam kam näher zu ihr und ließ sich hinter den Ohren kraulen.

„Oh, du bist eine Hübsche", sagte sie immer noch freudestrahlend. „Ich heiße übrigens Jowna."

Nach und nach stellten sich nun auch die anderen vor. Als die Reihe an Malia gekommen war, lächelte Jowna und sagte: „Dein Gesicht erinnert mich an jemanden. Aber ich könnte schwören, dass wir beide uns noch nie gesehen haben." Jowna legte nachdenklich den Zeigefinger auf die Lippen. Dann drehte sie sich etwas zu Adeon, der noch immer die vielen Bücher betrachtete und bat um eine dicke Mappe, die in der Nähe der Fenster zu finden war.

Adeon musste nicht lange zwischen den Büchern suchen. Als er Jowna die Mappe brachte, erklärte sie: „Wir haben eine große Sammelleidenschaft. Alle Bilder, die jemand aus unserer Familie gezeichnet hat, werden von uns aufbewahrt. Ich kann

noch nicht mal mehr sagen, welche meiner Vorfahren diese Bilder gemalt hat. Aber als Kind habe ich sie mir immer und immer wieder angesehen. Ihr müsst wissen, dass meine Urur-Großmutter das Glück hatte, eine Weihnachtselfe zu kennen und sie sogar als Freundin bezeichnen konnte", erzählte Jowna weiter, während sie die Bilder der Mappe durchblätterte.
„Meine Großmutter hat mir davon erzählt. Sie konnte so viele wunderschöne Geschichten erzählen. Meine Mutter hat nie dran geglaubt und diese Geschichten immer für Märchen gehalten. Doch ich wusste immer, dass meine Großmutter sich diese Geschichten nicht ausgedacht hatte. Wie konnte sie auch, wenn es doch von unseren Ahnen so viele ähnliche Bilder über Rentiere und Weihnachtselfen gab. Aber für meine Mutter hatte es diese andere Welt nie gegeben. Ich glaube, dass sie bis zu ihrem Ende, nie einen Blick in diese andere Welt hatte erhaschen dürfen. Ich selbst hatte ja schon beinahe nicht mehr zu hoffen geglaubt, dass ich es erleben darf." Jowna hielt inne und betrachtete das Bild, das nun vor ihr lag. „Das ist es. Schau her, kleine Malia. An diese Frau erinnerst du mich."
Malia stand auf und stellte sich neben den Sessel, auf dem Jowna saß. Als die anderen Malias Gesicht sahen, wurden sie neugierig und stellten sich ebenfalls um den Sessel auf, um einen Blick auf das Bild zu erhaschen.
„Es gibt einige Bilder von dieser Weihnachtselfe. Sie sind schon sehr alt und an der ein oder anderen Stelle eingerissen oder verblasst. Aber wir haben unser Bestes getan, damit sie erhalten bleiben. Ich kann dir nicht sagen warum, aber du erinnerst mich an sie", sagte Jowna und reichte Malia das Bild. Das Papier war schon etwas vergilbt und die Farben waren sicherlich früher intensiver gewesen. Aber es gab keinen Zweifel. Die Frau auf dem Bild sah aus wie Maya. Vielleicht war sie sogar Maya, denn sie sah aus, wie eine normale Weihnachtselfe vom Nordpol nun mal aussah. Mit einem hübschen, weißen Kleid, auf dem in tiefen grün Mistelzweige und in leuchtende rot Weihnachtskugeln abgebildet waren. Sie trug

die typische weiße Strumpfhose und kleine niedliche Stiefel, die die gleiche Farbe hatten wie die Mistelzweige auf dem Kleid. Maya trug sogar Handschuhe im gleichen Grünton und eine passende Mütze.

„Das kann eigentlich nur Maya sein", meinte Katharina etwas gedankenverloren.

„Jowna", fragte Adeon neugierig, „Heißt das, dass alle aus deiner Familie diese Gabe haben und uns Weihnachtselfen sehen können?"

Jowna nickte: „Meist nur wir Frauen. Aber die Gabe soll es bisher in jeder Generation geben haben. Jedenfalls hat es mir meine Großmutter so berichtet. Es soll einige Familien geben, die diese Gabe haben. Überall auf der Welt. Aber meine Großmutter sagte auch, dass dies ein Geheimnis sei, von dem nicht viele Weihnachtselfen wissen. Ich denke, diese Information muss meine Urur-Großmutter damals von ihrer Freundin, der Weihnachtselfe, bekommen haben. Dann hat sie diese an ihre Tochter und Enkeltochter weitergeben. So wie meine Großmutter mir davon berichtet hat. Ich habe diese Weihnachtselfe leider nie kennengelernt. Meine Mutter anscheinend auch nicht. Denn sonst hätte sie die Geschichten meiner Großmutter wohl nicht ein Leben lang für Märchen gehalten. Ob meine Tante Weihnachtselfen sehen konnte, weiß ich nicht. Sie ist früh von uns gegangen."

„Gibt es Bilder von deiner Großmutter? Oder ihrer Freundin?" fragte Katharina neugierig. „Es ist zwar schon lange her, aber vielleicht kennen wir die Weihnachtselfe", meinte sie an Adeon gewandt. Dieser nickte nachdenklich, aber Katharina konnte in seinem Gesicht sehen, dass er nicht wirklich daran glaubte.

Jowna schüttelte den Kopf.

„Meine Großmutter hat nicht gemalt. Vielleicht hätte sie das gern getan. Aber sie hatte einen schweren Unfall. Damals, als sie noch ein Kind war. Dabei wurden ihre Hände verletzt worden und sie konnte nicht lange etwas mit ihnen machen.

Sie konnte nicht schreiben oder kochen. Die normalen alltäglichen Dinge strengten sie schon sehr an. Deshalb all die vielen Bücher. Wenn sie mir keine Geschichte erzählt hat, dann war sie hier in diesem Raum und hat gelesen."

Jowna lächelte und einen Moment war sie ganz still und ganz in den Erinnerungen an ihre Großmutter versunken.

„Hast du sofort gewusst, dass wir Weihnachtselfen sind?" fragte Malia nach einer Weile leise. Jowna sah sie an und nickte.

„Ja, sofort. Ich musste nicht einmal überlegen. Ich wusste es einfach. Mein Herz war sich absolut sicher, dass ihr Weihnachtselfen seid. Aber woher solltet ihr auch sonst sein. Drei Menschen, davon eine in einem Weihnachtskostüm mit einem Rentier, einem Teddybären und einem Hund, der Schneeflocken auf dem Fell hat. Zu dieser Jahreszeit." Lächelnd schüttelte sie den Kopf.

Katharina lächelte. Adeon und sie hatten sich in den vielen Jahren, die sie hier in Penarth arbeiteten, an normale Alltagskleidung gewöhnt. Falls doch ein Erwachsener in der Lage war, sie sehen zu können, fielen sie so nicht so sehr auf. Das hätten sie natürlich auch bei Malia bedenken können, als sie heute aufbrachen, um nach der ersten Adresse zu schauen. Allerdings hätte Jowna sie vielleicht nicht als Weihnachtselfen erkannt, wenn auch Malia in normaler Kleidung vor der Tür gestanden hätte.

„Kannte deine Großmutter andere Menschen, die ebenfalls die Gabe hatten und uns sehen konnten? Ich kenne das eigentlich nur, von ganz besonderen spirituellen Menschen oder Seelen die besonders feinfühlig und sensibel sind." Adeon sah von den Büchern auf und blickte fragend zu Jowna.

„Es ist alles so lange her. Ich erinnere mich nicht mehr an alles. Ich war damals ja auch noch sehr klein und jung. Aber ich glaube nicht, dass sie jemals andere Namen erwähnt hatte." Entschuldigend zuckte Jowna mit den Schultern. Doch in

Adeons Gesicht konnte man sehen, dass der Weihnachtself bereits tief in Gedanken versunken war.

„Adeon?" fragte Katharina, die Adeon schon so lange kannte und ahnte, dass er eine Idee oder Vorahnung hatte.

„Ich bin mir noch nicht sicher. Aber ich denke, dass wir bei der nächsten Adresse Klarheit gewinnen werden."

Verwundert sah Jowna die beiden an. „Oh, es tut mir leid. Wir haben noch gar nicht berichtet, warum wir hierhergekommen sind", entschuldigte sich Katharina. Sofort begann sie zu erzählen, wie es dazu gekommen war, dass die kleine Gruppe dieses Haus aufgesucht hatte. Sie erwähnte auch, dass die Weihnachtselfe auf den Bildern Maya sehr ähnlich sah. Währenddessen holte Malia das kleine Adressbuch heraus. Sie reichte es Jowna, die es vorsichtig in ihren Händen drehte.

„Es tut mir leid, ich habe so etwas noch nie gesehen", sagte sie und reichte das Buch zurück an Malia, ohne es geöffnet zu haben. Dann gähnte sie. Dieser Besuch hatte sie mehr angestrengt, als sie gedacht hatte. Doch sie war noch nicht bereit, sich zu verabschieden. Deshalb ließ sie von ihrer Haushaltshilfe Kuchen und Tee bringen.

Verwundert sah die Haushaltshilfe sich im Raum um, als es den kleinen Teewagen hereinfuhr und Jowna noch um weitere Teller und Tassen bat. Doch die Haushaltshilfe stellte keine weiteren Fragen und holte wortlos die gewünschten Sachen. Da sie den kleinen Hund, der auf einem der Sessel lag, gesehen hatte, brauchte sie auch noch eine kleine Schale mit Wasser. Bevor sie dann den Raum wieder verließ, goss sie Jowna Tee in die Tasse und füllte ihr ein Stück Schokoladenkuchen auf einen der Teller. Dann war sie verschwunden.

„Jetzt hält sie mich sicherlich für verrückt", lachte Jowna laut. „Ich habe ihr schon von den Geschichten meiner Großmutter berichtet und auch sie hält die Geschichten für Märchen. Ich konnte in ihrem Gesicht sehen, dass sie damals schon ein wenig an meinem Verstand gezweifelt hatte. Vielleicht dachte sie auch nur, dass ich alt und senil bin. Aber nach diesem Tag und ganz besonderes, wenn sie das Geschirr abräumt und alle Sachen sogar dreckig und benutzt sind, wird sie wohl denken, dass ich endgültig den Verstand verloren habe." Die alte Frau musste sich vor Lachen den Bauch halten.

„Ich danke euch für diesen wundervollen Tag. Ich hoffe von Herzen, dass ihr eine Antwort auf eure Frage findet, was das für ein mysteriöses Buch ist."

Sie unterhielten sich noch eine Weile und ließen sich den Kuchen und den Tee schmecken. Jowna stellte einige Fragen über das Weihnachtsdorf und über Santa und wie das Leben als Weihnachtselfe war. Alle Fragen wurden nur allzu bereitwillig beantwortet. Selbst Theo schwärmte von seiner Zeit im Weihnachtsdorf und dem großen Weihnachtsbaum, der sich in der Mitte des Weihnachtsdorfes befand.

So verging die Zeit und sie verbrachten einige wunderschöne Stunden zusammen mit Jowna.

„Oh, jetzt müssen wir uns aber beeilen, wenn wir noch zur nächsten Adresse wollen", meinte Pam, nachdem der Gong der Kirchenuhr mehrfach hintereinander zu hören war.

„Ist es denn wirklich schon so spät?"

„Wir sind doch gerade erst gekommen?"

Alle sahen sich verwundert an. Niemand konnte so recht glauben, wieviel Zeit bereits vergangen war. Aber so ist es mit der Zeit. Wenn man sich wohlfühlte und mit Freunden lachte, verging die Zeit immer wie im Flug.

„Adeon und ich wohnen hier in Penarth", erzählte Katharina, bevor sie Jowna zum Abschied umarmte. „Wir kommen auf jeden Fall wieder und berichten, ob wir herausgefunden haben, was diese Adressen bedeuten. Wenn wir dürfen", fügte sie zögerlich hinzu.

„Aber natürlich dürft ihr das. Ihr seid hier immer willkommen", sagte Jowna freudestrahlend. Sie blieb noch vor der Haustür stehen und blickte der kleinen Gruppe nach, bis sie um die Ecke verschwunden waren. Erst dann ging sie zurück ins Haus und setzte sich wieder in das Zimmer mit den vielen Büchern. Ihr größter Wunsch hatte sich heute erfüllt. Sie hatte eine Weihnachtselfe gesehen und kennengelernt. Nein, das war so nicht ganz richtig. Nicht eine Weihnachtselfe, sondern sogar drei Weihnachtselfen. Und ein Rentier und einen sprechenden Teddybären und einen Hund, auf dessen Fell rund um das eine Auge herum kleine Schneeflocken zu sehen waren.

Seit sie die ersten Geschichten von ihrer Großmutter gehört hatte, hatte sie sich so sehr gewünscht, auch eines Tages diese Magie zu erleben. Doch bisher war ihr dieser Wunsch immer verwehrt geblieben. Doch nun hatte er sich erfüllt und sie konnte ihre Gefühle kaum in Worte fassen.

„Da hast du dir aber viel Zeit gelassen, um meinen Wunsch zu erfüllen, Santa", flüsterte sie leise vor sich hin, während sie die Tasse an ihre Lippen führte und den restlichen Tee trank, der sich noch darin befand.

Dreizehntes Kapitel
Die Suche geht weiter

Der Weg zur nächsten Adresse war etwas weiter entfernt. Außerdem war es schon viel später, als sie gedacht hatten. Deshalb beschlossen sie mit Hilfe der Weihnachtselfen-Magie zu reisen. Malia wollte mit Theo und Schoko versuchen mit Hilfe ihrer Gabe zur gewünschten Adresse zu kommen. Denn Malias Magie funktionierte schon sehr gut. Doch wenn sie den Ort nicht kannte, an den sich bringen wollte, kam es manchmal zu Schwierigkeiten. Zum Glück klappte es diesmal auf Anhieb und die drei erreichten ohne Probleme ihr Ziel.

Katharina und Adeon reisten auf Pams Rücken, um mit Hilfe des Rentieres bei der zweiten Adresse anzukommen. Das nahm zwar etwas mehr Zeit in Anspruch als Malias Zauber, aber Pam wollte es sich auf keinen Fall nehmen lassen, beide Weihnachtselfen auf ihrem Rücken zu tragen. Obwohl sie es noch gar nicht gewöhnt war, zwei Weihnachtselfen auf einmal mit sich zu nehmen. Deshalb war das fliegende Rentier-Mädchen auch nicht ganz so schnell unterwegs wie sonst. Es kostete sie etwas mehr Mühe wie gewöhnlich. Doch bereits einige Minuten nach Malia, Theo und Schoko erreichten die anderen drei ihr Ziel.

„Du bist wirklich viel schneller und stärker geworden", stellte Theo fest, nachdem Pam gelandet war.

„Ich bin ja auch kein kleines Rentier-Mädchen mehr. Ich bin jetzt eine Dame!" antwortete Pam stolz und stecke dem Teddybären die Zunge heraus. Die beiden lachten.

„Weißt du schon, welches Haus es ist?" fragte Katharina Malia. Diese zeigte mit einem Finger auf ein kleines, gelbes Häuschen.

Hier an diesem Ort standen die Häuser alle in einer Reihe und wurden nur durch einen kleinen Weg, der zum Hinterhof führte und etwas Zaun voneinander getrennt. Die Häuser waren alle in einer hellen Farbe gestrichen und hatten einen kleinen Vorgarten, der im Grunde genommen nur aus Rasen bestand. Blumen oder Büsche gab es hier nicht zu sehen. Es gab auch niemanden sonst zu sehen. Es war kein Mensch auf der Straße.

Gemeinsam standen sie vor dem Vorgarten und blickten zum Haus. Es brannte kein Licht und auch sonst war hier kein Anzeichen zu erkennen, dass jemand zu Hause war.

„Wir könnten einfach klingeln", überlegte Theo.

„Und wenn der Mensch dann niemanden von uns sieht außer Schoko?" fragte Pam.

„Dann denkt er wahrscheinlich, dass die Nachbarskinder bei ihm Klingelstreiche machen!" kam die lachende Antwort von Theo. Die beiden Freunde lachten und neckten sich eine Weile und vergaßen, warum sie eigentlich hierhergekommen waren.

Adeon wollte gerade in Richtung Haustür gehen, als am Ende der Straße ein Wagen einbog und in ihre Richtung fuhr. Kurz vor dem Grundstück wurde das Auto langsamer und hielt direkt dort an. Eine junge Frau stieg aus und blickte die kleine Gruppe herablassend an.

„Seid ihr nicht alle ein bisschen früh dran? Bis Weihnachten dauert es noch eine Weile." Ihre Stimme klang schneidend und bissig. Sie schien keine gute Laune und auch kein Interesse daran zu haben, sich mit der Gruppe weiter zu beschäftigen. Katharina und Adeon hatten sich auf dem Weg hierher entschieden, sich in die übliche Weihnachtselfen-Kleidung zu zaubern. So waren sie besser als Weihnachtselfen zu erkennen, sollte jemand wie Jowna ihnen über den Weg laufen.

Die Frau warf ihnen einen letzten abschätzenden Blick zu und schloss dann das Auto ab. Sie ging zur Tür und schloss diese auf. Bevor sie im Haus verschwinden konnte, rief Adeon ihr mutig nach: „Bitte entschuldigen Sie. Aber wir hätten da eine Frage."

Genervt drehte die Frau sich zu ihnen um. Sie hatte die rechte Augenbraue hochgezogen und strich sich eine Haarsträhne aus dem Gesicht, als sie sagte: „Ich spende nicht. Heute nicht.

Morgen nicht und auch nicht zu Weihnachten. Niemals. Okay? Und jetzt verschwinden Sie, bevor ich die Polizei rufe."

Kaum hatte sie ausgesprochen, drehte sie sich um und verschwand im Haus. Die Tür knallte hinter ihr zu und es war mehr als deutlich, dass sie keine weiteren Störungen duldete.

„Das war dann ja ein wirklich sehr kurzer Besuch", sagte Pam kopfschüttelnd.

„Aber wir haben alles erfahren, was wir wissen wollten", sagte Adeon stolz und grinste dabei über das ganze Gesicht. Mit fragenden Blicken sahen in die anderen an.

„Habt ihr es immer noch nicht erraten? Das Adressbuch. Es enthält die Adressen von Menschen, die uns sehen können! Wir können gern noch eine andere Adresse aufsuchen, aber ich denke nicht, dass es dort anders sein wird. Maya hat in ihrem Buch Adressen und Familien notiert, die sie sehen konnten. Sicherlich werden nicht alle Adressen noch aktuell sein. Es ist viele Jahre her, dass Maya dieses Buch verfasst hat. Aber bei den meisten Adressen wird es passen. Davon bin ich absolut überzeugt. Es ist eine Art Gabe innerhalb einer Familie. Wie Jowna gesagt hat. "

Einen Augenblick waren sie alle ganz still. Adeon blickte von einem zum nächsten und nach und nach konnte man in ihren Gesichtern sehen, dass sie ihm glaubten.

Natürlich. Jowna hatte sie sehen können. Aufgrund der Gabe, die ihre Familie hatte. Jedenfalls hatte Jowna es so genannt: Eine Gabe.

Die Frau, die sie nun hatten besuchen wollen, hatte sie ebenfalls gesehen. Sie hatte sie zwar nicht als Weihnachtselfen erkannt, aber sie hatte sie eindeutig sehen können. Obwohl sie die kleine Gruppe für eine Art Sternensinger oder Spendensammler gehalten hatte. Auch wenn Maya sicherlich nicht diese Frau gekannt hatte, so hatte sie jemanden gekannt, der viele Jahre zuvor hier gewohnt hatte. Jemand, mit dem diese Frau sicherlich in Verbindung stand. Jemand, mit dem diese Frau verwandt war.

Hatte Maya also tatsächlich ein Buch zusammengestellt, in dem Adressen von Menschen zu finden waren, die Weihnachtselfen sehen konnten? Ohne dass sie besonders spirituell oder sensibel waren? Einfach durch eine Art Gabe?

„Ob Santa davon weiß?" fragte Theo plötzlich und riss alle aus ihren eigenen Gedanken. Alle Blicke richteten sich nun auf ihn.

„Oh nein, wir hätten vielleicht doch einfach von Anfang an Santa fragen können, ob er dieses Adressbuch kennt. Vielleicht hätte er uns direkt sagen können, um was für Adressen es sich dabei handelt", meinte Pam nachdenklich. Langsam regte sich bei ihr das schlechte Gewissen. Obwohl sie sogar diejenige war, die dieses Vorhaben, einige Adressen selbst aufzusuchen, vorgeschlagen hatte. Vielleicht hätten sie wirklich direkt zu Santa gehen müssen. Was ist, wenn er ihnen sogar verboten hätte, die Adressen aufzusuchen?

Malia lief rot an. Natürlich hatte sie kurz darüber nachgedacht. Doch sie hatte dieses Rätsel, gepackt von der Abenteuerlust, ohne Santa lösen wollen. Sie hatte zeigen wollen, dass sie nun eine vollwertige Weihnachtselfe war und zusammen mit ihren Freunden auch solch schwierige Aufgaben lösen konnte. Sie erinnerte sich, dass ihr dann die Augen vor Müdigkeit zugefallen waren und sie nicht weiter darüber nachgedacht hatte. Nun dachte sie über Theos Worte nach.

„Aber hätte ich dann nicht im Archiv oder in der Bibliothek über solche Adressbücher stolpern müssen? Würde es dann nicht mehr solcher Bücher geben?" fragte Malia, die nun schon viele Jahre im Archiv und teilweise auch in der Bibliothek gearbeitet hatte, nach einer Weile.

Fragend sahen sich Katharina und Adeon an. „Da gibt es wohl nur eine Lösung", sagten beiden wie aus einem Munde und mussten laut lachen. Als sie sich wieder gefasst hatten, fuhr Adeon ernst fort: „Wir reisen zum Nordpol und fragen Santa."

Da Pam über eine so weite Strecke noch keine zwei Weihnachtselfen tragen konnte, zauberte Malia sich in das

Weihnachtsdorf und bat Pams Eltern um Hilfe. Gemeinsam mit einem Weihnachtsschlitten, den Pams Eltern zogen, eilten sie dann zurück nach Penarth, um ihre Freunde abzuholen. Pams Eltern waren bereits absolute Profis und ein eingespieltes Team. Zusammen erreichten sie Penarth in sehr kurzer Zeit.

Pam freute sich riesig, ihre Eltern zu sehen und durfte neben den beiden nach Hause zum Nordpol fliegen. Die anderen machten es sich im Schlitten bequem. Auch Malia setzte sich zu ihnen. Natürlich wäre es ein leichtes für sie gewesen, sich einfach ins Weihnachtsdorf zu zaubern. Doch sie wollte gemeinsam mit den anderen reisen und zu Santa gehen. Außerdem musste sie so nicht ungeduldig auf die Ankunft der anderen warten.

Der Flug ging wie immer schnell vorbei und in Windeseile erreichten sie das Weihnachtsdorf. Eilig bedankten sich die Freunde bei Pams Eltern und verabschiedeten sich vorläufig von ihnen. Dann eilten sie gemeinsam zum Büro des Weihnachtsmannes.

Es war erst später Nachmittag. Um diese Zeit war Santa eigentlich immer im Büro zu erreichen. Außer er hatte einen dringenden Außentermin. Doch die Gruppe schien Glück zu haben. Schon von weitem konnte sie erkennen, dass das Licht im Büro brannte. Es musste also jemand dort sein. Santa war manchmal zwar etwas vergesslich, aber das Licht auszumachen, hatte er noch nie vergessen.

Adeon klopfte kräftig an die Tür des Büros. Als ein lautes „Herein“ ertönte, öffnete er erleichtert die Tür und die kleine Gruppe trat nacheinander in das Büro ein.

Santa saß wie immer an seinem großen Schreibtisch. Die Brille saß vorn auf seiner Nase und er blickte gespannt von seinen Unterlagen auf, um zu sehen, wer ihn heute besuchte. Ein Lächeln breitete sich über sein Gesicht aus, als er erkannte, wer dort in sein Büro gekommen war. Um sie alle ordentlich zu begrüßen, stand er auf, ging um den Schreibtisch herum und nahm jeden von ihnen in den Arm.

„Wie schön euch alle zu sehen. Adeon! Katharina! Es ist lange her, dass ihr im Weihnachtsdorf wart."

Verlegen fuhr Adeon sich durchs Haar. „Ja, das stimmt. Aber wir haben dir immer regelmäßig Berichte geschickt und dich über unsere Arbeit informiert."

„Da hast du recht", antwortete Santa lächelnd. Er legte seine Hand auf Adeons Schulter. Santa wollte der kleinen Gruppe gerade anbieten, Platz zu nehmen, als ihm auffiel, dass die zwei Stühle vor seinem Schreibtisch nicht für die vielen Besucher reichen würden. „Diese beiden Stühle werden wohl nicht reichen", brummte er verlegen. In diesem Moment war eine allzu bekannte Stimme von der Eingangstür aus zuhören:

„Lasst uns in den Konferenzraum gehen. Ich habe Kuchen gebacken und mache euch allen noch schnell Tee und heiße Schokolade."

Verwundert sah Santa die anderen an. „Fragt mich nicht, wie sie das macht. Aber sie weiß einfach immer, wann Besuch da ist und zaubert etwas Leckeres zu Essen." Genießerisch strich er sich dabei über seinen dicken Bauch.

„Kommt! Dann wollen wir mal auf Frau Santa hören und in den Konferenzraum gehen."

Kichernd folgte die Gruppe Santa in Richtung Konferenzraum. Sie konnten bereits den leckeren Duft von frisch gebackenem Kuchen riechen, der wie ein Wegweiser aus dem Konferenzraum zu ihnen wehte. Auf dem Tisch standen schon ausreichend Teller und Tassen bereit. Nikola kam gerade mit zwei großen Kannen in das Zimmer.

„Wer von euch möchte Tee und wer Schokolade?" fragte sie freudestrahlend. Sie hielt beide Kannen hoch in die Luft, als hätten sie kein Gewicht und strahlte die Gruppe an.

„Es gibt außerdem Schokoladenkuchen und Bienenstich."

Es schien tatsächlich so, als hätte Nikola gewusst, dass sie kommen würden. Wie sonst hätte sie in so kurzer Zeit zwei leckere Kuchen backen können. Natürlich hätte sie ihre Magie dazu verwenden können. Aber Malia wusste, dass Nikola so etwas nie tat. Kochen und Backen erfüllte Nikola und machte ihr so viel Freude, dass sie dazu niemals ihre Magie nutzte. Das hatte sie damals nur getan, um Malia zu zeigen, wie sie sich mit Hilfe ihrer Weihnachtselfen-Magie etwas zu Essen machen konnte. Ansonsten bereitete Nikola ihre Speisen immer so zu, wie jeder normale Mensch es auch tat.

Nach und nach füllte sie die Tassen auf und verteilte den Kuchen.

Nikola gab Santa noch einen Kuss auf den Kopf und wollte gerade gehen, als dieser sie bat, zu bleiben.

„Ich habe keine Geheimnisse vor dir und ich glaube nicht, dass unsere kleine Reisegruppe ein Problem damit hat, wenn du bei uns bleibst. Immerhin hast du dich wieder wahrlich übertroffen. Der Kuchen ist großartig geworden." Lächelnd schob Santa sich ein großes Stück von dem Bienenstich in den Mund und strahlte dabei über das ganze Gesicht.

Sie alle stimmten Santa zu und baten Nikola zu bleiben. Nach kurzem Zögern, nickte Nikola. Sie holte sich ebenfalls eine Tasse und einen Teller, die sie entsprechend mit heißer Schokolade und einem Stück Schokoladenkuchen befüllte. Dann setzte sie sich zu ihnen an den großen Tisch.

Malia wusste gar nicht, wo sie anfangen sollte, zu erzählen. Deshalb war sie froh, als Katharina und Adeon abwechselnd diese Aufgabe übernahmen und erzählten, was sie in den letzten Tagen erlebt und entdeckt hatten. Als sie fertig waren, strich Santa sich nachdenklich durch den Bart.

„Ich erinnere mich, dass Maya davon berichtet hat. Sie glaubte, ganz normale Menschen gefunden zu haben, die weder besonders gläubig oder spirituell waren, noch sonst irgendwie anders waren. Aber dass diese Menschen uns sehen konnten. Uns alle. Ich wusste nicht, dass sie darüber ein Buch angefertigt hat."

Santa hielt kurz inne und sah Nikola an. Diese nickte und fuhr fort: „Wahrscheinlich hat sie sich einfach weiter auf die Suche nach solchen Menschen gemacht, ohne jemals wieder davon zu sprechen. Und dann hat sie ihren Mann getroffen und sich Hals über Kopf verliebt. Sicherlich hat sie dann andere Sachen im Kopf gehabt, als uns davon zu berichten. Irgendwann hat sie es dann einfach für immer vergessen, weil es für sie nicht mehr wichtig war."

„Sie hat damals noch eine Weile für uns gearbeitet. Bis all ihre Projekte beendet waren. Aber wahrscheinlich war sie dann in Gedanken nicht mehr bei diesem Buch gewesen", überlegte Santa weiter. Dann sah er nach und nach die Mitglieder der kleinen Gruppe an.

„Es kommt selten vor, dass ich so etwas sage. Aber ich weiß es tatsächlich nicht. Ich wusste weder von Mayas Sammlung an Adressen noch, dass es so viele Menschen gibt, die diese Gabe besitzen. Ich dachte, es wären nur ein paar wenige. Aber ich glaube, dass uns das sehr weiterhelfen kann. Insbesondere euch." Santas Blick fiel auf Katharina und Adeon. Beide sahen ihn gespannt an.

Santa lächelte und fuhr fort: „Das könnte eure Arbeit in den Waisenhäusern sehr viel einfacher gestalten. Menschen, die uns sehen und mit uns kommunizieren können, können eine große Hilfe in der Welt sein. Sie könnten bei der Suche nach neuen Familien helfen. Oder wenn es um Spenden und Fördergelder geht unterstützen. Ihr müsstet nicht immer alles heimlich vorbereiten und hoffen, dass es den richtigen Menschen in die Hände fällt und diese es dann nach euren Vorstellungen umsetzen. Sie könnten eine Art Verbündete sein, damit wir diese Welt ein kleines bisschen besser machen können."

Sie alle machten große Augen. Hatte Maya diese Möglichkeiten damals vielleicht sogar schon genutzt und war deshalb in ihrer Arbeit so erfolgreich gewesen? Warum hatte sie nie davon erzählt? Fragen über Fragen gingen allen durch den

Kopf. Nur leider würden viele dieser Fragen unbeantwortet bleiben, da nur Maya sie beantworten konnte.

Aber vielleicht hatte Santa recht und sie konnten wirklich mit Hilfe dieser Adressen etwas Gutes schaffen und die Arbeit in den Waisenhäusern vorantreiben. Doch dafür mussten sie die Adressen prüfen und herausfinden, ob die Menschen, die dort mittlerweile lebten, tatsächlich noch immer Weihnachtselfen sehen konnten. Sobald sie das wussten, konnten sie auch herausfinden, ob diese Menschen bereit waren, ihnen zu helfen. Das war sicherlich nicht bei allen der Fall. Denn zumindest bei der zweiten Adresse, die sie gemeinsam aufgesucht hatten, waren sie nicht mit offenen Armen empfangen worden, wie es bei Jowna der Fall gewesen war. Es würde außerdem sehr schwierig sein, den erwachsenen Menschen, die nichts mehr von Weihnachtselfen und Weihnachtselfen-Magie wussten, zu erklären, dass es sie tatsächlich immer noch gab. Dass sie nicht einfach verschwunden waren, wie es manche Menschen im Laufe der Zeit vielleicht glauben mochten. Einfach, weil sie die Fähigkeit verloren hatten, Weihnachtselfen und auch Santa sehen zu können.

Aber es gab auch andere Schwierigkeiten. Wenn die alte Familie weggezogen war, mussten sie versuchen, herauszufinden, wo diese nun zu finden war. Denn wenn Jowna Recht hatte, wurde die Gabe vererbt und die Nachfahren besaßen die Gabe. Ganz gleich an welchem Ort sie nun lebten. Vielleicht fanden sie sogar noch andere Familien, die nicht von Maya entdeckt worden waren. Maya war zwar überall auf der Welt gewesen. Aber auch eine Weltenbummlerin wie Maya hatte nicht alle Menschen dieser Erde kennenlernen können.

Das war eine große Aufgabe und sie würden noch viele Weihnachtselfen brauchen, die sie bei der Umsetzung unterstützen konnten. Aber vielleicht konnte Adeons Traum, mehr für die Kinder in Waisenhäusern zu tun, endlich Wirklichkeit werden.

„Es erwartet uns viel Arbeit. Noch weiß ich nicht, welche Weihnachtselfen geeignet wären, um euch bei diesem Projekt zu helfen. Aber wir werden die passenden für diese Aufgabe finden.", sagte Santa, als er sich noch ein Stück Kuchen auf den Teller füllte.

„Wisst ihr, wie viele Adressen in dem Buch von Maya stehen?" fragte er an Malia gewandt. Diese schüttelte den Kopf und holte das Buch aus ihrer Tasche heraus. Die ganze Zeit hatten sie darüber gesprochen, doch sie hatte es bisher nicht herausgeholt. Vorsichtig legte sie es auf den Tisch und blätterte durch die vielen Seiten. „Ich denke, dass es einige hundert sind", meinte Adeon, der Malia beim Durchblättern des Buches betrachtete. Dann fügte er nachdenklich hinzu: „Aber da es ein magisches Adressbuch ist, könnten es auch einige tausend sein."

Nikola nickte: „Da hast du recht. Aber wir haben im Archiv ein Gerät, mit dem man die Adressen aus den magischen Adressbüchern zählen kann. Die erste Archivarin, die es jemals im Weihnachtsdorf gegeben hat, hat es entwickelt. Zum Glück funktioniert es immer noch."

Malia hob verwundert den Kopf. Davon hatte sie noch nie gehört. Entschuldigend sah Nikola sie an: „Wir haben noch nie die Adressen eines Adressbuches zählen müssen. Wir prüfen nur, ob ihre Magie noch funktioniert und die enthaltenen Adressen aktuell sind. Deshalb habe ich dir noch nie davon erzählt. Und um ehrlich zu sein, hatte ich bis eben schlicht weg vergessen, dass es so etwas überhaupt gibt."

Malia sah Nikola überrascht an. Doch dann lächelte sie und nickte nachdenklich. Schon fuhr Nikola hektisch fort: „Wir müssen unbedingt das Adressbuch von Maya prüfen. Vielleicht funktioniert die Magie ja noch und das Adressbuch zeigt uns nur Namen und Adressen an, von Menschen, die uns sehen können. Also aktuelle Adressen. Vielleicht verändert es sich, so wie unsere magischen Adressbücher auch. Wenn ein Weihnachtself von einem Ort zum nächsten reist, steht seine neue Adresse auch automatisch im Buch. Ohne dass wir etwas machen müssen. Was ist, wenn Mayas Buch, genau diese Magie nutzt?"

Im ersten Moment sahen alle Nikola verwirrt an und mussten erst einmal versuchen, ihren Worten zu folgen.

„Du meinst also", fragte Katharina, „Wenn eine Familie woanders hingezogen ist, dann ändert sich auch die Adresse. Wenn ein Mensch mit der Gabe gestorben ist, dann ändert sich auch der Name im Adressbuch und zeigt dann den nächsten Nachfahren an, der die Gabe hat?"

„Ja, ich denke, so oder so ähnlich wird es sein", vermutete Nikola nachdenklich. „Vielleicht stehen auch bereits alle Verwandten, die die Gabe besitzen, in diesem Buch und wenn jemand verstorben ist, wird seine Adresse aus dem Buch gelöscht. Aber um das herauszufinden, müssen wir ins Archiv und das Adressbuch untersuchen."

„Wie war das bei den beiden Adressen, die wir aufgesucht haben? Kann man hier vielleicht schon etwas erkennen?", warf Theo ein und sah fragend in die Runde „Hat jemand von euch darauf geachtet, wie der Name bei der ersten Adresse lautete? Stand hier Jownas kompletter Name?"

Malia dachte kurz über Theos Frage nach. Das hätte ihnen dann doch aber schon längst auffallen müssen, als sie sich auf den Weg zu Jowna gemacht hatten. Sie konnte sich nicht daran erinnern, diesen Vornamen vorher schon gelesen oder gehört zu haben. Eilig schlug sie das Adressbuch auf und suchte nach der Adresse.

Anstatt eines vollständigen Namens stand hier allerdings nur der Familienname. Malia blätterte weiter durch die anderen Adressen. Mal standen Vor- und Zunamen dort. Mal nur der Nachname. Manchmal waren es sogar zwei oder drei Namen, die über einer Adresse standen. So konnten sie nicht herausfinden, wie aktuell die Adressen waren. Das konnten sie dann wohl wirklich nur im Archiv erfahren.

„Wir prüfen erst die Magie des Adressbuches im Archiv und dann beraten wir gemeinsam, wie wir am besten weitermachen“, schlug Santa vor. Fragend sah er in die Runde und wartete auf die Reaktion der anderen. Niemand schien etwas gegen seinen Vorschlag zu haben.

Nikola wandte sich an Malia: „Ich werde euch kurz ins Archiv begleiten und mit dir zusammen das Gerät zum Zählen der Adressen bedienen. Sobald alle Adressen gezählt worden sind, wissen wir, wie viele Adresse Maya gesammelt hat und über welche Anzahl wir überhaupt sprechen. Vielleicht hilft uns das bei einer möglichen Entscheidung, wie wir weitermachen sollten. Wenn es dann für dich in Ordnung ist, Malia, würde ich euch allein im Archiv lassen.“

Aufmunternd und mit einem sanften Lächeln sah Nikola Malia an und fuhr fort: „Du hast schon so oft die Magie von Adressbüchern allein geprüft, dass ich denke, dass du das auch diesmal problemlos hinbekommen wirst. In der Zwischenzeit könnte ich uns allen etwas Leckeres zum Abendessen machen.“

Bei dem Gedanken, ohne Nikola die Magie eines Adressbuches zu prüfen, war Malia etwas komisch zu Mute. Aber sie freute sich auch, dass Nikola ihr diese Aufgabe allein zutraute. Außerdem war sie nicht allein im Archiv. Schoko, Pam und Theo wollten sie begleiten. Adeon und Katharina beschlossen, ihre Familien zu besuchen. Zum Abendessen wollten sie alle sich wieder treffen. Auch wenn Adeon und Katharina ihre Familien schon lange nicht mehr gesehen hatten, wollten sie auf keinen Fall diese abendliche Besprechung verpassen. Immerhin ging es dabei um ihrer aller Zukunft und Arbeit.

Vierzehntes Kapitel
Im Archiv

Ganz so einfach, wie sie sich den Besuch im Archiv vorgestellt hatten, war es allerdings nicht. Die Maschine zum Zählen der Adressen wurde zwar regelmäßig gewartet und war auch sonst sehr gut in Schuss, doch mit dem neuen Adressbuch hatte die Maschine ihre Probleme.

Gleich zu Beginn hatte sie Schwierigkeiten, das Adressbuch überhaupt als magisches Adressbuch zu erkennen. Immer wieder stand auf der Anzeigetafel, dass es sich hier um ein normales Notizbuch handelte. Doch sie alle wussten, dass das nicht stimmen konnte. Sie waren schon kurz davor, in einen der anderen Räume zu wechseln, um erst einmal die Magie des Adressbuches zu prüfen, als die Maschine plötzlich ihre Anzeige änderte. Ganz unerwartet stand dort in kleiner grüner Schrift: „Adressbuch erkannt. Eigentum: Weihnachtselfe Maya. Bitte Passwort eingeben."

Nikola schüttelte den Kopf. „Das kann nicht sein. Ich habe noch nie gesehen, dass eines unserer Adressbücher mit einem Passwort versehen war. Wir arbeiten alle Hand in Hand und ohne Missgunst miteinander. So etwas war und ist überhaupt nicht notwendig."

Hektisch drückte sie auf einige Tasten und betätigte den ein oder anderen Hebel an der riesigen Maschine. Doch es half nichts. Die Maschine fragte sie weiterhin nach einem Passwort.

„Okay, dann müssen wir herausfinden, wie das korrekte Passwort lautet", schlug Theo vor. Schoko bellte zustimmend. Der kleine Hund hatte, seitdem sie alle zurück im Weihnachtsdorf waren, nicht wieder gesprochen und machte nun wieder mit bellen auf sich aufmerksam.

„Aber womit fangen wir an?" fragte Malia und sah zu ihren beiden Freunden.

„Die meisten Menschen nutzen Passwörter, die etwas mit ihrem Leben zu tun haben," überlegte Nikola laut. „So etwas wie ihr Geburtsdatum?" fragte Theo und sah Nikola erwartungsvoll an. Diese nickte zustimmend, sah aber weiterhin ratlos aus. „Ja, da hast du Recht, Theo. Manchmal ist es das Geburtsdatum des eigenen Kindes oder der Hochzeitstag. Alles Momente, die den Menschen wichtig sind. Aber ich wüsste weder, wann Maya Geburtstag hatte, noch welche anderen Daten ein besonderes Ereignis für sie dargestellt haben. Ich kenne sie leider nicht gut genug, um sagen zu können, was für sie so besonders gewesen ist, dass sie es als Passwort gewählt hätte."

Nachdenklich blickte Nikola auf die grüne Schrift und fuhr dann fort: „Wir könnten in den alten Stammbüchern suchen. Vielleicht haben wir Glück und finden dort etwas. Das könnte uns aber noch mehr Zeit kosten. Ich glaube, ich werde es dann wohl nicht schaffen, heute das Abendessen auszurichten."

Sie zuckte mit den Schultern und sah zu Malia: Alle wussten, dass Nikola viel Freude beim Kochen und Backen hatte. Außerdem war es ihr sehr wichtig, dass immer alle gut versorgt waren und etwas zu essen im Bauch hatten. Doch dieses Projekt war wichtig und Nikola wollte Malia nicht mit so einer schweren Aufgabe allein lassen.

„Dann lass uns in den alten Büchern suchen." Lächelnd strich Nikola der kleinen Weihnachtselfe über das Haar. „Aber bitte, Malia. Bleib diesmal bei mir und verschwinde nicht wieder einfach." Bei diesen Worten mussten alle lachen und erinnerten sich daran, wie Malia sich versehentlich nach Penarth gezaubert hatte.

Gemeinsam suchten sie die alten Räume auf, in denen sie bereits vor einigen Tagen nach Antworten über Maya gesucht hatten. Nikola zog die unterschiedlichsten Bücher aus den Regalen heraus. Sobald sie eines für interessant und wichtig erachtete, reichte sie es an Malia und Theo. Die beiden hatten die Aufgabe, diese Bücher durchzublättern und nach Hinweisen und Informationen für ihren Fall zu suchen.

Schoko hatte sich gelangweilt an eines der Regale gelehnt und die Augen geschlossen. Er konnte hier nicht viel helfen.

Nach einer Weile schlug Malia das Buch, das gerade auf ihrem Schoss lag, laut zu. Sie blickte zu Nikola hoch, die gerade auf einer Leiter stand, um an den oberen Teil eines Regals zu gelangen. Von unten hatte sie nicht lesen können, was auf den Einbänden der Bücher in den oberen Reihen stand. Deshalb hatte sie sich die Leiter zur Hilfe geholt.

„Nikola?" fragte Malia nachdenklich. „Maya war doch eine Weihnachtselfe von ganzem Herzen und sie hat alles geliebt, was mit Weihnachten zu tun hat. Richtig?"

Nikola nickte und kam langsam die Treppe herunter. „Ja, da hast du recht. Maya hat alles geliebt, was mit Weihnachten zu tun hatte. Jeden Brauch, jeden Weihnachtsbaum, jedes Weihnachtslied. Es gab nichts, was sie daran nicht geliebt hat. Wahrscheinlich fühlte sie sich deshalb dafür verantwortlich, dass allen Kindern ein Wunsch zu Weihnachten erfüllt wurde. Ganz gleich, wo sie wohnten und wie sie lebten."

Wie zur Bestätigung nicke Malia und teilte Nikola dann ihre Gedanken mit: „Wenn Maya alles rund um Weihnachten so geliebt hat, könnte ihr Passwort damit zu tun haben. Vielleicht ist es sogar einfach das Wort Weihnachten?"

Theo hab den Kopf von seinem Buch und sah Malia an: „Das ist eine sehr gute Idee. Vielleicht sollten wir das erst einmal ausprobieren, bevor wir hier weitersuchen. Mir tun die kleinen Pfötchen schon ganz weh." Wie zur Bestätigung schüttelte Theo seine Pfötchen aus. Kleine Staubkörnchen, die sich in seinem Fell verfangen hatten, rieselten dabei zu Boden.

Schoko hatte in der Zwischenzeit die Augen geöffnet und war aufgestanden. Er schien die Idee ebenfalls gut zu finden und war bereit, zur Maschine zurück zu kehren.

„Legt die Bücher einfach auf den Boden," schlug Nikola vor. „Vielleicht brauchen wir sie nachher doch noch. Sollte das nicht der Fall sein, räumen wir sie einfach später weg. Aber

erst testen wir, ob du mit deiner Idee richtig liegst. Aber ich denke, das ist eine sehr gute Idee. Eine sehr, sehr gute Idee."
Gesagt getan. Malia und Theo legten ihre Bücher auf den Boden. Einen kleinen Stapel, der noch auf ihre Durchsicht wartete, schoben sie zur Seite, damit er nicht mitten im Gang stand. Dann machten sie sich auf den Weg zurück. Schoko lief vor ihnen her und wedelte wild mit dem Schwanz. Die Idee mit dem Passwort schien ihm sehr gut zu gefallen.
Schon nach einiger Zeit erreichten sie den Raum, in dem die Maschine zum Zählen der Adressen stand. Die grüne Schrift leuchtete immer noch und war schon von weitem sichtbar. Als sie direkt vor der Maschine standen, atmeten alle tief durch. Nikola zog die Tastatur aus einer kleinen Schublade, die an der Maschine angebracht war, heraus. Sie hielt Malia die Tastatur hin und ließ die kleine Weihnachtselfe das Wort Weihnachten eintippen.
Bevor Malia das Wort bestätigte, blickte sie noch einmal zu Nikola. Diese nickte ihr aufmunternd zu. Dann drückte Malia die Taste. Für einen kurzen Augenblick verschwand die grüne Schrift. Doch dann tauchte sie wieder auf und die Maschine fragte weiterhin nach einem Passwort.
„Das muss das falsche Passwort gewesen sein," meinte Malia traurig und legte ihre Stirn in Falten. Sie überlegte, ob sie etwas falsch geschrieben hatte oder welches Passwort vielleicht auch noch zu Maya passen könnte.
Auch Nikola überlegte. Nach einer Weile tippte sie das Wort Tannenbaum in die Maschine ein. Doch auch hier verschwand die grüne Schrift nur für einen kurzen Augenblick. Auch Tannenbaum war nicht das richtige Passwort. Ebenso erging es ihnen, als sie es mit dem Wort Weihnachtsbaum anstatt Tannenbaum versuchten.
Hilflos sahen sich Malia, Nikola und Theo an. Doch dann fing Schoko an zu bellen. Er schienen ihnen etwas sagen zu wollen, doch hier im Weihnachtsdorf konnte Schoko nicht mehr mit

seinen Freunden sprechen. Jedenfalls nicht so, wie er es in Wales gekonnt hatte.

„Ich weiß leider nicht, was du uns sagen möchtest", entschuldigte sich Malia und zuckte mit den Schultern.

Schoko drehte sich nun hin und her. Dann lief er auf eine Ecke des Raumes zu. Hier lag überall Staub und Schoko wirbelte wild darin herum. Dadurch flog nun auch der Staub in die Luft. Für einen kleinen Augenblick war Schoko deshalb in einer großen Staubwolke verschwunden. Erst als Schoko aufhörte, herumzuwirbeln und sich der Staub wieder gelegt hatte, konnten sie den kleinen Hund wiedersehen. Er hatte sich auf die Hinterbeine gesetzt und sah die drei erwartungsvoll an. Langsam und zugleich etwas verwirrt ging Theo auf Schoko zu. Der kleine Hund fing an, wie wild mit dem Schwanz an zu wedeln.

Als Theo dichter kam, konnte er erkennen, was Schoko im Staub gemacht hatte. Er hatte mit seinen Pfötchen etwas darin geschrieben. In großer breiter Schrift stand dort „24.12." geschrieben.

„Ja, natürlich!" rief Theo begeistert. Der kleine Teddybär klatschte in die Hände und hüpfte in die Luft. „Es ist zwar etwas kurz, aber das muss ja nichts Negatives sein." Dann drehte der Teddybär sich zu den anderen beiden um, die noch immer neben der Maschine standen. „Probiert es mal mit dem Datum von Weihnachten und gebt die Zahlen ein." Der Teddybär grinste Schoko an und kuschelte sich an seinen Freund. „Eine wirklich gute Idee", flüsterte er ihm ins Ohr.

Malia und Nikola sahen sich kurz an und dann tippte Malia die Zahlen ein. Kurz zögerte sie und warf einen Blick zu ihren Freunden hinüber. Theo nickte ihr zu und Schoko wedelte noch etwas mehr mit seinem Schwanz. Sofern das überhaupt möglich war. Malia nickte ihnen zu und drückte die Taste. Abermals verschwand die grüne Schrift. Dann tauchte sie erneut auf. Doch diesmal fragte die Maschine nicht wieder nach einem Passwort. Diesmal bedankte sie sich für die

Eingabe des Passwortes und teilte ihnen mit, dass das Adressbuch nun auf die Anzahl der Adressen geprüft wurde. Dies würde einige Zeit in Anspruch nehmen.

Vor Freude jubelte die kleine Gruppe. Sie alle hatten schon geglaubt, dass sie es nicht schaffen würden, das richtige Passwort zu finden. Es gab so viele Möglichkeiten, für die Maya sich hätte entscheiden können. Doch sie hatten Glück gehabt und der kleine Schoko hatte das richtige Passwort gefunden.

Die Maschine arbeitete und arbeitete. Die Zeit schien nicht zu vergehen. Ab und an warf Nikola einen Blick auf die Uhr. Sie würde es tatsächlich nicht mehr schaffen, ein nach ihren Vorstellungen ordentliches Abendessen zu zaubern. Doch sie wollte auch nicht gehen, ohne zu erfahren, was die Maschine ausgelesen hatte. Denn es lag nicht nur daran, dass sie Malia und ihre Freunde nicht allein lassen wollte. Natürlich war Nikola auch neugierig und hätte sich gar nicht richtig auf ihr liebstes Hobby – das Kochen und Backen – konzentrieren können. Sie wäre die ganze Zeit in Gedanken hier gewesen. Zur Not musste sie später mit etwas Weihnachtselfen-Magie nachhelfen und etwas Schönes auf den Tisch zaubern.

„Vielleicht hätten wir doch zuerst die Magie des Adressbuches prüfen sollen und nicht die Anzahl der Adressen. Das wäre vielleicht schneller gegangen", seufzte Theo nach einer Weile gelangweilt. Der kleine Teddybär hatte sich bereits vor einiger Zeit auf den staubigen Boden neben Schoko gesetzt.

Zusammen saßen die beiden nun dort, dicht an dicht, und schauten erwartungsvoll zur Maschine hoch. Doch diese arbeitete einfach weiter, ohne sie wissen zu lassen, was sie bereits gezählt hatte und wie lange sie noch brauchen würde.

Mittlerweile war eine gute Stunde vergangen und auch Malia hockte nun bei ihren Freunden auf dem Boden. Nikola hatte sich einen Stuhl herangezogen. Die Arme hatte sie auf die Knie gestützt und blickte mit erwartungsvollen Augen auf die Maschine.

„Wenn es wenigstens eine Anzeige geben würde, wie weit sie ist", jammerte Malia. So langweilig hatte sie sich die Arbeit an diesem Nachmittag nicht vorgestellt.

Doch dann passierte es: die Maschine gab ein lautes Klingeln von sich und die Anzeigetafel leuchtete orange auf. Gespannt sprangen alle von ihren Plätzen auf und eilten dichter, um lesen zu können, was auf der Anzeigetafel geschrieben stand. Jeder von ihnen wollte der oder die erste sein, die sehen durfte, was auf der Anzeigetafel stand.

„Das kann doch unmöglich wahr sein!" Frustriert fuhren sich Malia und Nikola gleichzeitig mit den Händen über das Gesicht und blickten dann wieder auf die Anzeigetafel. Fast als hätten beide gehofft, dass nun etwas Anderes dort stehen würde. Doch es hatte sich nichts verändert. Noch immer stand dort klein und säuberlich geschrieben: „Das Adressbuch konnte leider nicht ausgelesen werden. Es befinden sich womöglich zu viele ungenaue Adressen in diesem Buch."

Nikola warf einen Blick auf die Uhr und holte dann das Adressbuch aus der Maschine.

„Das kann doch unmöglich wahr sein. Jetzt sind wir schon Stunden hier und haben immer noch kein ordentliches Ergebnis. Genauso wenig wie ein ordentlich vorbereitetes Abendessen", Nikola seufzte enttäuscht vor sich hin.

Sie drehte das Buch in ihren Händen und betrachtete den Einband einige Zeit. Dann fragte sie: „Wollt ihr einen weiteren Versuch wagen, während ich noch versuche etwas zu Essen vorzubereiten? Oder brechen wir an dieser Stelle erst einmal ab?"

„Wir könnten natürlich auch versuchen, erst einmal die Magie des Adressbuches auszulesen", schlug Theo nachdenklich vor.

„Oder wir helfen Nikola", erwiderte Malia.

Dann sahen sie Nikola fragend an. Diese nickte nachdenklich und stimmte Theo zu: „Vielleicht liegt darin ja bereits der Fehler, dass wir die Anzahl der Adressen nicht haben ermitteln können. Vielleicht hätten wir wirklich erst die Magie auslesen müssen. Aber leider gibt es für solche Sachen kein Handbuch. Wir lernen nur immer wieder dazu."

Mit diesen Worten war es beschlossen. Sie würden versuchen, die Magie des Adressbuches auszulesen. Vielleicht würden sie hier ein Ergebnis erhalten. Danach könnten sie einen zweiten Versuch wagen und die Adressen auslesen lassen. Sofern es ihnen oder viel besser der Maschine diesmal gelang.

Nikola begleitete die drei Freunde noch in den entsprechenden Raum, in dem die Magie der Adressbücher für gewöhnlich ausgelesen wurde und half, die dazu notwendige Apparatur auf einen der Tische aufzustellen. Diese Apparatur war im Vergleich zur ersten Maschine, die die Adressen bestimmen sollte, sehr klein. Sie wirkte eher wie ein alter Fernseher, den man auf das Adressbuch legen musste. Den Monitor bediente man mit den Fingern, indem man einfach die entsprechenden Funktionen darauf auswählte. Dann ging es auch schon los.

Nachdem der Startknopf gedrückt war, verabschiedete sich Nikola und machte sich auf nach Hause. Sie wäre gern noch geblieben, doch zum einen wollte sie unbedingt noch etwas für das Abendessen vorbereiten und zum anderen fürchtete sie, dass es auch diesmal sehr lange dauern würde, bis ein Ergebnis festgestellt werden konnte. Sie würde also nichts verpassen, während sie sich um das anstehende Abendessen kümmerte.

Die drei Freunde nahmen rund um den Tisch Platz. Selbst Schoko hatte sich auf einen der Stühle gelegt. Vorerst hatte er genug von den staubigen Böden. Sein Kopf ruhte auf den Pfötchen und er schloss kurz seine Augen. Denn auch er hatte das Gefühl, dass das Prüfen der Magie etwas dauern würde. Da konnte ein kleines Schläfchen nicht schaden.

Es dauerte eine Weile und Malia und Theo nutzen die Zeit, um in alten Erinnerungen zu schwelgen. Sie sprachen von der Zeit, als sie auf der Suche nach einer Familie für Theo gewesen waren. Sie erinnerten sich gerade an ihre Zeit in Lappland. Sie waren zusammen mit Pam durch den hohen Schnee gestampft, weil sie alle drei das Geräusch von frischem Schnee so unglaublich wundervoll gefunden hatten. Plötzlich ertönte aus dem Apparat ein kleines, aber unüberhörbares Piepen.

„Oh, es ist schon fertig!" rief Malia überrascht aus und eilte zum Adressbuch. Dabei war sie so laut, dass Schoko zusammenzuckte und mit einem Mal kerzengerade auf dem Stuhl saß.

Malia beugte sich über den Apparat und drückte auf den Monitor. Langsam folgte sie den Anweisungen, die dort zu lesen waren, bis sie das gewünschte Menü erreicht hatte. Wie zu erwarten war das Adressbuch fehlerhaft. Aber es war eine unbekannte Seite gefunden worden, deren Schrift durch Magie verborgen gewesen war. Der Apparat hatte die Magie entfernt und wies darauf hin, dass die Schrift so lange lesbar bleiben würde, bis man sie erneut mit Weihnachtselfen-Magie verhüllen und somit unlesbar machen würde.

Malia hatte dies laut vorgelesen und sah nun überrascht nach links zu Schoko und dann nach rechts zu Theo. „Eine unbekannte Seite?" fragte sie und entfernte mit leicht zitternden Händen den Apparat vom Adressbuch. Vorsichtig stellte sie das Gerät zur Seite und widmete sich wieder dem Adressbuch. Gespannt hielten alle die Luft an, als Malia es öffnete. Wie lange es wohl dauern würde, bis die unbekannte Seite gefunden werden würde? Denn der Apparat hatte leider nicht gesagt, wo sich diese neue Seite befand. Also würden sie das Adressbuch komplett durchblättern müssen. Doch Malia musste nicht lange suchen. Ursprünglich waren die ersten zwei Seiten in dem Adressbuch von Maya leer gewesen. Doch nun war die zweite leere Seite nicht mehr leer. Hier stand in einer wunderschönen Handschrift etwas geschrieben.

Malia sah ihre Freunde begeistert und gleichzeitig neugierig an. Ihr Herz schlug plötzlich vor Aufregung ganz wild. Was würde dort wohl geschrieben stehen? Sie sah jeden ihrer

Freunde noch einmal an und dann begann sie vorzulesen, was dort auf der Seite geschrieben stand:

„Lieber Archivar oder liebe Archivarin (ich gehe davon aus, dass du jemand bist, der im Archiv des Weihnachtsdorfes arbeitet. Denn wer sonst sollte in der Lage sein, meine Weihnachtselfen-Magie aufzuheben und somit diesen Brief zu lesen.),
allen Anschein nach habe ich mein Adressbuch verloren oder ich bin keine Weihnachtselfe mehr. Denn dieses Buch ist mein größtes Geheimnis. Ich arbeite bereits Jahre daran, herauszufinden, wie es möglich ist, dass einige Erwachsene uns Weihnachtselfen sehen können. So wie es Kinder können. Doch ich habe bisher keine Lösung gefunden. Viele Menschen sperren sich davor, mir als Weihnachtselfe dabei zu helfen, dieses Geheimnis zu lösen. Denn – so wie es in ihrer Welt nun mal ist – wird man schnell für verrückt erklärt, wenn man an magische Wesen wie uns glaubt. Ich konnte nur wenige finden, die wirklich offen dafür waren und auch immer noch sind. Dennoch habe ich alle Adressen der Menschen, die mich sehen konnten, in diesem Buch notiert. Bei einigen wenigen, die der Magie nicht verschlossen waren, habe ich Notizen oder Zeichen gesetzte. Doch seitdem die Magie meines Adressbuches fehlerhaft ist, verschwinden immer mehr meiner persönlichen Notizen. Bisher habe ich nicht herausgefunden, warum das so ist.
Ich versuche weiterhin mehr über die Menschen mit dieser besonderen Gabe herauszufinden. Die Menschen, die offen für meine Ermittlungen sind, unterstützen mich gern und mit Freude. Sie helfen mir auch bei meinen Aufgaben wie der Wunscherfüllung und bei der Arbeit in den Waisenhäusern. Denn es ist natürlich etwas ganz anderes, wenn normale

Erwachsene stellvertretend für uns Weihnachtselfen mit denen kommunizieren, die uns nicht sehen können.

Doch in all der Zeit, in der ich mit diesen herzensguten Menschen zusammengearbeitet und dieses Adressbuch erstellt habe, habe ich nicht herausfinden können, wie es zu dieser besonderen Fähigkeit kommt. Die Lösung, warum einige erwachsene Menschen uns sehen können und andere nicht, blieb mir bisher verborgen.

Wer immer du auch bist, ich hoffe, du kannst mit Hilfe dieses Adressbuches dennoch etwas in der Welt verändern und bewirken. Lass meine Bemühungen nicht umsonst gewesen sein. Vielleicht gelingt es dir ja sogar, die Magie meines Buches wiederherzustellen, damit du besser damit arbeiten kannst. Ich selbst habe dies, wie gesagt, leider nicht geschafft. Doch wer weiß, was sich mittlerweile alles in der Welt getan und verändert hat.

Ganz gleich, wer du bist oder was du tust, hab immer Weihnachten im Herzen und denk daran, was unsere Aufgabe als Weihnachtselfen ist: Die Kinder glücklich zu machen und Wünsche zu erfüllen. Zaubere Liebe und Freude in die Herzen aller Menschen.

Mit weihnachtlichen Grüßen
Weihnachtselfe Maya"

Malia blickte auf die wenigen Zeilen. Sie blätterte die Seite um, in der Hoffnung, noch mehr geschriebene Worte von Maya zu finden. Doch da war nichts mehr. Malia blätterte wieder zurück und sah ratlos zu Theo und Schoko. Das konnte doch nicht wirklich alles sein.

Sie las den kurzen Brief ein weiteres Mal vor. Auch diesmal erschienen ihr die Worte wenig hilfreich zu sein. Ganz im Gegenteil. Es entstanden nur mehr Fragen in ihrem Kopf und damit schien sie nicht allein zu sein.

„Warum war das ihr größtes Geheimnis? Warum hat sie nie jemandem davon erzählt? Nicht einmal Santa?" Theo sah Malia verwirrt an. Diese konnte nur mit den Schultern zucken. Langsam schüttelte sie den Kopf.

„Ich habe keine Ahnung. Das hilft uns irgendwie nicht weiter. Dass die Magie fehlerhaft ist, haben wir uns ja schon gedacht. Und wenn Maya sie schon nicht reparieren konnte, wie soll uns das bitte schön gelingen?"

„Es bleibt uns wohl, wie immer, erst mal nur eine Wahl", sagte Theo und zog ratlos die kleinen Schultern hoch. „Wir müssen zu Santa und ihm sagen, was heute im Archiv herausgekommen ist."

Malia nickte: „Ja, ein bisschen hat Nikola bestimmt schon erzählt. Aber wir sollten uns wirklich langsam auf den Weg machen. Eine kleine Neuigkeit haben wir ja trotzdem. Wir haben die Nachricht von Maya gefunden. Davon weiß Nikola auch noch nichts. Bestimmt werden sie Augen machen, wenn wir davon berichten. Auch, wenn uns diese Nachricht auch nicht viel weitergeholfen hat."

„Ja, das stimmt", meinte Theo. „Doch vielleicht übersehen wir auch etwas. Gemeinsam finden wir vielleicht doch noch mehr heraus."

„Na gut", stimmte Malia ihrem kleinen Freund zu. „Dann lasst uns aufbrechen."

Der kleine Teddybär nickte und auch Schoko stimmt bellend zu.

„Ich denke", überlegte Theo, als sie gemeinsam in Richtung Ausgang gingen, „dass wir dieses Adressbuch nicht umsonst gefunden haben. Für alles im Leben gibt es einen Grund. Wir müssen nur herausfinden, warum uns das Schicksal zu diesem Adressbuch geführt hat und was wir damit anstellen können oder sollen."

Malia nickte nachdenklich. Doch egal, wie sehr sie sich gerade darauf konzentrierte, sie konnte keine Lösung dafür finden. Natürlich hatten sie alle gedachte, dass das Buch Adeon und

Katharina bei der Arbeit im Waisenhaus unterstützen konnte. So schien Maya es ja auch genutzt zu haben. Doch nun war es fehlerhaft und man konnte anhand der Adressen nicht mehr viel erkennen. Welche Erwachsenen waren bereit, Magie und somit auch die Weihnachtselfen zu akzeptieren und als echt anzuerkennen? Sie kannten ja nicht einmal die genaue Anzahl der Adressen in dem Buch. Doch Malia war sich sicher, dass es zu viele waren, um alle nacheinander aufzusuchen und zu prüfen. Selbst wenn sie sich aufteilen würden, würde es wahrscheinlich Jahre dauern.

„Zerbrich dir jetzt noch nicht den Kopf", holte Theo sie aus ihren Gedanken. Er hatte bereits gemerkt, dass Malia am Grübeln war. „Wir machen uns auf zu den anderen und dann werden wir sehen, wie es weitergeht. Gemeinsam bekommen wir das schon hin. Hoffe ich." Noch immer in Gedanken versunken, nickte Malia ihm zu.

Der kleine Teddy runzelte die Stirn. Seine Gedanken landeten plötzlich bei Annie. Theo fragte sich, ob sie ihn schon vermissen würde.

Er war zwar noch nicht so lange fort und natürlich liebte er es bei Malia zu sein und an diesem Abenteuer teilzunehmen. Doch ihm fehlte es auch, bei Annie zu sein. Immerhin hatte sein Teddybären-Herz sich dafür entschieden, bei Annie leben zu wollen.

In Gedanken an seine Freundin lächelte der Teddybär. Mal sehen, was heute Abend herauskommen würde, wenn sie Santa und den anderen berichten würden, was sie heute herausgefunden hatten.

Vielleicht konnte er dann noch ein paar Tage hierbleiben. Ein paar Tage, um die Zeit mit seinen Freunden genießen. Um ihnen vielleicht noch ein wenig bei der Suche nach Antworten zu helfen. Und um dann wieder nach Hause zurückkehren. Nach Hause.

Bei dem Gedanken begann Theo ein kleines bisschen zu Leuchten. Sein Strahlen holte Malia aus ihren Gedanken und

mit nur einem Blick auf ihren Freund wusste Malia, an wen
der kleine Teddybär dachte. Sie lächelte und gab ihm einen
Kuss auf die Stirn. Das kleine Mädchen verstand ihren Freund
ohne Worte und sie würde ihn nach Hause bringen, wenn es
an der Zeit war. Doch bis dahin wollte sie glücklich sein, ihn
an ihrer Seite zu haben und dankte Santa dafür, dass er ihr dies
ermöglicht hatte.

Fünfzehntes Kapitel
Eine neue Aufgabe

Natürlich waren alle erstaunt, dass die drei Freunde nicht mit leeren Händen zum Abendessen erschienen sind. Mit großen Augen hörten sie ihnen zu, als sie von der geheimen Nachricht im Adressbuch berichteten. Selbst Nikola hatte ihre Arbeit am Herd unterbrochen und sich zu ihnen an den Tisch gesetzt.

„Aber so wirklich hilfreich ist Mayas Nachricht nicht", sagte Malia, während sie Santa das Büchlein reichte. Dieser klappte es auf und las sich die Nachricht selbst einmal im Stillen durch. Hin und wieder nickte er mit dem Kopf oder biss ein Stück seines Milchbrötchens ab. Dann las er kauend weiter, ohne den Blick vom Adressbuch hoch zu nehmen.

Die Milchbrötchen hatte Adeon zubereitet. Als Nikola mit den anderen zum Archiv aufgebrochen war, hatte er bereits so ein unbestimmtes Gefühl gehabt. Er hatte irgendwie gespürt, dass die Prüfung des Adressbuches wahrscheinlich deutlich mehr Zeit in Anspruch nehmen würde und Nikola es deshalb nicht rechtzeitig schaffen würde, um nach ihren Vorstellungen ein hervorragendes Essen zu zubereiten. Deshalb hatte er zusammen mit Katharina begonnen, ein paar Kleinigkeiten für das Abendessen vorzubereiten, als es langsam dunkel wurde und Nikola noch immer im Archiv war.

Gemeinsam hatten die beiden die Milchbrötchen und zwei Aufläufe gemacht. Außerdem gab es Milchreis. Nachdem Nikola eingetroffen war, hatte sie sich sehr über die Überraschung gefreut. Trotzdem schien ihr das Essen nicht ausreichend für alle gewesen zu sein. Denn sie hatte noch begonnen Nudeln mit Tomatensauce und einen kleinen Eintopf zu zaubern. Natürlich ganz ohne Weihnachtselfen-Magie. Das hätte Nikola nur im äußersten Notfall getan. Doch durch die Vorbereitungen und Unterstützung von Katharina und Adeon war dies zum Glück nicht notwendig gewesen.

„Ich habe tatsächlich auf Anhieb auch keine Ideen. Dabei habe ich ihre Nachricht gerade drei Mal gelesen", sagte Santa, nachdem er seinen Blick nun endlich vom Adressbuch gelöst hatte.

„Maya schien zwar gewusst zu haben, dass ihr Adressbuch defekt ist und die Magie langsam zu verschwinden scheint, aber sie sagt nicht, wie sie das festgestellt hat und was sie womöglich versucht hat, um es wieder zu reparieren. Genauso fehlen Angaben, ob sie des Rätsels Lösung überhaupt annähernd auf der Spur war. Ich frage mich, ob sie vielleicht Ideen hatte, wie es dazu kommen kann, dass einige erwachsene Menschen uns sehen können. Diesen Ideen wird sie doch sicherlich nachgegangen sein. Sie wird doch versucht haben, etwas mehr herauszufinden. Sei es nur, um ihre Arbeit mit den Waisenhäusern voranzubringen."

Santa legte seine Stirn in Falten. Er hatte genau das ausgesprochen, was allen anderen auch durch den Kopf ging. Ganz gleich was Maya vielleicht versucht hatte, um die Lösung herauszufinden, sie hatte mit keinem Wort erwähnt, was sie alles versucht hatte. Hätte man diese Ansätze und Ideen gehabt, hätten sie bereits gewusst, was sie nicht weiterverfolgen oder prüfen müssten. Denn alles, was sie wussten, war, dass Maya keine Ahnung hatte, wie es dazu gekommen war. So standen sie ganz am Anfang. Alles war möglich. Wirklich alles. Wo sollte man diese große Aufgabe beginnen? Wie viele Jahre hatte Maya wohl bereits mit der Suche nach einer Antwort verbracht? Und warum hatte sie niemandem davon erzählt, als sie sich für die Liebe entschieden hatte und gegen das Leben als Weihnachtselfe?

So viele Fragen. Doch es gab keine Antworten.

Bis spät in die Nacht saßen sie noch zusammen und diskutierten und überlegten. Nebenbei aßen sie Kuchen, den Nikola frisch aus dem Ofen holte. Nikola hatte darauf bestanden, noch einen Kuchen zu backen. Sie war der Meinung, nachdem alle so viel nachdachten und grübelten, würden sie etwas Süßes brauchen. Doch eine Lösung war dennoch nicht in Sicht.

„Wir können leider nicht ewig hierbleiben", sagte Adeon und blickte zu Katharina. „Wir müssen zurück ins Waisenhaus. Aber vielleicht haben wir später die Möglichkeit, dass wir im Adressbuch noch ein paar Adressen suchen können, die sich in unserem direkten Umkreis befinden. Dann könnten wir diese Adressen und die Menschen, die dort leben, zumindest aufsuchen und schauen, ob die Adressen noch aktuell sind. Eventuell gibt es unter ihnen dann auch hilfsbereite Leute, die uns bei unserer Arbeit unterstützen. Ich meine damit, dass sie uns nicht nur bei der Suche nach einer Erklärung helfen, warum manche Erwachsene uns sehen können. Sondern auch bei unserer Arbeit im Waisenhaus. So wie Maya es getan hat."

„Ja, da hast du Recht", stimmte Katharina ihm zu. „Ich möchte natürlich auch gern wissen, warum manche Menschen diese Fähigkeit haben und andere nicht. Aber wenn es uns bei unserer Arbeit mit den Kindern weiterhilft und wir mehr Kinder glücklich machen können, dann kann ich auf eine Erklärung verzichten und sehe das alles einfach als Geschenk an."

Katharina und Adeon sahen sich an und nahmen sich an die Hände. Wie immer waren sie sich einig, dass das Wohl der Kinder an oberster Stelle stand.

„Wir können vielleicht noch einen Tag bleiben", schlug Adeon vor. „Vielleicht kennt ihr eine Möglichkeit, wie wir das Adressbuch schneller noch Adressen in unserer Umgebung durchsuchen können. Aber dann müssen wir wirklich zurück. Wir möchten die Kinder ungern so lange allein lassen. Sie sind unsere Freunde und bestimmt machen sie sich auch Sorgen, weil wir einfach verschwunden sind. Sie sollen nicht denken oder das Gefühl haben, dass wir sie verlassen haben. Sonst sehen wir uns jeden Tag und sind immer für sie da."

Santa nickte: „Da habt ihr natürlich Recht. Das ist eure Aufgabe und ich bin sehr stolz darauf, dass ihr diese so ernst nehmt."

Katharina und Adeon strahlten über dieses Lob.

Kurz war es ruhig am Tisch. Doch dann ertönte ein kleines Räuspern. Alle Blicke gingen zu Theo, der etwas beschämt zu Boden schaute.

„Was ist denn los, kleiner Theo?" fragte Santa mit seiner tiefen, sanften Stimme.

Theo hob den Blick und sah Santa aus seinen kleinen Teddy-bären-Augen an: „Ich habe Heimweh." Theo schlug die Augen nieder und fuhr fort: „Es ist wirklich schön, wieder hier zu sein." Er hob den Blick und sah zu seiner Freundin Malia. „Und es ist toll, wieder zusammen mit Malia und Pam und jetzt auch mit Schoko Abenteuer zu erleben. Doch so komisch es auch ist. Ich möchte gern wieder nach Hause. Zu Annie. Sie fehlt mir so sehr."

Bei der Erwähnung seines Zuhauses und Annies Namen leuchtete der kleine Theo wieder ein bisschen. Malia umarmte ihren Freund und flüsterte: „Ich bin so froh, dass ich dich habe. Aber wir zwei sind so dicke Freunde, da ist es egal, wo du auf der Erde bist. Wir beide werden immer Freunde sein und ich möchte nur, dass du glücklich bist. Für immer. Und wenn du nach Hause möchtest, dann wird dich niemand zwingen hier-zubleiben." Fragend sah Malia zu Santa.

Santa hob beschwichtigend die Hände. „Nein, natürlich nicht. Ich bringe dich gern zurück zu Annie. Wann immer du möchtest. Nachdem Malia aus dem Archiv verschwunden war, hatten wir große Mühe herauszufinden, wo sie gelandet war. Als wir ihren Aufenthaltsort kannten, dachten Nikola und ich, dass es eine schöne Idee wäre, wenn wir Pam und dich ebenfalls dorthin schicken. So war Malia nicht allein und ihr drei wart nach so langer Zeit mal wieder gemeinsam un-terwegs. Wir wollten dich nicht von Annie wegholen. Das ist dein Zuhause, Theo, und das wird es immer sein."

Bei diesen Worten strahlte der kleine Teddybär.

„Was hältst du davon, wenn du wie Katharina und Adeon auch noch ein oder zwei Tage bleibst?" fragte Pam. „Zusammen mit meinen Eltern bringen wir dann erst Katharina und Adeon weg und dann dich."

Das kleine Rentier-Mädchen sah fragend zu Santa hinüber: „Oder wolltest du Theo nach Hause bringen? Du hast ihn ja auch geholt und möchtest vielleicht noch einmal mit Annie sprechen?"

„Nein, nein", lachte Santa. „Deine Idee klingt sehr gut. Ich bin damit einverstanden. Wenn es alle anderen auch sind." Santa lächelte in die Runde und alle schienen einverstanden zu sein.

„Das klingt alles nach einem sehr guten Plan", sagte Nikola und schlug bestimmend mit den Händen auf den Tisch. „Doch jetzt wird erst mal ein wenig geschlafen. Wir haben die ganze Nacht gegrübelt und müssen ein wenig Kraft tanken. Ich schlage daher vor, dass wir alle uns für ein paar Stunden hinlegen und schlafen oder einfach eine Pause machen. Wenn wir fit und ausgeruht sind, treffen wir uns wieder hier und versuchen alle Adressen herauszufinden, die in der direkten Umgebung von Penarth liegen. Ich denke, dass sollte mit Hilfe der Weihnachtselfen-Magie funktionieren."

Da sich niemand traute, Nikola zu widersprechen, wurde die Küche in Windeseile aufgeräumt und jeder begab sich nach Hause oder in sein Gästezimmer.

Malia, Theo und Schoko zogen sich in das Haus zurück, dass Malia von Annie bekommen hatte. Auch wenn alle drei erschöpft waren, war an schlafen noch nicht zu denken. Als sie als Schlafzimmer betraten leuchten ihnen die Nordlichter entgegen.

Die bunten Lichter am Himmel weckten alte Erinnerungen und so setzten die drei sich ans Fenster. Malia und Theo schwelgten in Erinnerungen. Sie dachten an ihre erste gemeinsame Zeit hier im Weihnachtsdorf. Aber auch an die tollen Abenteuer, die sie erlebt hatten, als sie mit Pam unterwegs waren, um ein neues Zuhause für Theo zu finden.

Schoko hörte ihnen eine Weile zu und legte sich dann auf den Teppich zu Malias Füssen. Er machte die Äuglein zu und lauschte noch einige Zeit den Stimmen seiner beiden Freunde, bis er ins Land der Träume wanderte.

Malia und Theo saßen noch lange Zeit am Fenster. Kurz bevor die Sonne aufging, fielen ihnen die Augen zu. Dicht aneinander gekuschelt saßen die beiden auf dem großen Sessel, der neben dem Fenster stand. Viele Stunden hatte Malia hier schon verbraucht und gelesen oder die Nordlichter beobachtet. Heute war es das erste Mal, dass sie mit Theo in den Armen auf diesem Sessel einschlief. Es war ein tiefer, fester Schlaf und Malia hatte einen Traum.

Sie saß wieder in Penarth auf einer der Bänke, die auf der Seebrücke standen. Die Sonne stand hoch am Himmel und hüllte Malia mit ihrer Wärme ein. Das Mädchen trug nur eine kurze Bermudahose und ein T-Shirt. Beide Kleidungsstücke waren bunt und mit Blumenmuster verziert. Ganz anders, als die Sachen, die Malia trug, seitdem sie eine Weihnachtselfe geworden war.

Malia betrachtete den Himmel und die Möwen, die über ihr hinweg flogen. Ab und an stieß eine von ihnen einen kleinen Schrei aus. Manche von ihnen landeten unten am Strand und liefen dort eine Weile hin und her. Andere suchten am Pier nach Resten von Lebensmitteln, die den Besuchern der Promenade heruntergefallen waren.

Der leichte Wind wehte durch Malias Haare. Sie genoss es, einfach hier zu sitzen und die Welt um sie herum zu beobachten. Schon lange hatte sie sich nicht mehr die Zeit genommen, an einem Ort außerhalb des Weihnachtsdorfes durchzuatmen und den Moment genießen. Das machte sie nur in ihrem Zimmer, wenn sie dort im Sessel saß. Dort konnte sie alles um sich herum vergessen. Sei es, wenn sie an ihren

Freund Theo dachte oder ein Buch las oder die Magie der Nordlichter betrachtete.

„Zuhause ist es immer am schönsten, nicht wahr?" hörte sie eine Stimme neben sich sagen. Malia drehte den Kopf und sah in ein vertrautes Gesicht. Es dauerte einen Moment, bis sie Maya erkannte. Überrascht sah Malia ihre Vorfahrin an.

„Ganz gleich, an welchem Ort in der Welt ich war, ich hatte immer das Weihnachtsdorf im Herzen. Doch ich habe gelernt, die Welt zu lieben und zu schätzen", fuhr Maya fort. „Jeder Ort ist ein Geschenk und hat etwas Wunderbares an sich. Wir müssen nur offen dafür sein. Dann zeigt sich auch das Wunder des Ortes für uns. Der Zauber, der alles um uns herum umgibt." Maya hob ihren Kopf der Sonne entgegen. Mit der Hand strich sie eine Strähne ihres Haares zurück, mit der der Wind gespielt und ihr ins Gesicht geweht hatte.

„So wie jetzt. Wenn ich hier bin, nimmt mich die Magie dieses Ortes gefangen. Der Duft des Meeres. Die Musik der kleinen Wellen, wenn der Wind mit dem Wasser spielt. Der Gesang der Möwen. Es ist einfach herrlich." Malia blickte zu Maya. Sie war so unglaublich entspannt und strahlte eine Ruhe und Zufriedenheit aus, wie sie Malia noch nie begegnet war. Maya drehte ihren Kopf und blickte Malia in die Augen.

„Ich bin so stolz auf dich. Du hast schon so viel erlebt und durchgemacht und hast nie den Mut verloren. Ich bin stolz darauf, dich einen Teil meiner Familie nennen zu können." Maya legte eine Hand auf Malias Schulter.

„Ich glaube an dich, Malia. Es macht keinen Unterschied, ob du es schaffst, die Magie des Adressbuches wieder herzustellen oder eine Lösung auf die Antwort zu finden, warum uns manche, erwachsene Menschen sehen können und andere nicht. Das habe ich auch nicht geschafft. Viel wichtiger ist, dass du so ein wunderbares, gutes Herz hast. Du bist eine tolle Weihnachtselfe und das wirst du auch bleiben. Auf dich warten noch einige Abenteuer. Hab Vertrauen. Und solltest du doch einmal zweifeln, ich bin immer für dich da. Tief in deinem Herzen."

„Aber ich habe noch gar nicht viel geleistet. Im Grunde genommen gar nichts." Malia zuckte verständnislos mit den Schultern. Sie hatte zwar ihre Magie und sie war wirklich stolz darauf, aber im Grunde genommen, war das keine große Leistung. Die Magie war in ihr gewesen und sie hatte nur lernen müssen, sie zu rufen und anzuwenden.

„Du hast Theo geholfen, ein Zuhause für ihn zu finden."

Malia zuckte abermals mit den Schultern. „Eigentlich haben wir ihn doch nur auf dieser Reise begleitet. Er selbst oder besser sein Herz hat entschieden, an welchem Ort er glücklich ist und bei welcher Familie Theo leben möchte. Im Grunde genommen habe ich da doch gar nichts beigesteuert." Mit ihren großen Augen sah Malia zu Maya.

„Oh doch, das hast du, Malia. Während dein Freund auf der Suche nach einem neuen Zuhause war, warst du ihm eine gute Freundin. Genauso wie Pam. Gemeinsam wart ihr für eine Weile sein Zuhause. Bis Theos Herz sich entschieden hat, bei Annie zu bleiben. Denn die Wahrheit ist doch, dass wir uns nicht an einen Ort binden. Wir binden uns an die Erinnerungen, die wir mit einem Ort verbinden und an die Menschen, die wir lieben. Vergiss das nie."

Maya strich Malia liebevoll über den Kopf. „Ich weiß, woran du denkst. Oder sollte ich besser sagen, an welchen Ort? Habe keine Angst, kleine Malia. Sieh nach vorn und wenn es dir hilft, reise an diesen Ort, um herauszufinden, was du fühlst. Ich verspreche dir, es wird dich überraschen."

Verwundert sah Malia zu Maya. Sie saß immer noch neben ihr. Doch langsam verblasste ihre Gestalt. „Was passiert mit dir?" fragte Malia erschrocken.

„Mit mir passiert nichts, aber du wachst langsam auf, Malia." Entschuldigend blickte Maya zu der kleinen Weihnachtselfe. „Denk immer daran, dass ich immer bei dir bin. Ganz gleich wo du bist." Maya hob die Hand und strich Malia ein letztes

Mal über den Kopf. Dann gab sie ihr einen Kuss auf die Stirn. Im nächsten Moment war sie verschwunden. Malia stand von der Bank auf und schaute sich, in der Hoffnung Maya noch einmal zu sehen, um. Doch plötzlich war da nur noch das Licht der Sonne, das sie blendete. Malia blinzelte und legte sich die Hand über die Augen, weil sie nichts mehr sehen konnte. „Maya!" rief sie über das weite Meer hinaus. „Maya, wo bist du?" Doch sie bekam keine Antwort. Sie kniff die Augen zusammen. Das Licht blendete sie immer stärker, so dass sie nichts mehr um sich herum erkennen konnten.

Malia blinzelte gegen das Licht an. „Malia, wach auf!" Theo schüttelte sie nach Teddybär-Kräften an der Schulter. Die kleine Weihnachtselfe murmelte immer wieder vor sich hin: „Maya, wo bist du?" Mittlerweile hatte auch Schoko angefangen zu bellen. Langsam rührte Malia sich. Sie legte ihre Hand über die Augen, um sich vor dem Licht zu schützen. Erneut blinzelte sie und öffnete dann vorsichtig ihre Augen. Es dauerte einen Moment, bis sie erkannte, wo sie sich genau befand.

„Theo! Schoko!" sagte sie überrascht, als sie ihre Freunde erblickte. „Ich hatte einen komischen Traum." Verschlafen rieb Malia sich über die Augen.

„Hast du von Maya geträumt?" fragte Theo. Malia sah in mit ihren großen Augen an. „Woher weißt du das?"

„Du hast im Schlaf nach ihr gerufen", antwortete der kleine Teddybär. „Oh", war alles, was Malia dazu sagen konnte. Vorsichtig ging sie ihre Erinnerungen an den Traum durch. Sie konnte sich tatsächlich noch an alles erinnern. Jedes Detail aus ihrem Traum war noch vorhanden und nicht wie Maya einfach verschwunden. Sie fasste ihren Traum zusammen und erzählte ihren Freunden davon.

„Malia?" fragte Theo vorsichtig und die Weihnachtselfe sah ihn lächelnd an. „An welchen Ort hast du gedacht?"

Malia zögerte, doch dann antwortete sie Theo: „Ich habe an mein altes Zuhause gedacht. Den Ort, an dem ich damals gelebt habe. Mit meiner Mutter und meinem Vater. Und dann später mit meiner Stiefmutter." Sie blickte aus dem Fenster und dachte an das große Haus, in dem sie gelebt hatte, bevor sie zur Weihnachtselfe geworden war. „Ich habe lange Zeit nicht mehr an diesen Ort gedacht. Ich wollte es einfach nicht, nachdem ich dort so viele unschöne Momente erlebt habe. Doch als du gesagt hast, dass du zurück nach Hause möchtest, musste ich wieder daran denken. Immerhin hatte ich, bevor ich ins Weihnachtsdorf gekommen bin, ein anderes Zuhause."

„Fehlt dir dein Vater manchmal?" fragte Theo. Über die Frage war er selbst so überrascht, dass er schnell die Pfötchen vor seinen Mund schlug. „Es tut mir leid, Malia. Ich wollte gar nicht so direkt danach fragen und alte Wunden aufreißen."

Malia blickte von Theo zu Schoko und zurück. „Ich habe, seitdem ich eine Weihnachtselfe bin, so viel erlebt, dass ich kaum an die Vergangenheit gedacht habe. Manchmal habe ich mich gefragt, wie es ihm geht und ob er mich vermisst. Doch desto länger ich eine Weihnachtselfe war, desto mehr sind die Erinnerungen verblasst. Sie waren verschwunden. Aber jetzt sind sie wieder da und ich frage mich, wie es wohl in meinem alten Zuhause aussieht. Immerhin ist es schon lange her, dass ich das letzte Mal dort war."

Theo nickte. Es war viel Zeit vergangen. Während er bei Annie gelebt hatte, war Malia zur Schule im Weihnachtsdorf gegangen und hatte nebenbei im Archiv und in der Bibliothek gearbeitet. Viele Jahre waren so vergangen, ohne dass sie es wirklich mitbekommen hatten.

„Manchmal vergeht die Zeit viel zu schnell", meinte Theo nachdenklich. Bellend stimmte Schoko ihm zu. In diesem Moment klingelte die Glocke unten an der Haustür. Verwundert sahen die drei sich an. Malia stellte den kleinen Theo auf den Boden zu Schoko und erhob sich dann aus dem Sessel. Zum Glück hatte sie bequem gesessen und ihr tat nichts weh.

Bevor sie den Raum verließ, warf sie noch einen kurzen Blick auf die Uhr.

„Oh", sagte sie ganz überrascht, „Wir haben aber ziemlich lange geschlafen. Es ist ja bereits nachmittags!" Eilig fuhr sich Malia durch die Haare und hoffte, dass sie nicht zu zottelig aussehen würde, und ging hinunter zur Tür.

Vor der Tür stand eine grinsende Pam, die in schallendes Gelächter ausbrauch, als sie Malia sah. „Ich habe dich jetzt aber nicht geweckt, oder? Du siehst wirklich schlimm aus." Pam lachte weiter, während Malia einen Schritt zurück ging und einen Blick in den Spiegel warf, der im Flur hing. Als sie ihr Spiegelbild erblickte, musste Malia selbst anfangen zu lachen. Sie hatte zwar versucht, ihre Haare etwas im Zaum zu halten, aber es war ihr nicht geglückt. Vorne lagen zwei Strähnen perfekt. Doch die hinteren Haare standen in alle Himmelsrichtungen ab.

„Theo!" schimpfte sie lachend, „Wie konntest du mich so zur Tür gehen lassen!" Lautes Lachen ertönte von der Treppe. Aber es kam keine weitere Antwort. Noch immer lachend, schüttelte Malia den Kopf. Den Blick auf den Spiegel gerichtet, versuchte sie nun ihre Haare zu bändigen. „Ich fürchte, das bekomme ich ohne Bürste nicht hin." Sie zuckte mit den Schultern und winkte Pam, die immer noch draußen vor der Tür stand, herein.

„Dann musst du dich aber beeilen. Wir sind schon alle bei Santa und warten auf euch." Malia wirbelte zu Pam herum und sah ihre Freundin überrascht an. „Hat jeder weniger geschlafen als wir? Ich gehe schnell ins Bad und mache mich fertig!" Gesagt getan. Schon war Malia verschwunden. Zurück blieb eine verwunderte Pam, die zu Theo und Schoko hinüberblickte, die mittlerweile langsam die Treppe herunterkamen.

„Warum benutzt sie denn nicht ihre Weihnachtselfen-Magie? Ich weiß ja, dass man sie nicht für alles benutzen kann und sich Weihnachtselfen auch fleißig und gründlich die Zähne putzen müssen. Alles andere, besonders ihre Haare, hätte sie doch

aber schnell mit Hilfe der Weihnachtselfen-Magie richten können." fragte Pam leise und gemeinsam kicherten die Freunde vor sich hin-
Einige Minuten später kam Malia fertig aus dem Badezimmer zurück. Sie hatte sich die Zähne geputzt und das Gesicht gewaschen. Ihre Haare hatte sie zu einem hübschen Pferdeschwanz gebunden. „Zum Glück trage ich kein Make-Up", sagte die kleine Weihnachtselfe. „Sonst würdest du immer noch lachen, weil meine Augen komplett schwarz verschmiert gewesen wären." Grinsend drehte sie sich zu Theo: „Ein Glück war es nur Pam an der Tür. Beim nächsten Mal sagst du mir bitte, wie schlimm ich aussehe." Als Antwort streckte der kleine Teddybär ihr die Zunge heraus. Die Freunde lachten.
„Wir sollten uns jetzt aber wirklich auf den Weg machen", sagte Pam nach einer Weile. Ihr tat vom vielen Lachen bereits der Bauch weh. Malia nickte und öffnete die Tür. Nach und nach gingen ihre Freunde hinaus. Bevor Malia es ihnen gleichtat, blickte sie noch einmal in den Spiegel. Als ihr auffiel, dass sie immer noch die Sachen vom Vortag trug, blinzelte sie kurz. Mit Hilfe der Weihnachtselfen-Magie tauschte sie ihre Kleidung. Nun trug sie ein schönes dunkelblaues Kleid, auf dem Schneeflocken in all ihrer Vielfalt zu sehen waren. Zufrieden nickte die kleine Weihnachtselfe und folgte ihren Freunden hinaus auf die Straße.

Sechzehntes Kapitel
Zeit auf Wiedersehen zu sagen

Als Malia und ihre Freunde die Küche in Santas Haus betraten, wurde schon fleißig gearbeitet. Santa, Nikola, Katharina und Adeon hatten bereits angefangen, mit Hilfe der Weihnachtselfen-Magie nach Adressen rund um Penarth zu suchen. Einige Adressen schien ihnen das Adressbuch auch bereits genannt zu haben und nun wurde beraten, wie sie am besten vorgehen sollten.

„Am besten ist, wir beginnen mit den vier Adressen, die wirklich dicht sind", schlug Katharina gerade vor, als Malia zusammen mit Theo, Schoko und Pam zur Tür hereinkam. Katharina drehte den Kopf in Malias Richtung und lächelte die kleine Weihnachtselfe herzlich an. „Hallo, ihr Schlafmützen."

„Möchtet ihr etwas essen und vielleicht eine Tasse heißen Kakao trinken?" fragte Nikola direkt und stand vom Tisch auf, ohne auf eine Antwort zu warten.

Die Neuankömmlinge setzten sich an den Tisch und während Nikola etwas zu Essen für sie auf Tellern füllte, erzählten ihnen die anderen, dass es sieben Adressen rund um Penarth gab. Sie hatten auch welche in Cardiff gefunden.

Aber hier hatte Katharina erfolgreich eingeworfen, dass man als Weihnachtselfe nicht einfach in einen Zug steigen konnte, um von Penarth nach Cardiff zu kommen. Auch wenn sie als Weihnachtselfen nicht sichtbar waren, konnte es immer vorkommen, dass Kinder im Zug waren. Die Eltern sollten ihre Kinder nicht für verrückt oder besonders fantasievoll halten, weil sie plötzlich Weihnachtselfen sahen und mit ihren sprachen.

Außerdem gab es immer das Risiko, dass einer dieser besonderen Menschen im Zug war, der sie sehen konnte. Wie sollte man dies erklären?

Adeon hatte argumentiert, dass sie ja auch zusammen durch Penarth spaziert waren und bisher niemals etwas passiert war. Zuvor hatten sie niemals jemanden Erwachsenen getroffen, der in der Lage war, eine Weihnachtselfe zu sehen. Jowna war die Erste gewesen, die ihnen jemals begegnet war. Hätten sie Jowna also nicht aufgesucht, weil sie ihre Adresse aus Mayas Adressbuch hatten, dann wären sie bis heute niemandem Erwachsenen mit dieser Gabe begegnet. So war eine kleine Diskussion entstanden. Doch am Ende hatten sie sich darauf geeinigt, dass es für den Anfang tatsächlich einfacher war, die Adressen aufzusuchen, die sie zu Fuß erreichen konnten.

„Die Adressen, die etwas weiter weg liegen, könnte ich mit Pam aufsuchen", schlug Malia vor. Santa strich sich über den langen Bart und nickte: „Die Idee ist wirklich sehr gut, Malia. Aber ich brauche dich in den nächsten Tagen hier im Weihnachtsdorf. Wir haben niemanden, der die Planung für den großen Weihnachtsbaum übernimmt und an der Spielzeugverpackungsmaschine fehlen leider auch einige Weihnachtselfen. In diesem Jahr bleibt das Weihnachtsdorf leider nicht von der Erkältungswelle verschont. Ich muss dich daher bitten, an der ein oder anderen Position auszuhelfen."

„Das mache ich natürlich sehr gern", sagte Malia stolz. Sie freute sich, dass sie wieder beim Schmücken des großen Weihnachtsbaumes helfen konnte. Das war eine Aufgabe, die Annie oft übernommen hatte und so fühlte sie sich ihrer Freundin, die nun wieder ein Mensch war, sehr nahe. Malia war auch schon auf die andere Aufgabe gespannt. Sie hatte noch nie in einer der Fabriken aushelfen müssen. Aber sie würde sicherlich auch das lernen und gut machen. Maya hatte ihr doch gesagt, dass sie nur Vertrauen haben musste. Deshalb würde alles gut ausgehen. Malia hatte keinen Zweifel mehr daran. Sie würde Maya nicht enttäuschen.

„Habe ich denn dann noch Zeit, um Theo nach Hause zu bringen?" fragte Malia plötzlich. Sie wollte Theo so gern nach Hause bringen. So konnte sie auch Annie sehen. Auch, wenn

Annie sie nicht sehen konnte. Manchmal hatte Malia allerdings das Gefühl, dass Annie ihre Anwesenheit spüren konnte. Annie hatte dann so ein besonders Lächeln im Gesicht. Vielleicht lag es aber auch nur daran, dass Malia Theo fast immer in der Weihnacht besuchte und diese Nacht war immer magisch. Irgendwann würde sie Theo vielleicht einmal danach fragen.

„Diesen Wunsch werde ich dir natürlich nicht verwehren. Aber ich muss dich bitten, dass du Theo mit Pam nach Hause bringst, während Pams Eltern Katharina und Adeon zurück nach Penarth bringen. Ich brauche euch alle schnell wieder zurück. Deshalb müsst ihr leider getrennt aufbrechen."

Malia nickte und stimmt selbstverständlich zu. Die Weihnachtsvorbereitungen hatten immer alleroberste Priorität. Niemand wollte, dass ein Kind kein Geschenk bekam. Deshalb wurde immer fleißig im Weihnachtsdorf gearbeitet. Leider wurden auch Weihnachtselfen manchmal krank. Dann musste Santa natürlich schauen, wie er diese Ausfälle am besten abdecken konnte, denn die Arbeit in den Fabriken konnte unmöglich gestoppt werden. Denn das würde bedeuten, dass viele Spielzeuge nicht hergestellt werden und auch nicht verpackt werden konnten. Dafür hatte Malia natürlich Verständnis. Sie war eine Weihnachtselfe und hatte ihr Leben nun mal Weihnachten verschrieben. Nichts war Wichtiger.

Deshalb verabschiedete sie sich bereits im Weihnachtsdorf von Katharina und Adeon. „Ich hoffe, dass wir euch bald wieder in Penarth begrüßen können. Kommt uns besuchen, wenn es im Weihnachtsdorf ein wenig ruhiger geworden ist oder ihr für einen Auftrag in der Nähe seid", sagte Katharina, als sie auf den Rücken von Pams Mutter kletterte. Adeon war bereits aufgestiegen. Er saß auf dem Rücken von Pams Vater. Gemeinsam winkten sie ihren Freunden zu. Dann flogen sie auch schon in die Luft. Malia und Theo winkten ihnen nach, bis sie nicht mehr am Himmel zu sehen waren.

„Dann ist es wohl an der Zeit, dass auch wir aufbrechen", sagte Pam und Schoko bellte zustimmend. Der kleine Hund kuschelte sich zum Abschied an seinen Freund Theo. Der kleine Teddybär umarmte ihn und flüsterte: „Es war schön dich kennenzulernen, mein Freund. Vielleicht sehen wir uns bald wieder. Du könntest Malia mal begleiten, wenn sie uns Weihnachten besuchen kommt?" Schoko wedelte mit dem Schwanz. Mit seiner Schnauze stupste er Theo an und dieser umarmte ihn ein letztes Mal. Dann wurde er von Malia hochgehoben und beide stiegen auf Pams Rücken.
Malia schnaufte, als sie es endlich auf Pams Rücken geschafft hatte. „Du bist ganz schön groß geworden. Ich komme gar nicht mehr so einfach auf deinen Rücken wie früher." Stolz hab Pam den Kopf und grinste vor sich hin. „Ja, ich bin halt eine kleine Dame!" Die Freunde kicherten und während Schoko sich in die Küche des Weihnachtsmannes verkroch, um ein paar Leckereien von Nikola zu bekommen, erhoben die drei Freunde sich in die Luft.

Es war eine kurze und seltsame Reise. Keiner sagte etwas und jeder von ihnen hing seinen eigenen Gedanken nach. Erst als sie Annies Haus erreichten, sagte Pam etwas wehmütig: „Wir sind da."
Malia kletterte langsam von Pams Rücken herunter und nahm Theo in den Arm. „Es ist also wieder Zeit, Auf Wiedersehen zu sagen", seufzte sie. Doch dann hob sie ihren Kopf und strahlte Theo an: „Ich bin schon gespannt, was du mir Weihnachten wieder alles erzählen wirst. Lass nichts aus!" Der kleine Teddybär lachte: „Natürlich nicht! Ich freue mich auf deinen Besuch. Vielleicht bringst du irgendwann ja mal Pam und Schoko mit." Der kleine Teddy streckte die Arme zu Pam aus und das Rentier-Mädchen kam ihm entgegen. Theo umarmte die große Schnauze und gab Pam einen kleinen Kuss.
Während die Zwei sich verabschiedeten, sah Malia sich um. Es war seltsam, zu dieser Jahreszeit hier zu sein. Normalerweise

lag überall Schnee und alles war bunt geschmückt, wenn Malia hier war. Außerdem war es meist schon dunkel. Heute allerdings war alles anders. Die Sonne schien und hüllte alles in eine leichte, angenehme Wärme. Ab und zu versteckte sie sich hinter einer der vielen weißen Wolken, die am Himmel waren. Überall war es grün und die ersten Knospen und Blüten waren zu sehen. Schon bald würde es überall nur vor farbenprächtigen Blumen und Blüten an den Bäumen leuchten. Annie hatte sich wirklich einen schönen Ort zum Leben ausgesucht.

Malia atmete tief durch und machte sich dann langsam mit Theo auf dem Arm in Richtung Haustür auf. Pam folgte ihnen langsam. Kurz vor der Tür blieb Malia stehen. Ihr Blick fiel zur Seite und sie betrachtete das Fenster, an dem sie sonst zur Weihnachtszeit stand. So viele Male hatte sie dort bereits zur Weihnachtszeit gestanden und mit Theo gesprochen. Manchmal hatte sie Theo mit Hilfe ihrer Weihnachtselfen-Magie zu sich nach draußen geholt und sie hatten zusammen im Schnee gespielt.

Andere Male war Malia zu ihm ins Wohnzimmer gekommen und sie hatten zusammen unter dem Weihnachtsbaum gesessen und sich erzählt, wie es ihnen das letzte Jahr ergangen war. Manchmal war Malia auch einfach vor dem Fenster geblieben. Das machte sie allerdings nur, wenn sie spät dran gewesen war und Annie und ihre Familie bald nach Hause kommen würden. Aber niemals hatte sie ein Weihnachten verpasst. Immer war sie hierher zu Theo gekommen.

Nun war sie das erste Mal tagsüber hier und es war nicht Weihnachten. Neugierig ging sie zu dem Fenster und blickte in den kleinen Raum, der dahinterlag. Viel hatte sich nicht verändert. Es fehlte lediglich der große, bunte Weihnachtsbaum.

Malias Blick wanderte durch den Raum. Auf dem Tisch stand ein großer Teller mit Keksen. Sie musste lächeln, als ihr das auffiel. Annie hatte ihnen sehr oft zu Weihnachten einen Teller mit Plätzchen hingestellt. Sie waren immer bunt und super lecker. Beim Gedanken daran lief Malia das Wasser im Mund zusammen.

In diesem Moment öffnete sich die Tür, die in den Raum führte. Langsam kam Annie herein. Sie hielt ein kleines Tablett in den Händen, auf dem zwei Gläser und eine Karaffe mit Milch standen. Vorsichtig ging sie auf den Tisch zu und stellte das Tablett dort ab. Dann atmete Annie tief durch und stemmt sich die Hände in den Rücken und streckte sich ein kleines bisschen. So konnte man ihren dicken Bauch noch viel besser sehen. Wobei, dachte Malia im Stillen, dieser Bauch so dick geworden war, dass man ihn nicht übersehen konnte.

„Ihr Bauch ist ja riesig geworden!" brauchte sie eine Weile später hervor. Theo kicherte: „Ja, bald ist es soweit." Überrascht sah Malia zu Theo. Es war so viel passiert, dass sie gar nicht mitbekommen hatte, wie die Zeit vergangen war. Für einen Moment war sie still und dachte nach. Dann brach es aus ihr heraus: „In weniger als einer Woche ist Ostern!"

Mit großen Augen sah sie ihre Freunde an. Wie hatte sie das vergessen können. Theo hatte ihr doch in der Weihnacht erzählt, dass Annie zu Ostern ihr erstes Kind bekommen sollte. Natürlich hatte Theo es nicht vergessen und wollte deshalb nach Hause zurück. Wie konnte sie das nur vergessen. Mit der flachen Hand schlug Malia sich gegen die Stirn.

„Es tut mir leid, Theo. Ich hatte es komplett vergessen. Wie schrecklich von mir. Ich komme mir so dumm vor." Malia umarmte ihren Freund und drückte ihn fest an sich. „Natürlich wolltest du rechtzeitig zurück sein."

Theo grinste: „Ja, das wollte ich. Aber ich hatte auch wirklich Heimweh. Das war nicht gelogen." Sein Blick ging zum Tisch, auf dem die Kekse und die Milch standen. „Und ich denke, Annie wartet auch bereits auf meine Rückkehr." Pam nickte zustimmend und sagte: „Dann sollten wir dich mal schnell zur Haustür bringen." Gesagt getan. Die kleine Gruppe ging vom

Fenster weg und stand nach wenigen Schritten vor der Haustür. Hier umarmten sie sich noch ein letztes Mal. Dann drückte Malia auf die Türklingel und machte einen Schritt zurück. Theo saß auf der ersten Treppenstufe, die zur Tür führte.

Es dauerte nicht lange, bis Annie zur Haustür gekommen war und diese öffnete. Für einen Moment war sie verwundert, da sie niemanden sehen konnte. Doch dann fiel ihr Blick nach unten und sie erblickte Theo. Ein unbeschreibliches Strahlen breitete sich in ihrem Gesicht aus.

„Da bist du ja wieder, mein kleiner Abenteurer", sagte sie lächelnd. Annie wollte vorsichtig in die Hocke gehen, um Theo in die Arme zu schließen. Doch mit dem dicken Bauch wollte es ihr nicht so recht gelingen. „Ich werde wohl Peter rufen müssen, damit er dich hereinholt", sagte Annie nach einigen Versuchen lachend.

Doch Pam war schon langsam dichter gekommen. Sie wusste, dass Annie sie nicht sehen konnte und dass es eigentlich verboten war, sich in der Menschenwelt bemerkbar zu machen. Doch in diesem Moment war es Pam egal. Außerdem kannte Annie doch die Weihnachtselfen und auch ihre Weihnachtselfen-Magie. Deshalb beugte sich Pam langsam vor und nahm ein Ohr von Theo vorsichtig zwischen ihre Lippen. Wie auf magische Weise erhob sich Theo vor Annies Augen in die Luft. Annie, die die Weihnachtselfen-Magie kannte, lächelte und bedankte sich. Dann schloss sie Theo in ihre Arme.

Sie küsste ihren Freund auf die Stirn und fragte dann an Theo vorbei: „Vielleicht möchtet ihr noch hereinkommen? Ich kann auch noch ein drittes Glas Milch holen."

Einen Moment war es ganz still. Annie konnte weder Malia noch Pam sehen oder hören. Wie sollten sie ihr also antworten können. Theo schüttelte ganz sanft den Kopf und Annie schien diese Bewegung wahrgenommen zu haben, dann sie sagte: „Schade, aber im Weihnachtsdorf ist sicherlich wieder viel zu tun. Vielleicht habt ihr beim nächsten Besuch etwas mehr

Zeit." Liebevoll lächelte Annie in Malias Richtung. Dann drehte sie sich langsam um und ging zurück ins Haus.

„Woher wusste sie, dass wir zu zweit sind?" flüsterte Pam leise, als hätte sie Angst, dass Annie sie vielleicht hören konnte. Malia zuckte mit den Schultern. „Ich weiß es nicht. Vielleicht ist das noch die Weihnachtselfen-Magie. Vielleicht ist davon noch etwas in ihr. Immerhin konnte sie ja auch Santa sehen." Nachdenklich sah Malia ihre Freundin an. So viele Fragen. Doch wie immer gab es keine Antworten.

Bevor die beiden sich auf den Rückweg machten, warfen sie einen letzten Blick durch das Fenster. Annie saß nun an dem Tisch, auf dem die Plätzchen und die Milch standen. Theo hatte direkt neben den Keksen Platz genommen. Wie immer strahlte er über das ganze Teddybär-Gesicht. Zufrieden lächelte Malia. Es fiel ihr schwer, ihrem Freund Auf Wiedersehen zu sagen. Aber sie wusste auch, dass es keinen besseren Ort für Theo geben würde als hier bei Annie. Zum Abschied hob Malia noch einmal die Hand und winkte ihrem Freund ein letztes Mal zu. Dann machte sie sich zusammen mit Pam auf den Heimweg.

Sie waren noch nicht lange in der Luft, als Malia fragte: „Pam, ich weiß, dass wir schnell ins Weihnachtsdorf zurückkehren sollen. Aber meinst du, wir können vielleicht einen kleinen Umweg machen?"

Pam überlegte kurz, dann fragte sie abenteuerlustig, wie sie nun einmal war: „Wo soll es denn hingehen?"

Malia beugte sich vor und flüsterte etwas in Pams Ohr. Diese machte kurz große Augen. Doch sie fragte nicht weiter nach. Ohne ein Wort nickte sie vor sich hin. In ihrem Kopf suchte sie nach einer geeigneten Route, um das neue Ziel schnell zu erreichen. Sie ging in ihren Erinnerungen alle Pläne und Landkarten durch, die sie in der Schule hatte lernen müssen. Wo war dieser Ort nur gewesen? Es dauerte nicht lange, bis sie die beste und schnellste Route gefunden hatte. Bei der nächsten Wolke machte sie kehrt und bog anstatt nach rechts in die andere Richtung ab. Beflügelt von Malias Wunsch strengte sie sich besonders an. So schnell wie noch nie flog sie mit ihrer Freundin an Wolken und Vögeln vorbei. Die Sonne strahlte in ihrem Rücken. Pam war bereits genauso aufgeregt wie Malia. Deshalb flog sie immer schneller und schneller. In nur wenigen Minuten würden sie ihr Ziel erreichen und ihre Ungeduld hätte endlich ein Ende.

Siebzehntes Kapitel
Alte Erinnerungen

„Siehst du den Fluss dort unten?" fragte Malia und zeigte mit der Hand hinunter. Pam drehte eine kleine Runde und betrachtete den Fluss. Dann nahm sie ihren alten Weg wieder auf. Bald würden sie am Ziel sein.

„Dort unten am Fluss habe ich Theo damals aus dem Wasser geholt", erzählte Malia weiter. Pam drehte den Kopf und nahm sich vor, sich diesen Platz später auf ihrer Rückreise noch einmal etwas genauer anzusehen. Das also war der Ort, an dem alles begann. Der Ort, an dem die Freundschaft zwischen Malia und Theo ihren Anfang nahm. Von hier oben sah diese Stelle gar nicht wundervoll aus. Aber weil die beiden sich dort getroffen hatten, hatte sie doch etwas Wunderbares an sich.

Pam flog weiter. Überall waren Häuser und Autos zu sehen. In den Läden brannten Lichter, obwohl noch immer die Frühlingssonne schien. Im Vergleich zum Weihnachtsdorf war es ziemlich laut hier. Im Weihnachtsdorf war auch immer viel los und es musste viel erledigt werden, doch es wirkte immer friedlich. Selbst, wenn ein Weihnachtself es einmal eilig hatte, war es immer ruhig und entspannt im Weihnachtsdorf. Doch hier an diesem Ort war es einfach nur laut. Die Leute eilten von einem Ort zum nächsten und achteten dabei nicht auf die anderen Menschen, die ihnen über den Weg liefen. Jeder schien hier nur an sich zu denken.

„Ist es hier immer so?" fragte Pam verwirrt. Sie hatte zwar schon einige Orte besucht, aber keiner war so wie dieser. Zusammen mit ihren Eltern war sie meistens nachts unterwegs. Da war die Welt ruhiger. Die meisten Menschen schliefen und ihre Eltern waren immer darauf bedacht, dass Pam sie nur in sichere Städte begleitete. Zusammen mit Theo und Malia hatte Pam die Welt bereist, um ein neues zu Hause für Theo zu finden. Aber die Großstädte hatten sie dabei gemieden. Theo hatte sich lieber einen ruhigen Ort gewünscht. Die Großstädte wären ihre letzte Alternative gewesen. Doch ihnen lief die Zeit davon. Hätten sie nicht durch Zufall Annies Zuhause gefunden und hätte Theo dort nicht angefangen zu strahlen, hätten sie es trotzdem nicht mehr geschafft, an den restlichen Orten und Großstädten der Welt zu suchen. Denn Santa hatte ihnen nur ein Jahr Zeit gegeben. Doch kurz vor Ablauf dieser Frist hatten sie es geschafft. So blieb Pam die Erfahrung einer Großstadt erspart. Doch nun flog sie über die unzähligen Straßen hinweg und war erstaunt von den Unterschieden zu anderen Orten, die sie kannte.

„Es wird gleich ruhiger", versprach Malia ihr und strich ihrer Freundin über den Hals. Tatsächlich dauerte es nicht mehr lange. Malia beschrieb Pam den Weg. Sie bogen noch ein paar Mal ab. Gemeinsam flogen sie an einer Kirche vorbei und Pam konnte es nicht lassen, für einen kurzen Moment neben einem Zug herzufliegen. Dann hatten sie ihr Ziel erreicht.

Pam landete auf dem Rasen vor einem großen, beeindruckenden Haus. Der Rasen war trocken und schon lange nicht mehr grün. Im letzten Sommer hatte er nicht viel Wasser bekommen und die Winterzeit hatte nicht gereicht, dass er sich von diesem Leid hatte erholen können. Vielleicht würde die Frühlingszeit noch etwas daran ändern können. Wo einst Beete voller bunter Blumen waren, befanden sich nun nur noch Gestrüpp und kahle Äste. Die Fenster des Hauses wirkten leer. Einige waren durch Außenrollos geschlossen, damit man nicht hineinsehen konnte.

Sprachlos betrachtete das Rentier-Mädchen diesen Ort. „Hier hast du damals gelebt?" fragte Pam leise. Malia nickte und es dauerte einen Augenblick, bis sie antwortete: „Ja, aber damals war es ganz anders. Im Frühling waren alle Beete bunt befüllt. Überall waren Blumen gepflanzt worden. Meine Mutter liebte Blumen so sehr. Es gab nichts Schöneres für sie, als bei Sonnenschein im Garten zu sitzen und die Blumen zu betrachten."

Malia seufzte, als sie sich daran erinnerte. Sie war damals noch so klein gewesen. Aber sie hatte nie vergessen, wie ihre Mutter mit ihr Stunden lang im Garten gesessen hatte. Gemeinsam hatten sie die zahlreichen, farbenfrohen Blumen und die vielen Schmetterlinge bewundert. Jetzt sah der Vorgarten einsam und verlassen aus und Malia fragte sich, was aus dem Blumengarten hinter dem Haus geworden war.

Die Stiefmutter hatte sich zwar nie für den Garten interessiert, aber Malias Vater hatte in Andenken an seine Frau einen Gärtner angestellt, der sich um den Blumengarten kümmern sollte. Malias Vater war zwar sehr selten zu Hause, doch er wollte, dass der Garten so blieb, wie Malias Mutter ihn hinterlassen hatte.

Für einen Moment stand Malia still da und betrachtete die Vorderfront ihres alten Zuhauses. Nichts erinnerte mehr an die Wärme und Herzlichkeit, die einst in diesen Wänden gelebt hatte. Langsam ging Malia auf die Haustür zu. Das Namensschild an der Klingel fehlte. Verwundert fuhr Malia mit dem Finger über das leere Feld. Dann drückte sie die Klingel.

Der Klang war noch immer so, wie sie ihn in Erinnerung hatte. Hell und herzlich spielte sie ein kleines Lied. Malias Mutter hatte es immer vor sich her gesummt, wenn sie zur Tür gegangen war, um den Besuch zu empfangen. Doch nichts geschah. Malia klingelte ein zweites Mal. Auch dieses Mal geschah nichts. Niemand öffnete ihnen die Tür.

Malia drehte sich zu Pam um, die noch immer auf dem Rasen stand. Pam zuckte ratlos mit den Schultern. Das kleine Rentier-Mädchen hatte sich auf der kurzen Reise hierher alles Mögliche ausgemalt. Pam hatte an ein Kindermädchen gedacht, dass Malia weinend in die Arme nehmen würde. Oder dass die Stiefmutter sich für ihr Verhalten entschuldigen würde, wenn sie Malia sah. Doch nichts von alldem würde hier passieren. Das Haus war verlassen. In der Zeit, seitdem Malia fortgegangen und eine Weihnachtselfe geworden war, hatte sich viel verändert. Außerdem hätte keiner der

Bewohner Malia sehen können. Das hatte Pam in ihrer Vorstellung einfach vergessen. Aber die Vorstellung, dass Malia hier jemanden, den sie liebte, wiedersehen würde, war einfach zu schön für das Rentier-Mädchen gewesen.

Malia blickte wieder zur Tür. Mit zitternder Hand griff sie nach der Türklinke und drückte sie herunter. Ihr Herz klopfte wild vor Aufregung. Doch die Tür war verschlossen. Die kleine Weihnachtselfe schloss die Augen und dachte nach. Konnte sie vielleicht mit Hilfe ihrer Weihnachtselfen-Magie die Tür öffnen? Durfte sie das überhaupt? Immerhin war kein Name mehr am Klingelschild. Wahrscheinlich wohnte ihre Familie, ihr Vater, hier gar nicht mehr.

Traurig drehte sie sich um. Sie hätte ihren Vater gern gesehen. Sie hätte gern gewusst, wie es ihm ging. So lange Zeit hatte sie nicht an ihn gedacht. Das kam durch den Zauber der Weihnachtselfen-Magie. Das hatte sie damals auch in der Schule im Weihnachtsdorf gelernt. Wenn ein Mensch zu einer Weihnachtselfe wurde, verblasten die Erinnerungen an das alte Leben. Damit die Weihnachtselfe nicht traurig war und sich nicht zu sehr in das alte Leben zurückwünschte. Denn das alte Leben gab es nicht mehr.

Es war seltsam, aber damit hatte Malia leben können. Auch, wenn ihre Erinnerungen nie ganz verblasst sind. Sie waren eigentlich immer da gewesen. Die Erinnerungen an ihren Vater und an ihre Mutter hatte sie immer im Herzen getragen. Doch die Suche nach einem Zuhause für Theo und die Aufgaben im Weihnachtsdorf hatten sie so in Anspruch genommen, dass sie schlichtweg keine Zeit gehabt hatte, sich an sie zu erinnern. Doch ihr Traum mit Maya hatte sie sich erinnern lassen. Deshalb war sie heute mit Pam hier.

„Malia?" kam eine zögerliche Stimme vom Nachbargrundstück zu ihr herüber. „MALIA"! Das rufen war nun lauter. Erschrocken drehte sich Malia um und blickte zum Haus nebenan. Dort stand im Vorgarten eine Frau. Sie hatte die Haare mit einem Tuch nach hinten gebunden und trug zu ihren Hosen und ihrem lässigen T-Shirt ein paar pinke Gummistiefel. In der Hand hielt sie eine kleine Schaufel.

„Malia, du bist es wirklich?!" Ihre Stimme klang fragend. Mit kleinen Schritten kam sie näher, bis sie den Zaun erreicht hatte, der die beiden Grundstücke voneinander trennte. Die Frau schlug die Hand vor den Mund und flüsterte leise: „Das kann nicht wahr sein. Du siehst fast noch genauso aus, wie damals als du verschwunden bist."

Langsam kam Malia näher. Die Frau hatte recht. Seitdem Malia eine Weihnachtselfe geworden war, hatte sie sich kaum verändert. Sie war nur ein kleines bisschen gewachsen. Aber das lag daran, dass die Lebenszeit einer Weihnachtselfe anders verlief. Weihnachtselfen wurden einfach deutlich älter als Menschen und Malia war als Kind zur Weihnachtselfe geworden. Deshalb sah sie noch immer wie ein Kind aus, und dass, obwohl sie schon so viel erlebt hatte. Aber zum Glück ging es den Kindern der Weihnachtselfen nicht anders. Sie alle sahen genauso jung aus wie Malia. Selbst die, die bereits zwanzig Jahre älter waren als sie.

Malia lächelte die Frau verlegen an und kam noch etwas dichter. Sie merkte, dass Pam ihr langsam folgte. „Hallo", sagte Malia schüchtern.

„Kennst du mich noch?" fragte die Frau vorsichtig. „Ich bin Sophia." Die Frau strich sich eine Haarsträhne aus dem Gesicht und schmierte sich dabei etwas von der Erde, die sie an den Finger hatte, auf die Stirn. In diesem Moment erkannte Malia sie. Sophia hatte schon immer neben ihr und ihrer Familie gewohnt. Jedenfalls soweit Malia sich erinnern konnte. Sophia war einige Jahre älter als Malia gewesen und hatte sie daher nie wirklich beachtet. Malia war einfach zu klein für Sophia gewesen und deshalb hatte Sophia nie mit ihr spielen wollen.

„Wie schön, dich zu sehen, Sophia", sagte Malia. Sie legte den Kopf etwas schief und versuchte sich an das alte Gesicht, dass sie aus ihrer Vergangenheit kannte, zu erinnern. Sophia hatte schon immer langes, blondes Haar gehabt. Daran hatte sich nichts geändert. Ihre Augen aber hatten nun ein unbeschreibliches Strahlen und eine Güte an sich, die damals noch nicht vorhanden war.

Beide sahen sich eine Weile an, bis Sophia erneut fragte: „Du bist es wirklich, nicht wahr, Malia?" Die kleine Weihnachtselfe nickte und Sophia fuhr fort: „Du warst so plötzlich verschwunden. Als wir aus den Weihnachtsferien zurückkamen, haben wir davon erfahren. Ganz plötzlich warst du fort. Deine Stiefmutter hat allen erzählt, dass du weggelaufen bist. Aber ich habe ihr nie geglaubt. Sie war so eine böse Frau. Jedenfalls habe ich das immer so gefühlt, wenn ich in ihrer Nähe war." Sophia hielt kurze inne und warf Pam einen interessierten Blick zu. „Ein interessantes Pferd, das du da bei dir hast. So eine Rasse habe ich tatsächlich noch nie gesehen. Woher kommt es? Island? Es hat etwas Isländisches an sich." Sophie plapperte ungezwungen vor sich her, ohne Malia zu Wort kommen zu lassen.

Sie machte eine kurze Pause. Doch dann fiel ihr Blick wieder auf Malia und auf das leerstehende Haus. „Wolltest du deinen Vater besuchen? Er war schon lange nicht mehr da. Deine Stiefmutter hat er damals aus dem Haus gejagt. Ich glaube, er hat ihr auch nicht geglaubt, dass du einfach weggelaufen bist. Sie haben dich damals überall gesucht. Ständig wurden Bilder von dir im Fernsehen gezeigt und man hörte Aufrufe im Radio, dass man für Hinweise dankbar wäre. Aber niemand hat sich gemeldet. Du warst wie vom Erdboden verschluckt." Malia sah verlegen zu Boden. Das alles hatte sie natürlich nicht gewollt. Sie hätte es aber auch nicht beeinflussen oder ändern können, wenn sie davon gewusst hätte.

„Oh, habe ich etwas Falsches gesagt?" unterbrach Sophia ihre Berichterstattung über Malias Verschwinden. Dann war es still. Für einen Moment wusste keine der beiden, was sie sagen sollte. Dann fragte Sophia vorsichtig: „Möchtest du ins Haus? Wir haben einen Ersatzschlüssel für Notfälle." Überrascht hob

Malia den Kopf. Sie sah zu Pam hinüber, die ihr vielsagend zunickte. Daraufhin nickte auch Malia. „Ja", sagte das Mädchen, „das wäre sehr schön."

Sophia legte die Schaufel zu Boden und klatschte in die Hände. „Ich bin gleich zurück!" Kaum hatte sie das ausgesprochen, war sie auch schon verschwunden. Es dauerte nicht lange, bis sie zurückkehrte. Über den Zaun hinweg, reichte sie Malia den Schlüssel.

„Es ist vielleicht besser, wenn du allein in das Haus gehst. Ich habe da nichts zu suchen", sagte Sophia auf einmal schüchtern und zurückhaltend. Doch Malia war das sehr recht. Sie dankte Sophia für den Schlüssel und versprach ihr, dass sie diesen gleich zurückbringen würde. Sophia widmete sich daraufhin wieder ihren Blumenbeeten und Malia ging zurück zur Haustür. Diese ließ sich problemlos öffnen. Sie knarrte ganz leicht, als würde sie Malia willkommen heißen wollen.

Langsam gingen Malia und Pam durch das Haus. Alles schien noch an seinem alten Platz zu stehen. Lediglich das ein oder andere Möbelstück war mit einem Tuch oder einer Decke abgedeckt, damit es nicht allzu staubig wurde. Alle anderen Sachen waren allerdings mit einer dicken Schicht Staub bedeckt. Ihr Vater musste wirklich lange Zeit nicht mehr hier gewesen sein.

Gemeinsam wanderten Malia und Pam durch alle Zimmer. Malia erzählte Pam von den Erinnerungen, die ihr als erstes in den Sinn kamen, wenn sie sich ein Zimmer ansahen. Sie berichtete, wie sie mit ihrer Mutter Klavier gespielt hatte oder ihr Vater ihr vor dem Kamin Märchen vorlas. Malia erzählte von den gemeinsamen Abendessen mit dem Kindermädchen und den vielen Momenten, in denen sie oben in ihrem Zimmer am Fenster gestanden und auf ihren Vater gewartet hatte. Sie war selbst überrascht, wie viele Erinnerungen sich in ihrem Herzen versteckt hatten. Doch sie erwähnte mit keinem einzigen Wort ihre Stiefmutter. Das war ein Mensch, an den sie sich nicht erinnern wollte.

Während sie durch das Haus gingen, verstand Malia, was Maya ihr in ihrem Traum hatte sagen wollen. Es war nicht das Haus an sich, dass diesen Ort für sie so besonders und zu einem Zuhause gemacht hatte. Es waren die Menschen, mit denen sie hier gelebt hatte. Ihre Mutter. Ihr Vater. Und auch das Kindermädchen, das immer für sie da gewesen war.
Malia lächelte. Was dieses Haus schon alles erlebt hatte. Es war schade, dass es nun leer stand und keine neuen Erinnerungen darin geschaffen wurden. Malia hoffte, dass sich das bald ändern würde. Vielleicht würde ihr Vater es ja irgendwann einmal verkaufen, wenn er hier schon nicht mehr selbst leben wollte. Sie konnte aber auch verstehen, dass es schwer war, sich von diesem Ort zu lösen, der so viele schöne Momente geschaffen hatte und der ihnen zumindest eine Zeitlang ein warmes und wundervolles Zuhause gegeben hatte. Aber all diese Momente waren auch tief in ihren Herzen. In ihrem und natürlich auch im Herzen ihres Vaters. Dort würden sie für immer bleiben. Unabhängig davon, wer oder welche Familie vielleicht in der Zukunft in diesem Ort leben würde.
Im Flur sah Malia sich noch einmal um. Dann folgte sie Pam hinaus und schloss die Haustür ab. Während sie zu Sophia gingen, fühlte sie sich gelöst und frei. Es war, als wäre eine große Last von ihr gefallen.
„Weißt du, wie es meinem Vater geht?" fragte Malia Sophia mutig, als sie den Schlüssel zurückbrachte. Doch diese schüttelte den Kopf. „Es tut mir leid", sagte Sophia, „wir hören kaum von ihm. Aber er lebt mittlerweile in Ägypten." Sophia sah Malia eine Weile prüfend an. Dann fuhr sie ganz leise fort: „Er hat dort eine neue Familie gefunden." Sophias Blick ruhte weiterhin auf Malia. Doch diese lächelte nur. Das war eine gute Nachricht. Ihr Vater hatte wieder nach vorn gesehen und eine neue Familie gefunden. Vielleicht hatte er sogar noch Kinder bekommen. Aber das spielte keine Rolle. Malia hoffte einfach, dass er mit seiner neuen Familie glücklich war. Gerne hätte sie ihn besucht. Doch die Zeit lief ihnen wie immer davon

und sie musste zurück ins Weihnachtsdorf, um ihre Aufgaben dort zu erfüllen.

„Vielen Dank für den Schlüssel und deine Hilfe", sagte Malia und reichte Sophia den Schlüssel. Zufrieden lächelte diese und für einen Moment sah sie wieder wie der Teenager aus, den Malia aus ihrer Erinnerung kannte.

„Schade, dass du schon wieder gehen musst", sagte Sophia, während sie den Schlüssel entgegennahm. Dann umarmte sie Malia zum Abschied und widmete sich wieder ihrem Vorgarten. Malia und Pam hatten das Ende des Vorgartens fast erreicht, als Malia abrupt stehen blieb. Einen kurzen Moment überlegte sie. Doch dann nahm sie allen Mut zusammennahm, als sie sich noch einmal zu Sophia umdrehte und verwundert fragte: „Sophia? Warum kannst du uns sehen?"

Sophia, die mit den Knien auf der Erde hockte, hob verwundert den Kopf. Wie damals grinste sie Malia an und sagte: „Warum sollte ich dich denn nicht sehen können, kleines Dummerchen? Obwohl bei deinem Weihnachtslook hätte ich dich vielleicht doch lieber nicht gesehen." Kaum hatte sie das ausgesprochen, streckte sie Malia die Zunge heraus. Diese musste schallend anfangen zu lachen.

Gerade als sie weiter fragen wollte, ob Sophia denn schon einmal etwas von Weihnachtselfen gehört hätte, öffnete sich die Tür des Hauses, in dem Sophia lebte. Sophias Mutter trat hinaus. Malia hatte sie sofort erkannt. Ihre Haare waren nun grau und nicht mehr so blond wie früher. Ansonsten hatte sich aber nichts an ihr verändert.

„Mit wem sprichst du denn da?" fragte Sophias Mutter.

„Mit Malia", antwortete Sophia und deutete auf die Stelle, an der Malia und Pam standen. Dann widmete sie sich wieder ihrer Gartenarbeit.

Sophias Mutter sah sich um und sagte dann verwirrt: „Aber Sophia, da ist doch niemand!"

Verwundert hob Sophia ihren Kopf. Sie sah von Malia zu ihrer Mutter und zurück. Sie öffnete den Mund, als würde sie etwas

sagen wollen. Doch dann entschloss sie sich dagegen und schloss ihn wieder. Aber ihre Mutter stand noch immer an der Tür und schien auf eine Antwort zu warten. „Ach nichts, Mutter. Ich scheine mich getäuscht zu haben", sagte Sophia nach einer Weile. Zufrieden nickte ihre Mutter. „In wenigen Minuten ist der Kaffee fertig. Komm dann bitte rein." Dann drehte sie sich um und ging zurück ins Haus.
Sophia war mittlerweile aufgestanden und hatte sich zu Malia gewandt. „Hat sie dich wirklich nicht sehen können?"
Malia schluckte. „Ich glaube nicht", sagte sie zögerlich.
Mit großen Augen sah Sophia sie an. Verwirrt strich sie sich durch die Haare, um sich gleich darauf zu ärgern, dass sie nun Erde in ihren Haaren hatte.
„Malia, es ist wahr, dass dich nicht jeder sehen kann, oder? Deshalb hast du mich vorhin so verwundert gefragt, nicht wahr? Und dass, obwohl wir uns bereits eine ganze Weile unterhalten hatten." Sophias Hände zitterten und sie legte die Schaufel auf den Boden. Dann blickte sie Malia wieder an.
„Es ist wahr. Normalerweise können Menschen uns nicht sehen", flüsterte Malia leise. Doch Sophia konnte jedes ihrer Worte verstehen.
„Dann bin ich nicht verrückt. Dann habe ich diese Weihnachtsmenschen wirklich gesehen!" Sophias Stimme brach ab. Ihr Blick war plötzlich starr und sie war mit ihren Gedanken in alten Erinnerungen verschwunden.
„Weihnachtselfen", sagte Malia und holte ihre alte Nachbarin wieder aus ihren Erinnerungen. Sophia drehte den Kopf zu Malia und betrachtete sie. „Weihnachtselfen. Ja, das macht Sinn."
Sophia schluckte und blickte zur Tür. „Ich muss leider gehen. Sie wird sich jetzt bestimmt schon wieder Sorgen machen, weil ich gesagt habe, dass ich mir dir spreche. Sie halten mich schon seit langer Zeit für verrückt, weil ich Menschen, Weihnachtselfen, sehe, die andere nicht sehen." Sophia schüttelte den Kopf.

„War das schon immer so?" fragte Pam neugierig.

Sophia schüttelte den Kopf. Gerade als sie Pam eine Antwort geben wollte, öffnete sich die Tür des Hauses erneut und der Kopf ihrer Mutter tauchte auf.

„Ich komme schon!" rief Sophia, ohne dass ihre Mutter etwas sagen musste. Ein letztes Mal drehte sie sich zu Malia: „Vielleicht kommst du später noch einmal vorbei. Ich bin in einer Stunde wieder hier im Garten." Dann lief Sophia auf das Haus zu und verschwand hinter der Haustür.

Verwundert sahen sich Malia und Pam an.

„Mir ist anfangs gar nicht aufgefallen, dass sie uns eigentlich nicht hätte sehen dürfen", sagte Malia zu Pam. „Ich war so in meine Erinnerungen an diesen Ort vertieft und so aufgeregt, was hier wohl passieren würde, nachdem ich nach so langer Zeit wieder da bin. Da ist mir diese Kleinigkeit komplett entgangen."

Pam nickte: „Mir ging es anfangs ähnlich. Ich war dann aber lieber ruhig und habe nichts gesagt, als sie anfing mich für ein isländisches Pony zu halten." Bei diesen Worten musste Pam lachen. Als würde sie wie ein Pony aussehen. Ein bisschen verrückt schien diese Sophia auf jeden Fall zu sein. Doch dann fuhr Pam fort: „Aber es scheint ja, dass sie die Einzige aus der Familie ist, die die Gabe hat, uns zu sehen. Sonst würden sie Sophia nicht für verrückt halten. Oder was denkst du?"

„Ich weiß es nicht", antwortete Malia. „Jownas Mutter war auch nicht offen für die Weihnachtselfen, wenn ich mich richtig erinnere. Vielleicht ist es hier ähnlich? Aber vielleicht gab es auch ein besonderes Ereignis, das geschehen ist und Sophia dazu gebracht hat, uns zu sehen. Vielleicht ist das die Lösung nach der wir suchen?"

„Was machen wir denn nun? Wir müssen eigentlich zurück ins Weihnachtsdorf", sagte Pam.

Malia sah ihre Freundin an. „Ich weiß. Wir könnten bleiben und mit Sophia sprechen, was ihr passiert ist. Wir könnten aber auch ins Weihnachtsdorf zurückreisen und Santa sagen, dass wir nicht direkt ins Weihnachtsdorf gekommen sind und einen Umweg gemacht haben. Und dann könnten wir ihm sagen, was passiert ist."

Fragend sahen sich die beiden Freundinnen an und sagten dann wie aus einem Munde: „Wenn wir schon gegen Santas Anweisungen verstoßen haben, dann können wir auch noch eine Stunde länger warten."

Gesagt, getan. Die beiden setzten sich auf die Stufen, die zur Haustür führten und genossen die wärmenden Sonnenstrahlen, während Sophia drinnen mit ihrer Mutter Kaffee und Kuchen zu sich nahm. Vögel zwitscherten und für beide war es einfach herrlich, hier einen Moment durchatmen zu können. Tatsächlich mussten sie auch nicht lange auf Sophia warten. Bereits nach einer halben Stunde öffnete sich die Haustür und eine lächelnde Sophie trat heraus. Ohne die beiden weiter zu beachten, ging sie zurück zu dem Beet, an dem sie gearbeitet hatte. Sie nahm die kleine Schaufel und ein paar Blumenzwiebeln in die Hand und fuhr mit ihrer Arbeit fort.

Verwundert sahen sich Malia und Pam an und gingen dann zu Sophia. Eine Weile beobachteten sie Sophia bei der Arbeit. Doch diese schien sie nicht wahrzunehmen.

„Kannst du uns noch sehen?" fragte Malia nach einer Weile leise. Sophia arbeitete weiter, bewegte sich dabei aber so, dass sie nun mit dem Rücken zum Haus auf dem Boden saß.

„Natürlich kann ich euch noch sehen. Aber bestimmt steht Mutter noch am Fenster und beobachtet mich. Sie hat Angst, dass ich wieder verrückt werden könnte." Sophia kicherte vor sich hin. Dann wurde sie ernst und fuhr fort: „Ich hätte nicht sagen dürfen, dass ich mit dir spreche. Es hätte mir gleich auffallen müssen. An deiner Kleidung und an dem seltsamen Pony. Aber ich habe mich so gefreut, dich zu sehen. Da habe ich alle Vorsicht vergessen."

Sophie machte ein kleines Loch in der Erde und schob die Blumenzwiebel hinein. Während sie die Zwiebel mit Erde bedeckte, warf sie einen Blick auf das Haus. Als sie sich wieder

zu Malia und Pam drehte, sagte sie: „Wie es aussieht, steht sie nicht mehr am Fenster. Aber wir müssen vorsichtig sein. Wenn sie sieht, dass ich wieder mit unsichtbaren Personen rede, bringt sie mich sofort wieder zum Psychiater." Sophia drehte mit den Augen. Sie konnte sich noch allzu gut daran erinnern, wie ihre Mutter damals reagiert hatte, als ihr Sophias seltsames Verhalten aufgefallen war. Immer öfter hatte sie Sophia dabei erwischt, wie sie Gespräche mit jemandem führte, der nicht da war. Manchmal stand Sophia auf einer Treppe, ein anderes Mal in der Küche. Manchmal lachte sie nur und berichtete von ihrem Tag, ein anderes Mal diskutierte sie mit jemandem. Aber immer, wenn ihre Mutter näherkam, war dort niemand zu sehen. Sophia stand allein dort und sprach mit sich selbst.
Ihre Mutter hatte sie natürlich jedes Mal darauf angesprochen und Sophia hatte ihr immer erzählt, wer bei ihr war. Mal war es eine Weihnachtselfe. Ein anderes Mal war es ein Plüschtier, mit dem sie gesprochen hatte. Eine ganze Weile beobachtete ihre Mutter dieses Verhalten. Doch als sich daran nichts änderte, fuhr sie mit Sophia zu einem Psychiater. Dieser Arzt sollte ihr Verhalten untersuchen und dafür sorgen, dass Sophia wieder normal wird. Viele Sitzungen folgten. Der Arzt hatte Sophia sogar Tabletten verschrieben, die dafür sorgen sollten, dass die Geister, die Sophia sah, verschwanden. Sophia hatte die Tabletten aber nicht genommen. Stattdessen hatte sie gelernt, vorsichtig zu sein und ihre Mutter nicht mehr wissen zu lassen, was sie alles um sich herum sah. Sie war leise und still geworden. In dieser Zeit hatte sie die Gartenarbeit für sich entdeckt. Ihre Mutter mochte es nicht, im Garten zu arbeiten und neue Beete anzulegen. Deshalb hatte Sophia hier ihre Ruhe und fühlte sich nicht mehr die ganze Zeit beobachtet.
Lange Zeit hatte sie niemanden mehr gesehen, den andere nicht hatten sehen können. Sie hatte es fast schon vergessen. Deshalb hatte sie heute auch nicht aufgepasst, als sie ihrer Mutter sagte, dass sie mit Malia sprach. Sie hatte sich so gefreut, ihre alte Nachbarin zu sehen, dass ihr die seltsame

Kleidung nicht aufgefallen war. Das durfte ihr nicht wieder passieren. Beim Kaffee hatte ihre Mutter sie mehrfach gefragt, was sie damit meinte und Sophia war etwas in Erklärungsnot geraten.

„Es war die Sonne, die mich geblendet hat", hatte Sophia versucht, sich herauszureden. „Für einen Moment sah es so aus, als würde die kleine Malia da drüben vor dem Haus stehen. Dann habe ich mich erinnert und nur dumm vor mich hingeplappert. Ich habe mich laut gefragt, wo sie wohl abgeblieben war. Weiß du, damals als sie Weihnachten verschwunden ist. Das ist alles so lange her." Sophia hatte sich ein Stück Kuchen in den Mund geschoben und betrachtete verstohlen ihren Teller. Als sie hochschaute, nickte ihre Mutter nur. „Ja, es war wirklich eine seltsame Sache", grübelte sie vor sich her und schien Sophia gar nicht mehr richtig wahrzunehmen.

Sophia war sich sicher, dass ihre Mutter nun in Gedanken bei der kleinen Malia war. Alle hatten das Mädchen gemocht. Sie war immer lieb und freundlich gewesen. Als die Nachricht kam, dass Malia seit der Weihnacht verschwunden war, waren alle geschockt gewesen. Es war eine schlimme Zeit für alle gewesen.

Während ihre Mutter noch den alten Erinnerungen nachhing, nutze Sophia ihre Chance und ging zurück in den Vorgarten. Da war sie nun, zusammen mit Malia und Pam, und erzählte ihnen ihre Geschichte und warum sie so vorsichtig sein mussten.

„Konntest du Weihnachtselfen schon immer sehen?" fragte Pam neugierig. Sophia schüttelte sofort mit dem Kopf. „Es waren nicht nur Weihnachtselfen oder wie ihr euch nennt. Plötzlich konnte ich auch mit Plüschtieren sprechen. Manchmal habe ich verstanden, was eine Katze miaute oder ein Hund bellte. Anfangs machte es mir Angst. Doch ich traf eine nette Frau. Sie hatte wie du, Malia, so ein Weihnachtskleid an. Sie war so unglaublich nett und hat mir all meine Angst genommen."

Sophia legte ihren Kopf in den Nacken und blickte in den Himmel. Eine Weile war sie ganz still. Für ihre Mutter, die wieder am Fenster stand, musste es aussehen, als würde sie die Sonnenstrahlen auf ihrer Haut genießen.

„Elina", sagte Sophia dann, „Ihr Name war Elina." Sophia nahm ihre Arbeit wieder auf und erzählte von Elina. Sie hatten sich beide vor der Arztpraxis getroffen. Sophias Therapiestunde war gerade vorbei und sie stand draußen vor der Tür und wartete auf ihre Mutter.

Elina ging gerade an ihr vorbei. Die Weihnachtselfe hatte Sophia direkt angesehen und da hatte ihr Sophia einfach „Hallo" gesagt. Verwundert war Elina stehen geblieben. Sie hatte es kaum glauben können, dass jemand sie sehen konnte. Elina war daran gewöhnt, dass Kinder sie sehen konnten. Aber Sophia war bereits ein Teenager. Das war äußerst ungewöhnlich. Noch nie hatte jemand, der älter als zehn Jahre war Elina gesehen.

Sie kamen ins Gespräch. Sophia hatte Angst, dass ihre Mutter sie vor der Praxis sehen könnte, wie sie mit sich selbst sprach. Denn ihre Mutter konnte Elina natürlich nicht sehen. Deshalb verabredeten die beide sich für den nächsten Tag. Sobald die Schule zu Ende war, wollten sie sich treffen. Es blieb nicht bei diesem einen Treffen. Immer wieder trafen sich die beiden und Elina erzählte ihr ein wenig vom Weihnachtsdorf und ihren Aufgaben. So verschwanden Sophias Ängste vor den fremden Wesen, die nur sie sehen konnte und niemand sonst in ihrer Nähe. Sophia nahm ihre Gabe an und lernte, sie vor allem vor ihrer Mutter zu verbergen.

„Ist Elina noch immer hier?" fragte Malia hoffnungsvoll. Doch auch diesmal schüttelte Sophia mit dem Kopf. „Nein, nach einer Weile musste sie fort. Sie hatte eine neue Aufgabe bekommen. Ab und an kam sie mich noch besuchen. Doch ihr letzter Besuch ist schon lange her. Deshalb habe ich das alles auch irgendwie vergessen und nicht mehr daran gedacht. Und euch nicht sofort als solche Weihnachtsmenschen erkannt."

Nachdenklich sah Malia von Pam zu Sophia, dann fragte sie: „Du hast ja gesagt, dass du nicht immer Weihnachtselfen sehen konntest. Ist denn irgendetwas besonderes passiert, dass es plötzlich so war?"

Sophia unterbrach ihre Arbeit und überlegte. „Es ist schon so lange her. Ich war damals ein Teenager. Jetzt bin ich eine junge Frau, die immer noch bei ihrer Mutter wohnt." Sophia lachte traurig. „Aber ich möchte mich nicht beschweren. Es geht mir gut hier."

Sophia stand auf und holte eine Gießkanne. Während sie das Blumenbeet wässerte, erzählte sie weiter: „Ich habe mich oft gefragt, was sich geändert hat. Doch ich habe nie eine Lösung gefunden. Ich erinnere mich, dass ich kurz vorher einen kleinen Unfall hatte. Wir waren im Krankenhaus und haben meinen Vater besucht. Er hatte sich bei einer seiner Extremsportarten verletzt und sich den Arm gebrochen. Ich erinnere mich, dass wir den Flur zu seinem Krankenzimmer entlang gegangen sind. Da war niemand außer meiner Mutter und mir. Aber ich hatte plötzlich das Gefühl, als hätte mir jemand ein Bein gestellt. Ich stolperte und fiel direkt in den Weihnachtsbaum, der dort im Flur gestanden hatte. Natürlich sind die meisten Kugeln kaputt gegangen. Ich hatte kleine Schnitte an den Händen und Armen. Vielleicht war ich auch eine Weile ohnmächtig. Das weiß ich aber nicht mehr genau. Aber ich hatte auch eine dicke Beule am Kopf. Als ich dann später in einem der Krankenzimmer lag, um mich ein bisschen auszuruhen, habe ich das erste Mal so ein Wesen gesehen. Wie hast du sie genannt? Weihnachtselfen? Es war ein Junge. Vielleicht so alt wie ich damals. Er stand einfach in meinem Zimmer und hat mich angesehen. Er hat nichts gesagt. Ich erinnere mich, dass ich genervt war und ihn angefaucht habe, was er in meinem Zimmer zu suchen hat. Ohne ein Wort zu sagen, ist er dann gegangen. Ich habe ihn nie wiedergesehen."

Pam und Malia sahen sich an. „Denkst du, was ich denke?" fragte Pam und Malia nickte. „Ja, ich denke, es gibt einen Zusammenhang zwischen dem Sturz und der Gabe, die Sophia dadurch bekommen hat. Aber ich glaube nicht, dass der Sturz in den Weihnachtsbaum alles war. Irgendetwas fehlt. Das wäre sonst zu einfach. Dann müsste es doch viel mehr Erwachsene geben, die Weihnachtselfen sehen können."
Pam kicherte: „Wieso? Fallen so viele erwachsene Menschen in Weihnachtsbäume?" Nun musste auch Sophia lachen und antwortete: „Du glaubst gar nicht, wie vielen Menschen das passiert, wenn sie ihre Weihnachtsbäume für das Weihnachtsfest aufstellen und schmücken. Ich glaube, meinem Vater ist das bisher jedes Jahr passiert."
Sie lachten und plauderten noch einen Moment. Doch dann war es Zeit, sich zu verabschieden. Malia freute sich zwar, dass sie einen neuen Hinweis bekommen hatte. Aber gleichzeitig hatte sie ein schlechtes Gewissen, weil sie so lange vom Weihnachtsdorf ferngeblieben war. Sie wusste doch, dass ihre Hilfe dort dringend gebraucht wurde. Malia versprach Sophia noch, sie bald wieder besuchen zu kommen. Dann machten sich Pam und Malia auf den Weg ins zurück ins Weihnachtsdorf.

Achtzehntes Kapitel
Neue Erkenntnisse

In Windeseile flogen sie durch die Luft. Es dauerte nicht lange, bis sie das Weihnachtsdorf erreichten. Zum Glück mussten sie Santa nicht lange suchen. Er stand mit einer kleinen Gruppe Weihnachtselfen vor dem großen Weihnachtsbaum.

Der Weihnachtsbaum war noch nicht geschmückt worden. Offenbar fand gerade die Beratung statt, in welchen Farben er nun erstrahlen sollte. An dieser Beratung hatte Malia auch teilnehmen sollen.

Atemlos landete Pam vor der kleinen Gruppe. Mit großen Augen sahen Santa und die Weihnachtselfen zu den beiden Freundinnen hinüber. Malia sprang von Pams Rücken und schon begannen beide gleichzeitig zu erzählen.

„Es tut mir leid, dass wir zu spät sind."

„Wir haben etwas Unglaubliches entdeckt."

„Das könnte uns helfen, eine Lösung zu finden."

„Es sind auf jeden Fall Ansätze, die uns weiterbringen."

„Deshalb hat es auch so lange gedauert."

„Wir mussten uns unbedingt anhören, was Sophia zu erzählen hatte."

Santa hob die Hände. Lachend unterbrauch er die beiden: „Ruhig, ruhig. Ich verstehe ja kein Wort, wenn ihr zwei gleichzeitig erzählt."

Die beiden Freundinnen sahen sich an und waren schlagartig ruhig. Bevor eine von ihnen wieder etwas sagen konnte, deutete Santa auf sein Büro und schlug vor: „Wir drei gehen erstmal in mein Büro und dann erzählt ihr mir in aller Ruhe, was passiert ist." Dann drehte Santa sich zu den Weihnachtselfen um, die Malia und Pam noch immer verwirrt anstarrten. "Ich glaube, wir sind hier sowieso fertig. Wir nehmen, wie besprochen, für dieses Jahr die Farben Blau und Gold. Das wird einfach wunderbar. Bitte sucht alles in diesen beiden Farben zusammen. In drei Tagen schauen wir dann, welche Sachen wir an den Baum hängen und welche wir wieder ins Lager zurückbringen."

Die Weihnachtselfen nickten. Einige von ihnen machten sich sofort auf den Weg ins Lager. Andere blieben noch einen Moment stehen und betrachteten den leeren Weihnachtsbaum. Wahrscheinlich hatten sie bereits einige Dekorationsmöglichkeiten im Kopf und überlegten gerade, an welcher Stelle diese am besten zur Geltung kommen würden.

Santa lächelte und ging zusammen mit Malia und Pam in sein Büro. Auf seinem Schreibtisch standen bereits drei Tassen mit herrlich duftender, warmer Schokolade mit Marshmallows. Nikola hatte wirklich ein Gespür dafür, wann Santa Besuch bekam. Sie sorgte immer für das Wohl der Gäste. Dankend nahmen Malia und Pam ihre Tassen entgegen. Pam nahm einen tiefen Schluck. Langsam konnte sie wieder normal durchatmen. Sie war so schnell geflogen, wie sie nur konnte. Immerhin wollten beide schnell ins Weihnachtsdorf, um Santa von ihrem kleinen Zwischenstopp zu berichten. Pam sah zu Malia und nickte ihr aufmunternd zu. Malia sollte beginnen zu erzählen, während Pam sich noch ein wenig von dem Flug erholte.

Langsam begann Malia zu berichten. Zwischendurch entschuldigte sie sich immer wieder, dass sie sich nicht an Santas Anweisung gehalten hatte. Sie nahm Pam in Schutz, da ihre Freundin ihr nur einen Wunsch erfüllt hatte und wirklich nichts dafürkonnte. Dann fuhr sie mit ihrem Bericht fort. Ab und an ergänzte Pam eine Kleinigkeit. Doch Malia nannte alle wichtigen Details.

„So haben wir herausgefunden, dass die Gabe, wie Jowna sie nannte, nicht nur vererbt wird. Man kann sie auch erhalten. Durch eine Kombination von Ereignissen. Wir wissen nur noch nicht genau welche."

„Genau", fuhr Pam fort, „Wir wissen, dass Sophia gestolpert ist und dadurch gegen den Weihnachtsbaum gestoßen ist.

Aber wir glauben, dass das nicht alles ist. Irgendetwas fehlt da noch.“

Santa strich sich über den langen, weißen Bart und dachte nach. „Da könntet ihr natürlich recht haben. Einfach nur stolpern und gegen den Weihnachtsbaum fallen, reicht nicht. Wenn das des Rätsels Lösung wäre, müssten uns viel mehr Menschen sehen können. Ein Puzzleteil fehlt uns noch.“

„Aber welches? Ich habe keine Ahnung, wie wir herausfinden können, welches es ist. Hast du eine Idee?“ fragte Malia. Pam kicherte und fragte dann ganz ernst: „Wir können jetzt nicht irgendwelche Erwachsenen in Weihnachtsbäume schupsen, um vielleicht herauszufinden, was es ist. Oder?“ Fragend sah sie zu Santa hinüber. Dieser hielt sich bereits den Bauch vor Lachen.

„Eine schöne Vorstellung, meine liebe Pam. Aber ich denke, das können wir wirklich nicht machen.“ Abermals strich er sich über den Bart. Eine Weile waren alle still. Erwartungsvoll blickten Malia und Pam zu Santa. Doch leider hatte dieser auch keine Idee.

„Ich werde morgen eines meiner Rentiere nach Penarth fliegen lassen. Es wird Katharina und Adeon einen Brief bringen, der die beiden über eure neusten Erkenntnisse unterrichtet. Vielleicht können die beiden gezielter darauf achten, wie die Menschen, die uns sehen können, dazu gekommen sind. Die Erwachsenen, die offen auf ihren Besuch reagieren wie Jowna, könnten sie einfach fragen. Vielleicht erhalten wir so mehr Informationen und Hinweise.“

Malia wollte gerade fragen, warum sie nicht mit Pam nach Penarth reisen durfte. Da fuhr Santa bereits fort: „Ich brauche dich nun wirklich hier in den Werkstätten, Malia. Du bist gern in der Welt unterwegs. Das weiß ich. Aber als Weihnachtselfe hat man auch andere Verpflichtungen.“

Verständnisvoll nickte Malia. Sie trank den letzten Schluck aus ihrer Tasse und fragte Santa direkt, an welchem Ort sie nun anfangen sollte zu arbeiten. Da sie noch nicht müde war, wollte sie gern gleich mit der Arbeit beginnen.

„Auf gar keinen Fall!" hörte sie aus der kleinen Küche, die zu Santas Büro gehörte, eine Stimme rufen. Nur wenige Augenblicke später stand Nikola in der Tür. Sie stemmte ihre Hände gegen die Hüfte und sah alle drei durchdingend an. „Ihr werdet jetzt erst etwas essen. Nach der langen Reise habt ihr doch sicherlich Hunger. Pam muss sich ausruhen und wieder zu Kräften kommen. Das arme Mädchen sieht ganz blass um die Schnauze aus. Wenn du nach dem Essen immer noch arbeiten möchtest, dann kannst du das gerne tun. Aber ich glaube, bis dahin wirst auch du merken, dass dir die Reise etwas in den Knochen steckt." Nikola lächelte die drei nun wieder etwas sanfter an. Sie machte eine leichte Handbewegung in Richtung Haustür und sagte: „Zuhause ist bereits alles vorbereitet. Also los, meine Lieben."

Wie immer widersprach niemand der Frau vom Weihnachtsmann und gemeinsam gingen zu alle zum Haus, in dem Santa mit Nikola lebte. Bereits beim Eintreten roch es herrlich nach deftigem Essen. Nikola hatte sich mal wieder selbst übertroffen. Auf dem Tisch standen bereits Kartoffelpüree, Rotkohl und etwas Entenfleisch. Es gab auch eine Schüssel mit Erbsen. Auf dem Herd kochte noch ein Topf mit Gemüsesuppe vor sich her. Außerdem gab es noch einen Auflauf mit Kartoffeln und Brokkoli. Und im Backofen befand sich ein leckerer Apfelkuchen.

„Wie machst du das nur immer", sagte Malia verwundert.

Nikola stellte einen prall gefüllten Teller vor das Mädchen und fragte: „Was mache ich?"

„Dass immer für alle leckeres Essen da ist. Egal wann wir kommen, du hast immer etwas für uns gekocht. Und ich weiß, dass du es nicht mit Hilfe der Weihnachtselfen-Magie machst. Du kochst immer selbst." Malia erinnerte sich an die Zeit, als Nikola ihr beigebracht hatte, selbst zu kochen und zu backen. Vieles davon hatte Malia bereits vergessen. Immerhin hatte

Nikola sie trotzdem weiterhin mit Essen verwöhnt. Selbst als Malia bereits in Annies Haus gezogen war.

„Du weißt doch, ich mache das gern. Oftmals mache ich sowieso zu viel. Santa kann und darf vor allem nicht alles aufessen, was ich koche. Sonst platzt er mir noch eines Tages." Nikola lachte und strich ihrem Mann zärtlich über die Wange. „Außerdem ist es schön, Gäste zu haben. Ich freue mich immer, wenn ihr zu Besuch seid." Sie zuckte mit den Schultern und machte sich daran, für Pam einen Teller Essen zu befüllen.

„Wo ist eigentlich Schoko?" fragte Malia nach einer Weile.

Nikola kicherte: „Ich habe für Schoko vorhin ein Ragout gekocht. Er hat alles aufgegessen. Wahrscheinlich liegt er oben im Gästezimmer und schläft tief und fest"

„Schlafen ist eine gute Idee", sagte Pam und gähnte laut. Etwas beschämt sah sie danach zur Seite. Doch niemand war ihr deshalb böse.

„Iss dich nur ordentlich satt", sagte Nikola sanft. „Wenn du mit dem Essen fertig bist, kannst du dich gern oben zu Schoko legen oder nach Hause gehen. Wie du möchtest."

So saßen sie alle noch eine Weile zusammen und ließen sich das leckere Essen schmecken. Als Malia sich über ihr Stück Apfelkuchen hermachte, merkte sie langsam, dass Nikola recht gehabt hatte. Langsam kroch die Müdigkeit in ihre Knochen. Die kleine Weihnachtselfe konnte kaum noch ihre Augen aufhalten.

Zusammen mit Santa brachte Nikola ihre Gäste in das Zimmer, in dem bereits Schoko schlief. Als sie eintraten, öffnete Schoko ein Auge und wedelte mit dem Schwanz. Als seine beiden Freundinnen sich neben ihn aufs Bett legten und sofort wieder einschliefen, schloss auch Schoko wieder seine Augen. Es dauerte nicht lange, bis alle drei im Land der Träume verschwunden waren.

„Lass sie schlafen. Es wird schon ausreichen, wenn Malia morgen erst in der Fabrik anfängt. Wir haben es bisher jedes

Jahr geschafft, dass du um die Welt reisen und Geschenke verteilen kannst. Wir werden es auch in diesem Jahr schaffen."
Mit diesem Worten schloss Nikola die Tür zum Gästezimmer, in dem die drei Freunde schliefen. Gemeinsam mit Santa ging sie wieder hinunter in die Küche. Immerhin gab es noch etwas Apfelkuchen, der vernascht werden wollte.

Malia öffnete die Augen und trank einen letzten Schluck aus ihrer Tasse. Die Schokolade war mittlerweile schon kalt geworden. So lange war sie in ihren Erinnerungen versunken. Viel Zeit war seitdem vergangen.
Damals hatte Annie ihr erstes Kind erwartet. Mittlerweile war Annie eine alte Frau und hatte nicht nur Kinder, sondern auch Enkelkinder. Auch wenn Annie eines Tages nicht mehr auf dieser Welt leben würde und ihre Seele zu den Sternen wanderte, würde der kleine Theo immer noch ein Zuhause haben. Annies Kinder und Enkelkinder kümmerten sich genauso gut um ihn, wie Annie es immer tat. Manchmal erzählte Annie ihnen die Geschichte, wie Theo den Weg zur ihr fand. Für ihre Kinder und Enkelkinder war dies aber nur eine schöne Geschichte, denn sie alle wussten nicht, dass es Weihnachtselfen wirklich gab.
Genauso wenig wie sie wussten, dass auch Annie einst eine Weihnachtselfe gewesen war. Wahrscheinlich hätten sie ihr auch nicht geglaubt. Menschen glaubten nicht an den Weihnachtsmann und seine vielen Gehilfen. Eine Ausnahme waren die wenigen Menschen, die Santa und die Weihnachtselfen tatsächlich sehen konnten.
In all den Jahren waren sie diesem Rätsel allerdings nicht weiter auf die Schliche gekommen. Noch immer suchten sie nach einer Lösung.
Malia hatte nach dem Ausflug zu ihrem alten Zuhause ihre neue Aufgabe in einer der Weihnachtswerkstätten übernom-

men und dort geholfen, die Geschenke für die Kinder zu verpacken. Diese Arbeit hatte ihr tatsächlich viel Spaß gemacht. Manchmal hatte sie bis spät in die Nacht Puppen und Autos verpackt. Dabei hatte sie sich immer die Gesichter der Kinder vorgestellt, wenn sie vor Aufregung und Spannung mit ihren kleinen, unsicheren Händen das Papier zerrissen oder einfach versuchten, die Schleife vorsichtig zu entfernen.

Natürlich gab es Weihnachtselfen, die mehr Talent beim Verpacken der Geschenke hatten. Aber ihre neue Arbeit machte sie dennoch glücklich. Doch manchmal, wenn sie einen Tag frei hatte, kehrte sie auch in das Archiv zurück.

Hier hatte sie viel Zeit verbracht. Nikola hatte ihr dort viele Dinge beigebracht und damals hatte Malia geglaubt, dass sie vielleicht die neue Archivarin werden würden. Im Laufe der vielen Jahre hatte sich dieser allerdings Wunsch geändert.

Es war nicht so, dass ihr die Arbeit im Archiv keinen Spaß mehr machte oder dass ihr das Verpacken der Geschenke nicht gereicht hätte. Aber sie hatte nie aufhören können, an Jowna und die Gabe zu denken. Malia hatte so sehr gehofft, dass Katharina und Adeon über die Adressen, die sie sich damals aus dem Adressbuch herausgesucht hatten, etwas mehr erfahren würden. Doch dies war nicht geschehen.

Durch die Arbeit im Waisenhaus hatte es lange gedauert, bis die beiden sich die Zeit genommen hatten, um die erste Adresse aufzusuchen. Die Kinder hatten sich so gefreut, als die beiden zurück waren, dass die beiden ihnen ausführlich berichten mussten, warum sie so lange weg waren, Die Kinder, die bisher auch nur die Erwachsenen kannten, die weder Katharina noch Adeon sehen konnten, waren extrem überrascht gewesen. Anfangs wollten sie ihnen gar nicht glauben. Sie wollten die beiden aber auch gar nicht mehr weggehen lassen. So sehr hatten ihnen ihre Weihnachtselfen gefehlt. Es war nichts Schlimmes im Waisenhaus passiert, als Katharina und Adeon fort waren. Doch die Kinder hatten ihre Freunde vermisst und sich natürlich Sorgen gemacht. Diese Kinder hatten viel erlebt. Sie waren aus den unterschiedlichen Gründen aus ihren Familien herausgerissen worden und ohne ihre Eltern aufgewachsen. Für sie gab es nur eine Familie und das waren alle Kinder aus dem Waisenhaus und die beiden Weihnachtselfen. Sie passten aufeinander auf und hielten zusammen. Selbstverständlich freuten sie sich auch, wenn eine oder einer von ihnen ein neues Zuhause gefunden hatte. Doch Abschied nehmen war immer sehr schwer. Denn sie alle hatten schon viele Verluste im Leben erlitten.

Daher hielten sich Katharina und Adeon erst einmal zurück. Dazu kamen viele Veranstaltungen rund um das Waisenhaus. Auf einer von ihnen trafen sie auch Jowna wieder. Sie saß in einem Rollstuhl und wartete darauf, dass ihre Pflegerin ihr etwas zu trinken brachte. Als sie Katharina und Adeon erblickte, hatten ihre Augen zu strahlen angefangen. Jowna war ihnen viele Jahre eine gute Verbündete gewesen. Sie hatte sie bei ihrer Arbeit unterstützt und geholfen, wo sie konnte. Das Waisenhaus hatte dank Jownas Hilfe viele Spenden erhalten. Doch Jownas Seele hatte bereits vor vielen Jahren ihren Weg zu den Sternen gefunden. Zum Abschied hatte sie dem Waisenhaus viel Geld überlassen. Aber nicht nur das. Jowna hatte ihnen ihr Haus und das dazugehörige Grundstück vermacht. Nun lebten Katharina und Adeon zusammen mit den Kindern und der Leiterin des Waisenhauses in Jownas Haus. Auch einige der Angestellten hatten hier ein eigenes Zimmer bekommen. Es gab eine riesige Küche und mittlerweile durften sogar die größeren Kinder ab und an selbst in der Küche kochen.

Vieles hatte sich verändert. Doch eine Lösung, warum es Erwachsene gab, die Weihnachtselfen sehen konnten, hatten sie nicht gefunden. Malia hatte in ihrer freien Zeit viel im Archiv recherchiert. Jedes Mal, wenn Katharina und Adeon bei einer der Adressen gewesen war, hatte sie gespannt zugehört und jedes Wort in sich aufgesogen. Später war sie selbst ab und an mit Pam zu einer der weiter entfernten Adressen aus dem Adressbuch von Maya gereist. Doch es hatte nie neue Erkenntnisse gegeben. Entweder hatte es diese Fähigkeit bereits schon viele Generationen zuvor in der Familie gegeben oder man hatte sie durch einen Sturz in den Weihnachtsbaum erhalten. Aber Malia war sich sicher, dass das nicht alles war. Es musste noch etwas Anderes geben, dass diesen Zauber auslöste oder vielleicht auch beendete. Ein einfacher Sturz in den Weihnachtsbaum konnte es nicht sein.

Malia blickte in ihre Tasse. Mittlerweile war sie leer. Malia hatte alles ausgetrunken und auch das bunte Spiel der Nordlichter hatte aufgehört. Ein Blick auf die Uhr verriet ihr, dass Santa in wenigen Augenblicken zurück ins Weihnachtsdorf kommen würde.

Die Weihnacht war vorbei und alle Geschenke waren verteilt. Einige Weihnachtselfen würden aus ihren Häusern eilen und Santa helfen, den magischen Weihnachtssack zurück an seinen Platz zu bringen und die Rentiere zu versorgen. Sie waren nach so einer langen Reise natürlich genauso erschöpft wie Santa. Während die lieben Weihnachtselfen sich um alles kümmerten, ging Santa nach Hause zu Nikola, die ihn bereits mit leckerem Essen erwartete. Danach schlief Santa für gewöhnlich einige Tage am Stück. In dieser Zeit war es ruhig im Weihnachtsdorf und alle sammelten neue Kräfte.

In diesem Jahr würde Malia die Gelegenheit nutzen und zusammen mit Schoko nach Penarth reisen. Sie hatte eine Vielzahl von Aufgaben von Santa erhalten, nachdem er erkannt hatte, dass Malia gern in der Welt umherreiste. Malias Hauptaufgabe war es geworden, herauszufinden, was sich die Kinder in der Welt wünschten. Mittlerweile hatte sich so viel in der Welt verändert, dass es für Santa und die Weihnachtselfen gar nicht mehr so einfach war, zu verstehen, um was für ein Spielzeug es sich denn wirklich handelte. Eine X-Box? Konnte man das essen? Eine Toniebox? Das war doch sicherlich ein kleines Schmuckkästchen? Es gab so viele neue Sachen, von denen kein Weihnachtself jemals etwas gehört hatte.

Deshalb war es Malias Aufgabe, herauszufinden, was diese vielen neuen und seltsamen Wünsche zu bedeuteten hatten.

Wenn sie eine Zeit lang im Weihnachtsdorf war, half sie weiterhin beim Geschenke verpacken oder verbrachte ihre Zeit im Archiv. Mittlerweile gab es dort eine neue Archivarin. Doch Nikola war immer noch jeden Tag dort. Gemeinsam konnten sie die neue Archivarin unterstützen und Malia hatte so die Möglichkeit, nach neuen Büchern oder Unterlagen zu suchen, die vielleicht Hinweise enthalten könnten, warum es diese Gabe oder Fähigkeit gab.

Doch Morgen würde sie erst einmal nach Penarth reisen. Sie freute sich bereits, dass sie ihre Freunde wiedersehen würde. Malia lächelte und warf einen Blick aus dem Fenster. Am Himmel konnte sie bereits die ersten Lichter von Santas Schlitten erkennen. Kleine Blitze erschienen, die die Hufen der Rentiere am Horizont verursachten.

Langsam stand Malia auf und ging hinunter zur Haustür. Kaum hatte sie diese geöffnet, kam ihr Schoko entgegen. Der kleine Hund lief mit wedelndem Schwanz wild um sie herum. Malia lachte. „Ich freue mich schon, was du mir morgen alles zu erzählen hast."

Schoko war in der heutigen Weihnacht zusammen mit Santa und den Rentieren aufgebrochen, um die Geschenke zu verteilen. Das war eigentlich nicht geplant gewesen. Aber in dem Moment, als die Reise begann, war Schoko auf den Wagen des Weihnachtsmannes gesprungen. Wahrscheinlich wollte er Pam begleiten. Denn das einst kleine Rentier-Mädchen war nun erwachsen und in dieser Nacht durfte sie das allererste Mal gemeinsam mit einigen anderen Rentieren den großen Schlitten ziehen.

Santa hatte Schoko erst bemerkt, als sie schon in der Luft gewesen waren. Mit großen Augen hatte Malia von ihrem Platz aus zum Schlitten hinaufgesehen. Sie hatte genauso wenig wie Santa bemerkt, dass sich ein kleiner, blinder Passagier auf den Schlitten geschlichen hatte. Doch Santa hatte nur gelacht und

Schoko zu sich nach vorn geholt. Dann waren sie alle am Nachthimmel verschwunden, um ihre Aufgabe zu erfüllen und die vielen Geschenke zu verteilen.

Leider hatte es auch in aller der Zeit keine Lösung gegeben, warum Malia Schoko sprechen hören konnte, wenn sie in Penarth waren. Aber sobald sie zurück im Weihnachtsdorf waren, war es wieder nur normales Bellen für sie. Aber auch für alle anderen. Vielleicht hätte Schoko ihr sonst im Vorfeld erzählt, dass er vorhatte, in dieser Weihnacht Santa und die Rentiere zu begleiten. Aber so war es einfach nicht möglich gewesen. Daher freute sie sich umso mehr auf den nächsten Tag. Schoko würde ihr bestimmt ausführlich berichten, was er alles erlebt hatte.

Pam hätte das mit Sicherheit auch übernommen. Aber aus ihren Erfahrungen wusste Malia, dass die Rentiere sich nach der Weihnacht immer einige Tage zurückzogen und sich von der anstrengenden Nacht erholten. Sie würde Pam daher erst nach ihrer Rückkehr aus Penarth wiedersehen. Das würde aber keinen Unterschied machen. Pam würde sicherlich auch eine Woche später noch voller Elan und Begeisterung von ihrer aller ersten Nacht berichten, in der sie den großen Schlitten hatte ziehen dürfen.

Wahrscheinlich würde sie sogar Wochen, wenn nicht sogar Monate kein anderes Thema kennen.

Malia lächelte vor sich her. Sie war unglaublich stolz auf ihre Freundin und gönnte ihr jeden dieser magischen Momente. Es musste wirklich ein wunderbares Erlebnis sein, zusammen mit Santa durch die Nacht zu reisen und die vielen Geschenke zu verteilen.

Bevor Malia die Tür schloss, winkte sie ihren Freunden noch einmal zu. Santa lächelte sie an und grüßte mit seiner großen Hand zurück. Pam lächelte ihr zu und widmete sich dann dem kalten Wasser, das ihr gereicht wurde. Auch einige der Weihnachtselfen drehten sich um und winkten Malia kurz zu. Dann nahmen sie ihre Arbeit wieder auf und kümmerten sich um die Rentiere und den großen Schlitten. Santa bedankte sich bei allen und ging müde und erschöpft nach Hause.

„Zeit schlafen zu gehen", sagte Malia zu Schoko. Sie hoffte, dass der kleine Hund von seinem Abenteuer nicht allzu aufgeregt war und dass er überhaupt würde schlafen können. Doch ihre Zweifel waren umsonst gewesen. Kaum hatte Schoko seinen Kopf auf eines der Kissen auf dem Bett gelegt, fielen ihm die Augen zu.

Neunzehntes Kapitel
Zu Besuch bei alten Freunden

Malia und Schoko hatten lange geschlafen. Beiden steckte die Anstrengung der letzten Tage noch in den Knochen. Nach dem Aufstehen hatten beide entspannt gefrühstückt und waren in aller Ruhe in den Tag gestartet. Zusammen hatten die beiden noch Pams Lieblingskekse gebacken und sie ihrer Freundin vor die Tür gestellt. Dann war es Zeit aufzubrechen.
Malia nahm Schoko in den Arm und stellte sich gerade vor den großen Weihnachtsbaum. Sie betrachtete ihn in all seiner Schönheit und lächelte. Der Weihnachtsbaum hätte Annie gefallen. Da war sich Malia sicher. Dann schloss sie ihre Augen und dachte an ihre Freunde in Penarth. Malia konzentrierte sich auf den Raum in Jownas Haus, in dem sie damals zusammen Kuchen gegessen hatten.
Als Malia ihre Augen wieder öffnete, stand sie in genau diesem Raum vor den großen Fenstern und blickte auf die kleine Parkanlage, die Jownas altes Haus umgab. Lächelnd setzt sie Schoko ab. Der kleine Hund eilte sofort los, um allen hallo zu sagen. Im Gegensatz zu Malia konnten alle im Haus den kleinen Hund sehen. Niemand wusste genau, woher Schoko kam und warum er manchmal einfach für Monate verschwunden war. Aber sobald er da war, freuten sich alle, ihn zu sehen. Selbst die strenge Heimleiterin. Sie war es auch, die dafür sorgte, dass Schoko bei seinen Besuchen immer gut versorgt wurde und ausreichend Wasser und Futter bekam.
Malias Blick ging durch den Raum. Er sah noch exakt so aus, wie an dem Tag, als sie Jowna kennengerlernt hatten. Überall waren die riesigen Bücherregale zu sehen, die randvoll mit Kostbarkeiten gefüllt waren. Es gab keine einzige Lücke, in der noch ein kleines Buch Platz gefunden hätte. So viele wunderbare Bücher hatten hier bei Jowna ein Zuhause gefunden.

Ein Zuhause. Malia lächelte. Dieses Wort würde sie wohl ihr ganzes Leben lang begleiten. Doch es machte sie nicht traurig. Maya hatte recht gehabt. Zuhause ist kein Ort. Zuhause ist ein Gefühl. Es ist eine wunderschöne Erinnerung an eine Zeit, in der man glücklich war oder ist. Manchmal ist Zuhause auch ein Mensch, ein Freund, jemand, der das eigene Herz höherschlagen lässt. Das hatte sie vor langer Zeit erkannt und ihren Frieden damit gemacht. Denn ihr Zuhause hatte sie im Weihnachtsdorf und ihren Bewohnern gefunden. Ganz besonders in Pam und Schoko. Aber natürlich auch durch Santa und Nikola. Auch wenn Malia gern in der Welt unterwegs war, so war es immer ein ganz besonders Gefühl zurück ins Weihnachtsdorf zukommen. Zurück nach Hause.

„Da bist du ja!" holte eine helle Stimme sie aus ihren Erinnerungen. „Die Heimleiterin füttert Schoko bereits mit den Resten des gestrigen Entenbratens." Das kleine Mädchen lachte. Freudestrahlend drehte sich Malia zur ihr um und breitete ihre Arme aus. Das ließ Alva sich nicht zweimal sagen und lief in Malias Arme.

„Wie schön dich zu sehen, kleine Alva", sagte Malia, während sie Alva an sich drückte. Das kleine Mädchen lebte erst seit einem knappen Jahr im Waisenhaus. Ihre Eltern waren bei einem Unfall ums Leben gekommen und es gab keine weiteren Verwandten, die sich um Alva hätten kümmern können. So war Alva hier ins Waisenhaus gekommen.

Die ersten Tage und Wochen war sie sehr traurig gewesen und hatte kaum gegessen. Doch dann hatte sie die Weihnachtselfen und auch Schoko kennengelernt. Ganz langsam hatten sie sich angenähert und das kleine Mädchen war aus ihrem traurigen Schneckenhaus gekrochen und hatte nach und nach sein Lächeln wiedergefunden.

Malia hatte ihr erzählt, dass ihre Eltern nun bei den Sternen lebten. Seitdem wartete Alva oft, bis es dunkel war und die ersten Sterne am Himmel zu sehen waren. Dann erzählte sie ihnen von ihrem Tag und was sie erlebt hatte. Natürlich sagte sie ihren Eltern auch, dass sie ihr fehlten. Aber der Gedanken, dass ihre Eltern dort oben waren, machte es für das kleine Mädchen leichter.

Wenn sie alles berichtet hatte, verabschiedete sie sich und legte sich schlafen. Wenn Schoko zu Besuch im Waisenhaus war, schlich er sich oft zu Alva und schlief dann neben ihr.

„Wo sind denn die anderen Weihnachtselfen?" fragte Malia und Alva löste sich langsam und etwas unwillig aus ihrer Umarmung. „Ich glaube", sagte das blonde Mädchen, „Sie sind oben im Gemeinschaftsraum. Aber ganz sicher bin ich mir nicht." Schon hatte Alva sich umgedreht und lief aus der kleinen Bibliothek hinaus. Langsam folgte Malia ihr. Als sie aus dem Raum in den Flur trat, fiel ihr der große, wunderschöne Weihnachtsbaum auf, der direkt neben der Treppe stand.

Er hatte keine Lichter, aber trotzdem war er bunt geschmückt. Wie in jedem Jahr hatten die Kinder, die hier lebten, die Weihnachtsdekoration selbst gebastelt. Sie hatten bereits im Herbst nach Blättern und kleinen Stöckchen gesucht. Mit Hilfe von Haselnüssen und Kastanien sowie alten Streichhölzern hatten sie kleine Männchen gebastelt. Aus buntem Papier und farbenfrohem Schleifenband waren noch viele andere Figuren und Schneesterne entstanden.

Für Malia war es immer wieder schön, die unterschiedlichen Arten der Weihnachtsbäume zu sehen. So viele Familien hatten einen Weihnachtsbaum in ihrem Heim stehen. Doch kein Weihnachtsbaum glich dem anderen. Sie alle erstrahlten in ihrer eigenen, ganz besonderen Schönheit.

Malia ging weiter in Richtung Treppe, während sie ihren Blick nicht von dem liebevoll gestalten Weihnachtsbaum nehmen konnte. Dann passierte es.

Seit einiger Zeit lebte im Waisenhaus ein junger Mann. Sein Name war Matthias. Er unterstützte die Heimleiterin in allen Belangen und kümmerte sich um die Finanzen. Da er selbst noch keine eigene Familie hatte, hatte er eines der freien

Zimmer im Waisenhaus bezogen. Das Haus war so groß, dass es ausreichend Platz bot.

Während Malia den Weihnachtsbaum betrachtete und den Blick nicht von ihm lassen konnte, eilte Matthias aus einem der Zimmer, die direkt neben der Treppe lagen. Malia bemerkte ihn gar nicht, als sie einen Schritt weiter in Richtung Treppe machte. Dabei stieß sie mit der Schulter gegen etwas und drehte sich überrascht um. In dem Moment, als sie ihren Kopf drehte, sah sie direkt in strahlend blaue Augen. Ihre Lippen landeten auf den Lippen des jungen Mannes, der bereits ins Stolpern geraten war.

Dieser verlor durch den Aufprall mit Malia das Gleichgewicht und ruderte mit den Armen. Unbeholfen und verwirrt, dass sie gerade ausversehen diesen Mann geküsst hatte, trat Malia einen Schritt zur Seite.

Der Mann taumelte. Er tat ein, zwei Schritte. Doch er konnte sein Gleichgewicht nicht wiederfinden. Er drehte sich einmal um sich selbst. Kurz stand er auf einem Bein und ruderte wild mit den Armen hin und her. Aber all seine Bemühungen waren vergeblich. Mit einem lauten Krachen landete er im Weihnachtsbaum.

Malia hielt sich die Hand vor den Mund. Sie wollte bereits zur Hilfe eilen, als sie sich daran erinnerte, dass er sie nicht sehen konnte und somit würden ihre Bemühungen, ihm zu helfen, auch umsonst sein. Sie konnte ihm nicht einfach die Hand reichen und ihm beim Aufstehen helfen.

Vom Lärm angelockt, tauchten nun nach und nach die anderen Bewohner des Hauses auf. Einige Kinder standen oben an der Treppe und betrachteten das seltsame Schauspiel von oben. Sie konnten Malia natürlich alle sehen. Ganz im Gegensatz zu Emma und Konstantin, die beide im Waisenhaus in der Küche arbeiteten. Sie beide eilten herbei, um Matthias zu helfen. Dieser versuchte gerade, ohne noch weiteren Schaden anzu-richten, aufzustehen. Doch leider waren bereits viele Äste des Weihnachtsbaumes abgebrochen. Auch viele der Basteleien, die die Kinder gefertigt hatten, hatten unter seinem Gewicht gelitten und waren kaputt gegangen.

Mit helfenden Händen unterstützen Emma und Konstantin ihn beim Aufstehen. Während Emma Matthias stützte, stellte Konstantin den Weihnachtsbaum wieder gerade auf. Es war ein trauriger Anblick. Zum Glück hatten keine Geschenke mehr unter dem Weihnachtsbaum gelegen.

Als Matthias sich stöhnend an den schmerzenden Kopf fasste, beschlossen Emma und Konstantin ihn in die Bibliothek zu bringen. Mit langsamen Schritten gingen sie auf die Tür zu.

„Malia, du hast den armen Jungen doch nicht in den Weihnachtsbaum geschubst?" rief Adeon plötzlich lachend aus der ersten Etage die Treppe hinunter. Malias Blick ging rasch nach oben. Doch sie konnte Adeon nicht sehen. Dann fiel ihr Blick zu Matthias. Kurz vor der Tür zur Bibliothek waren die drei stehen geblieben. Matthias hatte sich umgedreht und sah Malia nun direkt an. Erschrocken blickte Malia zurück. Konnte er sie wirklich sehen? Wie gebannt stand sie da und war nicht in der Lage sich zu bewegen. Doch dann schüttelte Matthias den Kopf und ließ sich in die Bibliothek führen.

„Du hast ihn aber nicht wirklich geschubst, um Hinweise zu erhalten?" fragte Adeon, der mittlerweile aufgehört hatte zu lachen und von oben heruntergekommen war. Er hatte seine Hand auf Malias Schulter gelegt und blickte hinüber zur Bibliothek.

Jetzt war es Malia, die den Kopf schüttelte. Verwundert sah sie Adeon an und sagte: „Ich hatte gerade für einen Augenblick tatsächlich das Gefühl, dass er mich angesehen hat."

„Matthias hat uns noch nie sehen können", sagte Katharina, die nun ebenfalls zu Malia heruntergekommen war. „Wenn wir mit ihm kommunizieren müssen, übernehmen das die Kinder. Er liebt sie und versucht, immer das Beste für sie alle zu erreichen."

Malia nickte nur. Trotzdem blieb das Gefühl, dass er sie direkt angesehen und wahrgenommen hatte. Mit den Fingern strich sie sich über die Lippen. Wie hatte es zu diesem Zusammenprall kommen können?

Ihr blieb keine Zeit weiter darüber nachzudenken. Kaum hatte sich die Tür hinter Emma, Konstantin und Matthias geschlossen, kamen die Kinder heruntergelaufen und befragten Malia, was alles geschehen war. Sie stürmten mit ihren Fragen auf sie ein, so dass sie kaum ein Wort verstehen konnte. Gemeinsam lachten sie über den Trubel. Irgendwann musste Adeon ein Machtwort sprechen, damit die Kinder ruhiger wurden und nicht noch mehr von den Erwachsenen aufmerksam wurden und womöglich in die Halle kamen.

Gemeinsam sahen sich dann die Kinder und die Weihnachtselfen den beschädigten Weihnachtsbaum an. Normalerweise stand der Weihnachtsbaum bis zum nächsten Jahr dort. Durch den Sturz hatte er allerdings sehr gelitten. Viele kahle Stellen waren nun zu sehen, da einige Äste abgebrochen und viele Nadeln zu Boden gefallen waren.

„Und wenn wir eine Girlande basteln und sie um den Baum wickeln?" fragte Alva hoffnungsvoll. Die drei Weihnachtselfen nickten. Die Idee schien gar nicht so schlecht. Also machten sie sich mit allen Kindern auf in den Bastelraum. Jedes der Kinder durfte einen Teil der Girlande basteln und bemalen. Vielleicht würde sie dann lang genug werden, um die größten Schäden zu verbergen.

Sie verbrachten den ganzen Nachmittag im Bastelzimmer. Alle Kinder saßen zusammen. Niemand wollte fehlen. Jedes Kind wollte etwas für den Weihnachtsbaum basteln und ihm so wieder zu altem Glanz verhelfen. Während die Kinder Papier in die richtigen Formen schnitten, klebten und bastelten, erzählte Schoko ihnen von seinem Abenteuer.

Der kleine Hund, der eine Weile spurlos verschwunden war, hatte sich nach einiger Zeit zu ihnen gesellt. Direkt hinter ihm war die Leiterin des Waisenhauses gewesen. Sie hatte gerade anfangen wollen, zu schimpfen, da sie den Weihnachtsbaum in der Eingangshalle gesehen hatte. Doch als ihr Blick auf die friedlich bastelnden Kinder fiel und sie die strahlenden Augen und das Geplapper wahrnahm, hatte sie nur gelächelt. Für ein paar Minuten hatte sie in der Tür gestanden und dem Treiben zugesehen. Dann hatte sie die Tür geschlossen und war gegangen.

Katharina und Adeon hatten sich in diesem Moment angesehen und zugenickt. Verwundert sah Malia die beiden an und Adeon erklärte: „Sie ist manchmal wirklich streng, aber tief in ihrem Herzen ist sie doch ein Sonnenschein. Ohne ein Wort hat sie genau verstanden, dass die Kinder hier sind, um etwas für den Weihnachtsbaum zu basteln. Gemeinsam. Ich glaube, dass macht sie auch ein bisschen stolz. Es gibt hier so viel Trubel und oft auch Streitigkeiten. Aber der Zauber der Weihnacht bringt sie doch alle zusammen."

Das war Schokos Stichwort. Die Weihnacht. Schon begann der kleine Hund von seinem Abenteuer zu berichten.

Er hatte gar nicht wirklich darüber nachgedacht, was er in der Weihnacht tun würde oder wo er in dieser besonderen Nacht sein würde. Nur eins hatte für ihn festgestanden: seiner Freundin Pam viel Glück und Erfolg für diese besondere Nacht zu wünschen.

Danach wollte er nach Hause oder vielleicht zu Nikola gehen. Entscheidend war für ihn, dass er ein schönes warmes Plätzchen vor einem Kamin hatte und etwas Leckeres zu Essen.

Doch dann stand er vor der aufgeregten Pam. Die Beine des Rentier-Mädchens hatten vor Aufregung begonnen zu zittern. „Ich glaube, ich bin noch nicht so weit", hatte Pam gesagt. „Das ist zu viel Verantwortung. Ich kann das unmöglich tun." Gerne hätte Schoko ihr Mut zugesprochen und ihr gesagt, dass sie ein wundervolles Rentier war und dass Pam alles schaffen konnte. Doch im Weihnachtsdorf konnte niemand Schoko verstehen. Das war nur in Wales möglich. Ein weiteres Geheimnis, das es irgendwann einmal zu lüften galt. Doch sie alle hatten sich bereits so daran gewöhnt, dass Schoko im

Weihnachtsdorf einfach ein normaler Hund war, dass sie ihn wortlos verstanden.

Deshalb hatte Schoko seine Freundin auch nur lange angesehen. Natürlich wusste Pam, was Schoko sagen wollten. Sie verstand ihn ohne Worte. Aber sie war so unglaublich aufgeregt und nervös, dass sie ihm an diesem besonderen Tag nicht glauben konnte.

Während die Freunde so dar standen, trugen einige kräftige Weihnachtselfen den großen magischen Geschenkesack zum Schlitten und luden ihn auf. Kaum war das erledigt, scharrten die erfahrenen Rentiere bereits mit den Hufen. Sie waren bereit aufzubrechen.

Die Rentier-Dame neben Pam nickte ihr zu und sagte: „Du brauchst keine Angst zu haben. Dies ist die schönste und beste Nacht des Jahres." Mit großen Augen sah Pam sie an. Das Rentier-Mädchen wusste nicht, was es antworten sollte. Ihre Eltern hatten ihr genau das gleiche gesagt. Aber nicht mehr. Sie wusste nicht, was sie erwarten würde und ob sie alldem gerecht werden konnte.

Nun klopfte ihr Herz bis zum Hals und sie hätte sich am liebsten Zuhause in ihrem Bett verkrochen. Pam sah sich um und überlegte, wie sie am besten verschwinden konnte. Doch bevor sie ihren Platz am Schlitten verlassen konnte, öffnete sich die Tür zu Santas Büro.

Mit einem breiten Grinsen im Gesicht kam der Weihnachtsmann heraus und warf sich seinen dicken Mantel über. „Hohoho", sagte er freudestrahlend. „Es ist so weit. Lasst uns aufbrechen und diese wunderbaren Geschenke an alle Kinder verteilen."

Ohne zu zögern kletterte Santa auf den Schlitten und nahm die Zügel in die Hand. Zum Abschied nickte er allen noch einmal zu und dann gab er seinen Rentieren ein unauffälliges Zeichen. Das Scharren der Hufe hörte plötzlich auf. Die Rentiere setzen sich in Bewegung und der Schlitten hob sich in die Luft. In diesem Moment entschied Schoko, dass er seine Freundin Pam nicht allein lassen würde. Er flitzte ein Stück zurück, um Anlauf zu nehmen und eilte dann auf den Schlitten zu. Mit einem großen Sprung landete er direkt hinten auf dem Schlitten.

Anfangs schien es niemandem aufzufallen. Nur Pam drehte sich verwundert um. Sie hatte Schoko nicht aus den Augen gelassen und hatte Angst, dass er es womöglich nicht auf den Schlitten geschafft hatte. Während sie sich den Hals verdrehte, stolperte sie kurz und die Fahrt kam etwas ins Stocken. Die Rentier-Dame, die neben Pam lief, sah sie kurz verwirrt an. Aber sie sagte nix. Doch Santa hatte Pams Blick bemerkt und drehte sich nun auch nach hinten um.

Sofort fiel sein Blick auf Schoko, der schwanzwedelnd in einer kleinen Ecke Platz genommen hatte. Den größten Teil vom Schlitten nahm natürlich der magische Geschenkesack ein. Normalerweise gab es keinen freien Fleck mehr auf dem Schlitten. Doch heute war dies anscheinend anders.

Santa runzelte kurz die Stirn und lachte dann. Er wusste, dass Schoko Pam beistehen wollte und deshalb auf den Schlitten gesprungen war. Lachend griff er mit einer Hand nach hinten und sagte: „Komm her, alter Freund. Du darfst gerne hier vorne bei mir sitzen."

Das ließ Schoko sich nicht zweimal sagen und kletterte mit Santas Hilfe nach vorne. Von dort aus hatte man einen traumhaften Ausblick. Zu Beginn ihrer Reise ging es vorbei an weiten Schneelandschaften. Hier und da gab es ein kleines Dorf, das manchmal aus Hütten und manchmal aus Iglus bestand. Sie flogen vorbei an Wolken und Sternen, während sich unter ihnen die Landschaft immer wieder änderte. Aus den Schneelandschaften wurden weite Felder, kilometerlange Wälder oder Wüstenlandschaften. Es gab Millionen von Lichtern zu bewundern, wenn sie über eine Großstadt flogen. Das alles war so magisch und wundervoll. Doch es gab etwas, dass Schoko noch viel besser gefiel.

Nicht alle Kinder hatten sich darangehalten und waren wie jeden Abend schlafen gegangen. Einige standen heimlich an den Fenstern und schauten in den Himmel. Sie warteten auf den Weihnachtsmann. Wenn ihr Warten belohnt wurde, dann leuchteten ihre Gesichter und sie konnten ihr Glück kaum fassen. Eilig liefen sie dann in den Raum, in dem in ihrem Zuhause der Weihnachtsbaum stand. Aber ganz gleich wie sehr die Kinder sich beeilten. Sie alle hatten kein Glück.

Santa war bereits verschwunden und zum nächsten Haus gereist. Einzig und allein die Geschenke, die unter dem Weihnachtsbaum lagen, verrieten, dass der Weihnachtsmann tatsächlich dort gewesen war.

Manche Familien stellten Santa etwas Milch und Kekse hin. Darüber freute er sich immer besonders. Dann nahm er einen Schluck Milch und probierte die leckeren Kekse. Aber er dachte auch immer an seine Rentiere und nahm für sie ab und an auch eine kleine Leckerei mit. Immerhin machten die Rentiere in dieser Nacht die meiste Arbeit, da sie den großen Schlitten ziehen mussten.

So flogen sie durch die Nacht und verteilten die Geschenke in Windeseile. Denn sobald die Sonne aufging, mussten alle Geschenke an ihrem Platz sein. Deshalb mussten sie sich sehr beeilen. Aber es war noch nie vorgekommen, dass Santa seiner Aufgabe nicht gerecht geworden war. Bisher hatte er immer alle Geschenke verteilt. Natürlich erreichte ihn manchmal ein Wunsch erst nach der Weihnacht. Aber selbst dann versuchte Santa noch immer zu helfen und den Wunsch nachträglich zu erfüllen. Immerhin gab es ja auch noch den Osterhasen, der manchmal bei der Wunscherfüllung helfen konnte.

In dieser Nacht lief alles wunderbar. Pam strahlte und hatte bereits nach kurzer Zeit ihre Angst vergessen. Im gleichen Rhythmus lief sie mit den anderen Rentieren durch den Sternenhimmel. Pam zog jeden Moment in sich ein und fühlte sich so frei und glücklich wie nie zuvor. Für diese Magie und diese Aufgabe waren Rentiere geboren. Das hatte Pam in der Schule gelernt und natürlich war sie bereits oft mit Malia und ihren Freunden gereist. Doch erst jetzt verstand sie wirklich, was es bedeutete. In der Weihnacht den magischen Schlitten zu ziehen, war etwas ganz Besonderes.

Etwas, dass nur die Rentiere und natürlich Santa kannten und in ihrem Herzen fühlten. Und nun auch Schoko. Der kleine Schoko, der seiner Freundin Pam durch seine Anwesenheit in dieser Nacht so viel Kraft schenkte. Das würde Pam niemals vergessen.

„Das hat sie jedenfalls gesagt, bevor sie nach Hause ins Bett gegangen ist", beendete Schoko seine Erzählung stolz. Er strahlte vor Glück und Freude und sah in die große Runde. Die Kinder hatten aufgehört zu basteln und sahen ihn alle mit ihren großen Augen an.

Wie gebannt hatten sie seiner Erzählung zugehört. Denn keines der anwesenden Kinder hatte den Weihnachtsmann bisher selbst gesehen. Sie alle kannten nur ihre Freunde, die Weihnachtselfen. Umso aufregender war es, eine Geschichte zu hören, die erst in der letzten Nacht geschehen war. In der Nacht, in der Santa all seine Geschenke verteilt hatte. Die Geschenke, die nun oben in den Zimmern der Kinder lagen.

Jedes Kind von ihnen hatte sich über sein Geschenk sehr gefreut. Wie in jedem Jahr passten die Geschenke perfekt zu den Wünschen der Kinder. Das war natürlich auch Katharina und Adeon zu verdanken, die die Waisenkinder am besten kannten und Santa daher bei der Auswahl des perfekten Geschenkes halfen. Natürlich schrieb auch jedes Kind einen Wunschzettel an Santa. Doch leider kann nicht immer jeder Wunsch erfüllt werden. Trotzdem wollte Santa immer das Beste finden und verschenken.

Leise klopfte es an der Tür und Emma steckte ihren Kopf hindurch. „Ihr seid ja immer noch am Basteln", sagte sie und lächelte. „Ich habe mich schon gewundert, als niemand von euch am Nachmittag kam, um sich ein Stück Kuchen zu holen."

Mit großen Augen sahen alle zu Emma. Sie hatten die Zeit ganz vergessen und bemerkten erst jetzt, dass es draußen bereits dunkel war. Auf einmal knurrte der ein oder andere Magen und die Kinder lachten.

„Ich habe schon alles für das Abendessen vorbereitet. Wer möchte, kann danach noch etwas Kuchen haben. Nach dem Essen schauen wir uns dann eure gebastelten Sachen an. Einverstanden?" Emma lächelte und öffnete die Tür in einer einladenden Geste. Eilig sprangen die ersten Kinder auf und eilten in den Speiseraum. Durch das Basteln waren sie abgelenkt gewesen. Doch nun bemerkten sie doch, dass sie Hunger hatten.

Im Speisesaal war bereits alles vorbereitet. Sonst halfen die Kinder dabei, den Tisch zu decken. Doch diesmal war bereits alles erledigt. Die Leiterin des Waisenhauses, Emily Smith, stellte gerade einen Brotkorb auf den langen Tisch, als Malia den Raum betrat.

Die meisten Kinder saßen bereits an ihren Plätzen und tranken Milch oder Tee. Einige hatten sich schon etwas Brot genommen. Andere wartete, was Emma sonst noch für sie zubereitet hatte. Diese Kinder wurden natürlich nicht enttäuscht. Die herzensgute Köchin hatte noch Bratkartoffeln und Rührei für alle gekocht. Gemeinsam mit Konstantin und Matthias verteilte sie die Teller. Emily half den jüngeren Kindern dabei, Tee in ihre Tassen zu füllen.

Malia blieb in der Tür stehen und betrachtete das Schauspiel. Sie liebte diese familiären Momente im Waisenhaus. Es wirkte alles so friedlich und gemeinschaftlich, dass es gar nicht den Anschein machte, als würden sie sich in einem Waisenhaus befinden. Diese Kinder hatten wirklich Glück. Im Stillen dankte sie Jowna für dieses wunderschöne Haus, in dem die Kinder leben durften.

Während Malia so verträumt vor sich hinstarrte, stieß Schoko sie plötzlich an und holte sie so aus ihren Gedanken. Lächelnd sah sie zu ihrem Freund hinunter. „Was ist denn? Hast du noch nicht genug Leckereien von Emily bekommen? Ich weiß, dass sie in ihrem Büro immer ein paar Leckereien für dich aufbewahrt."

Schoko schüttelte mit dem Kopf. „Nein", sagte der kleine Hund, „Aber ist dir nichts aufgefallen?" Malia sah ihn verwundert an und überlegte einen Augenblick. Dann sagte sie: „Nein, was sollte mir denn aufgefallen sein?" Erwartungsvoll blickte sie zu Schoko herunter. Der sah sie allerdings nur an und sagte nichts. Daraufhin ging sie in die Knie und sah ihn fragend an. Einige Sekunden blickten die beiden sich tief in die Augen und mussten dann lachen. Doch Schoko wurde schnell wieder ernst.

„Malia", sagte Schoko, während er sich in Richtung des langen Tisches drehte, an dem allesamt nun Platz genommen hatten und sich das Abendessen schmecken ließen. „Ich glaube, Matthias kann dich sehen."

Malia hob ruckartig den Kopf und blickte zum Tisch. Es dauerte nicht lange, bis sie Matthias gefunden hatte. Von seinem Platz aus blickte er direkt zu ihr hinüber. Selbst als er mit der Gabel eine neue Bratkartoffel aufspießte, blieb sein Blick an ihr hängen.

Mit großen Augen blickte Malia zu Schoko. Dann wieder zurück zu Matthias, der sie immer noch zu beobachten schien. Sie schlug die Hände vor das Gesicht, atmete drei Mal tief durch und suchte dann im Raum nach Katharina und Adeon. Doch die beiden Weihnachtselfen waren nirgends zu sehen. Malia blickte noch einmal zu Matthias. Sein Blick ruhte noch immer auf ihr. Er sah sie einfach nur an. Aus seinem Blick war nichts Besonderes zu lesen. Keine Verwunderung. Keine Verwirrung. Nichts. Einen Augenblick sah Malia ihn genauso an, wie Matthias sie. Dann verließ sie eilig den Raum.

Matthias hatte sie noch nie sehen können. Noch nie. Da war sie sich absolut sicher gewesen. Doch irgendetwas schien sich nun geändert zu haben, seitdem er vor einigen Stunden in den Weihnachtsbaum gestolpert war.

Der Weihnachtsbaum.
Matthias war in den Weihnachtsbaum gefallen.
So wie viele andere Menschen auch. Doch irgendetwas war anders. Erschrocken hielt Malia inne. Mit der Hand berührte sie ihre Lippen. Konnte es wirklich sein, dass sie eine Lösung für dieses Rätsel gefunden hatte? Oder ihr zumindest auf der Spur war?

Zwanzigstes Kapitel
Das Wunder der Weihnachtsmagie

Einen kleinen Augenblick überlegte Malia, was sie nun tun sollte. Sie eilte zum Bastelraum und hoffte, dass sie dort Katharina und Adeon treffen würde. Doch von den beiden fehlte jede Spur.

„Atme erst einmal tief durch", schlug Schoko vor. Malia nickte ihrem Freund zu. Sie schloss die Augen und atmete dreimal hintereinander tief ein und aus. Als sie ihre Augen öffnete, hatte sie eine neue Idee.

„Ich reise zu Sophia", teilte sie Schoko mit. Der kleine Hund nickte: „Ja, das ist eine gute Idee. Ich würde dich gern begleiten. Aber ich weiß, dass ich dort mehr auffallen würde als du." Malia ging in die Hocke und umarmte Schoko. „Ich bin bald wieder zurück", sagte die Weihnachtselfe und verschwand.

Zielsicher landete Malia im Flur des Altenheimes, in dem Sophia nun lebte. So viel Zeit war vergangen, seitdem Sophia ihr im Garten erzählt hatte, wie es dazu gekommen war, dass sie Weihnachtselfen sehen konnte. Sophia war nun eine alte Frau und lebte schon längere Zeit in diesem Altenheim. Malia hatte nicht viel Zeit durch ihre Aufgaben im Weihnachtsdorf. Doch bisher hatte sie es immer ein Mal im Jahr geschafft, Sophia zu besuchen.

Sophia hatte sich mit ihrer Gabe abgefunden und hatte gelernt, nicht mehr offen über ihre Begegnungen mit Weihnachtselfen zu sprechen. Denn Erwachsene neigten dazu, sie schnell für verrückt zu halten, wenn sie von ihnen sprach. Doch Sophia hatte einen Weg gefunden, wie sie damit umgehen konnte.

Sie hatte angefangen, Geschichten über Weihnachtselfen und ihre magischen Begegnungen zu schreiben. Ihre Geschichten machten sie zu einer bekannten Autorin. Bei ihrer Arbeit lernte

Sophia ihren Mann kennen und zusammen bekamen sie drei wunderbare Kinder.

Die Zeit verging und sie lebten alle glücklich und zufrieden. Keines der Kinder hatte die magische Gabe, Weihnachtselfen zu sehen von Sophia geerbt. Denn es gab nie einen Moment, in dem die Kinder zeigten, dass sie die magischen Wesen sehen konnten. So wie ihre Mutter es konnte.

Als Sophias Mann starb, entschied sie sich, in diesem Altenheim zu leben. Hier gab es eine wunderbare Gemeinschaft. Die Bewohner trafen sich jeden Tag und verbrachten ihre Zeit zusammen. Sie lachten und spielten Bingo. Manchmal erzählte Sophia eine ihrer zauberhaften Geschichten und die anderen Bewohner hörten ihr gespannt zu. In diesem Altenheim war niemand allein. Das war der Grund, warum Sophia hier hatte leben wollen. Ihre Kinder lebten weit weg, kamen sie aber regelmäßig besuchen.

Malia blickte den Flur hinunter. Es war eigentlich Zeit für das Abendessen. Vielleicht war Sophia auch im großen Speisesaal. Zaghaft klopfte sie an die Tür, die zu Sophias persönlichen Wohnbereich führte. Eine leise Stimme bat sie herein und so trat Malia ein.

„Kleinen Augenblick bitte!" tönte Sophias Stimme aus dem Badezimmer. „Ich bin sofort da." Malia lächelte. Sophias Stimme klang wie immer fröhlich und musikalisch. Langsam ging Malia durch den kleinen Flur, der direkt ins Wohnzimmer führte.

Das Wohnzimmer war nicht groß. Aber es bot ausreichend Platz für ein Sofa und eine kleine Anbauwand, in der ein Fernseher stand. Er war an geschalten und es lief gerade ein Märchen. Neben der Anbauwand stand ein kleiner beleuchteter Weihnachtsbaum. Es war kein echter Baum. Sophia hatte sich bereits vor vielen Jahren dazu entschieden, dass sie keinen echten Baum mehr zu Weihnachten haben wollte. Seitdem hatte sie einen kleinen künstlichen Weihnachtsbaum, den sie jedes Jahr mit aller Liebe dekorierte.

„Oh, dich habe ich heute gar nicht erwartet", sagte Sophia, als sie aus dem Badezimmer kam und Malia erblickte. Sie steckte sich eine letzte Haarsträhne mit einer Haarnadel hinter den Ohren fest und ging auf Malia zu. Die beiden umarmten sich herzlich. Waren sie in ihrer Kindheit nur Nachbarinnen gewesen, waren sie im Laufe der Jahre doch Freundinnen geworden.

Sophia trat einen Schritt zurück und strich Malia über die Wange. „Was ist passiert, Malia?"

Überrascht sah Malia ihre Freundin an. „Kann ich dich nicht einfach besuchen kommen?" Dann sagte sie mit gesenktem Kopf: „Du kennst mich schon viel zu gut." Sophia lachte und deutete auf die Couch.

„Komm. Setz dich. Das Abendessen kann warten. Erzähl mir, was passiert ist und warum du hier bist." Mit sanften Händen schob Sophia Malia zur Couch. Sie setzen sich und Sophia sah Malia erwartungsvoll an.

„Weißt du noch, als ich dich damals ausgefragt habe, wie es dazu gekommen ist, dass du uns Weihnachtselfen sehen kannst?"

„Natürlich, Malia. Wie hätte ich das alles vergessen können." Sophias Augen strahlten, als sie sich an diese Zeit erinnerte. Damals hielt ihre Mutter sie noch für verrückt und überlegte, wie sie Sophia am besten helfen könnte, damit sie diese Gespenster nicht mehr sah. Diese Zeit war Vergangenheit.

„Du hast mir damals erzählt, dass du in den Weihnachtsbaum gefallen bist."

„Ja, das hat ganz schön weh getan", lachte Sophia. Ihr Blick ging direkt zu dem kleinen Weihnachtsbaum, der in ihrem Wohnzimmer stand. „Zum Glück habe ich jetzt nur noch einen kleinen Weihnachtsbaum. Da ist es nicht ganz so schlimm, wenn ich ins Stolpern gerate." Die beiden Freundinnen kicherten.

„Mir ist heute etwas Seltsames passiert", fuhr Malia fort und Sophia sah sie gespannt an. „Ich stand in der Eingangshalle des Waisenhauses in Penarth. Ich habe wie so oft den riesengroßen Weihnachtsbaum bewundert und dann lief Matthias gegen mich. Matthias arbeitet im Waisenhaus." Malia hielt kurz inne und suchte nach Worten. Sophia sah sie dabei aufmunternd an.

„Ich kann dir gar nicht genau sagen, wie genau es passiert ist. Er ist einfach gegen mich gelaufen. Das dürfte eigentlich nicht passieren. So etwas ist mir noch nie passiert. Und dann hat er das Gleichgewicht verloren und fiel in den Weihnachtsbaum." Malia berührte unbewusst ihre Lippen. Sie war sich nicht sicher, ob sie dieses kleine Detail wirklich erwähnen sollte.

„Heute Abend, als alle im Speisesaal saßen, hat er mich angesehen. Nicht nur kurz. Er hat mich angestarrt. Das ist noch nie passiert und ich war mir bisher immer sicher, dass er uns nicht sehen kann."

Sophia nickte: „Ja, so ähnlich muss es bei mir auch gewesen sein. Ich bin gestolpert und in den Weihnachtsbaum gestürzt. Doch in all den Jahren waren wir uns doch immer einig, dass das nicht alles gewesen kann. So viele Menschen stürzen beim Schmücken des Weihnachtsbaumes. Oder glaubst du, dass die Berührung mit dir etwas geändert hat?"

Malia sah ihrer Freundin tief in die Augen. „In all den Jahren haben wir von allen Menschen, die urplötzlich Weihnachtselfen sehen konnten, genau das gehört. Sie waren gestolpert oder gestürzt und dabei im Weihnachtsbaum gelandet. Aber wir wissen auch, dass nicht jeder Mensch, der in den Weihnachtsbaum fällt, die Gabe erhält. Was ist, wenn dies nur geschieht, wenn dieser Mensch vorher mit einer Weihnachtselfe in Berührung gekommen ist?"

Sophia überlegte einen Augenblick und nickte vor sich her. Dann hob sie ihren Kopf und sah Malia an: „Ich denke, du könntest recht haben. Im Flur des Krankenhauses gab es damals nichts, worüber ich hätte stolpern können. Außer meinen eigenen Füßen vielleicht. Vielleicht bin ich damals gegen eine Weihnachtselfe gestoßen. Vielleicht war es dieser

Junge, der damals in meinem Zimmer auftauchte und mich einfach nur angestarrt hatte."

Mit großen Augen sah Malia ihre Freundin an. Auf die Idee waren sie noch nie gekommen. Sie hatten immer angenommen, dass dieser Junge ein anderer Patient war und Sophia hatte ihn nie wiedergesehen. Doch was war, wenn Sophias Theorie stimmte? Was, wenn der Junge tatsächlich ein Weihnachtself gewesen war. Mit Sicherheit war er selbst ganz verwundert gewesen, dass sie ihn auf einmal hatte sehen können. Malia wusste ja nun aus eigener Erfahrung wie verwirrend so etwas sein konnte.

„Schade, dass ich ihn nie wiedergesehen habe", sagte Sophia mit einem Seufzer. Dann sah sie Malia an und sagte: „Aber irgendetwas verheimlichst du mir doch, Malia?" Durchdringlich sah sie Malia an. Schüchtern hab Malia ihren Blick und dann platze sie ganz leise heraus: „Als er gegen mich gelaufen ist und das Gleichgewicht verlor, haben sich unsere Lippen zu einem flüchtigen Kuss berührt."

Vor Überraschung schlug sich Sophia die Hand vor den Mund. Eine Weile waren beide still und sprachlos. Dann fragte Sophia: „Meinst du, dass der Kuss damit etwas zu tun hat? Nicht nur die reine Berührung mit einer Weihnachtselfe, sondern der Kuss?"

Zustimmend nickte Malia. „Ja, das war mein erster Gedanke. Aber du hast nie von einem Kuss gesprochen."

Sophia schloss die Augen und versuchte sich zu erinnern. Das alles war schon so lange her. Natürlich konnte sie sich an den Moment erinnern, als sie gestolpert war. Aber die genauen Details waren selbstverständlich nach so langer Zeit nicht mehr vorhanden. Hatte sie eine flüchtige Berührung auf ihren Lippen gespürt? Hatte es damals einen Kuss gegeben? Sie wusste es nicht.

„Was machen wir denn jetzt?" fragte Sophia nachdenklich. Dann zog sich ein breites Grinsen über ihr Gesicht und für einen Augenblick sah Sophia wieder aus, wie das Teenager-Mädchen, das neben Malia gewohnt hatte.

„Wir haben hier doch ausreichend Versuchskaninchen. Wir schubsen einfach jemanden in einen Weihnachtsbaum. Hier gibt es an jeder Ecke einen Baum. Außerdem weiß ich genau, welche Mitbewohner geeignet wären."

Die beiden Freundinnen sahen sich an und brachen dann in schallendes Gelächter aus. „Das können wir nicht machen, Sophia!" brachte Malia lachend hervor.

Plötzlich wurde Sophia wieder ganz ernst. „Warum nicht? Welche andere Wahl hast du denn, um herauszufinden, ob es an einer normalen Berührung liegt oder an einem Kuss mit einer Weihnachtselfe? Vielleicht ist beides nicht ausreichend und es fehlt immer noch ein Teil, um dieses Geheimnis zu lösen. Aber ich habe das Gefühl, dass du schon ziemlich dicht dran bist. Du warst einer Lösung noch nie so nah. Und du suchst schon so lange danach. Dieses Rätsel begleitet dich schon so viele Jahre und hat dich nie losgelassen."

Sophia hatte Recht. Jahr um Jahr war vergangen und es hatte kaum Hinweise gegeben, wie es zu diesem magischen Wunder kam. Doch heute Abend fühlte Malia sich nicht bereit, jemanden in den Weihnachtsbaum zu schupsen. Selbst dann nicht, wenn es ein erwachsener Mensch war, der sich nichts sehnlicher wünschte, als einmal in seinem Leben eine Weihnachtselfe zu sehe.

„Du wirst jetzt erst einmal Abendessen gehen", schlug Malia vor. „Ich reise zurück nach Penarth und bespreche alles noch einmal in Ruhe mit Katharina und Adeon. Vielleicht gibt es irgendwo noch andere Hinweise darauf, dass unsere Vermutung stimmt. Wenn uns dann keine andere Idee einfällt, komme ich vielleicht auf deinen Vorschlag zurück. Aber im Moment fühle ich mich damit nicht wohl."

Sophia umarmte Malia. „Du bist wirklich ein gutes Mädchen, Malia. Schön, dass du hier warst." Sie küsste die Weihnachtselfe auf die Wange und verabschiedete sich. Bevor Sophia hinausging, drehte sie sich noch einmal um und sagte zu Malia: „Ich lasse meinen Weihnachtsbaum einfach bis Ostern stehen. Bis dahin hast du dich bestimmt entschieden, ob wir jemanden in den Weihnachtsbaum schupsen oder nicht." Sophia streckte ihrer Freundin die Zunge heraus und machte sich dann auf in den Speisesaal.

Malia blieb noch einen Augenblick in Sophias Wohnzimmer stehen und betrachtete den Weihnachtsbaum. Sophia war zwar mittlerweile alt geworden, aber teilweise hatte sie sich ihre jugendliche Art und Weise erhalten. Wenn sie Malia die Zunge heraussteckte oder sie neckte, dann erinnerte Sophia sie so sehr an den Teenager, der Sophia einst war. Malia fragte sich dann, wie sie sich wohl verändert hätte, wenn sie ein Mensch geblieben wäre. Doch dies war nicht ihr Schicksal gewesen und sie konnte sich ein anderes Leben als das einer Weihnachtselfe gar nicht mehr vorstellen.

„Oh gut! Du bist noch da!" sagte Sophia erleichtert, als sie zur Tür hereinkam. „Auf dem Weg zum Speisesaal ist mir noch etwas eingefallen. Als wir damals den Flur im Krankenhaus entlanggeeilt sind, um meinen Vater zu besuchen, war ich sehr aufgewühlt. Ich dachte an die vielen wunderbaren Zeiten, die wir zusammen hatten. Gerade zu Weihnachten. Mein Dad liebte Weihnachten und es war jedes Mal ein großes Ereignis bei uns zu Hause. Ich liebte es immer so sehr, ihm dabei zu zusehen, wenn er den Weihnachtsbaum schmückte. Meine Mutter war dann immer in der Küche, um Plätzchen zu backen. Der Duft erfüllte das ganze Haus." In Erinnerungen versunken lächelte Sophia vor sich hin. „Das war nicht nur Weihnachten für mich. Das bedeutete Zuhause für mich. Diese gemeinsame Zeit. Genau daran habe ich gedacht, als wir den Flur hinunterliefen. Wie sehr ich die beiden liebe und dass ich sie noch so unendlich lange brauchen werden. Denn ohne meine Eltern würde es nirgendwo so sein. Es würde keinen Ort geben, der sich so nach einem Zuhause anfühlte. So wie unsere gemeinsame Weihnachtszeit."

Sophia sah die verwunderte Malia an. „Es tut mir leid. Das klingt sicherlich sehr verwirrend. Manchmal fehlen mir einfach die richtigen Worte." Malia schüttelte den Kopf und bedankte sich bei Sophia. „Ich danke dir von Herzen. Jede Kleinigkeit kann helfen, dieses Rätsel zu lösen." Sie umarmte Sophia und fuhr dann fort: „Wir werden sehen, wie es weitergeht. Ich werde jetzt Katharina und Adeon suchen. Vorhin habe ich sie ja nicht gefunden. Vielleicht habe ich jetzt Glück." Malia hatte bereits überlegt, ob die beiden zurück in ihr Haus gegangen sein könnten. Es war zwar genügend Platz im Waisenhaus und gelegentlich verbrachten Katharina und Adeon auch die Nächte dort. Aber ihr Haus hatten sie behalten. Sie hatten hier damals bereits mit unterschiedlichen Weihnachtselfen in einer Art Wohngemeinschaft gelebt, wenn es die Aufgaben der Weihnachtselfen möglich gemacht hatten. Manchmal blieben Weihnachtselfen auch nur kurz bei ihnen, da sie auf der Durchreise waren und eine Unterkunft für die Nacht brauchten. So blieben sie immer mit dem Weihnachtsdorf in Kontakt und erfuhren, was dort vor sich ging. Dies wollten sie auch gern beibehalten.

„Bevor du das Abendessen verpasst, solltest du dich jetzt aber auf den Weg machen", erinnerte Malia ihre Freundin. Nach einer letzten Umarmung machte Sophia sich erneut auf und verließ ihren kleinen eigenen Wohnbereich, um zum Speisesaal zu gehen. Doch sie musste sich nicht beeilen. Sie hatte hier einige Freunde und wusste, dass man mit dem Essen auf sie warten würde. Sollte sie sich zu viel Zeit lassen, würde man jemanden von den Pflegekräften schicken. So hatten sie sich vor langer Zeit bereits geeinigt. Man wusste ja nie, was vielleicht passieren konnte und aus welchen Gründen jemand nicht pünktlich zum Essen erscheinen konnte.

Malia hatte kurz überlegt, ob sie sich direkt nach Hause zu Katharina und Adeon zaubern oder ob sie doch lieber ins Waisenhaus reisen sollte. Nach kurzer Überlegung hatte das

Waisenhaus gewonnen und Malia nahm kurz darauf in der Bibliothek Gestalt an.

Draußen war es bereits dunkel und die Sterne erstrahlten am Himmel. Aber auch eine der Stehlampen in der Bibliothek brannte. Neben ihr auf einem der Sessel saß Matthias. Er hatte ein Buch auf dem Schoß liegen, doch als Malia erschienen war, hatte er aufgehört darin zu lesen. Sie hatte keine Geräusche gemacht. Trotzdem hatte er ihre Anwesenheit sofort bemerkt. Mit ruhiger Stimme fragte er Malia: „Was ist hier eigentlich los?"

Malias Augen wurden groß. Er konnte sie tatsächlich sehen. Sie schluckte und brachte mir zitternder Stimme hervor: „Du kannst mich tatsächlich sehen?"

Matthias nickte. „Ja, das kann ich. Du bist mir noch nie aufgefallen. Aber die Kinder scheinen dich bereits seit langer Zeit zu kennen."

„Seit wann kannst du mich sehen?" fragte Malia beinahe ängstlich. Doch sie kannte die Antwort bereits.

„Ich habe dich das erste Mal gesehen, als ich in der Eingangshalle gestürzt bin und mir Emma und Konstantin geholfen haben." Matthias hatte die Stirn in Falten gelegt und sah Malia nachdenklich und misstrauisch an. „Wer bist du?" fragte er ganz direkt.

Malia überlegte einen Augenblick. Sie war sich nicht sicher, ob sie ihm die Wahrheit sagen durfte. Doch was blieb ihr anderes übrig? Wie sollte sie ihre Erscheinung sonst erklären? Sie seufzte und sagte dann: „Ich bin eine Weihnachtselfe."

Matthias fing an zu lachen. Für einen Moment schien es, dass er gar nicht mehr aufhören wollte. Doch dann wurde er still und blickte Malia wieder direkt in die Augen. Er überlegt und fragte dann: „Das meinst du wirklich ernst, oder?"

Malia nickte. Dieser Moment, als er ihr so tief in die Augen sah, war der Moment, in dem sie wusste, dass sie ihm die Wahrheit sagen musste. Sonst würden ihn andere Menschen vielleicht irgendwann für verrückt halten. So wie es Sophia mit ihrer

Mutter damals passiert war. Oder noch viel schlimmer: Er würde tatsächlich verrückt werden, weil er keine Erklärung dafür fand, warum er Dinge, Wesen sehen konnte, die sonst niemand sah.

Die kleine Weihnachtselfe zuckte mit den Schultern. Dann setzte sie sich auf einen der freien Sessel neben Matthias und fing an, ihre Geschichte zu erzählen. Schweigend hörte Matthias ihr zu. Irgendwann schlug er, ohne ein Wort zu sagen oder Malia zu unterbrechen, das Buch auf seinem Schoß zu und legte es beiseite. Er blickte von seinen Händen zu Malia und zurück. Doch er unterbrach sie nicht ein einziges Mal.

Malia beendete ihre Geschichte mit den Worten: „Und nun sitzen wir beide hier und ich habe keine Ahnung, was genau passiert ist, dass du diese Gabe nun hast."

Nun war es Malia, die auf ihre Hände blickte und hoffte, dass Matthias irgendetwas sagen würde. Dieser hielt es aber noch nicht für notwendig, etwas zu sagen. Vielleicht fehlten ihm auch einfach noch die Worte. Er stand auf. Erst ging er zum Fenster und betrachtete die Sterne. Dann fing er an, im Raum auf und ab zu gehen.

Endlich hatte er seine Worte wiedergefunden: „Ich weiß gar nicht, was ich dazu sagen soll. Es klingt alles so verrückt. Wie ein Märchen. Und trotzdem sind wir beide jetzt hier." Matthias war stehen geblieben und hatte die Hand nachdenklich an sein Kinn gelegt.

„Ich glaube, ich brauche eine Tasse Tee", sagte er und wollte gerade aus dem Raum eilen, als er abrupt stehen blieb und sich zu Malia umdrehte. „Begleitest du mich?"

Lächelnd stand Malia auf und folgte Matthias. Zusammen gingen sie in die Küche und kochten Tee. Diese alltägliche Sache schien Matthias Gedanken zu ordnen und zur Ruhe zu bringen. Denn langsam fing er an zu erzählen: „Ich habe Weihnachten immer geliebt. Die vielen Farben und Lichter. Der leuchtende Weihnachtsbaum. Mir ging es gar nicht so um die Geschenke, die die Kinder immer zu Weihnachten bekommen haben. Wir waren arm. Bei uns gab es immer nur Kleinigkeiten. Manchmal war ich sogar eifersüchtig auf die anderen Kinder, die dann im nächsten Jahr in der Schule mit ihren tollen Geschenken, die sie von ihren Eltern bekommen hatten, angaben. In meiner Familie gab es so etwas nicht. Wir waren froh, dass wir zusammen waren. Die einzigen Geschenke, die es gab, waren die Geschenke vom Weihnachtsmann. Natürlich habe ich mich auch darüber gefreut." Matthias goss das heiße Wasser in die Tassen.

„Doch die Geschenke waren für mich nicht das Wichtigste. Es war das beisammen sein und die festliche Stimmung. Zu Weihnachten roch alles anders. Alles leuchtete. Die Luft knisterte förmlich. Es war einfach herrlich. Das Gefühl habe ich heute noch. Weihnachten ist einfach magisch. Genau daran habe ich gedacht, als ich durch die Eingangshalle gegangen bin und den Tannenbaum sah. Ein Teil von mir hat gehofft, dass wir unseren Kindern hier ein ähnliches Gefühl vermitteln können. Ein magisches Gefühl. Ein Gefühl, dass sie mit in ihre Zukunft nehmen. In ihr neues Zuhause, wenn wir eines für sie gefunden haben. Ein Gefühl, das sie an ihre Familien und ihre Kinder weitergeben können."

„Zuhause", flüsterte Malia vor sich hin.

„Ja, Zuhause. Weihnachten hat immer ein Gefühl von Zuhause für mich. Wo immer ich auch bin. Es erinnert mich an mein Zuhause und die wundervolle Zeit, die wir zusammen als Familie verbracht haben."

Nachdenklich nickte Malia. Alles führte sie zu einer Sache zurück. Zuhause. Sie hatte für Theo ein Zuhause gesucht. Maya hatte damals mit ihr darüber gesprochen, als sie ihr im Traum erschienen war. Daraufhin war Malia mit Pam zu ihrem alten Haus gereist. Dort hatte sie Sophia wiedergesehen. In all der Zeit war das Weihnachtsdorf ihr neues Zuhause geworden. Zuhause.

„Zuhause", fuhr Matthias fort, „Genau daran dachte ich, als ich durch die Halle gegangen bin und den Weihnachtsbaum ansah. Bis ich dann gestolpert bin." Er grinste Malia an. Die Weihnachtselfe war noch in ihren Gedanken versunken. „Malia?" fragte er sie, als er merkte, dass sie ihm gar nicht zuhörte. Langsam löste Malia sich aus ihren Gedanken und sah Matthias an. Sie lächelte.

„Vielleicht ist genau das die Lösung!" Malia strahlte plötzlich über das ganze Gesicht. Vor Freude umarmte sie Matthias und eilte dann aus der Küche. Während sie lief, löste sie sich langsam auf und nahm vor dem Haus von Katharina und Adeon wieder Gestalt an.

Das Haus war hell erleuchtet. Die Eingangstür stand offen und durch den kleinen Vorgarten lief Schoko. Er bellte und wedelte mit dem Schwanz, als er Malia entdeckte. Dann kam er auf sie zu und fragte neugierig: „Wo hast du gesteckt? Wir haben dich nirgends im Waisenhaus finden können?"

Malia nahm ihren Freund in den Arm und wirbelte ihn hoch in die Luft. Ohne ihn dabei loszulassen. Schoko lachte. Das versprach interessante Neuigkeiten und der kleine Hund war schon sehr gespannt. Lachend drückte Malia ihn an sich und eilte mit ihm ins Haus.

„Ich habe einiges zu erzählen!" rief sie, als sie die Haustür hinter sich schloss. Sie hielt einen Moment inne und atmete tief durch. Es roch nach Kuchen und Lebkuchen.

„Setz dich schon mal!" rief Adeon aus der Küche zu ihr hinüber. „Ich streue nur noch etwas Lebkuchengewürz auf den Kirschkuchen und bin dann sofort bei euch."

Malia setze Schoko ab und gemeinsam gingen sie weiter ins Haus. Vom Esszimmer aus konnte man Geräusche hören. Katharina stellte die ersten Teller und Tassen auf den Tisch. Eine Kanne mit heißer Schokolade dampfte bereits vor sich hin und wartete nur darauf, getrunken zu werden.

„Ich bin schon sehr gespannt, was du zu berichten hast", sagte Adeon, als er mit einem riesigen Teller voller Kuchen hereinkam. Katharina stimmte ihm zum, während sie für Schoko einen Teller mit Hundeleckerlis bereitstellte.

Adeon legte jedem ein Stück Kuchen auf den Teller und während Malia die heiße Schokolade in die Tassen füllte, begann sie zu erzählen.

Sprachlos hörten ihr die beiden Weihnachtselfen zu. So viele Jahre waren vergangen und sie waren einer Lösung nicht einmal ansatzweise nähergekommen.

Wenn die Zeit es zu gelassen hatte, waren sie auf kurze Reisen gegangen und hatten die Adressen, die in Mayas Adressbuch notiert waren, aufgesucht. Manche Menschen waren ihnen offen gegenüber gewesen. Andere hatten sich geweigert, mit ihnen überhaupt zu sprechen oder konnten sie tatsächlich nicht wahrnehmen.

Die Menschen, die bereit waren mit ihnen zu sprechen, hatten alle samt das gleiche berichtet. Sie waren gestolpert und im Weihnachtsbaum gelandet. Nie gab es einen neuen Hinweis. Niemand hatte davon berichtet, woran er in diesem Moment gedacht hatte oder ob er das Gefühl eines Kusses auf den Lippen gespürt hatte. Aber die Weihnachtselfen wussten damals auch nicht, dass sie vielleicht danach hätten fragen müssen.

Allein durch Jownas Unterstützung hatte sich dieses Abenteuer für Katharina und Adeon gelohnt. Das Waisenhaus war ein glücklicher und schöner Ort. Hier lebten Menschen zusammen, die nicht nur Angestellte und Waisen waren. Die Menschen in diesem Haus mochten sich und waren gern zusammen. Ganz gleich ob Kinder oder Erwachsene.

Gemeinsam mit einigen anderen Weihnachtselfen versuchten Katharina und Adeon weitere solche Orte zu schaffen. Dabei versuchten sie aber so wenig wie möglich zu reisen. Niemals waren sie lange fort. Sie mochten diesen Ort und wollten die Kinder hier nicht lange allein lassen. Das Waisenhaus war ihr Zuhause geworden. Auch, wenn sie das Haus in Penarth noch als Rückzugsort und Unterkunft für andere Weihnachtselfen behalten hatten. Die Suche nach einer Lösung, warum es Menschen gab, die Weihnachtselfen sehen konnten, ohne dass sie besonders sensibel waren, war dadurch aber immer weiter in Vergessenheit geraten.

Nur Malia hatte sich diesem Abenteuer verschrieben und nutzte jede freie Gelegenheit, um weiterzusuchen. Dabei vergaß sie aber nie ihre Freunde. Niemals verpasste sie einen Besuch bei Theo und Sophia oder ließ einen Ausritt mit Pam ausfallen. Doch nun schien auf einmal alles anders.

Endlich gab es eine heiße Spur. Sie spürten, dass sie einer Lösung ganz nah waren. Doch keiner von ihnen wusste, wie es nun weitergehen sollte.

„Wir sollten Santa darüber berichten", schlug Adeon vor. Er dachte immer daran, Santa auf dem Laufenden zu halten und wollte niemals etwas ohne Santas Zustimmung unternehmen.

„Das ist keine schlechte Idee", mischte sich Schoko ein. Der kleine Hund leckte sich genüsslich über die Lippen und warf einen enttäuschten Blick auf seinen Teller. Katharina lachte und verstand sofort, was Schoko mit diesem Blick sagen wollte. Schnell stand sie auf und holte ihm noch ein paar Leckerlis. Bevor Schoko sich darüber hermachte, fuhr er fort: „Weihnachten ist aber gerade vorbei. Das heißt, dass Santa noch einige Tage schläft. Genau, wie die Rentiere, die den großen Schlitten gezogen haben. Das wiederum bedeutet, dass egal wohin wir reisen wollen, unser geliebtes Rentier Pam noch schläft und uns nicht zur Verfügung steht."

„Wir könnten ein anderes Rentier bitten", schlug Katharina vor.

„Oder Nikola bitten, dass sie uns ein Rentier schickt, das uns abholt", dachte Adeon Katharinas Vorschlag weiter.

„Das ändert allerdings nichts an der Tatsache, dass Santa schläft und wir immer noch ein paar Tage auf uns gestellt sind", sagte Schoko und widmete sich wieder seinem Teller.

Malia rollte mit den Augen. Es war schön, dass sie hier mit Schoko sprechen konnte und ihn verstand. Doch manchmal war er wirklich keine große Hilfe. Deshalb fragte sie ihren

Freund direkt: „Was können wir denn deiner Meinung nach machen?"

Schoko kaute genüsslich auf seinem Leckerli herum. Nachdem er es heruntergeschluckt hatte, antwortete er Malia ruhig: „Also, so wie ich das sehe, gibt es nur eine Lösung. Ihr müsst jemanden in einen Weihnachtsbaum schupsen und dabei küssen. Wenn er euch danach sehen kann, ist der Kuss ausreichend. Wenn nicht, dann funktioniert die Weihnachtsmagie nur, wenn der Mensch in Gedanken an etwas besonders denkt, dass ihm das Gefühl von Zuhause vermittelt."

Daraufhin entstand eine große Diskussion. Natürlich war das die beste und wahrscheinlich einfachste Möglichkeit. Aber durfte man so über das Leben eines Erwachsenen bestimmen? Immerhin würde der Zauber der Weihnachtsmagie sein Leben auf den Kopf stellen, wenn er oder sie auf einmal tatsächlich Weihnachtselfen sehen konnte. Erwachsene hatte im Laufe ihres Lebens so viel vergessen. Sie wussten nicht mehr, dass sie als Kinder bereits Weihnachtselfen, Rentiere und auch Santa hatten sehen können. Das war alles in Vergessenheit geraten. Es war geradezu ein Wunder, dass Matthias so ruhig reagiert hatte.

„Wir haben zwei Adressen, die nicht allzu weit entfernt sind. Mit dem Auto ist man in zwei Stunden da", überlegte Katharina. „Wenn ich mich richtig erinnere, lebten an beiden Orten Menschen, die durch die Weihnachtsmagie dazu gebraucht worden waren, Weihnachtselfen zu sehen. Beide wohnen gar nicht weit voneinander entfernt." Katharina blickte zu Adeon. „Erinnerst du dich an die beiden? Jolie und Claus waren, glaube ich, ihr Namen."

Adeon legte den Finger der rechten Hand gegen sein Kinn und überlegte. „Ja, ich erinnere mich an sie. Aber ich glaube, Claus konnte sein Leben lang Weihnachtselfen sehen. Bei ihm lag die Gabe in der Familie. Bleibt also nur Jolie." Adeon nickte und wandte sich dann an Malia: „Du könntest sie aufsuchen und sie nach ihren Erinnerungen fragen. Vielleicht fällt ihr, ähnlich wie Sophia, noch etwas ein, wenn du gezielt danach fragst."

Malia stimmte ihm zu. Die Idee war wirklich gut. Sie musste sich den Ort nur genau auf der Landkarte ansehen, um mit Hilfe ihrer Weihnachtselfen-Magie dorthin zureisen.

„Du kannst ja Matthias fragten, ob er dich begleitet", schlug Schoko grinsend vor und erhielt einen kleinen Stupser von Malia. Alle kicherten. Sie aßen noch etwas von dem leckeren Kuchen und dann war es Zeit, schlafen zu gehen. Morgen erwartete sie ein neuer Tag und man wusste nie, was ein neuer Tag für Überraschungen brachte. Heute Nacht blieb auch Malia mit Schoko im Haus von Katharina und Adeon. Ähnlich wie bei Nikola waren die Gästezimmer immer bezugsfähig. Morgen früh wollten sie noch gemeinsam frühstücken und während Malia sich zusammen mit Schoko auf den Weg zu Jolie machte, wollten die beiden anderen Weihnachtselfen zurück ins Waisenhaus. Sie hatten einiges mit Matthias zu besprechen.

Einundzwanzigstes Kapitel
Eine unerwartete Überraschung

Malia hatte sich den Wohnort von Jolie lange auf einer Landkarte angesehen. Sie war sich sicher, dass sie den Ort problemlos finden konnte. Mittlerweile hatte sie viel Übung mit ihrer
besonderen Gabe, die ihr die Weihnachtselfen-Magie ver-
liehen hatte. Die Weihnachtselfe warf noch einen letzten Blick
auf die Landkarte und nahm Schoko auf den Arm. Dann
schloss sie die Augen und konzentrierte sich.
Als sie die Augen öffnet, strahlte ihr die Sonne entgegen. Der
Himmel hier war wolkenlos und blau. Überall lag Schnee und
das Sonnenlicht blendete in den Augen. Malia setzte Schoko
auf den Boden und schirmte ihre Augen mit einer Hand ab,
um besser sehen zu können.
Sie war mitten auf einer kleinen Straße gelandet. Zum Glück
war diese gerade leer. Kein Auto fuhr vorbei und es befanden
sich auch keine Menschen in den Vorgärten. Das verwunderte
Malia etwas. Das Wetter war einfach wunderbar. Doch sie
hatte vergessen, dass Weihnachtselfen nicht froren und keine
Kälte empfanden. So wie die Menschen es taten. An diesem
sonnigen Tag mochte die Sonne zwar auf die Erde scheinen,
aber sie hatte noch lange nicht die Kraft, um den Schnee
schmelzen zu lassen. Das wollte die Sonne auch noch gar nicht.
Denn noch war es Winter und die Erde und ihre Blumen und
Pflanzen brauchten die Zeit, um sich zu erholen und zu
Kräften zu kommen. Erst im Frühling würden sie wieder ihre
Köpfe der Sonne entgegenstrecken und in neuer Pracht er-
blühen.
Als Malia aufstand und ihre Strumpfhose zurecht zupfte, fiel
ihr einige Häuser weiter ein kleines Mädchen auf, dass im Vorgarten einen Schneemann baute. Das Mädchen war dick ange-
zogen. Es trug einen dicken Wintermantel, eine Mütze und
Handschuhe.

Malia hob ihr Gesicht der Sonne entgegen. Es musste wirklich kalt sein. Nur dieses kleine Mädchen ließ sich davon nicht abhalten. Das Mädchen trotzte der Kälte und schuf einen wunderschönen Schneemann. Von ihrem Platz aus sah Malia dem Mädchen noch eine Weile zu. Es war so vertieft in ihre Arbeit, dass sie die Weihnachtselfe gar nicht bemerkte. Das Mädchen rollte Schnee zu großen Kugeln zusammen. Ab und zu hielt es inne und rieb die Hände aneinander. Trotz der dicken Handschuhe drang die Kälte an ihre kleinen Finger.

Malia, die nun schon sehr lange eine Weihnachtselfe war, konnte sich kaum noch daran erinnern, wie es war, zu frieren. Aber ein Teil von ihr wollte das auch nicht. Denn in der Nacht, als sie Theo fand, hatte sie so unglaublich gefroren. Dieses Gefühl wollte sie nie wieder spüren.

Schoko lief um Malia herum und erinnerte sie daran, warum sie eigentlich hier waren. „Schon gut! Schon gut!" Beschwichtigend hob Malia die Hände und fragte: „Weißt du die Hausnummer noch, nach der wir suchen?"

Schoko rollte mit den Augen und nickte dann. Natürlich wusste er die Hausnummer noch. „Ich bin ja auch nicht so vergesslich wie du", sagte der kleine Hund, nachdem er Malia die vollständige Adresse genannt hatte. Malia streckte ihrem Freund die Zunge heraus und dann begannen sie sich genauer umzusehen.

Links und rechts von der Straße standen kleine Einfamilienhäuser. Jedes hatte einen kleinen Vorgarten. Neben einigen der Häuser befand sich eine kleine Garage. Bei anderen musste das Auto in der Einfahrt parken. Überall war der Schnee bereits zur Seite geschoben, damit die Wege frei waren und niemand ausrutschen konnte. Die Fenster waren vom Weihnachtsfest noch geschmückt. Einige Figuren, die sicherlich abends beleuchtet wurden, standen noch im Vorgarten und blickten den beiden Fremden freundlich entgegen.

„Das hier ist die Nummer 20", hörte Malia ihren Freund Schoko sagen. „Wir müssen also noch ein kleines Stück weiter die Straße runter." Gesagt. Getan. Schon flitzte Schoko ein Stück voraus. Während Malia noch fasziniert, die vielen Häuser und ihre Weihnachtsdekoration betrachtete.

Als Schoko bemerkte, dass Malia ihm nicht folgte, blieb er stehen. Verwirrt drehte er sich um und betrachtete die Weihnachtselfe. Dann setzte sich Schoko auf den Gehweg und wartete geduldig, bis Malia langsam auf ihn zukam. Die letzten Schritte lief sie ihm sogar entgegen.

„Wenn sich vieles ändert", sagte Schoko zu ihr, „dann aber nicht, der Zauber der Weihnacht. Ich kann es immer wieder bei dir sehen, wie sehr dich die ganze Weihnachtsdekoration immer wieder in den Bann zieht."

Malia lächelte: „Ich könnte mir Stunden lang, die vielen geschmückten Häuser ansehen. Und Weihnachtsbäume. Ich liebe Weihnachtsbäume."

„Was ist mit Schneemännern?" hörte Malia plötzlich eine Stimme hinter sich fragen. Erschrocken drehte sie sich um und sah das kleine Mädchen. Es hatte seine Arbeit unterbrochen und war näher zum Zaun gekommen, als es den kleinen Hund dort hatte sitzen sehen. Als Malia angelaufen kam, hatte das Mädchen sich kurz hinter einem Baum versteckt, der im Vorgarten stand. Kurz hatte das Mädchen gezögert, doch dann war es aus seinem Versteck gekommen. Immerhin liebte das kleine Mädchen Weihnachten mehr als alles andere auf der Welt und verspürte keinerlei Angst vor den beiden Fremden.

Verblüfft sahen Malia und Schoko das kleine Mädchen an. Es dauerte einen Augenblick, bis Schoko antwortete: „Schneemänner sind mindestens genauso toll. Man kann sie ganz unterschiedlich bauen und anziehen. Das ist fast so ähnlich als würde man einen Weihnachtsbaum dekorieren. Nur dass er keine Nadeln hat, sondern aus Schnee ist."

Malia sah zu Schoko hinab und kicherte: „Und der Schneemann hat ein Gesicht." Das kleine Mädchen überlegte kurz und sagte dann: „Stimmt! Der Schneemann hat Augen und eine Nase und einen Mund. Damit er alles um sich herum sehen kann." Das Mädchen drehte sich zu ihren Schneekugeln um, aus denen ein Schneemann werden sollte.

„Aber ansonsten hat ein Schneemann keine große Ähnlichkeit mit einem Weihnachtsbaum", sagte es ganz erwachsen. Dann drehte sie sich wieder zu Malia und Schoko um und fragte, ob Malia ihr helfen könnte, die Schneekugeln aufeinander zu stellen. Natürlich ließ Malia sich das nicht zweimal sagen. Lachend ging sie in den Vorgarten und half dem Mädchen dabei, die drei großen Kugeln aus Schnee aufeinander zu stellen. Zufrieden nickten die beiden, als sie ihr Werk beendet hatten.

Von der Veranda des Hauses holte das Mädchen noch kleine Kohlestücke und eine Karotte für das Gesicht des Schneemanns. Außerdem bekam der Schneemann einen Hut und einen schönen regenbogenfarbenen Schal. Während Malia und das Mädchen am Schneemann arbeiteten, holte Schoko zwei kleine Äste, die als Arme dienen sollten.

Es dauerte nicht lange und die drei konnten ihr fertiges Werk bestaunen. Mit in den Hüften gestemmten Händen standen das Mädchen und die Weihnachtselfe da und betrachteten den Schneemann. Schoko lief ruhig um den Schneemann herum, um ihn von allen Seiten ansehen zu können.

„Er ist wirklich toll geworden", sagte nun auch Schoko zufrieden.

„Vielen Dank", bedankte sich das Mädchen und klopfte sich etwas Schnee von dem dicken Wintermantel. „Es hat wirklich Spaß gemacht, mit euch einen Schneemann zu bauen."

„Uns hat es auch sehr viel Spaß gemacht", sagte Malia lächelnd. Die Weihnachtselfe zögerte einen kleinen Moment. Doch dann fasste sie sich ein Herz und fragte, ob das Mädchen wüsste, wo sie das gesuchte Haus finden konnten und nannte ihr die Hausnummer.

Überrascht sah das Mädchen sie an. „Das ist unsere Hausnummer", platze es heraus und zeigte in Richtung Veranda.

Dort direkt neben der Haustür hing ein kleines Schild mit der gesuchten Hausnummer.

„Das ist ja ein komischer Zufall", sagte Schoko und sah Malia an. Die Weihnachtselfe zuckte etwas ratlos mit den Schultern. „Wir haben schon seltsamere Sachen erlebt."

„Das glaube ich euch gern", sagte das kleine Mädchen plötzlich ernst. „Immerhin trifft man ja nicht jeden Tag einen sprechenden Hund."

Überrascht sahen sich Malia und Schoko an. Ihnen war gar nicht aufgefallen, dass das Mädchen hatte Schoko sprechen hören. Im Weihnachtsdorf war Schoko ein ganz normaler Hund und niemand konnte ihn sprechen hören oder seine Worte verstehen. In Penarth war das anders. Hier konnte Malia mit ihm sprechen. So wie es auch alle anderen Weihnachtselfen, Pam oder auch Santa konnten. Aber normale Menschen oder Kinder konnten Schoko auch hier in Wales nicht verstehen. Für sie klang es immer noch wie normales Bellen oder Jaulen. Umso überraschter waren nun Malia und Schoko, als sie bemerkten, dass das Mädchen hatte Schoko verstehen und ihm problemlos antworten können.

Das Mädchen kicherte, als sie die Gesichter der beiden sah. „Warum wolltet ihr denn überhaupt zu uns?" fragte es plötzlich neugierig.

Malia rang kurz nach Worten. Als sie sich gefasst hatte, sagte sie: „Wir wollten eine Frau Namens Jolie besuchen."

Das Mädchen strahlte über das ganze Gesicht: „Das ist meine Mutter."

Malia blickte zu Schoko. Von einer Tochter hatten Katharina und Adeon nichts erzählt. Auf einmal fragte Malia sich, wie lange es wohl schon her war, dass die beiden Weihnachtselfen Jolie besucht hatten. Zögernd fragte Malia: „Ist deine Mutter denn Zuhause?"

Das Mädchen nickte und eilte zur Tür. Ohne ein weiteres Wort verschwand es im Haus und kam kurz darauf mit einer hübschen Frau an der Hand zurück. Sie war schlank und hatte hüftlanges blondes Haar. Einen kleinen Augenblick hatte Malia geglaubt, ein Engel würde vor ihr stehen.

Verwundert blickte Jolie zu Malia und Schoko. Dann betrachtete sie den Schneemann, der nun ihren Vorgarten zierte. Ein breites Lächeln zeichnete sich in ihrem Gesicht ab. Dann sagte sie mit einer Selbstverständlichkeit, als würde jeden Tag eine Weihnachtselfe in ihrem Vorgarten stehen: „Hallo, was kann ich denn für euch tun?"

Sprachlos sah Malia sie an und konnte kein Wort herausbringen. Schoko bellte, doch im Gegensatz zu ihrer Tochter schien Jolie den kleinen Hund nicht zu verstehen. Doch sie ging in die Hocke und breitete ihre Arme aus. Schoko lief auf sie zu und als sie ihn hochhob, sagte sie zu ihm: „Langsam, mein Freund. Ich verstehe deinen Dialekt nicht so gut." Sie wandte sich an ihre Tochter und fragte: „Du bist in solchen Sachen viel besser, Cari. Was hat er gesagt?" Brav erklärte Cari ihrer Mutter, dass die beiden Fragen zu ihrer Gabe hatten. Sie wollten mehr darüber wissen, wie es damals dazu gekommen ist.

Jolie nickte und sagte dann: „Das ist schon eine ganze Weile her. Freunde von euch haben mich vor langer Zeit auch darüber befragt. Sie waren die ersten Weihnachtselfen, die ich zu diesem Zeitpunkt gesehen hatte. Diese Fähigkeit war noch ganz frisch in meinem Leben und wir haben lange gegrübelt, wie meine Adresse wohl in das defekte Adressbuch, von dem die beiden erzählten, gekommen ist."

„Davon haben sie uns gar nichts erzählt", brachte Malia hervor, die sich langsam von dem Schreck erholte, dass Jolie wie ein Engel aussah und sowohl Jolie als auch Cari mit Schoko sprechen konnten. Jolie lächelte und antwortete Malia: „Das ist einige Jahre her. Vielleicht haben sie es vergessen." Sie sah zu Cari und strich ihrer Tochter über die Wange. Dann blickte sie wieder zu Malia und schlug vor: „Lasst uns ins Haus gehen. Hier draußen ist es wirklich kalt."

Malia eilte auf die Veranda und folgte Cari und Jolie, die Schoko noch immer auf dem Arm trug, ins Haus. Drinnen war es herrlich warm. Im Kamin des Wohnzimmers brannte ein kleines Feuer und erfüllte das ganze Haus mit seiner Wärme.

„Setz dich doch", sagte Jolie und deutete einladend auf das große Sofa und die beiden Sessel, die links und rechts davon standen. Sowohl auf dem Sofa als auch auf den beiden Sesseln lagen kleine Kissen und Decken und ließen alles wohlig und kuschelig wirken.

Schoko, der mittlerweile von Jolie abgesetzt worden war, machte es sich direkt vor dem Kamin bequem. Malia nahm auf einem der Sessel Platz, während Cari sich auf die Seite des Sofas setzte, die Malia am nächsten war.

Jolie verließ kurz den Raum und kam mit einem Tablett voller Köstlichkeiten zurück. Sie stellte Tee und Kakao auf den kleinen Tisch vor dem Sofa. Außerdem hatte sie Kokosmakronen, Pfefferkuchen und Butterplätzchen gebacken.

„Bitte, bediene dich", sagte sie zu Malia, während sie Schoko eine Schüssel Milch und ein paar Hundeleckerlis, die die Form von kleinen Herzen hatte, hinstellte. Erst dann nahm Jolie neben Cari auf dem Sofa Platz. Erwartungsvoll sah sie zu Malia. „Du hast also noch Fragen?"

Malia nickte und überlegte kurz, wo sie beginnen sollte. Dann begann sie von ganz vorn. Sie erzählte, dass sie vor langer, langer Zeit auch ein Mädchen gewesen war und dass sie auf wundersame Weise zu einer Weihnachtselfe wurde. Sie erzählte ein wenig von Theo und wie sie im Laufe der Zeit ihre Fähigkeit entdeckte, mit Hilfe ihrer Weihnachtselfen-Magie zu reisen. Sie berichtete, wie Schoko ins Weihnachtsdorf kam und wie sie gemeinsam auf der Suche nach Informationen über Maya waren. Maya, die Weihnachtselfe, die ihrer Mutter beinahe wie aus dem Gesicht geschnitten war und wie sich herausstellte, eine entfernte Verwandte von ihr war. Malia schilderte, wie sie ungewollt nach Penarth reiste und dort zusammen mit ihren Freunden das magische Adressbuch von Maya fand.

Die Weihnachtselfe ließ nichts aus und verriet, dass sie nie aufgehört hatte, nach einer Lösung für das Rätsel zu suchen. So viele Jahre waren vergangen, doch sie hatte nie wirklich aufgehört, nach Hinweisen zu forschen. Auch, wenn Santa recht gehabt hatte und Weihnachtselfen wirklich viel zu tun hatten. Zum Schluss erzählte Malia von Matthias und wie er in den Weihnachtsbaum gefallen war.

„Ich habe das Gefühl, dass ich kurz davor bin, eine Lösung zu finden. Nicht für das komplette Rätsel, aber vielleicht für einen Teil davon. Es war immer klar, dass es nicht einfach der Sturz in den Weihnachtsbaum war oder ist, der diesen magischen Wandel vollzieht. Aber nun habe ich zwei Möglichkeiten und ich weiß nicht, welche es ist", beendete Malia ihre Erzählung.

„Oder ob es eine Kombination aus beiden ist", ergänzte Jolie. Sie nickte. Dann schloss sie die Augen und tauchte in die Vergangenheit ein.

„Ich erinnere mich noch an den Geruch von Zuckerstangen", begann sie zu erzählen. „Wir waren auf dem Weihnachtsmarkt. Alles roch so herrlich süß. Über uns leuchteten die Sterne und um uns herum erstrahlte die komplette Weihnachtsdekoration. Ich erinnere mich, dass ich unglaublich glücklich war. Genau in diesem Moment. Schon lange hatte ich mich nicht mehr so wohl gefühlt. Dann passierte es. Ich hatte eine Weile einfach nur dagestanden und in die Sterne geschaut. Nebenbei hörte ich der Weihnachtsmusik zu und genoss diesen perfekten Geruch nach Weihnachten. In ein paar Tagen würde ich mit dem Auto zu meinen Eltern reisen und meine Schwester dort treffen. Wie jedes Jahr."

Jolie lächelte vor sich hin. Eine Aura der Zufriedenheit umgab sie, während sie in Erinnerung an diesen Moment schwelgte.

„Meine Freundin hatte damals irgendetwas gesagt und mich aus meinen Erinnerungen gerissen. Ich glaube, sie wollte einfach zu einem anderen Stand, da sie Hunger hatte. Aber so richtig erinnere ich mich nicht mehr. Jedenfalls habe ich meine Tasse abgebeben und drehte mich um, um meiner Freundin zu folgen. Dabei muss ich gegen irgendetwas gestoßen oder geprallt sein. Ich verlor das Gleichgewicht und stürzte in den Weihnachtsbaum."

Jolie öffnete die Augen und sah zu Malia. „Ich dachte damals, dass ich gegen jemanden geprallt bin, der direkt hinter mir stand. Aber meine Freundin meinte, da wäre niemand hinter mir gewesen. Ich wäre einfach ohne ersichtlichen Grund ins Stolpern geraten und in den Weihnachtsbaum, der direkt neben dem Glühweinstand aufgestellt worden war, gefallen. Sie dachte, ich hätte einfach zu viel getrunken und hätte deshalb mein Gleichgewicht nicht halten können. Irgendwann habe ich ihr das einfach geglaubt, weil es keine andere Erklärung für meinen Sturz zu geben schien. Bis eines Tages deine Freunde vor meiner Tür standen."

Jolie warf einen Blick zu Cari. Das Mädchen war auf dem Sofa eingeschlafen. Vorsichtig legte Jolie eine Decke über ihre kleine Tochter.

„Damals gab es Cari noch nicht", sagte sie lächelnd. „Und ich hatte noch niemals zuvor eine Weihnachtselfe gesehen. Natürlich hatte ich mal in Märchenbüchern von ihnen gelesen oder in Weihnachtsfilmen im Fernsehen eine Weihnachtselfe gesehen. Doch ich hätte niemals auch nur für einen kleinen Augenblick gedacht, dass es sie tatsächlich gibt. Und dann standen da plötzlich sogar zwei von ihnen vor meiner Tür."

Sie schmunzelte, als sie sich daran erinnerte, wie überrascht sie gewesen war. Tatsächlich hatte sie kurz überlegt, ob sie vielleicht gestürzt und sich den Kopf gestoßen hatte. Aber sie hatte sich ein Herz gefasst und den beiden zugehört. Was sie ihr zu berichten hatten, hatte sie verwirrt und ihr auch ein wenig Angst gemacht. Aber in ihrem Herzen gab es viel mehr Neugierde als Angst und so hatte Jolie angefangen, Fragen zu stellen. Stundenlang hatte sie mit Katharina und Adeon zusammengesessen. Während Jolie einiges über die Weihnachtselfen lernte, schienen ihre Antworten allerdings wenig hilfreich für Katharina und Adeon zu sein. Und doch hatte dieser Tag Jolies Welt für immer verändert.

„Dafür bin ich den beiden für immer dankbar", sagte Jolie und blickte zu Cari. „Vielleicht würde es die kleine Cari heute gar nicht geben, wenn ich diese beiden Weihnachtselfen nicht kennengelernt hätte und sie mir berichtet hätten, dass es einige Menschen gibt, die Wesen wie euch sehen können."

Verwundert sah Malia Jolie an. „Was meinst du damit?" fragte Malia daher.

Jolie sah sie lächelnd an. „Die beiden haben mir davon erzählt, dass es auch andere gibt, die die Fähigkeit haben, Weihnachtselfen zu sehen. Ich war so neugierig auf diese andere Welt und auf diese anderen Menschen. Ich wollte wissen, wie sie mit ihrer Gabe umgingen. Deshalb machte ich mich auf die Suche. Ich hatte nur einen Namen. Katharina hatte sich kurz verplappert und mir von einem jungen Mann berichtet, der diese Gabe ebenfalls hatte. Der Unterschied zwischen ihm und mir war lediglich, dass ich sie nicht schon mein Leben lang hatte. Er hingegen schon, denn er hatte diese Fähigkeit vererbt bekommen."

Malia zählte eins und eins zusammen: „Du hast dich auf die Suche nach Claus gemacht."

Jolie nickte und lächelte. Genau in diesem Moment klopfte es an der Haustür. Ohne auf eine Antwort aus dem Haus zu warten, wurde die Haustür geöffnet.

„Hallo! Ist jemand zu Hause?" tönte es durch den Flur hinüber ins Wohnzimmer. Schwere Stiefel wurden vom Schnee befreit. Schoko öffnete die Augen. Für einen Moment schien es, als würde der kleine Hund überlegen, ob er wie Cari einfach weiterschlafen sollte. Doch dann witterte er etwas und stand abrupt auf. Mit wedelndem Schwanz stand er da und sah erwartungsvoll in Richtung Flur.

Jolie war in der Zwischenzeit ebenfalls aufgestanden. Sie ging zur offenen Wohnzimmertür und sagte leise: „Wir sind hier im Wohnzimmer. Sei leise. Cari schläft."

Die Schritte aus dem Flur kamen näher. Jolie breitete ihre Arme aus und umarmte einen großen, rothaarigen Mann. Er hatte einen leichten Bart und strahlend blaue Augen. So blau wie der Himmel, wenn er wolkenlos war und nur die Sonne schien. Im Arm hielt er einen kleinen Hund, der Schoko zum Verwechseln ähnlich sah. Selbst die kleinen Flecken um das linke Auge herum, die wie kleine Schneeflocken aussahen, waren vorhanden. Jolie küsste den Mann zur Begrüßung. Dann fiel sein Blick auf Malia. Ein warmes Lächeln breitete sich über sein Gesicht aus, als er sagte: „Oh, wir haben Besuch!"

Er kam näher und klopfte sich dabei etwas Schnee von seiner Hand an der Hose ab. Dann reichte er Malia die Hand zur Begrüßung und sagte: „Hallo! Herzlich Willkommen in unserem bescheidenen Heim. Das hier ist unsere kleine Glinda." Mit einem Nicken deutete er auf den kleinen Hund, den er in den Armen hielt, dann fuhr er fort: „Und ich bin Claus."

Zweiundzwanzigstes Kapitel
Jolie und Claus

Mit offenem Mund sah Malia Claus an. Damit hatte sie tatsächlich nicht gerechnet. Jolie lachte und sagte: „Es tut mir leid. Ich wollte dir gerade davon erzählen." Sie machte ein entschuldigendes Gesicht, als Malia aus ihrer Starre erwachte und Jolie ansah.

In der Zwischenzeit war Cari wach geworden und sah mit verschlafenen Augen in die Runde. „Papa", brabbelte sie, als sie Claus im Eingang zum Wohnzimmer stehen sah. Langsam formte sich in Malias Kopf ein Bild.

„Oh", brachte die Weihnachtselfe hervor und strich sich etwas verloren durch die langen Haare. „Damit habe ich nun wirklich nicht gerechnet." Jolie umarmte sie herzlich. „Ja, manchmal ist das Leben voller Überraschungen." Dann ging Jolie in die Küche, um eine weitere Tasse für Claus zu holen.

Claus hatte sich bereits zu Cari auf das Sofa gesetzt, die ihre Chance genutzt hatte, und sich direkt an ihren Vater gekuschelt hatte. Lächelnd strich er ihr über den Kopf, während er Glinda beobachtete.

Nachdem Claus sich auf das Sofa gesetzt hatte, war Glinda zur Begrüßung zu Cari auf den Schoß gesprungen. Doch dort war sie nicht lange geblieben. Nach ein paar kleinen Streicheleinheiten war Glinda von dem Sofa gesprungen, um sich den zweiten Gast näher anzusehen. Jetzt hockte sie mit schrägem Kopf vor Schoko und sah ihn einfach nur an. Es dauerte eine Weile, bis sie ihn fragte: „Und wer bist du?"

Vor Überraschung fiel Malia der Schokoladenkeks aus der Hand und auch Schoko sah Glinda mit offenem Mund an. Er hatte noch nie einen anderen Hund getroffen, der wie er die Sprache der Menschen sprechen konnte.

Mit der rechten Pfote stupste Glinda ihn an und fragte kichernd: „Du kannst aber schon sprechen, oder?"

Schoko schüttelte den Kopf. Glinda verstand diese Geste falsche und fragte verwirrt: „Du kannst nicht sprechen?" Abermals schüttelte Schoko den Kopf. Dann sammelte er sich und brachte hektisch hervor: „Nein, natürlich kann ich sprechen. Ich war nur so verwundert."

„Warum denn verwundert?" Glinda zog die Augenbrauen zusammen und sah Schoko erwartungsvoll an. Als er ihr nicht direkt antwortete, stupste sie ihn erneut mit der Pfote an.

„Lass das", lachte Schoko. „Ich habe einfach noch nie einen anderen Hund getroffen, der die menschliche Sprache sprechen kann." Schoko hielt kurz inne und sagte dann ehrlich: „Das hat mich gerade einfach etwas aus der Bahn geworfen. Kurz dachte ich, dass ich mich vielleicht verhört habe." Abermals kicherte Glinda und sagte: „Wie hat Jolie vorhin so schön gesagt? Manchmal ist das Leben voller Überraschungen."

Als wäre das ihr Stichwort kam Jolie mit einer Tasse in der Hand zurück. Sie reichte Claus die volle Tasse und sagte zu ihm: „Ich dachte mir, dass du vielleicht lieber etwas Kaffee möchtest anstatt Tee oder Kakao." Dankend nahm er die Tasse entgegen. Jolie nahm auf dem freien Sessel Platz und bevor Claus fragen konnte, erzählte sie ihm wenigen Sätzen, warum Malia und Schoko bei ihnen waren.

„Ja", sagte Claus, „Wir haben uns auch immer gewundert, wie es sein kann, dass ich zum Beispiel schon mein Leben lang magische Wesen sehen konnte, während Jolie dies erst im Laufe ihres Lebens konnte. Das war auch der Grund, warum sie sich damals auf die Suche nach mir gemacht hat. Sie wollte wissen, wie ich damit umgegangen bin. Wir haben viel Zeit miteinander verbracht und nach und nach lernte sie dann auch meine Familie kennen. Für uns alle war die Begegnung mit Weihnachtselfen immer eine Selbstverständlichkeit gewesen. Wir kannten es ja nicht anders. Obwohl wir auch immer wussten, dass wir diese Gabe für uns behalten mussten und nicht mit anderen teilen durften. Die Vergangenheit hatte uns

gelehrt, dass man allzu oft für verrückt gehalten wird, wenn man Dinge oder Wesen sehen kann, die andere nicht wahrnehmen können." Claus hielt kurz inne. In seinen Gedanken verloren, blickte er vor sich hin. Dann fuhr er fort: „Wie gesagt, wir haben viel Zeit miteinander verbracht. Aus Freundschaft wurde Liebe. Und nun sitzen wir hier zusammen."
Jolie und Claus tauschten einen langen, verliebten Blick aus.
„Ich bin deinen beiden Freunden auf jeden Fall sehr dankbar, dass sie mich damals aufgesucht haben", sagte Jolie, ohne den Blick von Claus zu nehmen. „Wer weiß, wie es gekommen wäre, wenn sie mich nicht besucht hätten. Vielleicht hätten Claus und ich uns dann nie getroffen."
Cari runzelte die Stirn. „Dann würde es mich ja auch gar nicht geben", sagte das kleine Mädchen. Claus küsste seine Tochter auf die Stirn und sagte: „Da hast du recht. Aber darüber brauchen wir uns gar keine Gedanken machen. Du bist hier und warst unser bestes Weihnachtsgeschenk, das der Osterhase und Santa uns jemals hätte machen können."
Verwundert blickte Malia von Claus zu Cari und dann zu Jolie. Dann erklärte Jolie kurz: „Mir haben die Ärzte bereits vor sehr langer Zeit gesagt, dass ich keine Kinder würde bekommen können. Ich hatte mich damit abgefunden und es spielte für uns auch noch gar keine Rolle. Wir hatten vor irgendwann einmal ein oder zwei Kinder zu adoptieren. Aber bis dahin wollten wir noch unsere Zweisamkeit genießen." Claus reichte Jolie die Hand und während sie beide sich an den Händen hielten, sahen sie sich abermals so unglaublich verliebt an.
„Es war Ostern, als ich erfuhr, dass ich schwanger bin. Die ganzen Monate hatte ich solche Angst, dass etwas passieren könnte. Die Ärzte hatten gesagt, dass ich sehr vorsichtig sein muss. Ich habe mich geschont, so gut ich konnte. Glinda war immer in meiner Nähe und Cari wuchs prächtig in meinem Bauch. Und dann in der Weihnacht gingen die Wehe los."
„Die Straßen waren voller Schnee und wir wussten nicht, wie wir es zum Krankenhaus schaffen sollen", fuhr Claus fort. „Ich

musste extrem langsam fahren. Überall war Schnee und Eis und ich wollte unmöglich mit meinen beiden Lieblingsmenschen einen Unfall bauen. Die Straßen waren kaum geschoben und vom Himmel fiel immer mehr Schnee. Ich konnte nicht weiterfahren. Das Risiko war einfach zu groß."

„Ich bekomme noch immer eine Gänsehaut, wenn ich an diese Nacht denke", sagte Jolie mit einem sanften Lächeln im Gesicht. Bevor sie weitererzählen konnte, mischte sich nun auch Cari in die Geschichte ein: „Doch dann kam Santa und hat euch geholfen!"

„Ja", lachten Jolie und Claus einstimmig und Jolie fuhr fort: „Ich dachte schon, dass ich mein Baby dort draußen in einem Auto bekommen würde, während um uns herum ein kleiner Schneesturm tobte. Doch dann sahen wir ein paar Blitze am Himmel und hörten kleine Glöckchen klingeln."

„Und dann stand da plötzlich dieser riesengroße Schlitten vor unserem Auto und durch die Schneewehen hindurch konnten wir die Rentiere sehen, die ungeduldig mit ihren Hufen scharrten und schnaubten."

„Ich wollte erst schreien, als sich die Autotür neben mir öffnete und da dieser große, bärtige Mann stand und fragte, ob wir eine Mitfahrgelegenheit benötigen würden. Doch dann erinnerte ich mich an die Weihnachtselfen und konnte es fast nicht glauben. Da stand doch tatsächlich der Weihnachtsmann. Santa höchstpersönlich! Und er brachte uns ins Krankenhaus."

„Und dann kam ich zur Welt!" rief Cari freudestrahlend und streckte beide Arme in die Luft.

„Davon hat Santa uns ja gar nichts erzählt", sagte Malia und sah ihren Freund Schoko an. Dieser grinste sie an und sagte geheimnisvoll: „Die Weihnacht ist ein Wunder und in dieser Nacht passieren so viele Geheimnisse und Wunder. Die kann Santa ja nicht alle verraten."

Verblüfft sah Malia ihren Freund an und fragte: „Heißt das, dass du uns nicht alles erzählt hast, was in der letzten Weihnacht passiert ist, als du mit Santa unterwegs warst, um die Geschenke zu verteilen?"

Schoko grinste geheimnisvoll, während Cari und Glinda wie aus einem Mund fragten: „Du warst dabei als Santa dieses Jahr die Geschenke verteilt hat?" Mit stolzer Brust setzte der kleine Hund sich auf und nickte. Sofort begannen die beiden ihn mit Fragen zu durchlöchern. Natürlich war Schoko überaus stolz, ihnen die beantworten zu können.

In der Zwischenzeit unterhielten sich Malia, Jolie und Claus weiter. Immerhin gab es ja einen bestimmten Grund, warum Malia Jolie aufgesucht hatte. Gespannt hörte Claus zu, als Malia noch einmal berichtete, wie Matthias in den Weihnachtsbaum gefallen war und welche Erinnerungen Sophia noch an den Moment hatte, als ihr damals das gleiche passiert war.

„Mh", meinte Claus. „Wir haben damals auch lange überlegt, wie es bei Jolie zu dieser Veränderung gekommen sein könnte. Doch wir haben nie wirklich eine Lösung gefunden und dann einfach aufgehört, darüber nachzudenken. Wir waren und sind glücklich. Das Schicksal hat uns zusammengeführt und nur das ist wichtig. Dafür sind wir unendlich dankbar."

Jolie kaute auf einem Keks herum, als ihr plötzlich etwas einfiel: „Haben wir diese kleine Kiste noch, die wir damals auf dem Dachboden deiner Großmutter gefunden haben?" Claus überlegte und nickte nach einer Weile. „Sie könnte in der Garage stehen", überlegte er. Dann stand er auf, zog sich im Flur die Stiefel wieder an und ging, ohne ein weiteres Wort zu sagen, hinaus.

Jolie reichte Malia den Teller mit Gebäck. „Nimm dir ruhig noch etwas. Ich denke, es wird einen Augenblick dauern, bis er zurück ist. Als seine Großeltern damals starben, haben wir gemeinsam ihr Haus ausgeräumt. Wir hatten zu dem Zeitpunkt bereits dieses Haus gekauft. Sonst wären wir vielleicht selbst dort eingezogen. Nun lebt seine Schwester dort. Aus ihrer Hundezucht stammt übrigens Glinda." Malias Blick ging zu den beiden Hunden, die sich so sehr ähnelten. „Sehen alle Hunde aus wie Schoko?" fragte Malia.

„Wer sagt, dass wir aussehen wie er?" fragte Glinda gespielt beleidigt. „Vielleicht sieht er ja auch aus wie wir!"

„Glinda!", ermahnte Jolie sie und sagte dann an Malia gewandt: „Ja, sie alle ähneln sich und haben diese wunderbaren Schneeflocken auf dem Fell."

„Und sie können alle sprechen!" ergänzte Cari laut.

„Wie sie können alle sprechen?" fragte Malia verwirrt und auch Schoko blickte verblüfft von Cari zu Glinda. „Na", sagte Cari, als wäre es selbstverständlich, dass Hunde sprechen können. „Sie sprechen. So wie wir jetzt miteinander. Nicht so, wie andere Hunde." Das kleine Mädchen überlegte kurz, wie sie es am besten erklären könnte und sagte dann: „Ich kann nur Hunde verstehen, die Schneeflocken auf dem Fell haben." Jolie nahm Malias nachdenklichen Blick auf und sagte zur ihr: „Ja, hier ist alles irgendwie magisch und mit Weihnachten verbunden. Du möchtest gar nicht wissen, wie erschrocken ich war, als ich das erste Mal einem sprechenden Hund begegnet bin. Da war die Begegnung mit den Weihnachtselfen geradezu langweilig." Jolie lachte und nahm einen Schluck Tee aus ihrer Tasse.

In diesem Moment kam Claus zurück und legte eine kleine, staubige Schatulle auf den Tisch. „Ach Claus", schimpfte Jolie. „Du kannst dieses staubige Ding doch nicht einfach auf den Tisch neben das Essen stellen." Schuldbewusst nahm er das Kästchen schnell wieder vom Tisch und verschwand damit in der Küche. Schnell staubte er es ab und kam damit wieder zurück ins Wohnzimmer. Nachdem er sich wieder auf das Sofa gesetzt hatte, reichte er das Kästchen Malia.

„Wir haben es damals auf dem Dachboden im Haus meiner Großmutter gefunden. Leider konnten wir es nicht öffnen. Wir wollten es aber auch nicht einfach wegwerfen. Deshalb haben wir es einfach in einen der Kartons gepackt, in denen wir alte

Sachen aufbewahren, von denen wir uns nicht wirklich trennen können. Jetzt stehen die Sachen in der Garage und stauben dort ein. Aber an wegwerfen ist einfach nicht zu denken."

Malia drehte das Kästchen in ihren Händen hin und her. Es war aus dunklem Holz, das überall mit Schnitzereien verziert war. Malia konnte Schneeflocken und Tannzweige erkennen. Ein kleiner Mistelzweig war zu sehen und kleine Weihnachtskugeln und Schleifen.

„Wir haben uns gedacht, dass es vielleicht einer Weihnachtselfe gehören könnte", sagte Jolie und zuckte mit den Schultern. Nachdenklich nickte Malia. Sie hatte im Weihnachtsdorf bereits ähnliche Sachen gesehen. Annie selbst hatte in ihrem Haus zwar keine dieser Gegenstände gehabt, doch Malia konnte sich an andere Weihnachtselfen erinnern, die wunderschöne verzierte Holzgegenstände hatte. Der Leiter der Puppenwerkstatt zum Beispiel hatte diese niedliche Holzschüssel mit dem passenden Löffel dazu. Jeden Morgen aß er sein Frühstück daraus. Sowohl die Schüssel als auch der Löffel waren mit kleinen Schnitzereien verziert. Auf der Schüssel war sogar ein Schaukelpferd abgebildet. Daran konnte Malia sich nur zu gut erinnern, da sie es bereits sehr oft bewundert hatte. Selbst in der Schule im Weihnachtsdorf waren die Tische und Stühle mit einer ähnlichen Schnitzerei verziert gewesen.

Schoko hatte seinen Bericht über die Weihnacht beendet und war zu Malia auf den Sessel gesprungen, als er mitbekommen hatte, dass es ein verschlossenes Kästchen gab. Gemeinsam betrachteten die beiden es. „Es scheint gar kein Schloss zu haben", stellte Schoko nach einer Weile fest.

„Ja, das ist uns auch schon aufgefallen", bestätigte Claus die Vermutung des kleinen Hundes. „Aber trotzdem lässt es sich nicht öffnen. Wahrscheinlich geht das nur mit Weihnachtselfen-Magie." Erwartungsvoll blickte er zu Malia. Die kleine Schatulle war nun schon so lange in seinem Besitz, dass er sie fast vergessen hatte. Doch nun war seine Neugierde wieder geweckt und er wollte zu gern wissen, was sich darin befand.

Malia hob den Kopf und sah ihn an. Nachdenklich nickte sie und versuchte sich zu konzentrieren. Doch es geschah nichts. Sie überlegte, ob sie einen Zauberspruch brauchen würde. Verwarf diesen Gedanken aber sofort wieder, da sie noch nie zuvor einen Zauberspruch gebraucht hatte. Die Weihnachtselfen-Magie war eher intuitiv. Sie kam aus dem Herzen der Weihnachtselfen. So wie das Licht damals aus Theos Herzen kam, als er sein Zuhause fand.

Malia lächelte, als sie an ihren Freund Theo dachte. Plötzlich hörte sie, wie alle um sie herum nach Luft schnappten und öffnete die Augen.

Das Kästchen in ihren Händen leuchtete. Es strahlte hell und warm in ihren Händen. Malia seufzte vor Erleichterung und dachte wieder an Theo. Damals mussten Pam und sie die Hände vor die Augen halten, als Theo immer weiter auf Annie zugegangen war. So sehr hatte sein Licht gestrahlt. Sie vermisste Theo. Gleichzeitig war sie glücklich, dass er ein wunderschönes Heim hatte und bei Menschen war, die ihn liebten. Theo hatte ein wunderbares Zuhause verdient. Für immer.

Das Leuchten, das das Kästchen einhüllte wurde noch etwas heller. Dann konnte man ein kleines Knacken hören und ganz plötzlich war das grelle Licht verschwunden. Nur noch ein leichtes Glimmern war zu sehen. Malia hielt noch immer das Kästchen in den Händen. Der Deckel war nun einen Spalt weit geöffnet. Gespannt sah Malia die anderen im Raum an. Dann hob sie mit zitternder Hand den Deckel an.

Das leichte Leuchten verblasste in den wenigen Sekunden, als Malia den Deckel des Kästchens anhob. Als das Kästchen geöffnet war, war auch das Licht vollständig verschwunden und Malia konnte direkt sehen, was sich im Kästchen befand.

Darin lag ein kleines Buch. Sie erkannte sofort, dass es sich um keines der magischen Adressbücher handelte. Doch es enthielt trotzdem etwas Magie. Das konnte sie spüren. Neben dem Buch lag ein silberner Stift. Kleine Schneeflocken waren auf seiner Oberfläche eingraviert.

Malia nahm den Stift heraus und drehte ihn einen Moment lang in ihren Fingern, um die Schneeflocken besser betrachten zu können. Dann reichte sie den Stift weiter an Cari, die schon ganz aufgeregt auf ihrem Platz saß. Auch Glinda war auf das Sofa gesprungen, um das Kästchen besser sehen zu können. Gespannt blickten alle zu Malia hinüber.

Dankbar nahm Cari den Stift entgegen und bewunderte die Schneeflocken. Da sie nichts verpassen wollte, reichte sie ihn aber schnell an ihre Eltern weiter und blickte wieder neugierig zu Malia.

Die kleine Weihnachtselfe nahm vorsichtig das Buch aus dem Kästchen. Sie stellte das Kästchen zur Seite und legte das Buch auf ihren Schoss. Es hatte einen schönen dunklen und vor allem festen Einband. Aber es gab keinerlei Verzierungen oder einen Titel auf dem Einband. Ohne lange zu überlegen, öffnete Malia das Buch. Direkt auf der ersten Seite stand in einer wunderschönen klaren Handschrift geschrieben: „Tagebuch von Leoline Snow".

„Oh", sagte Malia. „Es handelt sich um ein Tagebuch. Von Leoline. War das deine Großmutter?" fragte Malia an Claus gewandt. Dieser schüttelte mit dem Kopf. „Nein, meine Großmutter hieß Mathilda. Aber ich glaube, dass ihre Großmutter Leoline hieß. Das Tagebuch muss also sehr alt sein."

„Aber es sieht sehr gut erhalten aus", fügte Jolie hinzu. Sie hatte sich auf ihrem Sessel vorgebeugt, um besser sehen zu können.

„Ja", sagte Malia, „Es sieht eigentlich aus wie neu. Als hätte erst gestern jemand darin geschrieben. Aber das mag an der Weihnachtselfen-Magie liegen, die in diesem Buch steckt." Sie blätterte ein wenig durch die Seiten und strich vorsichtig über das Papier.

„Malia", sagte Claus und holte die Weihnachtselfe aus ihren Gedanken. Malia hob ihren Kopf und blickte ihn erwartungsvoll an.

„Wir haben keine Verwendung für das Tagebuch und auch das Kästchen können wir nicht ohne dich öffnen. Was hältst du davon, wenn du alle drei Sachen mitnimmst? Vielleicht findest du in dem Tagebuch ja sogar noch etwas, was dir bei deiner Suche weiterhelfen kann."

Mit großen Augen sah Malia ihn an. Kleine Tränchen bildeten sich in ihren Augen. „Das kann ich nicht annehmen. Diese Sachen sind viel zu kostbar."

„Doch, dass kannst du", antworteten Jolie und Claus wie aus einem Munde. Jolie war aufgestanden und ging zu Malia hinüber. Sie setzte sich auf die Lehne des Sessels und legte einen Arm um Malia.

„Wenn du dich besser damit fühlst, können wir dir die Sachen ja einfach borgen. Du nimmst sie mit und vielleicht können sie dir wirklich hilfreich sein. Sobald du sie nicht mehr brauchst, bringst du sie uns zurück. Vielleicht findest du ja auch noch eine Lösung, wie wir ohne Weihnachtselfen-Magie das Kästchen öffnen können. Es wäre so ein schönes Schmuckkästchen für Cari."

Claus nickte zustimmend. „Ja, das ist eine schöne Idee. Cari würde sich bestimmt über ein Schmuckkästchen freuen." Liebevoll sah er seine kleine Tochter an und drückte sie fester an sich. Das kleine Mädchen kicherte und lachte. „Dann wünsche ich mir im nächsten Jahr schönen Schmuck vom Weihnachtsmann, den ich dann in mein Schmuckkästchen legen kann."

Jolie lachte: „Weihnachten ist gerade erst vorbei und du denkst schon an das nächste Jahr. Für dich könnte wirklich jeder Tag Weihnachten sein." Cari nickte begeistert und schob sich noch einen Keks in den Mund.

Malia musste nicht lange überlegen. Das war ein sehr guter Kompromiss und so stimmte sie dem Vorschlag zu, dass sie sich die Sachen nur ausleihen würde. Sie konnte ihnen nicht versprechen, wie lange sie dafür brauchen würde. Sobald sie aber fertig war, wollte sie die Sachen wieder zurückbringen.

Damit waren alle zufrieden. Jolie kochte noch eine Kanne Kakao und so saßen sie noch eine Weile zusammen und unterhielten sich.

Claus erzählte ein wenig von seiner Familie und von der Hundezucht, die sie nun schon seit vielen Generationen betrieben. Er unterstütze seine Schwester dabei bei jeder erdenklichen Gelegenheit. Denn diese Hunde waren etwas ganz Besonderes. Sie alle konnten mit den Menschen, die empfänglich für die Weihnachtselfen-Magie waren, sprechen. Diese Fähigkeit wollten sie noch über viele Generationen erhalten. Aber es war schwer, ein geeignetes Zuhause für diese Tiere zu finden. Vorzugsweise sollten sie bei Menschen leben, die sie auch verstehen und mit ihnen sprechen konnten.

Aber man sah den Menschen leider nicht an, ob sie in der Lage waren, Weihnachtselfen zu sehen und somit auch nicht, ob sie in der Lage waren, um mit ihren Hunden zu sprechen. Deshalb kamen die Interessenten immer erst einmal zu Besuch. Das war auch bei anderen Hundezüchtern so. Die Interessenten konnten sich die Tiere ansehen und Claus und seine Schwester Edith konnten beobachten, wie die Menschen auf ihre Hunde reagierten. Nur so konnten sie herausfinden, ob unter ihnen geeignete Menschen waren. Leider gab es diese viel zu selten. Claus war sich auch sicher, dass Schoko aus dieser Hundezucht stammen musste. Denn nirgendwo sonst gab es auf der Welt diese Hunderasse mit den kleinen Schneeflocken auf dem Fell.

Neugierig hörte Schoko zu. Er hatte sich immer gefragt, wo er hergekommen war. Doch die Wahrheit war, dass er sich nicht erinnern konnte. Irgendwann war er im Weihnachtsdorf gelandet und hatte Santa, Nikola, Pam und Malia kennen gelernt. Gemeinsam hatten sie so viele Dinge erlebt und Schoko konnte sich an jede einzige Sekunde erinnern. Aber an die Zeit vor dem Weihnachtsdorf konnte er sich nicht erinnern. Keinen noch so kleinen Moment. Seine Erinnerung war hier ein dunkles Loch. Als hätte es ihn vor dieser Zeit nicht gegeben. Anfangs hatte es Schoko geängstigt, dass er sich an nichts erinnern konnte. Doch diese Zeit war schon lange vorbei. Er wurde so herzlich im Weihnachtsdorf aufgenommen, dass er sich keinen schöneren Ort mehr vorstellen konnte. Schoko war glücklich mit seinem Leben und seinen Freunden. Daher spielte es keine Rolle mehr für ihn, was vor diesem Leben war. Er hatte sich damit abgefunden, dass es keine Erinnerungen daran gab.

„Ein weiteres Geheimnis, dass wir irgendwann einmal lösen werden", sagte Malia lächelnd und sah ihren Freund liebevoll an. Dann hob sie ihren Kopf und blickte zu Claus. „Ihr züchtet ja schon sehr lange diese Art von Hunden. Wisst ihr, warum wir alle Schoko nur verstehen können, wenn wir hier in Wales sind? An keinem anderen Ort der Welt funktioniert das."

Jolie und Claus tauschten Blicke aus und zuckten dann beide mit den Schultern. „Das ist wirklich seltsam", sagte Claus und strich sich nachdenklich unter der Nase entlang. „Die meisten unserer Hunde bleiben hier in Wales. Vielleicht hat es was damit zu tun? Wales steckt voller mystischer Geschichten und wahrhaft magischer Orte. Vielleicht hat diese walisische Magie etwas damit zu tun?"

Nachdenklich nickte Jolie und fuhr dann Anstelle von Claus fort: „Bisher hat sich jedenfalls noch nie jemand bei uns gemeldet, weil es plötzlich Kommunikationsschwierigkeiten gab. Jedenfalls nicht, seitdem ich dich kenne."

Sie stupste ihren Mann an und lachte. Beiden tauschten verliebte Blicke aus und Malia hätte es nicht gewundert, wenn die beiden plötzlich angefangen hätten zu leuchten. Maya hatte recht. Zuhause ist kein Ort. Es sind die Menschen, die einen Ort zu deinem Zuhause machen, sowie die Erinnerungen, die dadurch geschaffen werden.

Dreiundzwanzigstes Kapitel
Das Tagebuch

Fast den ganzen Tagen hatte sie zusammen verbracht. Als es langsam dunkel wurde, entschuldigte Malia sich, dass sie die Familie solange aufgehalten hatte. Doch alle zusammen hatten sich sehr über ihren Besuch gefreut. Es war lange her, dass ihnen eine Weihnachtselfe begegnet war. Auch über Schokos Besuch hatten sie sich sehr gefreut. Sobald Malia und Schoko wieder zu Besuch kamen, wollten sie zusammen Claus Schwester Edith und die anderen Hunde besuchen.

Während Malia sich dem Schmuckkästchen und dem Tagebuch widmete, wollte Claus seiner Schwester von Schoko erzählen. Vielleicht konnten sie zusammen etwas über ihn herausfinden.

Für Claus gab es jedenfalls keinen Zweifel, dass Schoko aus der Hundezucht seiner Familie stammen musste. Er war sich sicher, dass es irgendwo Unterlagen über Schoko geben musste. Eine Geburtsurkunde oder ein anderer Nachweis über seine Herkunft. Für Schoko war seine Vergangenheit nicht mehr wichtig. Er hatte im Weihnachtsdorf eine neue Familie gefunden, die ihn liebte und die er liebte. Doch Claus hatte auch recht, dass es schön wäre, zu wissen, ob er ebenfalls ein Teil von dieser Familie war. Zum Abschied umarmten sich alle und dann nahm Malia Schoko auf den Arm. Mit dem einen Arm hielt sie den kleinen Hund fest und im anderen Arm hatte sie das Schmuckkästchen.

Im einen Arm hatte sie den kleinen Hund und mit dem anderen hielt sie das kleine Schmuckkästchen fest. Kurz überlegte Malia, ob sie nun zurück zu Katharina und Adeon oder direkt ins Waisenhaus reisen sollte. Doch dann entschied sie sich anders. Sie lächelte noch ein letztes Mal zu Cari, Jolie, Glinda und Claus hinüber. Dann schloss sie ihre Augen.

Als Malia ihre Augen wieder öffnete, stand sie vor dem großen Weihnachtsbaum im Weihnachtsdorf. Seine Lichter strahlten und hießen sie willkommen. Schoko sprang von ihrem Arm hinunter und begrüßte bellend eine Weihnachtselfe, die gerade aus der Bäckerei kam. Malia hob zum Gruß die Hand und winkte.

Dann gingen die zwei nach Hause. Lächelnd öffnete Malia die Tür. Wie so oft, wenn sie das tat, dachte sie an ihre ersten Tage hier im Weihnachtsdorf. Damals war noch alles neu und ungewohnt gewesen. Aber Annie hatte ihr und auch Theo geholfen, sich im Weihnachtsdorf zurecht zu finden.

Langsam folgte sie Schoko die Treppe hinauf. Als sie die Tür zu ihrem Schlafzimmer öffnete, entfachte sich auf magische Weise ein kleines Feuer im Kamin. Weihnachtselfen frieren zwar nicht, aber Malia hatte es schon immer schön gewunden, wenn im Kamin ein kleines Feuer brannte. Es wärmte ihre Seele.

Mit einer kleinen Handbewegung brachte Malia noch den Weihnachtsbaum zum Leuchten, der neben dem Kamin stand. Dann setzte sie sich auf den Sessel. Sie warf noch einen kurzen Blick aus dem Fenster und betrachtete für einen Augenblick den Himmel. Währenddessen sprang Schoko zu ihr auf den Sessel und machte es sich dort auf ihrem Schoß gemütlich. Malia, die eigentlich das Schmuckkästchen auf ihrem Schoss abstellen wollte, schüttelte lächelnd den Kopf. Schoko warf ihr einen seiner herzallerliebsten Blicke zu, so dass Malia nicht einmal mit ihm schimpfen konnte.

Sie holte das Buch aus dem Kästchen und stellte das Kästchen dann auf dem Fensterbrett ab. Sie warf noch einen Blick hinaus, doch heute leuchteten keine Nordlichter am Himmel. Dann widmete sie sich dem Tagebuch.

Während Schoko schlief, las Malia in dem Tagebuch. Anfangs fühlte sie sich etwas komisch, da in einem Tagebuch die tiefsten Gedanken eines Menschen enthalten waren. Einem Tagebuch vertraute man alle Geheimnisse an. Selbst die, die man sonst niemanden anvertrauen konnte oder wollte. Daher las sie die ersten Seiten noch zögerlich und überlegte, ob sie vielleicht doch nicht weiterlesen sollte. Doch ihre Neugierde und die Hoffnung, vielleicht doch etwas Wichtiges in diesem Tagebuch finden zu können, war stärker.

Die erste Stunde verging und es gab nichts Interessantes zu lesen. Leoline schrieb alle paar Tage über ihr Leben, wie sie die Kinder großzog und welche Schwierigkeiten es bei der aktuellen Hundezucht gab. Damals waren es noch ganz normale Hunde. Sie konnten noch nicht mit den Menschen sprechen. Trotzdem wurden die Seiten des Tagebuches langsam für Malia interessanter. Sie fand es spannend, wie Leoline von ihren Hunden erzählte und berichtete.

Leoline liebte ihre Hunde und es fiel ihr von Mal zu Mal schwerer, sie in ein neues Heim zu geben. Gleichzeitig wusste sie natürlich auch, dass sie nicht alle würde behalten können. Das konnte Malia voll und ganz verstehen.

Die Hunde wuchsen bei Leoline auf und vom ersten Tag an schloss sie die kleinen Wesen in ihr Herz. Jeden Tag liebte sie sie ein bisschen mehr. Bis dann irgendwann der Tag kam, an dem sie Auf Wiedersehen sagen musste. Jedes Mal brach es Leoline das Herz. Deshalb hatte sie überlegt, mit der Zucht aufzuhören. Sie konnte dieses Gefühl einfach nicht mehr ertragen. Aber die Hundezucht sorgte nun mal für ihren Lebensunterhalt und daher war ihr Ehemann Kurt dagegen, die Zucht zu beenden.

Malie zog die Augenbraue hoch. Das hatte zwar noch nichts mit der Weihnachtselfen-Magie zu tun und der magischen Gabe, über die Leoline in ihrem Tagebuch bisher auch noch kein Wort verloren hatte. Doch dieser Teil aus Leolines Leben erschien Malia dennoch äußerst interessant. Sie strich sich über die müden Augen und las langsam weiter.

„Liebes Tagebuch,

heute war ein aufregender Tag. Ich kann es immer noch nicht in Worte fassen.

Erst habe ich mich mit Kurt gestritten. Es fällt mir so schwer, unsere kleinen, niedlichen Welpen an fremde Menschen abzugeben. Natürlich bekommen wir Geld dafür und können gut davon leben, doch jedes Mal, wenn ich mich von einem meiner Welpen trennen muss, bricht ein Stück meines Herzens. Doch Kurt versteht das nicht. Für ihn sind das nur Tiere, die für unseren Lebensunterhalt sorgen.

Während ich dann heute auf der Treppe zum Hinterhof saß und weinte, passierte etwas Seltsames. Plötzlich stand dort eine männliche Weihnachtselfe. Er stellte sich als Eurin vor. Ich hatte schon so lange keine Weihnachtselfen gesehen, dass mein Herz ein ganzes Stück höher schlug. Und Eurin war nicht allein. Er war in Begleitung einer atemberaubenden, dunklen Schönheit. Ihr hüftlanges Haar leuchtete in dunklem grün und blau und lila. Ich konnte kaum die Augen von ihr lassen.

Eurin erzählte mir, dass sie ein Nordlicht war und ihr Name Aurora wäre. Sie lächelte nur und machte einen Knicks. Dabei hob sie ihr weißes Kleid etwas an und ich konnte sehen, dass sie keine Schuhe trug. Das Nordlicht sprach kein Wort. Nachdem Eurin sie mir vorgestellt hatte, drehte sie sich im Kreis und bewegte sich tanzend zu den Hunden. Dort blieb sie den Rest des Nachmittags.

Eurin blieb bei mir auf der Treppe sitzen. Er fragte mich, warum ich so traurig bin und wie er mir helfen kann. Den ganzen Nachmittag hörte er mir zu und gab mir Ratschläge. Nebenbei beobachteten wir Aurora, die mit den Hunden spielte. Und dennoch: Schon lange hatte mir niemand so viel Aufmerksamkeit geschenkt.

Der Nachmittag verging viel zu schnell. Als es Abend wurde, hörte ich, wie Kurt nach Hause kam. Eurin verstand sofort. Als er sich von der unbequemen Treppe erhob, streckte er sich in der Sonne. Verwundert sah Aurora ihn an. Dann blickte sie zum Himmel und nickte. Dieses himmlische Geschöpf kam auf mich zu und umarmte mich. Auch Eurin tat das zum Abschied. Oh, er gab mir sogar einen flüchtigen Kuss auf die Lippen. Ich kann die Magie auf meinen Lippen immer noch spüren. Dann verschwanden die beiden auf magische Weise vor meinen Augen.

Ich stand noch eine Weile dort und fragte mich, ob ich vielleicht eingeschlafen war und dass alles nur ein schöner Traum gewesen ist. Doch, liebes Tagebuch, ich glaube wirklich, dass Eurin und Aurora zusammen mit mir in diesem Garten waren. Ihre Anwesenheit hat mir so viel neue Kraft gegeben. Schon lange habe ich mich nicht mehr so frei gefühlt. Ich hatte fast vergessen, über welche Gabe unserer Familie verfügt und dass wir in der Lage sind, Weihnachtselfen zu sehen. Jetzt fühle ich mich etwas dumm. Wie konnte ich das vergessen?

Aber das ist nicht alles, was heute passiert ist. Nach der Begegnung mit Eurin habe ich mich entschlossen, dass ich mich von Kurt trennen werde. Ich habe erkannt, dass ich schon lange nicht mehr glücklich bin. Nur die Hunde machen mich glücklich. Und da sind wir schon bei der nächsten wundersamen Sache, die heute passiert ist.

Vielleicht hängt es mit meiner Gabe zusammen. Vielleicht auch mit dem magischen Besuch, den ich heute hatte. Aber unsere Hunde können sprechen. Nicht mit jedem, wie es scheint. Denn Kurt hält sie noch immer für dumme Kläffer.

Doch ich kann sie verstehen. Ja, liebes Tagebuch, das klingt, als würde ich verrückt werden. Aber das ist tatsächlich wahr. Nachdem ich Kurt gesagt habe, dass ich so nicht weiterleben kann und möchte, habe ich mich in den Garten zu den Hunden gesetzt. Die alte Ellie kam zu mir und legte ihren Kopf auf meine Beine und sah mich an. Während ihr wissender Blick auf mir ruhte, sagte sie mir, dass ich die richtige Entscheidung getroffen habe.

Anfangs dachte ich, dass ich mich verhört habe. Aber es war tatsächlich Ellie.

Wir haben eine Weile miteinander gesprochen und als ich zurück ins Haus gegangen bin, war Kurt verschwunden. Er hat die Zeit genutzt, um seine wichtigsten Sachen zu packen und war ohne ein weiteres Wort gegangen. Jetzt fühlt sich das Haus seltsam leer an. Überall ist es so ruhig. Aber ich werde mich daran gewöhnen. Und ich werde eine Lösung finden, wie ich in meinem Leben weitermachen kann. Ellie sagt, dass wir gemeinsam einen Weg finden werden und alle Probleme meistern können. Ich glaube ihr. Ich glaube an eine schöne Zukunft. Wie kann sie nicht schön sein, wenn ich jetzt in den Himmel sehe und dieses wunderschöne Schauspiel am Himmel sehe. Die Nordlichter tanzen und die bunten Farben erinnern mich an die langen Haare, die über Auroras Rücken flossen.

Liebes Tagebuch, bitte halte mich nach diesem Tag nicht für verrückt. Ich schwöre dir, dass alles wirklich so passiert ist. Jetzt werde ich noch ein wenig die Nordlichter bestaunen. Sie waren noch nie so schön wie heute Nacht. Dann gehe ich ins Bett und morgen fängt ein neuer Tag und ein neues Leben für mich an. Gute Nacht.

Deine Leoline"

Malia schloss das Tagebuch und sah ihren schlafenden Freund Schoko an. Konnte es tatsächlich sein, dass das Nordlicht Aurora den Hunden diese magische Fähigkeit geschenkt hatte? Bis heute wusste Malia nicht einmal, dass das Nordlicht ein magisches Wesen war. Sie hatte immer gedacht, dass es ein Wunder war. Doch an so ein Wunder hatte sie nicht gedacht. Ganz gleich wie lange und wie oft sie die Nordlichter bereits bestaunt hatte.

Die kleine Weihnachtselfe warf einen Blick aus ihrem Fenster. Doch in dieser Nacht waren viele Wolken am Himmel und sie konnte keine Nordlichter am Himmel sehen. Wie gern hätte sie gewusst, ob es wirklich so war und Aurora dort oben am Himmel tanzte. Heute Nacht würde sie aber sicherlich keine Antwort bekommen.

Sie blickte auf das Tagebuch und entschied sich, noch eine Weile darin zu lesen. Malia war zwar mittlerweile müde, aber nicht müde genug, um schnell einschlafen zu können. Ihre Neugierde, noch etwas Geheimnisvolles im Tagebuch von Leoline zu finden, war größer. Also öffnete sie das Tagebuch und las weiter.

Leoline erzählte, wie sie zusammen mit Ellie beschloss, dass sie für die Welpen nur noch Menschen finden wollten, die sie auch verstehen konnten. Das war eine sehr große Herausforderung. Gemeinsam fanden sie aber auch hier einen Weg. Die Interessenten mussten sich den Welpen vorstellen.

So konnte man am besten herausfinden, ob diese geeignet waren. Kinder durften die Interessenten niemals mitbringen. Denn Leoline hatte einst von einer Weihnachtselfe gelernt, dass Kinder immer in der Lage waren Weihnachtselfen zu sehen. So lange ihre Herzen noch offen waren und sie noch keine schlimmen Dinge in ihrem Leben erlitten und nicht so viele Erfahrungen im Leben gesammelt hatten, besaßen Kinder immer die Fähigkeit Magie wahrzunehmen und zu erkennen. Leoline und Ellie wollten so verhindern, dass die

Kinder sich mit den Hunden unterhielten, während die Eltern verständnislos danebenstanden.

Von nun an entschieden die Welpen, bei wem sie leben wollten. Sie unterhielten sich mit den Menschen und fanden so heraus, wer am besten zusammenpasste. Um dies herauszufinden, ließen sich alle einige Tage, manchmal sogar Wochen Zeit. Doch das spielte für niemanden eine Rolle. Denn es ging hier nicht nur darum, ein passendes Haustier zu finden. Sondern vielmehr darum, einen Freund fürs Leben zu gewinnen.

Mit den Menschen, die die Hunde verstehen konnten, vereinbarten Leoline und Ellie, regelmäßige Treffen. So konnte sie prüfen, ob es ihren Hunden dort gut ging. Jedem einzelnen von ihnen gab sie aber auch mit auf den Weg, dass sie jeder Zeit zu ihr zurückkommen könnten, wenn es ihnen in ihrem neuen Heim nicht gefiel. Aber es kam niemals ein Welpe zurück.

Mit großer Überraschung schrieb Leoline in ihr Tagebuch, dass die neugeborenen Welpen alle kleine Schneeflocken auf dem Fall hatten. Jedenfalls sahen die weißen Flecken auf dem Fell Schneeflocken zum Verwechseln ähnlich. Einige von ihnen hatten sie um die Augen herum. Andere auf dem Oberschenkel oder um die Nase herum. Keiner von ihnen kam ohne Schneeflocken zur Welt. Dies ließ Leoline sofort an Eurin denken. Wenn sie an ihn dachte, fasste sie sich unbewusst an ihre Lippen und dachte an den kurzen Moment, als er sie geküsst hatte. Irgendwann hatte Ellie sie gesehen, als sie die Finger an ihre Lippen legte und sie gefragt, woran sie in diesem Moment gedacht hatte. Doch Leoline hatte nur gelächelt und gesagt, dass es nichts Besonderes gewesen war. Eurin besuchte Leoline von Zeit zu Zeit. Doch Aurora kam nicht zurück. Eines Tages fragte Leoline Eurin danach und er erzählte ihr, dass die Nordlichter ähnlich wie die Sterne am Himmel lebten. Dort war ihr Zuhause und wenn die Nordlichter zusammen tanzten, dann verzauberten sie gemeinsam den Himmel. Dann strahlte der Himmel in einem magischen Farbenspiel und leuchtete in grünen, blauen und lilafarbenen Nuancen.

Nordlichter durften ihre Heimat nicht verlassen. Denn für den magischen Tanz der Nordlichter hatte jedes von ihnen seinen Platz und seine Aufgabe. Fehlte ein Nordlicht, konnte der Himmel nicht in den magischen Farben erstrahlen.

Doch Auroras Sehnsucht, einmal die Welt zu sehen, war größer gewesen. Also hatte sie etwas Verbotenes getan und hatte ihren Platz am Himmel verlassen. Für diesen einen Tag. Während sie zur Erde eilte, hatte sie wie eine Sternschnuppe eine Spur am Himmel hinterlassen. Eurin war dieser Spur gefolgt und hatte das Nordlicht tanzend im Schnee gefunden. Als er sie fragte, was geschehen war, erzählte sie von ihrer Sehnsucht und davon, dass sie ihren Platz für diesen Tag verlassen hatte. Sobald die Nacht einbrach, wollte sie sofort zurückreisen und wieder zusammen mit den anderen Nordlichtern tanzen.

Diese Sehnsucht nach einem kleinen Abenteuer war immer stärker in ihrem Herzen gewachsen. Irgendwann hatte sie es nicht mehr aushalten können. Normalerweise schliefen Nordlichter tagsüber. Doch Aurora hatte diesmal keinen Schlaf gefunden. Daher hatte sie sich entschlossen, den Abstieg zu wagen. Ganz gleich, welche Folgen das für sie haben würde. Sie konnte nicht mehr dagegen ankämpfen. Ein einziges Mal wollte sie Teil dieser Welt sein und die Sonne auf ihrer Haut spüren. Sie hatte in so vielen Büchern davon gelesen. Es musste ein wunderbares Gefühl sein.

Das konnte Eurin nur bestätigen und das Nordlicht tat ihm leid. Deshalb beschloss er, Aurora zu helfen.

Eurin erzählte Leoline, dass er nicht nur ein Weihnachtself war, sondern dass er eine besondere Gabe hatte. Er konnte mit Hilfe seiner Weihnachtselfen-Magie durch die Welt reisen. Deshalb nahm er Aurora mit auf eine kleine Reise. Er wollte ihr die Welt zeigen und an diesem besonderen Tag auf sie aufpassen, damit ihr nichts passierten konnte. Bis es am Abend Zeit war und Aurora zurückkehren musste.

Malia stockte der Atem. Wie lange musste diese Geschichte her sein? Im Weihnachtsdorf hatte man ihr berichtet, dass Maya die letzte Weihnachtselfe gewesen war, die mit Hilfe der Weihnachtsmagie hatte reisen können. Bis Malia diese Fähigkeit entwickelt hatte. Aufgeregt blätterte sie durch das Tagebuch. Doch es gab keine Hinweise auf eine Jahreszahl. Leoline selbst hatte auch nie eine Jahreszahl hinter die einzelnen Einträge in das Tagebuch geschrieben. Sie nannte immer nur den Tag und den Monat, bevor sie einen neuen Eintrag begann.

Neugierig las Malia weiter. Vielleicht gab es auf den nächsten Seiten einen Hinweis, wann sich diese Geschichte ereignet hatte.

Leoline beschrieb, wie Eurin mit Aurora durch die Welt gereist war, bis beide ein Weinen hörten. Sie mussten nicht lange überlegen und reisten zu dem Ort, von dem aus das Weinen zu hören war. So landeten sie bei Leoline. Alles Weitere von diesem Tag kannte sie bereits. Deshalb ging Leoline in ihrem Tagebuch auch nicht weiter darauf ein. Sie schreib aber in ihr Tagebuch, dass sie sich nicht getraut hatte, Eurin zu fragen, ob Aurora für den Zauber mit den Hunden verantwortlich war. Aber ohne, dass sie etwas sagen musste, hatte er gespürt, dass ihr noch etwas auf dem Herzen lag.

Eine Weile hatte sie überlegt, doch dann hatte sie tatsächlich allen Mut genommen und Eurin danach gefragt. Der Weihnachtself hatte genickt und gesagt, dass er sich schon gefragt hatte, ob Leoline ihn jemals danach fragen würde. Er lächelte und strich Leoline eine Haarsträhne aus dem Gesicht. Dann erklärte er ihr, dass er tatsächlich dachte, dass es Aurora war, die diesen Zauber gewirkt hatte. Überrascht hatte Leoline ihn angesehen und gefragt, warum er sich nicht sicher war. In diesem Moment nahm Eurin ihr Gesicht in seine beiden Hände und sah Leoline tief in die Augen.

„Du warst so traurig", sagte er zu ihr. „Und als ich dich geküsst habe, habe ich mir für dich etwas Magisches gewünscht. Etwas, dass dich glücklich macht und dafür sorgt, dass du mich nie vergisst." Eurin lief rot an und dann küsste er Leoline erneut. Er gestand ihr seine Gefühle und dass er sich vom ersten Moment an in sie verliebt hatte. Das war der Beginn einer wunderschönen Liebesgeschichte. Doch beide fanden nie heraus, ob dieses magische Geschenk, das Leolines Hunde empfangen hatten, nun von Aurora oder Eurin oder vielleicht von beiden stammte.

Krachend fiel das Tagebuch zu Boden. Durch den lauten Knall zuckte Malia zusammen und Schoko machte einen großen Sprung auf den Boden. Sanft landete er auf dem Teppich und sah sich um. Schnell erkannte er, dass Malia eingeschlafen war. Dabei war ihr das Tagebuch aus der Hand gerutscht. Das kleine Buch hatte sich unbemerkt an Schoko vorbei gestohlen und war so zu Boden gefallen. Schoko schüttelte den Kopf und begann sich zu strecken. Malia tat es ihm gleich. Noch etwas verschlafen rieb sie sich die Augen.

„Ich muss wohl eingeschlafen sein", sagte sie gähnend zu Schoko. Wie zur Bestätigung ließ Schoko ein Bellen von sich hören. Malia beugte sich vor und strich ihm über das Fell. Sie strahlte über das ganze Gesicht. Als sie sich gerade hinstellte und aus dem Fenster blickte, betrachtete sie den Trubel unten im Weihnachtsdorf. Das neue Jahr hatte noch nicht begonnen. Doch langsam nahmen alle wieder ihre Arbeiten auf. Die Ruhe, die für einige Tage über das Weihnachtsdorf gelegen hatte, verschwand und die kleinen Werkstätten und Fabriken erwachten wieder zum Leben.

Während Malia beobachtete, wie eine Weihnachtselfe vom Bäcker zum Süßigkeitenladen schlenderte, fiel ihr etwas Rotes vor dem Weihnachtsbaum in der Mitte des Weihnachtsdorfes auf. Malia beugte sich etwas vor, bis sie etwas besser sehen konnte. Dort unten stand Santa und betrachtete den großen Weihnachtsbaum. Während er die letzten Tage geschlafen hatte, hatten die fleißigen Weihnachtselfen den Baum bereits abgeschmückt. Doch schon bald würde er in neuem Glanz erstrahlen.

„Santa ist wach!" rief Malia so überraschend, dass Schoko zusammenzuckte. Sofort machte die kleine Weihnachtselfe kehrt und eilte ins Badezimmer, um sich für den Tag fertig zu machen. In Windeseile putze Malia sich die Zähne und wusch sich das Gesicht. Mit Hilfe der Weihnachtselfen-Magie zog sie sich etwas Anderes an und eilte dann, gefolgt von Schoko, hinaus zu Santa. Auf ihrem Weg dorthin erklärte sie Schoko, dass sie etwas Wichtiges mit Santa zu besprechen hatten. Der kleine Hund hatte sie nämlich mit großen Augen beobachtete, während sie sich rasend schnell gewaschen und die Zähne geputzt hatte. Selbst ihre Haare hatte Malia nur kurz gebürstet und war dann aus dem Haus geeilt.

„Mir ist heute Nacht eine Idee gekommen", sagte sie, während sie schnellen Schrittes durch den dichten Schnee in Richtung Weihnachtsbaum eilte. Malia hoffte, dass sie Santa dort immer noch vorfinden würde. Ansonsten würde sie ihn suchen müssen. Aber sie wollte ihre Gedanken und Ideen so schnell wie möglich mit ihm teilen.

Malia hatte Glück. Santa stand noch immer vor dem Weihnachtsbaum. Er blickte hoch und betrachtete die grünen Zweige. Kein Schmuck war mehr am Weihnachtsbaum zu sehen und er präsentierte sich ihnen in seiner ganzen natürlichen Pracht. Als Malia stampfend heraneilte, drehte Santa seinen Kopf in ihre Richtung. „Oh, guten Morgen, Malia! Wie schön dich zu sehen", sagte Santa mit seiner tiefen Stimme. „Ich überlege gerade, in welchen Farben wir unseren Weihnachtsbaum im kommenden Jahr schmücken sollen. Er ist zwar auch ohne Weihnachtsschmuck wunderschön, aber es ist Tradition hier bei uns im Weihnachtsbaum."

„Santa!" Malia hielt direkt neben dem Weihnachtsmann und stützt ihre Hände kurz auf den Knien ab. Sie atmete ein paar

Mal tief durch. Vielleicht hätte sie doch lieber etwas zum Frühstück essen sollen, bevor sie sich zu Santa aufgemacht hatte. Doch nun war es zu spät. Sie holte noch einmal tief Luft und richtete sich wieder auf. Mit ernstem Blick sah sie Santa an und sagte: „Santa, wir müssen etwas Wichtiges besprechen."
Überrascht sah der Weihnachtsmann sie an. Dann lächelte er und nickte. Es schien, als würde er bereits wissen, was Malia vorhatte. Gemeinsam gingen sie in Santas Büro. Als Malia die Tür hinter sich schloss, begann sie zu erzählen.

Vierundzwanzigstes Kapitel
Eine späte Weihnachtsüberraschung

Einige Stunden später saßen sie alle bei Jolie und Claus im Esszimmer. Das war der einzige Raum, in dem es einen langen Tisch gab, an dem sie alle Platz nehmen konnten. Jolie und Claus hielten sich an den Händen und sahen sich überrascht und erwartungsvoll an.

Santa höchstpersönlich war zusammen mit Malia zu ihnen gekommen. Sie waren ganz aufgeregt, weil sie sich nicht vorstellen konnten, warum der Weihnachtsmann selbst zu ihnen kommen sollte.

Cari hatte vor Überraschung kein Wort herausbekommen und Santa nur mit großen Augen angesehen. Jetzt war sie zusammen mit Schoko und Pam hinten im Garten. Hier parkte auch der große Schlitten mit den anderen Rentieren. Denn Santa und Malia waren gemeinsam mit dem Schlitten gekommen. Als Pam von Schoko gehört hatte, dass Malia irgendetwas ausheckte, hatte sich das Rentier sofort bereit erklärt, zusammen mit einigen anderen Rentieren den Schlitten zu ziehen. Pam wollte nichts verpassen. Deshalb war sie auch etwas enttäuscht, dass sie draußen warten musste. Allerdings war sie auch ganz fasziniert von Schokos Familie. Pam hatte immer gedacht, dass Schoko der einzige sprechende Hund in Wales war. Immerhin war ihr zuvor noch nie ein sprechender Hund begegnet. Doch nun gab es eine ganze Bande davon und Glinda und Cari stellten viele Fragen über Schoko, Malia und natürlich über den Weihnachtsmann.

Kurz darauf waren auch Katharina und Adeon eingetroffen. Es herrschte erwartungsvolle Stille, als die beiden den Raum betraten. Die beiden Weihnachtselfen schienen genauso ahnungslos zu sein wie Jolie und Claus. Das beruhigte die beiden etwas.

Kaum hatten sich alle gesetzt, räusperte sich Santa. Nach und nach sah er jeden einzelnen in der Runde an. Als sein Blick auf Malia fiel, die direkt neben ihm saß, begann Santa zu sprechen: „Ich kann in euren Blicken, Sorge sehen", sagte Santa mit seiner tiefen Stimme und blickte wieder in die Runde. „Aber ihr braucht keine Angst zu haben. Meine kleine Weihnachtselfe hier hat ihren Weg gefunden und, wie ich finde, eine wunderbare Idee gehabt, die sie euch gleich erzählen wird."
Verlegen sah Malia auf ihre Hände. Sie hatte es noch nie gemocht, wenn sie vor Leuten sprechen musste. Ihr gingen dann so viele Dinge durch den Kopf und sie hatte Angst, etwas falsch zu machen. Aber sie war nicht allein. Sie hatte Santa an ihrer Seite. Außerdem konnte sie nichts falsch machen. Sie musste sich nur ein Herz fassen und anfangen zu erzählen. Daher atmete Malia einmal tief durch und begann zu sprechen: „Ihr wisst, dass ich schon viele Jahre auf der Suche nach einer Lösung bin, warum einige Menschen uns Weihnachtselfen sehen können und andere nicht." Ihr Blick fiel auf Jolie und Claus, die sie herzlich und mit offenen Armen empfangen hatten.
„Wir haben im Laufe der Zeit einiges darüber erfahren, aber nie hundertprozentig herausgefunden, wie dieser Zauber funktioniert. Mit ihrer Entdeckung hat Maya mich auf eine wundervolle Reise geschickt. Ein Abenteuer, das schier unendlich ist. So bin ich auch zu euch gekommen, Jolie und Claus." Malia lächelte die beiden an und fuhr fort: „Ihr wart so wundervoll offen und habt mich in euer Haus eingeladen und mir dieses wundervolle Schmuckkästchen überlassen." Malia stellte das Schmuckkästchen, dass vorher auf ihrem Schoss gelegen hatte, auf den Tisch. Mit der rechten Hand strich sie vorsichtig über das Kästchen, als könnte es jeden Augenblick zerbrechen.
„Ich habe noch keine Lösung gefunden, wie man das Schmuckkästchen ohne Weihnachtselfen-Magie öffnen kann. Aber ich habe es nicht vergessen und werde mich noch darum

kümmern", beeilte sie sich zu sagen. Jolie und Claus nickten ihr zu. Dann überlegte sie kurz und suchte die passenden Worte.

„Dieses Schmuckkästchen oder vielmehr das Tagebuch, das darin enthalten war, hat mir sehr geholfen. Ich habe zwar keine Lösung gefunden, wie die Magie funktioniert, die einen Erwachsenen für immer Weihnachtselfen sehen lässt. Aber dafür hat mir dieses Tagebuch etwas Anderes gezeigt." Malia lächelte und nun war sie es, die nach und nach alle ansah. Zuerst fiel ihr Blick auf Katharina. Dann zu Adeon und anschließend von Jolie zu Claus. Zuletzt sah sie Santa an und sagte: „Es ist nicht wichtig, ob ich eine Lösung oder eine Antwort darauf finde. Es ist wichtig, was ich, was wir daraus machen."

Gespannt sahen sie nun alle an. Das war der Moment, in dem sie erfahren würden, warum sie alle hier waren.

„Ich weiß nicht, ob es funktioniert", sagte Malia. „Aber ich möchte so gern daran glauben. Und solange wir glauben, ist nichts unmöglich. Leoline hatte bereits Probleme, ihre Welpen an geeignete Menschen zu geben und von euch beiden, Jolie und Claus, weiß ich, dass das auch heute noch nicht so einfach ist. Immerhin sollen sie in ein Heim kommen, in dem man sie auch versteht." Malia machte eine kurze Pause. Jolie und Claus nickten ihr zustimmend zu.

„Ich weiß, dass nicht jeder Mensch Hunde mag. Aber vielleicht ist es ein Versuch. Wenn wir die Kinder aus dem Waisenhaus mit den Hundewelpen zusammenbringen und sobald die Kinder ein neues Zuhause finden, einen Welpen mitnehmen. Vielleicht verlieren die Kinder dann ihre Fähigkeit, mit den Hunden zu sprechen und uns Weihnachtselfen zu sehen, nicht, wenn sie älter werden. Versteht ihr, was ich meine?" Hilfesuchend sah Malia sich um.

Doch Adeon hatte ihr Idee bereits verstanden und aufgenommen: „Ich verstehe. Wir können vielleicht nicht jedem Kind einen Hund schenken. Aber vielleicht können wir einige

Hunde bei uns im Waisenhaus aufnehmen und sofern die
neuen Adoptiveltern einverstanden sind, könnte dann zusammen mit dem Kind auch ein Hund bei ihnen einziehen."

„Das Kind wäre dann nicht komplett allein und könnte sich so
auch in der neuen Familie besser zurechtfinden", stimmte
Katharina zu.

„Und vielleicht hat Malia wirklich recht und die Kinder
würden durch den täglichen Kontakt mit dem Hund die Gabe,
uns Weihnachtselfen sehen zu können, nicht verlieren. Oder
zumindest nicht so schnell verlieren."

Adeon und Katharina strahlten sich an. „Wir müssen sofort
mit Matthias über diese Idee sprechen", brachte Katharina begeistert hervor. In ihrem Kopf suchte sie bereits nach dem
perfekten Ort im Waisenhaus, wo die Hunde wohnen könnten
und wo die Hundekörbchen stehen würden.

„Aber zuerst", unterbrach Santa ihre Gedanken, „müssen wir
Jolie und Claus fragen, ob diese Idee auch in ihrem Sinne ist."
Santa überlegte kurz und fügte hinzu: „Vielleicht hätten wir
auch Edith einladen sollen."

Claus stimmte Santa zu: „Natürlich, da hast du recht. Edith be-
treut die Hundezucht hauptsächlich. Ich unterstütze sie nur.
Daher sollten wir ihre Entscheidung hierzu einholen und
natürlich auch respektieren." Er war einen Blick auf die Uhr.
„Sie sollte eigentlich gerade von ihrem Spaziergang mit den
Hunden zurück sein. Wenn ihr möchtet, könnten wir sie direkt
besuchen?" Fragend sah Claus in die Runde. Alle waren begeistert von der Idee.

Jolie entschied sich, zusammen mit Cari und Glinda zu Hause
zu bleiben. Sie hatte noch einiges im Haushalt zu tun und
Edith würde sich sicherlich bei so vielen Überraschungsgästen
überrumpelt fühlen. Da würden ein paar weniger Gäste
sicherlich nicht schaden.

Daher verabschiedete sich die kleine Gruppe und reiste mit
Hilfe des großen Schlittens zu Edith. Da die ganze Familie von

Claus bereits über Generationen die Fähigkeit besaß, Weihnachtselfen zu sehen, schaute Edith nicht schlecht, als der Schlitten auf der Wiese hinter dem Haus landete. Bevor Claus etwas zur Erklärung sagen konnte, wurden sie alle von einer Bande Hunde begrüßt. Sie waren unterschiedlichen Alters. Aber sie alle hatten Schneeflocken auf ihrem Fell.

Santa lachte und kniete sich hin, um jeden einzelnen von ihnen begrüßen zu können. Etwas schüchtern schaute Schoko vom Schlitten hinunter. Glinda hatte ihm erzählt, dass es viele von ihnen gab. Aber dass es bei Edith so viele Familienmitglieder von ihm gab, überraschte ihn. Vorsichtig verließ er den Schlitten. Als die Hunde ihn entdeckten, wurde er sofort von ihnen begrüßt und mit Frage überschüttet. Ihnen allen waren sofort die Schneeflocken aufgefallen. Aber niemand von ihnen schien ihn zu kennen, obwohl er doch eindeutig zur Familie gehörte.

Während die Schneeflocken-Hunde und die Rentiere sich unterhielten, gingen die anderen auf die Veranda. Dort setzten sie sich und Claus stellte nach und nach alle vor. Dann übernahm Santa das Wort und berichtete Edith, warum sie heute bei ihr waren.

Edith war sofort begeistert. Sie fand, dass sie es auf jeden Fall versuchen mussten. Schon seit langer Zeit hatte Edith das Gefühl, dass es immer weniger Menschen gab, die Weihnachtselfen sehen konnten. So viele Menschen kamen zu ihr, um sich die Hunde anzusehen. So viele von ihnen musste sie wieder wegschicken, weil sie nicht zu den Hunden passten. Doch es war einfach eine wunderschöne Idee, Kinder mit den magischen Hunden zusammenzubringen. Vielleicht würde das etwas ändern. Für alle Seiten.

Lange Zeit saßen sie noch zusammen auf der Veranda und schmiedeten Pläne. Katharina und Adeon waren sich sicher, dass Matthias diese Ideen und Pläne auch mögen würde. Er konnte zwar noch nicht lange Weihnachtselfen sehen, aber er war ihnen, nach dem der erste Schreck verschwunden war, sehr offen begegnet.

Irgendwann kamen Pam und Schoko zu ihnen. Eine Weile sahen sie der kleinen Gruppe zu. Doch dann ging Pam zu Edith und Schoko zu Santa. Es wurde eine Weile geflüstert. Dann standen Edith und Santa auf und folgten Pam und Schoko in Richtung Wiese. Sie unterhielten sich eine Weile. Santa nickte immer zu. Nach einer Weile umarmte Edith den kleinen Schoko. Sie hielt ihn fest in ihrem Arm und strahlte dabei über das ganze Gesicht. Verwundert beobachtete Malia dieses Schauspiel und fragte sich, was ihre Freunde dort ohne sie zu besprechen hatten.

Plötzlich winkte Santa sie zu sich. Ohne zu zögern und von Neugierde gepackt, sprang Malia auf und eilte zu ihm. Es dauerte nicht lange, bis Santa ihr erzählt hatte, auf was für eine Idee Schoko und Pam gekommen waren. Mit Tränen in den Augen sah Malia ihre Freunde an. Sie bekam kein Wort heraus und konnte nur zustimmend nicken.

Eine Stunde später flog Malia auf Pams Rücken durch den Abendhimmel. In ihrem Armen hielt sie ihren Freund Schoko und den kleinen Snowy. Snowy war ebenfalls aus der Zucht von Edith. Doch im Vergleich zu allen anderen Hunden hatte Snowy kein braunes Fell und weiße Schneeflocken. Bei ihm war alles etwas anders. Denn Snowys Fell war strahlend weiß und seine Schneeflocken waren braun.

Pam und Schoko hatten sich lange mit Snowy und den anderen Hunden unterhalten. Aber Snowy mochten sie besonders gern. Nicht nur, weil er anders war. Irgendwie erinnerte er sie auch an ihren Freund Theo. So kam es, dass Pam und Schoko erzählten, welche Abenteuer sie zusammen mit Theo und Malia erlebt hatten. Snowy hörte aufmerksam zu. Irgendwann meinte er, dass es wirklich schön bei Annie sein musste, wenn Theo dort so glücklich war. Was nicht bedeutete, dass Snowy bei seiner Familie unglücklich war. Aber auch er wartete schon eine Weile, um in eine neue Familie zu kommen. So wurde eine wunderbare und etwas spontane Idee geboren, der alle zustimmten. Und nun waren sie auf dem Weg diese Idee umzusetzen.

Als Pam zur Landung ansetzte, holte Malia tief Luft. Sie war aufgeregt und so gespannt, ob es funktionieren würde. Aber Santa hatte keinen Zweifel daran, dass es klappen würde. Also musste sie einfach auch daran glauben. Ganz fest.

Pam landete vorsichtig hinter einem der großen Bäume und schaute auf die leere Straße. „Die Luft ist rein", sagte sie und Malia rutschte von ihrem Rücken. Sofort sprangen die beiden Hunde aus ihren Armen. Freudestrahlend sprangen sie durch den Schnee und Malia ermahnte sie, leise zu sein. Auch wenn gerade niemand zu sehen war, würde lautes Hundegebell die Anwohner dieser Straße neugierig machen. Vielleicht würde sogar der ein oder andere zum Fenster gehen, um nach-zusehen, was denn los war. Dabei wollte Malia auf keinen Fall das Risiko eingehen, dass es sich dabei um jemanden handelte, der Pam und sie sehen konnte.

Die Hunde verstummten und sprangen ohne lautes Gebell durch den Schnee. Malia und Pam sahen den beiden noch einen Augenblick dabei zu. Dann wanderten ihre prüfenden Blicke die Straße hoch und runter. Alles war ruhig und niemand sollte sich über eine Weihnachtselfe und ein Rentier wundern. Anschließend sahen die beiden sich an. Wie zur Bestätigung nickten sie sich zu und verließen dann ihr kleines Versteck.

Gemeinsam gingen sie ein paar Schritte und hielten dann inne. Sie betrachteten das Haus, das nun direkt vor ihnen stand. Das Haus, das Malia durch ihre vielen Besuche so vertraut war. Einige Fenster waren beleuchtet, aber sie spürte sofort, dass Annie und Theo zusammen im Wohnzimmer saßen. Vorsichtig ging sie zu dem richtigen Fenster und warf einen Blick hinein.

Natürlich hatte sie recht. Die beiden saßen in einem großen Ohrensessel neben dem Weihnachtsbaum, der noch immer in bunten Farben leuchtete. Annie würde ihn erst im neuen Jahr abbauen. Sie war alt geworden, stellte Malia fest. Aber das war der Lauf der Zeit. Auf ihrem Schoss saß Theo und sie erzählte ihm eine Geschichte. Zu gern hätte Malia gewusst, welche Geschichte Annie Theo erzählte. Annie konnte schon immer tolle Geschichten erzählen und damit alle in ihren Bann ziehen. Annie war nicht nur als Weihnachtselfe magisch gewesen. Durch ihre Geschichten hatte sie eine ganz eigene Art von Magie, mit der sie Menschen, Weihnachtselfen, Rentiere, Hunde und einfach alle Lebewesen verzaubern konnte.

Malia bemerkte die beiden Hunde neben sich und hob sie hoch, damit sie ebenfalls durch das Fenster schauen konnten. „Bist du dir sicher, dass du das möchtest?" fragte sie Snowy ein letztes Mal leise. Dieser nickte begeistert und wedelte mit dem Schwanz.

Pam stupste Malia ungeduldig an. Es wurde Zeit. Das Rentiermädchen wollte nicht länger warten und endlich ihre Freundin Annie überraschen. Malia nickte Pam mehrfach zu. Sie wusste, dass der Zeitpunkt gekommen war. Ihr kleines Herz schlug vor Aufregung ganz wild. Hoffentlich klappte alles, wie sie es sich zusammen ausgedacht hatten.

Langsam ging die kleine Weihnachtselfe zur Tür. Sie hoffte inbrünstig, dass Annie zur Tür kommen würde. Ihre Sohn Paul und seine Frau lebten ebenfalls hier. Und natürlich auch Elise und ihr Bruder. Da nicht nur im Wohnzimmer Licht brannte, waren sie sicherlich auch alle zu Hause. Sie hatten sich aber ausgemalt, dass Annie die Tür öffnen musste. Die anderen Familienmitglieder könnten womöglich anders reagieren als gewünscht.

Malia schluckte. Sie drehte sich noch einmal zu Pam und Schoko um. Beide nickten ihr ermutigend zu. Langsam drehte sie sich wieder um und blickte auf die Tür, die sich nun direkt vor ihr befand. Sie sah Snowy an und beiden tauschten einen langen Blick aus, ohne ein Wort zu sagen. Dann fasste Malia sich ein Herz. Mit zitternder Hand drückte sie die Klingel und setzte Snowy vorsichtig auf der Türschwelle ab. Dann machte Malia einen großen Schritt zurück. Und einen kurzen Augenblick später noch einen zweiten.

Es dauerte einen Augenblick und Malia überlegte bereits, ob sie noch einmal klingeln sollte. Doch dann wurde die Tür geöffnet. Erst nur einen kleinen Spalt. Malia schloss die Augen. Wenn es eines der Kinder war, konnte es vielleicht noch klappen. Sie waren zwar auch nicht mehr klein, aber sie würden den kleinen Hund bestimmt mit ins Haus nehmen. Doch es war keines der Kinder. Langsam schob Annie sich an der Tür vorbei und blickte hinaus. Sie hielt Theo noch immer in ihrem Arm.

„Hallo?" fragte sie zögerlich und blickte in den Vorgarten und zur Straße. Dann erst fiel ihr Blick auf den kleinen Hund, der vor ihr saß. Snowy wedelte mit dem Schwanz. Er hatte sich sofort in Annie verliebt.

„Wer bist du denn?" fragte sie sichtlich verwirrt. Doch als sie die Schneeflocken auf seinem Fell sah, flüsterte sie: „Ach, Malia." Sie hielt sich die Hand vor den Mund und kleine Tränen der Freude stiegen in ihre Augen. Dann sah sie Theo an und drückte den kleinen Teddybären fester an sich. Leise flüsterte sie ihm ins Ohr: „Ich glaube, wir haben einen neuen Freund gefunden, Theo."

Einen Augenblick später beugte sie sich etwas vor. Nicht weit. Denn ihr Rücken machte ihr gerade in der kalten Jahreszeit etwas zu schaffen. Sie streckte die Hand aus und ließ Snowy etwas daran schnuppern. „Du bist ja ein Hübscher", sagte Annie lächelnd. Vorsichtig sprang er an ihren Beinen hoch, damit Annie sich nicht noch weiter bücken musste, um ihn zu streicheln.

„Ich heiße Snowy", sagte der kleine Hund und Annie und Theo sahen ihn mit großen Augen an. Ein Hund, der sprechen konnte. Das hatte keiner der beiden jemals erlebt. Kleine Tränchen liefen Annie über die Wangen. Sie bückte sich noch ein kleines Stückchen und Snowy sprang in ihre Arme. Nun hielt sie auf der einen Seite Theo und auf der anderen Seite Snowy in ihren Armen fest.

Als sie sich langsam wieder aufgerichtet hatte, wanderte ihr Blick über den Vorgarten. Wie gern hätte sie Malia nun gesehen. Doch sie wusste, dass sie als ehemalige Weihnachtselfe nicht mehr in der Lage war, Weihnachtselfen zu sehen. Dieser Zauber war eigentlich für immer verloren, nachdem sie sich entschieden hatte, wieder ein Mensch zu sein. Doch damals, als Santa sie besucht hatte, hatte sie ihn auch sehen können, ging es Annie durch den Kopf. Deshalb blickte sie weiterhin suchend durch den Vorgarten und zur Straße. Ihre Freundin war hier. Da war sie sich ganz sicher. Sie konnte ihre Anwesenheit spüren.

Malia stand noch immer nur wenige Schritte vor Annie. Auch ihr liefen kleine Tränen über das Gesicht. Sie betrachtete ihre Freundin und ihren gemeinsamen Freund Theo. Dann blickte sie dankbar zu Pam und Schoko, die die Idee gehabt hatten, Snowy hierherzubringen. Da bei dem kleinen Hund alles anders war, hatten sie geglaubt, dass Snowy vielleicht im Gegensatz zu Schoko auch in anderen Ländern sprechen konnte. Sie hatten recht behalten. Es hatte tatsächlich geklappt. Nicht nur Malia, Pam und Schoko hatten ihn sprechen hören. An den Gesichtern von Annie und Theo hatten sie erkannt, dass auch diese beiden Snowy hatten sprechen hören.
Da Annie keine Weihnachtselfe mehr war und deshalb keine Weihnachtselfen mehr sehen konnte, hatten sie befürchtete, dass Annie Snowy nicht würde verstehen können. Doch Santa hatte sie beschwichtigt. In Annies Herz gab es noch ausreichend Weihnachtselfen-Magie, hatte er beteuert. Ansonsten hätte sie Santa nicht sehen können, als er sie damals besucht

hatte, nachdem Malia sich aus Versehen beim Niesen nach Penarth gezaubert hatte.

Santa hatte Recht tatsächlich behalten. Annie konnte Snowy verstehen und somit auch mit ihm sprechen. Genauso wie Theo. Jetzt hatte nicht nur Annie einen neuen Freund, sondern auch der kleine Theo.

Es war schon sonderbar, was in all den Jahren alles passiert war. Wie sehr hatte Malia das Rätsel um die Gabe, Weihnachtselfen sehen zu können, lösen wollen. Sie spürte, dass sie ganz dicht dran war. Aber hier und jetzt hatte es an Bedeutung verloren. Es war nicht wichtig wie man diese Fähigkeit bekam, sondern was man damit machen und verändern konnte.

Vielleicht würde sie das Geheimnis irgendwann einmal lösen. Wenn das Geheimnis bereit war gelöst zu werden. Doch jetzt in diesem Moment war all das nicht wichtig. Malia hatte alle ihre besten Freunde bei sich und sie war glücklich. Sie war glücklich, dass sie als Weihnachtselfe so wunderbare Freunde gefunden hatte. Freunde, die immer für einander da waren und alle Abenteuer zusammen meisterten. Freunde, die aneinander dachten und sich unterstützen und liebten. Viele kleine Erinnerungen gingen Malia in diesem Augenblick durch den Kopf.

Sie erinnerte sich an den Moment, als sie Theo in der Weihnachtsnacht im kalten Wasser gesehen hatte. Wie sie ihn hatte einfach retten müssen.

Sie erinnerte sich, an ihre erste Begegnung mit Annie. Die erste Weihnachtselfe, die sie kennenlernen durfte und die sie ohne zu zögern in ihrem Haus willkommen geheißen hatte.

Sie erinnerte sich an ihre Ausflüge mit Pam am Nachthimmel, wenn über ihnen die Sterne leuchteten.

Und sie erinnerte sich, als an die Nacht, als Schoko zu ihr ins Bett kam und die beiden Freunde wurden und wie sie Schoko zum allerersten Mal in Penarth hatte sprechen hören.

So viele Erinnerungen, die ihr Herz wärmten und Malia zum Lächeln brachten. Keinen einzigen Augenblick davon wollte sie missen. Denn sie liebte ihre Freunde von ganzen Herzen. In diesem Moment war sie die glücklichste Weihnachtselfe, die es jemals gegeben hatte. Und als ihr Blick von Pam und Schoko zurück zu Annie ging, fiel ihr auf, dass diese Erinnerungen nicht nur ihr Herz erwärmten, sondern dass sie leuchtete. Überrascht drehte sie sich zu Schoko und Pam um. Die beiden konnten es auch sehen. Malia leuchtete genauso wie Theo es vor vielen Jahren getan hatte. Sie strahlte so hell und klar, dass sie sich wie ein Stern fühlte. Als Malia ihren Blick wieder auf die Haustür richtete, konnte sie ihren Augen nicht trauen. Annie kam auf sie zu. Langsam setzte sie Schritt für Schritt voreinander, darauf bedacht nicht im Schnee auszurutschen. Ihre Schritte waren klein und es schien endlos zu dauern, bis Annie Malia erreichte. War Malia anfangs noch dicht vor der Tür gewesen, hatte sie sich unbewusst, noch ein paar Schritte entfernt, als die Tür langsam geöffnet wurde. Fast als hätte sie Angst gehabt, dass sie wie bei einem Klingelstreich jeden Augenblick weglaufen müsste. Doch dann hatte sie Annie in der Tür stehen sehen und Malia hatte sich nicht mehr bewegt. Nun stand Annie direkt vor ihr und sah ihr in die Augen. Annie lächelte und weinte gleichzeitig. Niemals hatte sie erwartet, dass sie die kleine Weihnachtselfe wiedersehen würde. Dieses Leben und diese Magie hatte sie aufgeben müssen. Aber anscheinend gab es doch mehr Wunder, als Santa ihnen bisher verraten hatte. Annie blickte in den Himmel und dankte Santa im Stillen für alles, was er für sie getan hatte. Dann breitete sie ihre Arme aus und umarmte Malia. Sie drückte ihre Freundin so fest an sich, wie sie nur konnte.
Wie aus einem Munde flüsterten die beiden sich zu: „Zuhause ist kein Ort. Zuhause ist dort, wo dein Herz ist." Und Annie ergänzte leise: „Es sind deine Freunde und deine Familie, die einen Ort zu einem Zuhause für dich machen."

Was kurz danach geschah

In diesem Moment donnerte es am Himmelszelt und als die Freunde ihre Blicke nach oben richteten, konnten sie Santa und seine Rentiere über sich hinwegfliegen sehen.

Glitzerstaub fiel vom Schlitten hinab in Richtung Erde. Doch er traf nicht alle von ihnen. Nur Annie wurde in einen sanften silbernen Glitzerneben eingehüllt.

Verwundert sahen sie die Freunde an und warteten darauf, dass der Glitzernebel sich wieder auflöste. Es dauerte eine Weile, bis dies geschah. Doch dann konnten sie alle ihren Augen nicht trauen.

Vor ihnen stand nicht mehr die alte Annie. Vor ihnen stand die Weihnachtselfe Annie. Verwundert blickte sie auf ihre Hände. Problemlos beugte sie sich vor und setzte Theo und Snowy ab. Dann berührte sie ihr Gesicht. Ihr Blick ging hinauf zu Santa, dessen tiefes „Ho, ho, ho!" durch die Nacht dröhnte.

„Danke", flüsterte Annie und widmete sich wieder ihren Freunden, die in ihrem Vorgarten standen. Nach und nach umarmte sie Pam und Schoko, dann wieder Malia und Theo und Snowy. Dann sah sie nach und nach alle an. Bevor sie etwas sagen konnte, landete der großen Schlitten mit Santa auf der Straße.

„Die Nacht dauert nicht ewig, meine Lieben, und wie bei Cinderella ist auch dieser Zauber irgendwann einmal vorbei. Außerdem wartet meine liebe Frau bereits mit leckerer heißer Schokolade und Kuchen auf uns. Also los! Lasst uns aufbrechen!"

Sprachlos sahen sich alle an. „Worauf wartet ihr denn noch?" fragte Santa verwundert und beugte sich auf seinem Schlitten etwas vor. Mit hochgezogener Augenbraue sah er die Freunde nach und nach verwundert an. Das brachte Bewegung in die kleine Gruppe.

Pam nahm ihren Platz ganz vorne bei den Rentieren ein. Sie würde alle nach Hause führen und später auch dabei sein, wenn sie Annie, Theo und Snowy mit dem Schlitten zurückbrachten.

Die anderen nahmen hinten auf dem Schlitten Platz. Da schon längst alle Geschenke verteilt waren, war hier genug Platz für alle. Santa warf noch einen Blick nach hinten auf die Gruppe, die im Schlitten saß und überzeugte sich, dass alles in Ordnung war.

„Wie soll ich nur meinen Kindern morgen erklären, wo ich die Nacht geblieben bin", kicherte Annie. Doch Santa versprach ihr, dass er dafür sorgen würde, dass ihre Abwesenheit unbemerkt bleiben würde. Liebevoll sah er Annie an und zwinkerte ihr zu. Dann drehte er sich um und gab seinen Rentieren ein Zeichen. Langsam erhob sich der Schlitten in die Nacht, um Annie ein letztes Mal den Zauber des Weihnachtsdorfes zu zeigen.

Aber das ist eine andere Geschichte.